좀비
그리고
생존자들의
섬

좀비 그리고 생존자들의 섬

백상준

섬
천사들의 행진
거짓말

황금가지

| 차 례 |

섬

금요일 저녁 회식 때만 해도 아무 일 없었다.

대마 불사를 외치는 차장의 주정에 없는 꼬리를 흔들며 마지막 건배를 했을 때도, 대리기사를 불러 오피스텔까지 왔을 때도.

"어, Wait! Wait! 1204호, 기다려!"

막 엘리베이터에 오르던 나를 불러 세운, 나보다 더 얼큰하게 취한 위층 기러기 아저씨를 만났을 때도 모든 게 정상이었다.

"많이 드셨나 봐요?"

"이 낙으로 사는걸."

1304호 아저씨는 기분 좋게 웃었다. 그때까지 정말 세상은 제대로 굴러가고 있었다.

토요일, 대학 동기 녀석의 결혼식에 갔을 때도, 오랜만에 보는 동기들과 뒤풀이로 룸을 빌려 놀았을 때도, 늦잠을 자고 일어나

오피스텔 앞 24시간 영업 감자탕 집에서 해장국을 배달시켜 먹었을 때도, 밀린 드라마를 '다시보기'로 보고, 동네 치킨 집에서 양념 반 프라이드 반과 생맥주를 시켜 먹었을 때도, 제대로 쉬지도 못하고 내일이면 다시 봐야 할 차장과 그 떨거지들을 생각하며 「바이오해저드5」를 했을 때만 해도 크게 이상한 건 없었다.

그러다 처음 좀비를 본 건, 늦잠을 잔 탓에 바삐 서두르던, 월요일 아침 출근길 엘리베이터에서였다. 1층에서 문이 열렸을 때, 현관에서 한 사람이 힘없는 걸음걸이로 뒤뚱거리며 다가왔다. 흐트러진 옷매무새에 걸음걸이까지, 딱 새벽까지 술을 마신 위층 1304호 아저씨라고 생각했다. 월요일 아침부터, 참 가관이었다. 기러기 아빠들은 가족 내보내고 외로워서 술 마신다고 하지만 내가 볼 땐 저러려고 처자식들을 내보낸 것 같았다. 저런 아빠를 믿고 필리핀 간 아이들도 불쌍하고, 저런 남편을 믿고 애들 키우는 애 엄마도 불쌍했다. 그러다 서서히 그 썩은 시체 같은 몰골이 시야에 들어오면서, 나는 잠시 이게 꿈인가 했다. 지금 생각하면 참 위험천만한 상황이었지만, 그때 나는 시체를 보는 꿈이 좋다는 얘기가 생각났다. 회사에 출근하면 바로 편의점에 가서 복권부터 사야지! 근데 내가 아직 자고 있는 걸까? 너무 많이 자고 있는 건 아닐까? 꿈도 좋지만 출근해야 하잖아! 내가 꿈에서 깨려고 뺨을 때리고 꼬집는 동안 좀비는 여전히 퀭한 눈으로 뒤뚱거리며 나를 향해 다가왔다. 그리고 막 엘리베이터 앞에 다다랐을 때, 나는 이게 꿈이든 아니든 우선 살고 봐야겠다는 생각으로, 어젯밤 게임 속 좀비를 떠올리며 인정사정없이 녀석의 명치를 걸어찼다. 녀석은 삭은 나무토막처럼 힘없이 쓰러졌고, 나는 내 심장박동만큼 빠르게 엘리베이터의 닫힘 버튼을 눌러댔다. 그리고 꽉 막힌 엘리베이터 안에서 뛰는 가슴을 진정시켰다. 자기 전에 좀비게임을 너무 오래 한 듯싶었다. 게임을 좀 줄여야겠다고 생각했다. 그런데 또 생각해 보니 엘리베이터 안에서 마냥 기다릴 순 없었다. 출근도 해야 하고, 어디서 샘솟은 사명감인지 좀비가 나타났다고 사람들에게 알려야 할 것 같았다. 다시 문을 열고 아직 바닥에 쓰러져 뒤집어진 거북이처럼 허둥대는 녀석을 뛰어넘는데, 문득 정말 1304호 아저씨인지 궁금했다. 조심조심 다가가 살펴보니, 입은 옷이나 체격이 분명 1304호 아저씨 같았다. 하지만 핼쑥한 얼굴이며 퀭한 눈은 금요일 밤에 본 그 아저씨가 아니었다. 아저씨는, 아니 좀비는 나를 잡으려고 두 손을 허우적거렸다. 마치 물귀신 같았다.

나는 현관문을 빼꼼히 열고 거리를 살폈다. 내가 다른 세계에 왔나 생각했다. 거리에는 온통 썩어 문드러진 얼굴들이 뒤뚱거리며 걸어 다니고 있었고, 이리저리 비명을 지르며 달아나는 사람들의 모습이 보였다. 이건 분명 내 세상이 아니었다! 하지만 꿈도 아니었다. 꿈이라고 하기엔 보고, 느껴지는 모든 게 너무나 사실적이었다. 급히 길 건너에 세워둔 차로 달려가 문을 잠그고 잔뜩 웅크린 채 거리를 살폈다. 비명을 지르며 달아나는 사람들과 싸구려 장난감처럼 뒤뚱거리며 그 뒤를 쫓는 좀비들의 모습이 마치 3D 영화 같았다. 가슴이 세차게 두근거렸다. 라디오를 켰다. 평소 교통방송 FM 주파수에 맞춰져 있던 라디오에선 처음 듣는 아나운서의 긴장한 목소리가 흘러나왔다. 아나운서는 처음 방송을 해서 긴장한 건지, 정말 다급한 상황이라 그런 건지, 알 수 없는 목소리로 말했다. 정체불명의 전염병이 퍼졌으니 절대 외출을 삼가고 타인과 신체접촉도 피하라고.

외출? 내가 놀러 나가는 것 같아? 나는 출근이야. 출근은 해도 되는 건가? 출근도 안 돼? 괜히 이 방송만 믿고 출근 안 했다가 차장한테 또 어떤 잔소리를 듣게 될까 싶어, 다른 방송으로 주파수를 돌렸다. 다른 방송에서도 다급한 아나운서의 목소리만 나왔다.

덜컥 부모님이 걱정됐다. 빌어먹을 재개발 때문에 우리 식구들은 이산가족이 됐다. 어머니가 동네를 떠나 혼자 심심하게 지내기 싫다고 우겨서, 부모님은 공사장 길 건너에 작고 싼 아파트 전세를 구했고, 나는 아파트가 작아 같이 못 살겠다고, 집과 회사 중간에 위치한 오피스텔을 얻어 지내고 있었다. 하지만 아파트가 작다는 건 핑계였다. 사실 나는 우리동네의 재개발 수주를 따려는 회사의 특명을 받고 백방으로 뛰었다. 어머니 계모임에 식비를 댄 것도 한두 번이 아니었다. 하지만 재개발 수주를 경쟁사에 뺏겼고, 내 입장만 난처해졌다. 차장한테 미운털이 제대로 박혀 시달림을 당한 것도 그 때문이었다. 그래서 괜한 트집을 잡아 어머니와 대판 싸우고 결국 집을 나왔을 뿐이다. 아무튼 나는 곧장 부모님 아파트로 차를 몰았다. 거리는 온통 경찰차와 구급차의 사이렌 소리, 보행자 신호쯤은 가볍게 무시하는 좀비들로 가득했다. 그때 나는 녀석들을 칠까 봐 마치 장애물 피하는 자동차 게임을 하듯 지그재그로 운전을 했다. 지금 생각하면 참 한심한 일이다. 그냥 밀어버렸어야 했는데.

가는 내내 계속 집에 전화를 했지만 받지 않았다. 휴대폰도 마찬가지였다. 주말 내내 술이나 처마시고, 방에서 뒹굴뒹굴 게임이나 하면서 안부전화 한 통 안 드렸다는 생각에 가슴이 뻥 뚫린 듯 휑하고 시렸다. 제발, 멀쩡하시길!

내 바람과는 달리 멀쩡한 건 집뿐이었다. 맞은편 1502호 현관문이 활짝 열려 있을 때부터 덜컹 겁이 났는데, 역시나 자식도 몰라보고 물려고 덤비시는 부모님(?)을 식탁의자로 밀어붙여 간신히 안방에 밀어 넣고 거실에 멍하니 앉아 천장만 바라보다가 오전을 보냈다. 이 무슨 해괴망측한 일인가, 빌어먹을 1502호 사람들이 이렇게 만든 걸까? 그렇다면, 복수까지는 아니더라도 강하게 항의라도 하려고 몽둥이를 들고 1502호로 갔는데, 닫힌 안방에서 심하게 문을 긁는 소리가 들렸다. 아무래도 좀비가 있는 것 같았다. 빌어먹을 1502호가 우리 부모님을 좀비로 만든 것 같았다. 욕이 나왔지만, 나는 바닥에 걸린 도어스토퍼를 젖혀 문을 닫아버리고 나왔다. 전자식 도어록이 작은 모터소리를 내며 자동으로 잠겨버렸다.

오후가 돼서야 출근을 안 한 게 생각났다. 회사는 어떻게 됐을까? 월차라도 쓰려고 전화했지만, 한 시간 동안 20번을 넘게 걸어도 전화를 받지 않았다. 내 전화가 고장난 건 아닌지 친구들에게 전화를 걸었다. 신호음은 갔지만 아무도 전화를 받지 않았다. 무작정 지난 수신번호에 찍힌 번호로 연결을 시도했다. 스팸번호든 말든 상관없었다. 그러다 갑자기 연결된, 누군지도 모르는 상대방이 낮고 위협적인 목소리로 "야이, 미친 새끼야! 왜 이런 때 전화질이야! 다신 전화하지 마!" 하고는 전화를 끊었다.

나는 한동안 그게 마지막으로 듣는 인간의 목소리가 될까 봐 우울하게 시간을 보냈다. 전화 한 통 했다고 욕을 하다니. 인간이 기본적인 예의가 없다.

갑자기 어디서 어떻게 시작된 걸까? 도대체 왜, 왜 좀비가 나타난 걸까. 설마 북한이 좀비 바이러스를 만든 걸까? 그걸 우리한테 쏜 걸까? 예전에 구제역으로 생매장시킨 소, 돼지의 피가 지하수를 오염시키고, 상수원을 오염시킬 수 있다더니 그건가? 그 피로 오염된 물을 마시고 인간이 좀비가 된 걸까? 생매장 소, 돼지의 저주? 북극 빙하가 녹으면서 그 안에 얼어 있던 좀비 바이러스가 나온 건 아닐까? 일본 대지진 때 해저의 이상한 바이러스가 올라온 걸까? 일본 원전 방사능으로 인한 돌연변이 바이러스? 일요일에 온 방사성 비? 화산폭발? 설마 믿음이 부족해서 천벌을 받은 건가? 중국 황사를 타고 온 바이러스일까? 그러고 보니 『나는 전설이다』라는 책에도 모래폭풍 이야기가 나온다. 빌어먹을 황사! 빌어먹을 온난화! 빌어먹을 방사능! 괜히 숨 쉬는 것도 불안해진다.

배도 고프고 먹고살아야겠다는 생각에 어머니가 해 놓은 된장찌개와 이미 말라 바닥에 눌어붙기 시작한 밥으로 상을 차렸다. 텔레비전은 먹통이고, 라디오에선 종일 녹음된 듯한 '감염자 발견 시 행동요령'만 흘러나온다. 처음엔 주의해서 듣고, 역시 정부에서 뭔가 대책을 강구하고 대응하고 있구나 생각했는데, 이젠 웃음만 나온다. 정말 쓸데없는 내용이다. 행동요령의 마지막은 결국

112이나 119 같은 100번대 전화로 도움을 청하라는 건데, 어제부터 수백 번은 아니더라도 수십 번 전화를 했지만 아무도 전화를 받지 않았다. 결국 우리보고 알아서 하라는 말이다. 무능한 정부! 이 나라 정부는 그저 돈 먹는 하마인가! 도대체 정부는 뭘 한 거지? 이런 때를 대비해 정부를 두는 것 아닌가! 이런 때 써먹으려고 보험 들어두듯 세금 내는 것 아닌가! 이런 일이 생겨도, 국민이 조용히 현업에 종사할 수 있게 해 줘야 하는 거 아닌가! 이럴 때 도와주지 못할 거면, 왜 세금을 받아가지? 공무원들 월급 주려고? 공무원 뽑아 실업률 낮추려고? 이 놈의 정부는 그저 조용히 살고 싶은 국민을 조용히 살지 못하게 한다. 내가 낸 세금과 부모님이 낸 세금이 그동안 총 얼마였을까 생각하며 하루를 보냈다. 세금만 안 냈으면 나도 진즉 집을 장만했을 거다.

　　스마트폰으로 인터넷에 접속해 보니, '정부, 외출자제 요청' 이후로 업데이트 된 기사가 없다. 그 기사 밑으로 덧글이 수십 개가 달려 있다. 대부분 자신이 어디 있으니 도와달라는 내용이다. 부산사람도 있다. 덧글을 보니 전국방방곡곡 여기저기에서 좀비가 동시다발적으로 나타난 것 같다. 혹시나 해서 나도 덧글에 집에 갇혔으니, 도와달라고 글을 남겼다.

　　가장 많이 추천받은 덧글은 좀비가 나타났을 때의 행동요령이다. 참 중요하겠지만, 사실 나는 내 집 주소가 최다 추천을 받았으면 싶다. 계속 밀려 내려가면 아무도 못 볼 수도 있으니까. 구조가 늦어진다거나.

　　아무튼 행동요령은 집 안의 먹을 수 있는 건 다 모아놓고 얼마나 버틸 수 있는지 체크한다. 그리고 부족한 물은 미리, 가급적 많이 받아두란다. 그리고 괜히 영화나 게임처럼 영웅이 되겠다고 설치지 말고 집에 잘 숨어 있으란다. 정부를 믿고, 군을 믿으란다. 60만 대군이 있단다. 명심해라! 여기는 미국이 아니다!

욕실 욕조와 세면대, 냄비, 빈 생수통, 찻잔까지 모두 물을 담았다. 물을 담다가 문득 이렇게까지 해야 하나, 나중에 돌이켜보면 얼마나 한심해 보일까, 사람들이 보면 뭔 망신인가 싶기도 했지만, 마트에 가서 라면이나 생수 사재기하는 것도 아니고, 어차피 집 안이라 남의 눈을 의식할 필요도 없으니, 우선은 그렇게 했다.

식량은 20킬로그램짜리 쌀 포대가 하나, 외가에서 보내준, 한 20킬로그램 정도 되는 쌀 반 포대, 그리고 아침에 밥하려고 담가 둔 듯한 쌀 한 바가지, 바가지에 쌀을 담을까 물을 담을까 하다가 쌀은 신문지 위에 뿌려두고 물을 담았다. 빈 2리터짜리 생수통에 찹쌀이 채워져 있기에, 찹쌀을 빼고 모두 물을 담았다. 어머니는 왜 귀찮게 주둥이도 좁은 생수통에 쌀을 담아놨는지 모르겠다.

그리고 참치통조림 4개 묶음과 계란 8개, 라면 7개, 직접 담가놓은 깻잎 한 통, 언 조기 2마리…… 어머니가 아버지께 구워주시려 하셨나보다. 내가 집에 오면 구워주시려고 한 듯한 불고기. 그리고 스팸 통조림이 2개, 마른 김 한 톳, 사과 12개. 뜯어 논 1킬로그램짜리 밀가루, 부침가루 1킬로그램, 그리고 김치 냉장고에 남은 김장김치 세 통과 베란다 항아리에 된장, 고추장, 간장? 이건 식량이라고 하긴 좀 그렇지만 먹을 수는 있다. 흑설탕, 백설탕, 마늘 한 묶음 등등의 조미료다. 쌀 20킬로그램에 한 자루, 대충

20킬로그램은 될 것 같다. 이거면 1년은 충분히 버틸 수 있을 것 같다.

가장 큰 문제는 담배다. 담배가 두 개비밖에 안 남았다. 좀비들 때문에 담배를 사러 갈 수도 없다. 젠장, 이렇게 담배를 끊게 되는 것인가!

스마트폰은 전기 먹는 하마 같다.

배터리가 한나절 못 버틴다. 이러다 전기라도 끊기면 이 스마트 폰은 깻잎 통조림만도 못해진다. 젠장, 내가 왜 이딴 폰 배터리 떨어질까 봐 벌벌 떨어야 하는지 모르겠다. 그나마 어머니, 아버지 께 공짜 효도폰을 해 드린 게 있어 다행이다. 비싼 휴대폰 안 쓴 다고 하다가 공짜로 나온 효도폰이라고 억지로 해 드렸는데, 그 것도 아들이 해 준 거라며 좋아라하시던 부모님의 모습이 생각난 다. 어차피 요금은 내 통장이 아니라 당신 통장에서 나갔는데. 아 무튼 효도는 공짜로도 해드릴 수 있는 것이고, 효도하면 이렇게 내 손에 돌아온다.

뭔가 거대한 폭음이 들렸다. 혹시 주유소나 유조차가 터진 건 아닌지 불안했다. 지금 상황에서 불이라도 나면 정말 큰일이다. 소 방차가 올지 안 올지도 모르고, 내가 가서 끌 수도 없다. 불이 나 도 끌 수 없는 상황! 이게 지금 상황이다.

불이 나도 가서 끌 수 없다니, 옆집에 불이 나도 제발 우리 집 에 옮겨 붙지 않길 기도만 해야 하는 상황이 꼭 그저 남의 안 된 일을 구경만 하는 세상과 닮은 듯하면서도, 분명 그 속은 다른

이 상황. 도와주고 싶어도 도울 수 없고, 그래서 마치 인간이 냉정하고 무관심해서 그런 것 같은, 그렇게 보이는 상황. 사람은 냉정하지 않는데, 냉정한 세상이 아닌데, 냉정해 보이는 세상. 이게 지금 세상이다. 정말 무서운 세상이다. 정말 무서운 세상이야. 그래, 거리에 수많은 좀비가 싸돌아다니니 무서운 게 당연하다.

　총성에 놀라 깼다. 처음엔 누군가 공기총으로 멧돼지 사냥하듯 좀비를 사냥하나 생각했는데, 다시 들어보니 기관총소리였다. 트림하는 디젤엔진 소리도 들렸다. 근데 총성? 서울 한복판에서 총성이라니? 베란다에서 큰길 쪽을 내려다보니 멀리 탱크가 요란한 소리를 내며 도로를 내달리고, 그 뒤로 60트럭에 군인들이 거리의 좀비들에게 총을 쏘아대고 있었다. 놀랍기도 했지만, 아직 정부가 뭔가 한다는 생각에 은근히 기대가 됐다. 치료제를 만들어 뿌렸다면 더 좋았겠지만, 최소한 원시적인 대응조치라도 한다는 게 반가웠다.
　좀비들은 총성을 듣고 불나방처럼 죽여달라는 듯 모여들었다. 본인들을 위해서나 인간들을 위해서나 아주 좋은 태도다. 그래야 좀비들은 영원한 안식을 얻을 수 있고, 인간은 다시 평온한 일상으로 돌아갈 수 있으니까. 잠시 안방에 가둬둔 부모님을 내보내야 하나 말아야 하나 고민하는데, 빌어먹을 군인들은 죽여달라고 기어나오는 좀비들의 바람을 철저하게 외면하고 쏜살같이 달아나버렸다. 한편으론 다행이지 싶다. 나중에 좀비 치료제가 나와서 어머니, 아버지를 다시 사람으로 되돌릴 수도 있을지 모르는데, 괜히 죽게 내몰면 나중에 크게 후회할 테니까.

뒤늦게 골목에서 나온 좀비들이 이젠 보이지도 않는 트럭을 쫓아 뒤뚱거리며 걸어갔다. 생각보다 느린 걸음은 아니었다. 내 빠른 걸음 정도. 하지만 그 걸음으로는 절대 트럭을 쫓아갈 수 없었다. 이미 멀리 사라져버린 트럭을 쫓아 걸어가는 좀비들의 모습이 왠지 병들어 뒤처진 오리새끼 같아 괜히 불쌍해 보였다. 내게 소음기 달린 소총과 총알 1만 발이 있다면 녀석들을 편히 잠재워 줬을 텐데, 하는 아쉬움이 남았다. 그리고 보니 나도 뭔가 무기가 있어야 한다. 지금 내게 쓸만한 무기라고는 프라이팬과 식칼뿐이다.

아무튼 좀비들이 개처럼 물 줄만 아는 줄 알았더니, 귀는 제대로 달린 모양이다. 온 동네 좀비들이 벌떼처럼 이미 시야에서 멀어진 탱크와 트럭을 쫓아 계속 도로로 모여들고 있다.

거실을 붉게 물들이는 노을에 베란다 밖을 내다보니, 노을을 등진 재개발 공사장의 앙상한 대형 크레인이 마치 폐허가 된, 지금의 서울을 상징하는 것 같았다. 그 앞으로 예전, 내가 뛰놀던 동네가 폭탄을 맞은 듯 움푹 파여 있다. 거대한 포탄이 떨어진 자리 같다. 그리고 보니, 재개발 현장 안에 분명 다이너마이트가 있을 거라는 생각이 들었다. 산동네 재개발인 탓에 돌산을 깨려고 하도급업체가 몇 번 폭파하는 걸 어머니가 보시고 내게 물은 적이 있었다. 그때 나는 심통을 부리며 우리 회사가 수주했으면 그런 짓 안 한다고 말해 어머니 입을 단박에 막아버렸다. 아무튼 대형 크레인이 세워진 공사장 안을 살펴보니 컨테이너로 만든 사무소 옆에 나무로 된 작은 오두막이 보였다. 보통은 용접용 가스 같은 폭발성이 높은 자제들을 보관하는 창고지만 다이너마이트를 썼다면 분명 한 곳에 같이 보관하고 있을 터. 당장 뭘 할 건 아니라서 그냥 위치만 봐두고 말았다. 나중에 좀비 문제가 해결되면 괜히 문제가 될 수도 있으니까. 그리고 군이 좀비를 소탕하고 있으니, 지금은 침착하게 이성적으로 기다리는 게 상책은 아닐지 몰라도 차선책은 될 것 같다.

해가 지고, 다른 아파트 군데군데 불이 켜진 집들이 보인다. 아직 많은 사람들이 정부의 대응을 기다리며 집에 머물고 있는 것 같다. 텔레비전이라도 좀 재미있는 걸 보여주면 좋으련만, 이런 상황에는 좀비 영화가 딱인데, 방송국 직원들은 센스가 없다. 하긴 재난 방송도 제대로 못 하는데 좀비 영화는 무슨 얼어 죽을 좀비 영환가. 괜히 나중에 욕이나 먹겠지. 위성방송도 안 나오는 걸 보면 위성방송이라고 해서 특별히 대단한 건 아니다. 뭐 우주에서 쏘는 건 아니니까. 거울로 빛을 반사하듯 그저 반사하는 것뿐이지. 하긴, 평소에도 갑자기 번개 치거나 소나기가 오거나, 또 태풍만 올라오면 화면이 멎으면서, 신호가 안 잡힌다고 헛소릴 해서 이걸로 나중에 어떻게 재난방송을 하나 싶었는데, 역시나 쓸모가 없다. 이딴 걸 왜 쏴 올리고, 이딴 걸 왜 달았는지 모르겠다. 우리 집에서는 남산 송출탑도 잘 보이는데.

가스가 끊겼다. 전기밥솥으로 밥을 하니 군이 가스가 끊겨도 아쉽진 않다. 가스보단 물과 전기다. 혹시, 지난번에 들은 폭음이 가스저장시설에서 터진 걸까? 답답하다. 아파트 안에서 신문도, 소문도 들을 수 없으니 알 수가 없다. 스마트폰은 멍청이가 된 지

오래다. 방송, 신문이 멈추니, 인터넷 포털에도 새소식이 없고, 덧
글에도 새 글이 올라오지 않는다. 다 죽은 걸까, 다 좀비가 됐나?
배터리가 떨어진 걸까? 어차피 지금 내겐 다 똑같지만, 그래도 배
터리 문제이길 빈다.

    문득 전기까지 끊어질지 모른다는 생각에 저녁은 생선과 고기
로 만찬(?)을 차렸다. 가스가 끊기고, 전기까지 끊기면 고기와 생
선은 날로 먹을 수도 없고, 아깝게 버려야 하니까. 아끼다 똥되느
니 먹고 똥되는 게 낫다.
    통조림은 만약을 위해 절대적으로 아껴둬야 한다. 일반 참치통
조림 유통기한이 놀랍게도 7년이나 된다. 7년, 보통 통조림의 유
통기한은 2년인 줄 알았는데 7년이라니, 내가 모르는 사이 저장
기술은 획기적으로 발전했나 보다.
    통조림의 유통기한이 내가 살아남을 수 있는 생존기간처럼 느
껴진다. 하지만 참치통조림 2개로는 절대 7년을 버틸 수 없다. 만
약 지금 당장 좀비가 소탕되지 못하면, 어쩌면 이 통조림이 나보
다 더 오래 살 것 같다.
    고기에 생선까지 이왕 거창하게 먹은 거 제대로 다 하고 싶어
서 커피도 타 마셨다. 어차피 죽을 거면, 먹고 죽는 게 낫다 싶고,
또 먹고 죽은 귀신 때깔도 곱다는 말도 생각나고.
    커피를 마셨더니, 담배 생각이 더 간절하다. 꽁초를 마지막까지
쥐고 있어야 했다. 그나저나 내일부터 금단현상이 시작되면 어쩌
지? 설마 금단현상으로 좀비가 되진 않겠지. 양치질을 자주 해야
겠다.

뭔가 중독된다는 건 정말 무서운 일이다. 나는 지금, 비록 인스턴트 커피라도 커피가 있지만, 커피가 없는 커피 중독자는 아마 지금쯤 미칠 것 같을 테니까. 좀비문제가 빨리 해결되면 좋겠다. 헐, 담배가 피고 싶어서 빨리 좀비 문제가 해결되길 바라다니. 정말 나도 중독자인가 보다.

좀비가 줄기는커녕 점점 늘어나는 것 같다. 지옥에 떨어진 죄인들의 비명과 절규가 골짜기를 타고 올라오는 것처럼 을씨년스럽게 들린다. 내 머릿속에서 들리는 것 같아 미칠 것 같다. 마치 죽으라고, 같이 좀비가 되자고 최면을 거는 것 같다. 예전 같으면 누군가 조용히 좀 하라고 소리쳤을 텐데, 지금은 아무도 말하지 않는다. 예전에 트럭에서 과일을 팔던 과일상 아저씨가 확성기로 녹음된 테이프를 틀어 사람들을 모았는데, 옆집 아주머니가 아저씨 때문에 애가 깼다며 대문 앞에 나와서 툴툴거렸던 게 생각난다. 먹고살려고 그러는데 그깟 애 잠이 대순가 싶기도 했지만, 그때 과일상 아저씨는 미안하다며 확성기 소리를 줄였다. 그거처럼 누군가 좀비들에게 조용히 하라고 해 주면 참 좋겠다. 그럼 좀비들도 좀 미안해하고.

옷을 갈아입었다.
내 옷은 전부 오피스텔에 있어서 아버지 옷으로 갈아입었다. 속옷까지. 낡고 헐렁한 트렁크 팬티다. 괜히 마음이 짠하다. 문득 장례를 치르면 옷이며 이것저것 태워주던데……, 상황이 나아지면, 좀비 문제가 해결되면 그때 해 드려야겠다. 우선은 내가 입어야 한다.

낡고 촌스런 아버지 옷을 입다보니, 이제야 아버지한테도 잘해줄 걸 그랬다 싶다.

위험을 무릅쓰고 집밖으로 나오는 사람들이 많아졌다. 베란다에서 보이는 8차선 도로에 무턱대고 자동차를 몰고 달리다가 좀비들에 막히고, 둘러싸이고, 비명을 지르고, 살려달라고 외치는 소리가 몇 번 들렸다. 처음 몇 번은 베란다에서 구경을 했지만, 것도 사람이 할 짓은 아니다 싶어 창문을 닫고 멍하니 소파에 앉아있었다. 그러다 정말 꿍음과 함께 카랑카랑한 여자의 목소리가 들렸을 땐 정말 최악이었다. 전화를 걸어 경찰을 부를 수도 없는 상황, 전화를 했지만 받지도 않는 상황이니. 여자는 왜 무모하게 길을 나섰을까? 이 상황에서 가족이나 애인을 찾아 나왔을 리는 없고, 아마도 먹을 게 없어서 구하러 나온 거겠지. 우선 나는 쌀이 있어 안심이지만, 또 불안하다. 처음엔 1년은 먹을 줄 알았는데, 하루 두 끼만 해 먹어도 6개월은 못 넘길 것 같다. 6개월이 지나도 좀비 문제가 해결되지 않으면, 어쩌지? 설마, 그 전에 좀비도 굶어 죽거나 군대와 와서 모조리 쓸어버리겠지. 그래, 제발, 정부야, 빨리 돈 걷어간 값을 해라!

일주일? 열흘? 아무튼 이제 총성도 사라지고 거리는 더 많은 좀비로 채워졌다. 설마 총알이 떨어진 걸까? 예전 「개그콘서트」를 보니, 우리나라 인구가 5000만이 됐다던데, 만약 우리나라 인구 5000만이 전부 좀비가 됐다면 최소한 5000만 발이 필요한 데, 총알 5000만 발이 있을까?

좀비들은 기본적인 귀소본능조차 없는 게 확실하다. 그렇지 않고서야, 자기가 살던 아파트 현관문도 열어놓고 저렇게 돌아가지 않을 수 있나. 설마 먹을거리를 찾아 거리로 나온 걸까? 인간을? 정말 좀비들은 며칠이나 굶고 살 수 있을까 궁금해졌다. 나는 죄송하지만 아버지, 어머니가 부디 안식을 찾으셨길 빌며 살짝 안방 문을 열고 안을 살폈다. 내 바람과는 달리 두 분은 여전히 정신 나간 사람처럼 방 안을 서성이고 계셨다. 그런 아버지를 보니 가슴이 찡했다. 예전엔 어머니와 내가 약수터라도 다녀오라고 내쫓기 전엔 비스듬히 누워 텔레비전만 보시던 아버지셨기 때문이다. 평소에 저렇게 움직이셨으면 좋았으련만.

비명소리에 잠을 깼다. 맞은편 103동 702호 창문에 매달린 사람들이 지르는 비명이었다. 젊은 부부 같았는데, 좀비에 쫓겨 베란다로 피했지만 유리창이 그들을 지켜주지 못했다. 어쩌다 좀비들이 저기까지 올라갔을까? 설마 초대했을 리는 없고. 그동안 밤이면 그 집에 불이 켜져 있던 게 생각났다. 불빛을 본 걸까? 부부 싸움이라도 해서 좀비들의 관심을 끌기라도 한 걸까?

오늘 밤부터는 화장실의 불도 켜지 말아야겠다는 생각을 했는데, 가는 날이 장날이라던가 이제 전기도 들어오지 않는다. 아직 잘 나오긴 하지만 문득 물도 끊길지 모른다는 생각에 다시 욕조며, 빈 생수통, 온갖 그릇에 물을 가득 채웠다.

가스, 전기. 예전엔 그런 거 없어도 잘만 살았다. 하지만 물은 아니다. 물은 꼭 필요하다. 정말 물은 생명이다.

'먹는 수돗물 아리수! 서울에 좀비가 창궐했을 때, 서울시민은 아리수를 마시며 견뎌냈다!' 좋은 광고 문구가 될 것 같다. 괜히 수도공사와 서울수도 사업본부, 정수장을 믿고 싶어진다.

광고는 꿈도 꾸지 마라! 이제 물도 끊겼다. 아리수? 차라리 '형부, 파이팅!'하는 하리수가 낫다.

가장 큰 문제는 똥이다. 살아있으니 먹는 거고, 먹은 게 있으니 싸는 건 당연하다. 그런데 치울 곳이 마땅찮다. 언제 상황이 종료될지 모르는 상황에서 변기에 아까운 물을 부을 순 없다. 흙이라도 있으면 덮기라도 할 텐데, 아파트 15층이라 흙 같은 건 없다. 벽을 갉아내 콘크리트 가루로 덮을 수도 없고, 화분이 몇 개 있지만, 그걸로 과연 해결이 될까? 게다가 저 이름도 모르는 난(蘭)은 어머니가 애지중지하던 거다. 혹시나 나중에 어머니한테 한소리 듣느니, 똥을 참겠다.

좋은 곳을 생각해냈다. 옥상! 옥상은 이미 닭둘기들의 화장실이다. 같이 좀 쓰자는 데 불만은 없겠지. 우리 집은 꼭대기 층, 나름 펜트하우스라 옥상을 올라가는 데는 큰 위험이 없다. 우선 안전한지 확인하기 위해 조심조심 현관문을 열고 조용조용 옥상으로 올라갔다. 문에는 문을 열면 화재경보가 울리고 소방서에 위치정보가 전송된다고 써 있었다. 제발 그래서 소방차가 와서 나를 구해줬으면 싶었다. 한편으론 아파트 안에 화재경보가 울려 좀비들이 몰려들지 않을까 걱정했는데, 너무 급히 열었더니 아파트 화재경보는 조용했다. 아마 경비실에만 울리나 보다. 설마, 고장은 아니겠지.

옥상에 올라가 보니, 예전에 어른들 몰래 아파트 옥상에서 담배 피우던 고딩시절이 생각났다. 담배, 담배. 없어서 끊게 되는 비참한 현실. 더 생각하지 말자!

옥상에서 똥을 싸고 횅한 옥상을 보니, 여기에 'HELP ME'라고 커다랗게 써놔야겠다는 생각이 들었다. 페인트는 없고, 쓰다 남은 청테이프로 쓰자니 큼지막하게 'H' 하나 쓰면 끝일 것 같다.

종일 뭐로 표시할까 궁리하다가 짜증만 났다. 좀비 영화에는 이럴 때 필요한 건 어떻게든 다 찾아내는데, 우리 집에는 이럴 때 쓸만한 게 하나도 없다. 그러고 보니 할리우드 영화를 보면 이럴 때 사람들이 피신할 냉전시대 만들어진 방공호며, 서로 교신할 수 있는 단파무전기, 자신을 지킬 수 있는 총, 손전등, 페인트 같은 게 쉽게 등장하는데 우린 이게 뭔가 싶다. 우리나라에서 냉전시대에 만들어진 방공호는 군사기밀이고, 가출청소년들의 탈선장소다. 단파라디오는 있으면 간첩이고, 총은 예비군 훈련 때나 구경하는데 그나마 총알은 향방예비군으로 바뀌면 아예 구경도 못 한다. 손전등은 핸드폰 액정이 대신하고 있고, 페인트? 시너는 있어도 페인트는 없다. 80년대도 아니고 화염병을 만들 것도 아닌데 왜 집에 시너가 있는지 모르겠다. 아무튼 우린 재난에 너무 취약한 것 같다.

아무래도 일본에 놀러 갔을 때, 일본의 재난대비용품을 좀 사올 걸 그랬다. 그때 손잡이를 돌려 손전등을 켜고, 라디오도 켜고, 휴대폰도 충전할 수 있는 게 있었는데, 지금 그게 제일 갖고 싶다. 정말 그게 제일 갖고 싶다. 만약 일본도 우리나라처럼 좀비가 창궐했다면, 일본인들은 집에 편히 앉아 라디오를 듣고, 친구와 통화를 하면서 구조를 기다리겠지.

아, 부러워하면 지는 건데, 그렇다면 난 벌써 졌다. 하필 일본에 지다니.

그렇게 가고 안 돌아올 거면 총이라도 던져주고 가지! 빌어먹을 군인들. 왜? 총 잃어버렸다고 영창 갈까 봐? 좀비가 도망치는 너희 등판 쏠까 봐 무서웠냐? 허긴 군인이 등에 맞고 죽으면 그 무슨 망신이겠냐. 그래도 총과 총알을 쫙 풀고 갔으면, 나 같은, 남은 시민들이 좀비를 죽이던가, 싸우던가 그랬을 텐데, 이게 뭔가 싶다. 정말 대책이 없다. 몽둥이로 저 밖의, 저 많은 좀비들을 죽이라는 건가? 프로야구 선수도 많이 해야 하루 천 번 이상 배팅 연습은 안 한다는데, 어느 세월에……. 차라리 좀비가 굶어 죽길 바라겠다.

예비군 훈련을 받은 군부대라도 가볼까 했는데, 버스를 타고 잠이 들어서 훈련소가 어딘지, 어떻게 가야 하는지 지금은 전혀 모르겠다. 혹시 동사무소엔 있을까? 동사무소? 젠장, 동사무소가 어디 있는지 모르겠다. 경찰지구대도 어디 있는지 모르고. 젠장, 우리 동네 소방서도 어디 있는지 모른다. 젠장, 이게 뭐지? 도대체 다 어디 숨은 거야? 지하정부야?

그래, 어디서 총을 구한다고 해도, 그것 역시 괜히 나중에 문제가 될지 모른다. 우선은 기다릴 수밖에 없다. 그래, 비록 불만은 있어도, 나는 최대한 침착하게 현 상황에 대응하고 있다.

아, 좀비들. 군대는 도망갔다 치고, 도대체 경찰은 뭐하는 건지 모르겠다. 좀비들이 도로를 점거하고 있잖아! 도로를! 잡아가야 겠다는 강한 유혹을 못 느끼나? 좀비들한테는 최루탄이 안 통하나?

전기가 다시 들어왔다. 여기저기 다시 불이 켜진 집들이 보였다. 위험한 짓 아닌가? 생각해 보니 아마도 이미 집을 떠난 사람들이 불을 켜두고 나간 모양이다. 좀비로 변했거나.

101동 202호 베란다에서 고함과 여자의 비명이 들렸다. 여자는 임신한 여자였는데, 출산이 가까웠는지 진통이 온 듯했다. 남편인 듯한 남자가 고함을 치며 좀비들을 몰아내려고 했지만, 좀비들이 봇물 터지듯 몰려들고, 다급한 나머지 화단으로 뛰어내린 여자를 다시 좀비들이 에워싸는데, 해도 해도 너무한다 싶다. 그래도 한 땐 분명 자기들도 사람이었는데, 마치 처음부터 원래 그런 짐승으로 태어났던 것처럼 사람들을 물어댄다. 나는 절대 저렇게까진 되지 말아야지 하는 생각뿐이다.

나는 좀비가 돼도 인간적인 좀비가 되고 싶다. 그렇게 될 수 있다면 말이다.

못 볼 걸 봐서 그런지, 봐선 안 될 걸 봐서 그런지 종일 기분이 꿀꿀하다. 임산부인데, 나도 죽더라도 어떻게든 도와줬어야 했던 것 같기도 하고, 나 하나 살려고 죽을 위기에 빠진 사람을 외면한 것 같고, 내가 겁쟁이인가 싶기도 하고, 내가 이런 놈이었구나 싶기도 하다.

하지만 어차피 지금 상황에서 그 여자는 살 수 없을 거다. 아기가 태어나고 첫 울음을 터뜨리면, 좀비들이 모여들 테니까. 예전엔 세상에서 가장 아름다운 소리가 아이 첫 울음소리와 다듬이질 소리, 책 읽은 소리라고 했는데 이젠 가장 위험한 소리고, 다신 들을 수 없는 소리고, 내서도 안 되는 소리다. 이제 침묵해야 살아남을 수 있다. 그저 조용히 살아야 한다.

아직 아파트 여기저기에 사람이 있는 것 같았는데, 그래서 조금 위안이 됐는데, 베란다에서 건너편 아파트를 살펴보니 움직이는 건 사람이 아니라 좀비들이다. 좀비들이 집을 차지하고 있다.

소녀를 발견했다. 낡은 옷가지와 이불, 지난 신문으로 'HELP ME'를 쓰다가 단지상가 건물 옥상에 쭈그리고 앉아 있는 아이를 발견했다. 우리 집 베란다에서는 맞은편 103동에 가려 보이지 않는 곳이다. 너무 반가워 소리쳐 불러볼까 하다가 상가 주변에 좀비들이 워낙 많아 포기하고 고민 끝에 손거울 두 개로 햇빛을 반사시켜 신호를 보냈다. 아이가 신호를 보고 같이 손거울로 신호를 보냈다. 어떻게 이야기를 나눠볼까 고민하면서 모스부호를 알면 좋았을 텐데 하는 아쉬움이 남았다. 하지만 또 나만 알고 있으면 뭐하나 어린 여자아이가 알긴 하겠나 싶었다. 그래서 곰곰이 생각하다가 건너편 건물에 햇빛을 반사시켜 큼지막하게 글씨를 하나씩 써서 소리 없는 대화를 나눴다.

　이름은 최선희. 고2란다. 휴대폰이 되면 통화를 하고 싶었지만, 선희의 휴대폰은 이미 방전된 상태였다. 반면 나는 부모님 휴대폰과 예비 건전지까지 모두 충전해 둔 상태였다. 기회가 되면 건전지 모델이 같은 내 휴대폰의 예비 건전지를 가져다주기로 했다.

　그동안 어떻게 버텼느냐고 묻자, 아래 마트에서 과자와 라면을 가져와 견뎠다고 했다. 아직 마트에는 마실 음료수도 있고, 먹을 게 많이 남아 있다고 했다. 마트 주인보다는 좀비들에게 안 걸렸느냐고 묻자, 선희는 자기가 내려갔을 때 상가 안에 좀비가 한 놈밖에 없었고, 밤에 조용히 내려갔다고 했다. 밤이라고 해서 잠도 자지 않는 좀비에게 다를 게 있겠나 싶었지만, 생각해 보니 어쩌면 좀비들도 눈은 있으니 밤엔 잘 안 보일 것 같기도 했다. 어쩌면 밤에 시력이 우리보다 나쁠 수도 있다. 하지만 우리도 어두워서 녀석들을 잘 볼 수 없을 텐데, 우리도 썩 유리하진 않을 것 같다. 아무튼 103동 702호과 101동 202호 사람들이 죽은 뒤로 살아있는 사람은 그림자도 보지 못했는데 살아있는 사람을 보게 돼서 기쁘고, 문자지만 이야기를 주고받을 수 있어서 좋았다. 혼자 조용히 지내다 보니 진짜 입에 곰팡이가 슬 것 같았다.

　비가 와서 오늘은 선희와 많은 이야기를 할 수 없었다.

　비를 피해 옥상 출입문 앞에 쪼그리고 앉아 있던 선희가 먼저 내게 손을 흔들었다. 내게 손을 흔드는 선희를 보니, 나도 저런 딸이 있으면 좋겠다는 생각이 들었다. ……지금 내 나이에 고2 딸이라, 내가 저 나이 때, 첫사랑을 만나기도 전에 사고를 쳤으면 가능한 이야기다.

선희는 거울 대신 팔로 허공에 글을 썼다. 그러다 내가 잘 못 알아듣자 어깨가 아픈 듯 주무르더니 포기하고는 대신 옥상 가운데로 나와 영화의 한 장면처럼 우스꽝스러운 춤을 추었다. 어쩌면 황사비이거나, 산성비이거나 아직 방사성비일 수도 있는데, 생각 없이 맞는 선희를 보며 처음엔 망설였는데, 어쩔 수 없이 춤에 답하기 위해 나도 우산을 내려놓고 우스꽝스런 춤을 추었다. 그리고 내려와 만약을 대비해 마른 김을 10장 먹었다.

나나 선희가 아직 좀비가 되지 않은 걸 보면, 최소한 사람들이 다 방사성비를 맞아서나, 방사성에 의한 어떤 변종 바이러스에 의해 좀비가 된 건 아닌 것 같다는 결론을 얻었다. 그럼, 황사는? 황사먼지를 나만 안 마신 것도 아닐 테니 황사도 아니겠고, 침출수? 그런데 지방 사람도 아니고, 서울 사람들이 침출수를 직접 마실 일은 없다. 오염된 상수원 때문에? 피가 섞인 침출수와 정수장의 어떤 화학약품이 어떤 화학작용을 해서? 하지만 수돗물은 나도 늘 쓰는 물이니 그것도 아닌 것 같고.

만약 소·돼지의 저주라면? 최근에 소·돼지를 묻어 죽인 건 우리나라뿐일 테니, 그럼 최소한 전 세계적으로 좀비가 나타난 건 아닐 테고, 그렇다면 최소한 외국군에 구조될 기회가 있다는 결론을 얻었다.

그런데 치료는 할 수 있는 걸까? 군대가 좀비를 쏴 죽인 걸 보면, 치료제는 없는 것 같기도 하다. 있어도 비싸거나.

그래, 치료제는 없을지도 모른다. 있어도 너무 늦었을지 모른다. 그래서 결심했다.

오늘 부모님을 죽였다. 어차피 죽은 거나 마찬가지니, 두 번 죽이는 짓이 된다. '저를 두 번 죽이는 짓이에요.' 정준하의 유행어가 생각난다. 지금 상황에 딱 맞는 말 같다. 어차피 치료제도 없고, 군대가 와서 죽일 거라면, 차라리 내 손으로⋯⋯, 또 군의 일을 덜어주는 게 나을 것도 같고, 그리고 나도⋯⋯, 나라도 살려면, 이젠 먹을 걸 구하기 위해 나가야 했다. 이제 남은 거라곤, 쌀과 김치, 마른 김, 아껴야 할 통조림 그리고 설탕 같은 조미료뿐이었다. 그리고 마트에 가면 옥상의 선희와 직접 이야기를 나눌 수도 있다. 사실 이야기를 나눌 수 있는 게 가장 중요한 이유였다. 입안에 가시도 돋칠 것 같고, 사람 얼굴도 보고 싶다. 사람 얼굴이. 마트까지는 100미터가 채 안 됐기 때문에 해 볼 만한 모험이었다. 그렇다고 그냥 나갈 순 없었다. 좀비들이 어떻게 인간을 인식하는지는 모르지만, 최소한 눈에 띄지 않는 위장이 필요했다.

처음엔 두 분 중 한 분만 죽이려고 했다. 문을 열고 한 분만 먼저 나오길 바랐는데, 둘이 서로 밀치며 거의 동시에 나오는 바람에 제때 문을 닫지 못했다. 결국 사랑하는 두 분의 평온한 안식을 위해 뱀파이어의 심장에 말뚝을 박는 심정으로, 영화에서 본 데로 프라이팬으로 두 분의 머리를 후려치고 만약을 위해 가위와 식칼을 머리에 꽂아버렸다. 그리고 아버지의 냄새나는 옷과 피부 조직 약간을 벗겨냈다. 얼굴은 쳐다보지 않았다. 손이 몹시 떨리긴 했지만, 이게 산 자를 위해 죽은 자가 할 수 있는 최선이라고 내 마음을 다잡았다. 내가 좀비가 되고, 또 내 좀비 피부가 필요하다면, 누군가도 그렇게 했을 테고, 그래야 했을 테고, 또 그래도 되니까.

피부는 이미 죽은 상태여서 그런지 판박이 비닐처럼 쉽게 벗겨졌다. 마치 오래 전에 이미 말라비틀어진 미라 같았다. 미라를 직접 만져 본 적은 없지만, 그래 보였다. 그래서, 이미 너무 늦어 치료제가 있어도 구하기 힘들 것 같았다. 그리고 혹시 선희도 다른 곳으로 탈출을 시도할지 모른다는 생각에, 어머니의 시체에서도 옷과 피부를 조금 벗겨냈다. 시체는 다시 안방 침대에 옮겨 넣고 아버지의 옷과 피부를 목과 팔에 감았다. 어머니의 피부는 어머니의 등산배낭에 넣고, 조심조심 계단을 내려갔다. 5층까지는 괜찮았는데, 더 내려가자 점점 악취가 올라오더니, 심지어 쥐가 계단을 올라왔다. 내장이 거꾸로 올라오는 것처럼 역겨웠지만 익숙해지려고 계속 숨을 쉬었다. 괜히 역한 냄새에 토악질을 하거나 기침을 하면 좀비들의 시선을 끌 수 있으니까.

2층 층계참에서 창문으로 길에 좀비가 넷밖에 없는 걸 확인하고, 심호흡을 한 뒤, 좀비처럼 뒤뚱뒤뚱 거리며 현관을 지나 밖으로 나갔다. 오랜만의 외출이었다. 길은 악취와 쥐로 가득했다. 도대체 그 많던 도둑고양이들은 뭘 하는 건지. 이제 쓰레기는 포기하고 쥐를 잡아먹을 때가 되지 않았나?

나는 행여 좀비들이 눈치챌까 잔뜩 긴장하며 느리고, 느리게 걸었다. 다행히 녀석들은 내게 신경을 쓰지 않았다. 그래서 안심하고 걷다가 깜짝 놀랐다. 103동 모퉁이를 돌자 빌어먹을 좀비가 수십 명(?), 마리(?)가 나타났다. 완전 미칠 지경이었다. 심장이 터질 것 같았다. 얼굴이 썩었다는 말, 그대로였다. 잊고 있었던, 15층에서는 들리지 않던, 숨을 쉬는 건지 겁을 주려는 건지 알 수 없는 그들의 숨소리(?), 그게 아니면 악몽을 꾸는 듯한 앓는 소리가 사방에서 낮고 음울하게 들렸다. 게다가 빤히 녀석과 부딪힐 게 보이는데도 피하지 못하고 계속 가까이 걸어가야 할 땐 정말 심장이 튀어나와 죽는 줄 알았다. 아무튼 상가를 향해 걷는 그 10분은 내 생에 가장 길고 끔찍한 10분이었다.

상가 안의 마트는 그 안에 있던 사람들이 공격을 당했는지 유리창은 모두 깨지고 진열대는 삐뚤어지거나 쓰러져 있었지만, 물건들은 거의 대부분 남아 있었다. 나는 좀비들이 인간처럼 쌀과 라면을 먹지 않는다는 게, 너무나 고마웠다. 그리고 소리를 내지 않게 조심하며 통조림과 작은 1킬로그램짜리 쌀을 몇 개를 챙겼다. 상가 복도의 좀비들 때문에 선희처럼 라면을 챙길 생각은 엄두도 못 냈다. 물론 가스도 끊겼지만 바스락거리는 봉지가 녀석들의 관심을 끌까 봐 손도 대지 못했다. 그리고 담배 두 보루를 챙기고, 미리 밝혀두지만 나중에 절도혐의로 고소당할까 봐 계산대 서랍에 현찰을 넣어두고 왔다. 그리고 다시 좀비 걸음으로 느릿느릿, 뒤뚱뒤뚱 걸으며 상가 옥상으로 올라갔다.

나와 마주한 선희는 손거울은 있지만 볼 틈은 없었던 게 분명하다. 엉망이었다. 예상은 했지만 너무나 지저분했다. 그리고 멀리서 볼 땐 몰랐는데 치마통과 블라우스 폭을 줄인 교복을 입고 있었다. 한마디로 날라리였다. 예전 같으면, 쌩 까고 눈살을 찌푸렸을 그런 차림새였지만 그땐 그마저도 귀엽고 착해 보였다.

선희는 그대로 내 품에 와락 안겨왔다. 다신 사람을 보지 못하고, 이야기하지 못할 줄 알았다며 흐느꼈다. 나는 혹 그 울음소리를 좀비들이 들을까 봐 적이 놀라며 선희를 진정시켰다. 선희는 내가 와줘서 너무 고맙고, 다시 공부하고 싶다고, 엄마와 동생한테 화낸 게 너무 미안하고, 또 친구들이 보고 싶다며 울먹였다. 그러나 나는 다정한 위로 대신 2층 상가 옥상이면 아래 좀비들이 소리를 들을 수 있으니 제발 조용히 하라며 선희에게 얼굴을 찌푸렸다. 솔직히 괜히 찾아온 게 아닌가 후회되기까지 했다. 어려서 그런지 너무 감성적이다. 감성적인 사람은 이런 상황을 극복하기 힘들다. 이럴 땐 무조건 냉정, 냉철해야 한다. 피도 눈물도 없는 그런 사람이 살아남고, 그런 사람이 필요하다. 독사 같은 냉혈한이 돼야 한다.

우리는 그동안 우리가 본 일들을 이야기하며 담배를 나눠 피웠다. 선희는 가족들이 전화도 받지 않는다며 또 울먹였다. 아마도 버려진 기분이 들었던 것 같다. 그때 나는 섣부르게 위로랍시고 내가 첫날 겪었던, 왜 이럴 때 전화질이냐고 따지던 어떤 아저씨의 이야기를 해 주며 아마 위험해서 받지 않을 수 있고, 또 지금은 휴대폰들이 다 방전됐을 거라고 했다. 집 전화로 했는데 왜 안 받느냐고 물으면 어쩌나 했는데 다행히 집 전화는 없는 듯했다. 그리고 선희의 기분도 풀어줄 겸, 뒤뚱거리며 걷는 좀비 걸음도 가르쳐주었다. 그때 선희는 진짜 멍청해 보인다며 입을 틀어막고 웃었다.

나는 선희를 만나기 위해 올라오긴 왔지만 오래 머물 생각은 없었다. 2층 옥상은 안전하지 않다고 생각했다. 잘못해 소리를 낼 수도 있고, 어떤 좀비가 아파트 위층에서 내려다보면 들킬 수도 있었다. 그래서 우리 집으로 가는 게 어떠냐고 제안했다. 그러나 선희는 용기를 내지 못했다. 아래층 마트에 먹을거리가 아직 많이 남아 있으니 굳이 그곳을 떠날 이유가 없었을지도 모르겠다. 어쩌면 내게 못 미더웠을 수도 있다. 아무튼 나는 약속한 휴대폰 건전지를 주고, 안전한 나의 집으로 돌아왔다.

오랜만에 피우는 담배에 머리가 띵하다.

어제 그 웃음이 내가 본 선희의 처음이자 마지막 웃음이었다. 이럴 줄 알았으면 실컷 웃게 할 걸 그랬다. 아니, 만나지 말았어야 했다. 처음부터 옥상에서 선희를 보지 말았어야 했다. 봤어도 모른 척했어야 했을지도 모른다. 나의 섣부른 위로가 선희의 마음을 더 아프게 만들고 죽음으로 몰아버린 것 같다.

선희는 다시 혼자가 된 걸 견뎌내지 못했다. 선희는 그날 밤 내가 준 어머니의 옷과 피부를 두르고 가족을 찾아 집으로 갔다. 그리고 좀비로 변한 엄마와 동생을 만났다. 그때 선희는 단호하게 돌아서야 했다. 냉정했어야 했단 말이다! 그러나 어리석게도 좀비로 변한 엄마와 동생의 모습에 울먹이다 그만 좀비의 이목을 끌어버린 모양이다. 얼떨결에 자신의 방으로 도망쳤고 창문으로 나가려 했지만, 이미 창문 밖에도 좀비가 몰려들고 있었다. 옷장 안으로 숨었고, 나에게 전화를 걸었다. 도와달라고, 살려달라고, 그만 눈물이 나서 이렇게 됐다고 울먹였다. 이제 좀비가 방에 들어왔다고 옷장에 숨어 있다고 했다. 어딘지 묻긴 했지만 갈 용기가 나지 않았다. 떨리는 선희의 목소리 너머로 옷장을 긁는 소리가 들렸다. 마치 내 바로 옆에서 문을 긁는 것 같았다. '미친 새끼, 왜 이런 때 전화질이야! 다신 전화하지 마!' 그 사람이 왜 그런 말을 했는지 알 것 같았다. 전화를 끊고 싶었다. 마치 내 바로 옆에 좀비가 서 있는 것 같았다. 그 좀비들에게 들릴까 봐 조마조마하며 무조건 달아나라고 속삭였다. 그저 속삭이기만 했다. 그때 내가 두려워한 건 선희가 숨은 옷장 밖의 좀비인지, 아니면 내 머릿속의 좀비인지 지금도 잘 모르겠다. 선희는 계속 울먹였고, 살려달라고만 했다. 마지막엔 비명을 질러댔다. 수화기로 그 소리가 너무 크게 들렸다. 내 머릿속의 좀비들도 그 소리를 들은 것 같았다. 밖의 좀비들까지 듣고 다 올라올 것 같았다. 나는 수화기를 틀어막았다. 그리고 점점 늘어나는 통화시간만 바라보았다. 그러다 전화를 끊었다.

선희의 자업자득이다. 지금 나는 선희의 가족에 대한 집착이 화를 자초했다고 순간, 순간 그렇게 자신을 위로한다. 그리고 내가 여기서 도우러 간다 해도 좀비처럼 느릿느릿 걸어가야 한다. 그럼 1킬로미터나 떨어진 선희의 집까지 1시간은 더 걸릴 터. 어차피 그때까지 선희가 살아있을 확률은 없다. 어머니, 아버지를 죽인 게 후회된다. 이미 죽은 두 사람을 죽이고, 또 산 사람 하나를 죽게 만들었다.

섣부른 짓으로 괜히 위험에 빠지고 싶진 않았지만, 먼 곳도 아니고 이미 갔다 온 곳이라 굳게 마음먹고 다시 마트에 다녀왔다. 괜히 혼자만 살겠다고 사재기하는 한심한 인간처럼 보일 것 같고, 나중에 절도죄로 고소당할 것 같기도 해서, 어떻게든 착하게 버텨보려고 했는데, 다시 생각해 보니 그대로 놔두는 것도 아닌 것 같다. 어제까진 남의 물건이었지만, 이젠 주인도 좀비가 됐을 수

섬37

도 있고, 죽었을 수도 있다. 또 좀비가 안 됐더라도 이해해 줘야 한다. 괜히 아끼다 똥된다. 정말 지금 상황에 딱 맞는 말이다. 아끼다 똥된다. 적당히 나눠 갖는 게 낫다. 옛말에도 재물은 거름과 같아 쌓아두면 악취가 나지만, 뿌리면 땅을 기름지게 해 좋은 열매가 돼 돌아온다고 했다.

좀비 걸음으로 걷느라 몇 번 오가진 못했다. 우선은 담배, 통조림, 생수만 챙겨왔다. 쌀은 아직 여유도 있고, 20킬로그램짜리 큰 것밖에 없어서 가져올 수도 없었다. 괜히 그걸 어깨에 짊어지고 오면, '나 인간이요.' 하고 광고하는 꼴밖에 되지 않을 터. 좀비들이 바보는 아닐 테니까. 아니, 바보더라도 그런 모험을 할 필요는 없다.

　※ 좀비처럼 걷기.

좀비처럼 퀭한 눈으로 뒤뚱거리며 걷다 보면, 왜 그들이 청각이 예민한지 절로 느끼게 된다. 초점을 잃은 눈과 부자연스런 동작, 굳고 뻣뻣해진 피부로는 주변의 정보를 제대로 얻을 수가 없다. 결국 주변의 정보를 얻기 위해선 다른 감각을 이용해야 한다. 시각, 촉각, 청각을 빼고 미각과 후각이 있지만 미각은 과연, 쓸모가 있을까. 그리고 후각은 금방 마비된다. 결국 주변 정보를 얻기 위해선 귀에 많이 의지해야 한다. 그러니 청각이 극도로 예민해질 수밖에 없다. 초원에서 풀을 뜯는 말이 전후좌우로 귀를 흔드는 것처럼 내 귀도 움직이면 좋겠다는 생각마저 든다.

좀비처럼 걸을 때 가장 고민거리는 방향 전환이다. 아직 좀비들이 무슨 생각으로, 무슨 이유로 방향을 바꾸는지 아직은 잘 모르겠지만, 소리가 들리는 쪽으로 방향을 바꾸는 걸 보면 방향을 바꿀 때 분명 아직은 뇌가 반응하고, 의지가 생겨서 바꾼다는 건데, 과연 그 의지가 이성적일까? 그리고 나는 청각보다는 이미 계획된 대로 이동해야 한다. 그래서 방향을 바꾸고 싶을 때는 바닥의 돌멩이나 쓰레기에 걸리거나, 바닥에 신발이 끌려 방향이 뒤틀린 것처럼 해서 방향을 튼다. 바닥이 고르고 깨끗하면 그런 식으로 방향을 틀 수 없겠지만, 지금 거리엔 여기저기 돌멩이며 거치적거리는 쓰레기가 넘쳐나니 그럴 일은 없다. 오히려 곧장 가고 싶은데 괜히 돌멩이나 쓰레기더미에 걸릴까 봐 걱정이다.

먹고사는 데 필요한 게 아니라 피다가 죽을 수 있는 담배를 더 챙겨오면서, 다시금 중독이 얼마나 무서운 건지 깨닫는다. 지금 사는 데 필요한 건 담배가 아닌데 담배를 꼭 챙기다니, 왠지 부자들이 왜 돈을 모으는지, 부(副)를 왜 모으는지 알 것 같다. 그 인간들은 돈의 노예가 아니라 돈에 중독된 거다.

또 전기가 나갔다. 이번엔 언제 다시 전기가 돌아올까? 해 놓은 밥 다 먹었는데 전기가 나가다니. 생라면을 부셔 수프를 넣고 흔들어 먹었다. 어렸을 때 어머니는 그렇게 먹으면 변비에 걸린다고 먹지 말라고 했었는데, 지금 상황에 변비가 대순가 싶다.

전기가 나간 김에, 만약을 대비해 엘리베이터에 함정을 만들었다. 엘리베이터 문을 열어두고 빨래건조대 위에 얇은 널빤지를 깔아, 밟으면 바로 엘리베이터 통로로 떨어지게 만들었다. 이러면 최소한 바로 우리 집 현관문을 두드리진 않겠지.

만들기 전엔 만들까 말까 한참을 고민했다. 괜히 함정에 걸려 좀비가 떨어지면 그 소리로 다른 좀비들이 모일 수 있다. 하지만 고민하지 않기로 했다. 어차피 모여도 1층으로만 모이겠지.

나중에 다시 전기가 들어와도 엘리베이터가 움직이지 못하게 옥상 엘리베이터실에서 엘리베이터 전원을 완전히 내려버렸다. 괜히 나중에라도 엘리베이터를 타고 좀비가 우리 집 현관 앞에 올라오는 건 보고 싶지 않다. 물론 엘리베이터를 타고 온 한두 놈이야 막을 수 있겠지만, 집 앞에서 놈들과 마주치고 싶진 않다. 남의 집 쓰레기봉투가 우리집 대문 앞에 있는 게 싫은 것처럼.

인간이 사라진 걸, 빌어먹을 바퀴벌레들이 눈치챘다. 여기저기서 기어 나오는 바퀴벌레를 잡느라 신문지가 너덜너덜해졌다. 처음 한두 마리만 나왔을 땐 바로바로 휴지로 닦고 꽁꽁 싸서 버렸는데, 이젠 귀찮기도 하고, 휴지도 아껴야겠다는 생각에 대충 빳빳한 전단지로 긁어서 비닐봉지에 담아두고 있다. 나중에 휴지가 떨어져서 맨손으로 뒤를 닦을 순 없다.

어둠 속에서 바퀴벌레를 잡다 보니 내가 무슨 무림고수가 된 기분이다.

익숙해진다는 말은 포기한다는 말과 비슷한 의미인 것 같다.

바퀴벌레 소탕은 이제 포기하고 공존을 모색하기로 했다. 그리고 어느 기사에서 본 기억으로는 한 바퀴벌레 연구가가 말하길, 우리가 바퀴벌레를 지저분한 벌레라고 하지만 바퀴벌레 입장에서 보면 우리가 더 지저분한 동물이라고 하던데. 그때는 의심했지만, 이제는 그 말을 믿고 싶어지고, 맞았으면 싶고, 틀린 말은 아닐 것 같고, 또 무슨 상관인가 싶기도 하다. 내가 아직 건강하게 살아있으니까 말이다.

밖에는 좀비가 가득한데, 나는 바퀴벌레 타령이나 하고 있다니. 문득 밖의 좀비도 이렇게 익숙해질까 걱정이다. 좀비에 익숙해진다는 것, 좀비가 된다는 것, 정말 무서운 일일까? 그냥 외모와 감각, 말하기 능력만 바뀌는 걸지도 모르는데 괜히 외모 때문에 내가 지레 겁먹고 있는 건 아닐까? 그래, 그럴지도 모른다. 하지만 그렇다고 그렇게 되고 싶진 않다. 이런 게 인간의 자만일까? 젠장, 부모님과 대화를 시도해 볼 걸 그랬다.

아무래도 마트에 가서 먹을거리를 더 챙겨놔야 할 것 같기도 하고 바퀴벌레 약도 구해 봐야 할 것 같아 현관을 나서다 깜짝 놀랐다. 동작감지센서로 켜지는 현관 전등이 켜졌다. 다시 전기가 들어온다는 얘기다. 약 올리는 것도 아니고, 은근히 짜증이 난다. 아무튼 또 언제 끊어질지 몰라 급히 전기밥솥으로 밥부터 했다. 3층 밥이 되긴 했지만, 생라면만 씹어먹다가 따뜻한 밥을 해먹으니 너무 부드럽고 온몸에 온기가 퍼지는 것 같다.

전등불에 놀라는 나를 보니, 행여 좀비도 불빛에 반응할지 몰라 계단에서부터 1층 현관까지 전등에서 전구란 전구는 모두 풀어놨다. 전구를 풀다 생각해 보니, 영화에서는 침입자가 있는지 확인하기 위해 전구를 깨뜨려 방문 앞에 뿌려놓기도 하고, 그 깨진 전구를 밟는 소리에 주인공이 잠에서 깨기도 하던데. 그런데 나는 그럴 수 없다. 괜히 잘못해서 내가 밟을 것 같기도 하고, 그 정도 소리는 현관문 뒤에서 들릴 것 같지도 않다. 좀비가 와도 경고해 줄 경보기가 없다니, 나는 영화 속 주인공보다 너무 불리한 환경 속에 살고 있다. 기껏 만든 것도 그저 눈에 환히 보이는 함정이다. 멍청한 사냥감이 걸리길 바라는 더 멍청한 사냥꾼 같다. 멍청한 사냥꾼. 나는 총도 없고, 영화 속 주인공들은 절대 안 하는 먹을거리 걱정도 한다. 주인공들은 조연이나 엑스트라가 식량 걱정을 하면, 언제나 자기 식량을 노인이나 아이에게 양보한다. 싸는 것도 걱정 안 한다. 모든 걱정은 조연들의 몫이다. 그래, 그 주인공들은 지금쯤 어떻게 살고 있을까? 과연 영화 속에서처럼 잘 버티고 있을까? 세상이 영화 같지 않지?

그래, 영화에선 그들이 주인공이고, 내 인생에선 내가 주인공이지만, 결국 빌어먹을 현실에선 너도, 나도 다 조연일 뿐이다.

마트에 가려고, 아파트 현관을 나오다가 103동 전기계량기함 앞에 서 있는 좀비를 발견했다. 계량기가 돌아가는 게 그 녀석의 관심을 끈 것 같다. 잠시 103동에 아직 누군가 살아있고, 그래서 계량기가 돌아가는 게 아닌가 생각했지만, 항상 플러그가 꽂혀 있는 냉장고며 이런저런 가전제품이 전기를 쓰고 있는 것이려니 하고, 그냥 지나쳐 마트에 다녀왔다.

저녁에는 갑자기 화장실에서 굉음이 들려 달려가 보니 풀어놓은 수도꼭지에서 토악질하듯 물이 나오고 있었다. 너무 요란해서 반갑기보다는 놀라 허겁지겁 수도꼭지를 잠갔다.

문득 생긴 의문!

이게 과연 이런 인류멸망의 상황을 대비해 모든 게 자동으로 복구되게끔 설계된 것일까? 아니면 정부가 아직 멀쩡한 국민들을 위해 필사적으로 물과 전기를 공급하고 있는 것일까? 서울에는 발전소가 없다. 경기도에는 있나? 모르겠다. 어쩌면 서울이나 도시만 이 난리일지도 모른다. 물은? 어딘가 수자원공사 직원이 최소한 한 명은 살아있는 게 분명하다. 막중한 사명감에 복구를 했거나, 아니면 자기도 답답하니 뭔가 조치를 취했겠지. 후자에 더 가깝지 않을까 싶다. 어쨌든 나는 그냥 받아먹기만 하면 되는 거다. …… 그래도 어쨌든 자기 본업을 충실히 수행한 한전 직원과 수자원공사, 수도 사업부 직원의 노고를 치하하고 싶다.

마트 계산대 밑에서 검정 페인트를 찾아냈다. 신이 나를 버리지 않은 것 같다. 먹을 것보다 더 반가웠다. 바람에 날아간 옷가지 대신 검정 페인트로 옥상바닥에 'HELP ME'라고 썼다. 애국심에 '도와주세요'라고 쓰려다가 헬기나 비행기를 조종할 줄 알면 영어는 기본일 테고, 우리말을 모르는 주한미군이 볼 수도 있으니 영어가 나을 것 같다.

헬기에 구조돼 헬기를 타고 떠나는 상상을 해 보았다. 내 생에 헬기를 탈 수 있는 유일한 기회일지도 모른다.

그동안 마트에 갈 때마다 진열대에 놓인 상품들의 위치가 조금씩 바뀌어 있었는데, 처음엔 대수롭지 않게 생각했다. 그저 좀비들이 우연히 마트에 들어왔다가 진열대에 부딪혀서 위치가 바뀌고 떨어진 거라 생각했는데, 이번에 가보니 혹시나 해서 계산대 서랍에 잘 넣어둔 참치통조림이 모두 사라졌다. 좀비들이 어지르지 못하게 챙겨둔 것들이었다. 좀비들이 서랍을 열고 통조림을 다 가져갔다? 그건 아닐 터. 어쩌면 정말 103동에 누군가 아직 살아 있을지도 모른다. ……내가 먼저 찜 해놓을 걸 누군가 가로채 가다니! 그래, 그거 먹고 오래오래 살아라. 그리고 우리 살아서 만납시다. 그때 내 직접 네 죄를 단죄할 것이야.

물은 다시 나오지만 화장실은 쓸 수 없다. 아무래도 변기 물 내려가는 소리가 너무 크다! 어쩌면 변기 물 내려가는 소리를 듣고 좀비들이 올라올 수도 있을 것 같다. 전기도 전기밥솥으로 밥을 할 때만 쓰고 있다. 불을 켜는 건 높은 층이라 괜찮을 것도 같지만 큰길 쪽 내리막 언덕에서 불빛을 보고 오는 좀비가 있을 수도 있다. 조심해서 나쁠 건 없다. 젠장, 전기도 물도 나오는데, 나는 아직 원시인처럼 살고 있다니. 저 딴 좀비 때문에!

혹시나 해서 켜봤더니 역시나 휴대폰도, 인터넷도, 텔레비전도 다 먹통이다. 라디오도 잡음뿐이다. 도대체 정부는, 군대는 뭐 하는 거냐? 세금 걷은 값을 이럴 때 제대로 하란 말이다! 공사 직원들만큼만 하란 말이다! 공사 직원들만큼만. 어쩌면 삼성은 아직도 반도체 공장을 가동하고 있을지 모른다.

내가 제일 좋아하는 날씨다. 밤에 비가 오고 아침에 맑게 갠.
마트에 가서 먹을거리를 챙기려다가 화창하게 갠 하늘을 보니, 좀비 피부를 붙이고 싶지 않아 종일 아파트에 있었다. 페인트는 다행히 유성이라 지워지지 않았다.

남극이나 북극에서 눈에 뚜렷이 보인다고, 가까운 줄 알고 무턱대고 걸어갔다가는 얼어 죽기 십상이라더니, 정말 그럴 것 같다. 비가 오고 끝나니 공기가 너무너무 깨끗하다. 멀리 보이던 남산 N타워도 마치 열 걸음은 더 가까이 다가온 것 같다. 북한산도 그렇고. 마치 내가 서울 미니어처 속에 들어와 있는 것 같다.

세상이 평화롭게만 보인다. 완연한 봄 햇살에 남산 N타워가 또렷이 보일 정도로 맑아진 공기, 지방국도처럼 한적한 거리, 뒤뚱거리며 느릿느릿 걷는 좀비, 숲에 온 것처럼 새 울음소리가 들릴 정도로 조용해진 도시, 보기만 해선 참 한가로운 풍경이다. 세상이 참 평화롭단 생각이 들었다. 인간만 없으면 세상이란 참 조용하고, 평화로운 곳이구나 싶은 게, 왠지 씁쓸하다. 참, 평화로운 세상을 보는데 왠지 다시 예전으로 돌아갈 수 없을까 봐 불안하다. 아마도 나는 이 평화가 어떤 평화인지 알기 때문이겠지.

하지만 하늘에서 보기엔 그저 평화롭기만 할 것 같다. 예전에 몰랐던 단지 안의 개나리며, 철쭉인지 진달랜지가 피어 있다. 공사장 뒷산도 완연한 봄옷으로 갈아입었다.

다시 전기도, 물도 끊겼다. 총성도 안 들린 지 오래고, 이젠 비명도 들리지 않는다. 며칠째 내 목소리와 벽걸이 시계의 초침만이 내가 들을 수 있는 유일한 소리다. 그런데 오늘 새삼 들어보니 초침소리가 마치 시한폭탄의 초침 같은 느낌이다. 괜히 언제 한 번 제대로 터질 것 같다. 은근히 불안하고 그렇다. 그래도 누군가의 비명이 들리지 않는 건 다행이다. 다행? 그걸 다행이라고 할 수 있을까? 비명이 들리지 않는다는 건, 혹시 정말 사람이 다 죽어 없어졌다는 뜻이 아닐까? 젠장! 좋아해야 할지 걱정해야 할지, 모르겠다. 누군가 알려주면 좋겠다. 답답하다.

제발 한전, 수공이 다시 분발해 주기 바란다. 내가 지금 외부 소식을 알 수 있는, 보이진 않지만 누군가 살아 있느냐, 없느냐를 알 수 있는, 막연히 짐작할 수 있는, 느낄 수 있는 유일한 방법은 전기와 수도가 나오느냐 안 나오느냐.

분명 모든 인간이 좀비가 된 건 아니다. 아직 우리 인간이 멸종한 건 아니다. 전기도 그렇고, 물이 나오는 걸 보면 분명 사람이 살아있다. 설마 좀비들이 갑자기 지능이 생겨 그런 시설을 가동하진 않았을 터. 그렇다면! 문득 어딘가에 누군가가 살아있다면, 그리고 그가 우리 아파트 단지와 가까이 있다면? 마트의 물건이 곧 동날 수도 있다는 생각이 들었다. 특히 103동! 103동에 누군가 살아있다고 확신할 순 없지만, 없다고도 확신할 수 없다! 그리고 좀비가 다 소탕된다고 하더라도 복구하느라 한동안은 농사도 못 짓고, 가공식품도 생산하지 못할 터. 결국 정부가 이 상황을 해결해도 한동안은 먹을 게 부족하다! 그렇다면 좀비 소탕 뒤에도 한동안은 내가 먹고 살 게 필요하다. 그때 가서 내가 사이좋게 나눠먹자고 해도 사람들은 쉽게 내주진 않을 거다.

일찍 마트로 갔다. 역시 우려대로 예전보다 먹을거리가 분명 줄어 있었다! 빌어먹을! 한심한 놈! 하늘만 보고 있다고 하늘에서 밥과 라면을 내려 보내주지 않아! 아침부터 저녁까지 종일 마트를 오가며 먹을거리를 옮겼다. 종일 마트를 오가다 보니 이제 거리의 좀비쯤은 무섭지 않다. 오히려 인간이 더 무섭다. 먹을거리를 먼저 가져가는 인간 말이다! 쓸데없이 더 쌓아놓는 사재기 하는 인간들. 필요한 만큼, 필요한 만큼만 가져가란 말이다! 그래, 이제부터 레이스다! 경쟁이다! 강력한 승부욕이 발동한다. 분명한 건, 이건 너희가 먼저 시작했다는 거다!

참 한심하다. 내가 이런 인간이었구나 실망스럽기도 하고, 좀비 때문에, 혼자 있다 보니 이성을 잃은 것 같기도 하다. 분명 나는 아직 혼자가 아니다. 것도 가까운 곳에 사람이 있다. 마트의 통조림이 사라진 걸 보면 분명 아직 어딘가에 생존자가 더 있는 게 분명하다. 것도 아주 가까운 곳에! 진짜 103동에? 설마, 그새 죽진 않았겠지? 만약 죽었다면 그건 최소한 굶어 죽은 건 아니겠지? 그리고 죽을 거면 가져간 거 다 토해내고 죽어야 한다.

아무튼 어딘가 누군가 사람이 살아있는데 어제는 혼자만 먹고 살겠다고, 마트에서 물건을 옮겨오고, 옥상에서 헬기만 기다렸다. 한심하다. 인간은 호랑이처럼 혼자 살 수 없다. 인간은 사회적 동물이 아닌가. 고귀하고 헌신적인 인간은 아니더라도 욕심쟁이는 되지 말아야겠다는 생각을 했다.

그런데 어디에? 어떻게 그들을 찾을 수 있을까?

옥상 외벽에 내 호수와 전화번호를 커다랗게 써놨다. '102동 1501호, 010-4357-XXXX' 다른 건물에 누군가 살아있다면 보고 찾아오겠지. 그런데 쓰고 나니, 괜히 걱정이다. 나도 먹을 게 많진 않은데, 누가 오면……, 아무래도 다시 마트를 가야겠다.

전기는 다시 들어왔지만, 사람은 아무도 오지 않았다.

그 많던 인간은 다 어디로 갔을까? 70억 인구, 서울과 수도권에만 2000만이 넘게 살았는데 다 어디 있는 거지? 정말 이젠 다 좀비가 된 걸까? 설마, 나만 따돌리고 있는 건 아니겠지? 설마, 정말나와 생존경쟁을 해 보고 싶은 건가?

생각해 보니 전화번호는 괜히 적었다. 어차피 전화도 되지 않는데, 괜히 휴대폰을 켜놓느라 배터리만 낭비했다. 생각 좀 하고 살아야겠다.

낭비한 휴대폰 배터리를 충전했다. 어차피 꽂을 콘센트는 많다. 그리고 MP3플레이어를 충전하고 음악을 들었다. 걸그룹의 노래만저장한 MP3였다. 그 많던 걸그룹은 다 어떻게 됐을까? 그 애들도다 좀비가 됐을까? 상상만으로도 언짢아진다. 다른 걸그룹엔 미안하지만 소녀시대와 카라는 안 변했으면 좋겠다.

언행불일치. 도대체 이게 무슨 짓인지 모르겠다. 착하게 살자고하고선, 사재기를 하면 안 된다고 생각하면서, 결국 오늘도 그렇게하고 있다. ……하지만 지금 상황에선 착한 거지보다 이기적인 부자가 희망이다. 게다가 나는 착한 부자가 되려고 하는 사람이다.옥상에 주소를 적어놓고 누군가 오길 기다리고 있다. 그리고 사실 어머니 배낭이 작아서 하루에 10번을 왔다갔다 해봤자 많이가져오지도 못한다.

재수 없게 까마귀가 모여들었다. 일본에서는 길조라는데 역시 우리나라에선 왠지 섬뜩하다. 혹시나 영화에서처럼 좀비 시체를 파먹은 새들이 좀비새가 됐을지 몰라 조심했다.

까마귀가 나타나선지 다시 전기가 끊겼다. 충전도 다 못했는데! 장난하나?

일주일이 다 되어 가는데 찾아오는 사람이 없다. 이러다 정말 혼자 살다 죽는 게 아닌지 걱정이다. 왠지 내가 혼자 사는 독거노인이 된 기분이다. 아직 30댄데.

하긴, 좀비 흉내를 내고 다니려면 앞만 보고 걸어야 하고, 그러다 보면 옥상에 써 둔 주소와 전화번호를 보지 못할 것 같다. 나조차도 마트를 오가며 보지 못했다. 내가 썼는데도 말이다. 1층에 현수막이라도 달아볼까 싶지만, 그건 너무 위험하다. 좀비가 가만히 구경만 하고 있진 않을 테니까.

어젯밤엔 보름달이 뜬 것 같다. 동그랗게 보이기는 하는데, 정확히 오늘이 며칠인지 모르니 보름인지 아닌지는 정확히 모르겠다. 아무튼 무척 밝은 달이 떴다. 가로등이 없는데도 15층 아래 도로가 환하게 잘 보인다. 그런데 그게 또 섬뜩하다. 밤에도 어슬렁거리는 좀비들이 너무 잘 보여서. 밝다고 다 좋은 것만은 아니다.

우리만 이런 게 아니라 정말 전 세계가 다 좀비가 된 걸까? 내가 『나는 전설이다』의 주인공처럼 혼자 남은 걸까? 영화에서는 원작을 바꿔 다른 생존자가 있었지만, 원작소설은 주인공이 마지막 인간으로 살아남았다. 그래서 그가 변종 뱀파이어에게 처형당할 때, 마지막 인간으로, 한때 인간이 있었다는 전설이 된 거다. 그것처럼 이제 나만 인간인 걸까? 설마, 나도 전설로 죽게 되는 건가? 역시 소설처럼 사는 것보다 영화처럼 사는 게 나은 걸까? 만약 나만 인간으로 남은 거라면, 나는 신을 저주하겠다. Sorry, God. ← 생각해 보니 신을 욕한 죄로 지옥에 가고 싶진 않다. 게다가 어쩌면 신이 나를 최후의 인간, 다음 세기의 아담으로 선택하신 것일지도 모르는데.

긍정적으로 생각하자. 혼자지만 버틸 만하다. 혼자니 갈등도 없고, 싸울 일도 없고 좋다. 어머니의 잔소리도 없고, 상사의 헛소리도 없다. 로빈슨 크루소처럼 살면 된다. 문제는 내겐 바다도 나무도 없다는 거다. 불도 피울 수 없다. 마당도 없는 아파트에서 불이라니, 좀비가 연기를 보고 찾아올지 모르고, 화재가 날 수도 있다. 만약 불이나 탈출하지 못하고 갇히게 되면 그땐 창 밖으로 뛰어내리려야 한다. 15층에서. 젠장, 긍정적으로 생각하자.

이제 상가 마트에는 가져오기 힘든 20킬로그램짜리 쌀밖에 없다. 더 가져올 게 없어서 놀랐다가, 바닥에 떨어진 과자와 부서진 소면을 발견하고 챙겨오니 묘한 쾌감이 들었다. 수확의 기쁨 같은 묘한 흐뭇함이었다. 아마도 모내기를 하듯, 낫으로 벼를 수확을 하듯 허리를 굽혀 주웠기 때문인 것 같다. 하지만 이내 쓸쓸해졌다. 결국 사재기, 도둑질이다. 하지만 살기 위해선 어쩔 수 없다고, 군대에서처럼 그저 위치이동일 뿐이라고, 옥상에 적어놓은 주소를 보고 누군가 찾아오면 그 사람과 먹기 위해서라도 많이 필요하다고, 지금도 내 스스로를 계속 위로한다. 그래, 착하게 살더라도, 기본적으로 먹을 건 필요하다. '광에서 인심 난다'고 했다. 그리고 사실 이런 상황에서 사람들이 사재기를 하는 건 우리 인간이 이기적이어서가 아니다. 정부가 뭔가 해줄 거라는 기대가 없기 때문이다. 남은 먹이를 숨겨두는 여우처럼, 정부, 어떤 공동체도 없이 혼자 사는 동물들처럼, 결국 살아남기 위해선 우리도 이렇게 해야 하기 때문이다. 즉, 모두 무능력한 정부 책임이다.

아무래도 물이 부족할 것 같다. 그래도 식량만 보면 일 년은 버틸 수 있을 것 같은데, 물은 하루 500밀리리터씩 먹는다고 해도, 6개월 후면 동이 날 것 같다. 게다가 누군가 찾아오면, 심지어 서너 명이 찾아오면, 물은 한 달도 버티기 힘들다. 그리고 나 혼자라도 1년을 넘게 버티려면……? 이마트에 아직 물이 남아 있을까? 지금 있다 해도 한 달, 아니 열흘 후에도 남아 있을까?

너무 위험한 일일 수도 있지만, 선희도 집까지는 무사히 갔는데, 나라고 못 갈 건 아닌 것 같다. 그리고 아무래도 장기전을 준비해야 할 것 같다. 최소 6개월에서 1년. 핵전쟁을 대비한 미국의 지하벙커는 수천 명이 2, 4년을 버틸 수 있는 식량이 있다던데. 그리고 정말 누가 찾아온다면, 함께 나눠먹어야 한다면, 역시 지금 식량으로는 일 년도 못 버틸 거다. 그럼 괜히 불러놓고 욕만 먹을 수 있다. 왜 초대했냐고. 같이 굶어 죽자는 거냐고.

차를 타고 갈 수 있으면 좋겠지만, 마트에서 짐을 싣는 동안 좀비들이 모여들 테고, 그 녀석들이 즐거운 쇼핑하라고 구경만 하고 있진 않을 텐데. 전기자동차는 소음이 적어 청각이 예민한 시각장애인들도 위험할 수 있다던데, 전기자동차가 있으면 좋겠다. 옵션으로 소음기가 달린 기관총도.

내일의 할 일 : 이마트 공략.

전기가 나가기 전에, 진즉 이마트를 갈 생각을 했어야 했다.

1차 이마트 진입은 실패. 만약의 사태를 대비해, 비장한 마음으로 배낭에 프라이팬과 식칼까지 가지고 갔는데 필요한 건 손전등이었다. 건물 안이 너무 어두웠다. 어두워서 들어갈 용기가 나지 않았다. 악마의 입처럼, 지옥의 문처럼 어둡기만 했다. 게다가 내 맞은편에서 걸어오던 여자 좀비가 먼저 마트 안으로 들어가는데, 그 모습을 보니 숨이 턱 막히는 것 같았다. 감히 용기가 나지 않았다. 안에 더 많은 좀비가 있을 수 있으니까. 게다가 어이없었던 건 그 여자 좀비가 선글라스를 끼고 있었다는 거다. 처음엔 좀비계에도 패션이 등장한 건가? 하긴 퀭한 눈 가리고 다니는 게 지들 눈에도 나아 보일지 모르겠다 싶었는데, 다시 보니 손에는 지팡이를 들고 있는 게, 아무래도 좀비가 되기 전에 시각장애인이었던 것 같았다. 조금 측은했지만, 그것도 잠시. 정말 그렇다면 더 조심해야 했다. 시각장애인이면 원래 청각이 예민할 테고, 좀비가 되었으니 어쩌면 청각이 더 좋아졌거나, 더 의존하고 있을 텐데, 결국 원래 귀 밝은 사람이 좀비가 된 거라면, 지금은 더 귀가 밝아져서 좀비계의 소머즈쯤 될 것 같다. 안 들어가길 정말 잘했다.

이마트 2차 진입을 위해 손전등을 구하려고 문이 열린 아파트에 들어갔다. 혹시나 좀비가 숨어 있을까 봐 망설였는데, 생각해보니 위험한 일이긴 했지만, 그대로 두는 것도 위험하긴 마찬가지인 것 같았다. 괜히 좀비가 본의 아니게 문 뒤에 매복해 있다가 덮칠 수 있으니까.

아무튼 문이 열린 아래층 1402호에 들어가 살피다가 휴대용 가스레인지와 부탄가스를 발견했다. 세상에 이런 게 있다는 걸 깜빡 잊고 있었다. 복권 맞은 기분? 잊었던 비상금이라도 발견한 기분이다. 이제 돈 따윈 필요 없지만, 아무튼 전기도, 가스도 끊겼지만, 밥을 해먹을 수 있고, 라면도 끓일 수 있다. 휴대용 가스레인지야말로, 진정한 재난용품이다!

게다가 2리터 생수 12개와 쌀 반 포대와 통조림 18개와 김치, 포장 김, 마늘장아찌, 오이장아찌까지. 마트 열댓 번은 왔다갔다 해야 하는 양을 단번에 찾았다. 보물창고가 따로 없었다. 조니워커 블루 한 병도 챙겼다. 술은 조니워커, 나는 좀비워커다.

쌀은 쌀벌레가 있는 걸 보면, 지저분해도 먹을 수는 있을 것 같다. 벌레가 있다는 건 최소한 사람이 먹어서 죽을 독은 없는 거니까. 조니워커는, 혹시나 해서 챙겼다. 높은 열량이 필요할 수 있으니까. 게다가 위스키는 와인처럼 상할 걱정이 없다.

신 김치와 라면, 스팸으로 찌개를 만들어먹었다. 물을 아끼다 보니 부대찌개라고 하기에는 뭔가 어색한, 개밥 같은 느낌이다. 그래도 맛있었다. 얼큰한 찌개를 먹으니, 괜히 술도 한 잔 하고 싶었는데, 아무래도 양주와 부대찌개는 좀 안 맞는 것 같기도 하고,

행여 취해 어떤 주사를 부릴까 걱정도 돼서 참았다. 괜히 주사를 부리다 좀비를 불러들일 수 있다. 이렇게 좀비 때문에 술을 끊게 되다니. 이게 좀비 출현의 장점인가?

가스레인지에 처음 해본 밥은 또 3층 밥이 됐다.

다다익선(多多益善)!

종일 마트 안에서 어떻게 손전등을 들고 다닐까 고민하다가, 우선 손전등을 더 구하기로 했다. 손전등을 여기저기 설치해 놓고 좀비들이 모여드는 사이 쇼핑을 하면 될 것 같다. 괜히 내 불빛만 보고 나한테만 모여들지 않게. 교란전술을 쓰는 거다.

들어갔던 집은 모두 닫아버리고, 압류딱지처럼 청테이프를 붙여 최소한 안전한 곳이라는 표시해 뒀다. 닫혀 있는 문은 살펴보지 못했다. 전자식 도어록으로 잠긴 문을 괜히 열려고 했다가 비상벨이라도 울리면 온 동네 좀비들이 다 모여들 수 있다. 아무리 궁해도 죽기를 작정하지 않고서야 그건 아니다. 누구 하나 도와줄 사람도 없고, 다른 피신처도 없는데, 괜히 모험을 했다가 살 곳까지 없어지면 끝이다. ……그리고 보니, 만약을 위해 피신처를 하나 만들어 놓는 것도 괜찮을 것 같다.

군대가 이렇게 배신할 줄 꿈에도 몰랐다.

상가 마트로 부탄가스를 구하러 갔다가 깜짝 놀랐다. 군복을 입은 좀비를 봤다. 정말 최악의 좀비였다. 군인들도 이제 좀비가 됐다는 걸 확인한 것도 최악이었지만, 그 좀비는 가슴에 훈장처럼 수류탄까지 달고 있었다. 나는 총도 없는데, 수류탄을 가진 좀비라니! 정말 기가 막히고 코가 막힌다. 다른 좀비들 눈 때문에 가서 빼앗을 수도 없고. 그저 조용히, 그리고 빨리 우리 동네를 떠나줬으면 하고 바랄 뿐이다.

게다가 마트에는 부탄가스가 없었다. 분명 팔았던 것 같은데, 벌써 누군가 챙긴 거다. 젠장, 내가 계속 뒤처지고 있는 것 같다. 아무래도 이마트로 빨리 가봐야겠다.

개가 정말 우리의 반려동물인가?

십년감수가 아니라 남은 인생 다 까먹을 뻔했다. 개가 가족이고, 반려동물이라는 말은 이제 다 옛날 얘기다. 아니, 총기소지가 자유로운 국가의 얘기다. 언제든 개를 쏴 죽일 수 있으니까.

막 아파트 단지를 벗어나 이마트로 가는 대로변에서 개떼를 만났다. 앙상한 진돗개와 눈동자가 무서운 시베리안 허스키, 등장만으로도 위협적인 도사견, 당장 죽을 것 같이 생긴 치와와, 안 씻겨서 걸레자루가 된 몰티스, 기타 종을 알 수 없는 잡종개 몇 마리가 몰려다니고 있었다. 거의 들개 떼 수준이었는데, 그나마 그동안 녀석들도 좀비에 놀랐는지 꼬리를 뒷다리 사이에 감추고, 마치 경찰특공대처럼 건물에 바싹 붙어 이동했다. 그래서 나와 멀찍이 떨어져 그냥 지나가길 바랐는데, 갑자기 진돗개가 내 냄새를 맡았는지…… 정말 개 코다운 개 코였다. 악취 속에서 내 냄새를 맡아내다니. 아무튼 진돗개가 나를 쳐다보고, 치와와가 정찰병처럼 쪼르르 다가와 나를 쳐다보더니, 갑자기 다 나를 따라오기 시작하는데, 그 마음이야 대충 알겠지만, 정말 미칠 것 같았다. 물면 어쩌나, 짖으면 어쩌나, 광견병에 걸린 녀석은 없을까? 좀비 피하려다 개에 물려 죽는 건 아닐까? 게다가 좀비처럼 걸어서는 절대 녀석들을 따돌릴 수 없었다. 『나는 전설이다』의 주인공은 떠돌이 개를 받아줬지만, 나는 절대 그럴 형편이 아니다. 개를 싫어해서가 아니라, 만약 개를 키우다 짖기라도 하는 날엔 내 제삿날이 될 테니까. 개 때문에 죽을 생각은 추호도 없다.

그러다 결국 우려했던 일이 벌어졌다. 빌어먹을 치와와가 한 번 짖자 좀비들이 하나둘 내게 관심을 보이며 다가왔다. 어쩌면 개에게 관심을 보인 것일 수도 있지만, 어쨌든 정말 미칠 것 같았다. 뛸 수도 없고, 계속 좀비처럼 걸을 수도 없고. 하지만 이대로 가다간 좀비들에 둘러싸이는 건 시간문제였고, 그렇게 되면 놈들이 내가 사람이라는 걸 눈치채는 것도 시간문제일 것 같았다. 어쩔 수 없이 작은 골목 안으로 들어갔다. 큰길에서 뛰기 시작하면 좀비무리가 벌떼처럼 달려들 것 같았기 때문이다. 그리고 골목 하나를 막 돌자마자 냅다 뛰었다. 막힌 골목이었지만, 다닥다닥 붙은 다가구 주택들에 담도 낮았다. 집들 사이로 도망칠 수도 있을 것 같았다. 하지만 반대편에도 이미 좀비들이 모여들어 내 앞을 막고 있었다. 마치 몰이꾼이 토끼를 몰 듯 나를 몰았다. 나는 배낭의 프라이팬과 식칼을 뽑아 제일 앞의 좀비를 마구 후려쳤다. 그러고는 다시 집들 사이로 도망치다가, 옥상으로 쫓겨 올라갔는데, 다행히 옥상에는 좀비가 없었다. 대신 길 건넛집 위에 좀비가 나를 멍하니 바라보고 있었는데, 내 기분 때문이었는지 녀석도 무척 놀란 듯하면서도, 따라올 수 없어 아쉬워하는 표정이었다.

옥상을 타고 다닥다닥 붙은 집들을 건너 계속 뛰었다. 그러다 다시 골목으로 내려가려고 옥상을 내려가는데, 그 집에 있던 좀비가 마치 집주인처럼 문을 열고 나왔다. 나는 생각할 것도 없이 좀비를 계단 아래로 밀어붙이고 계단 아래에서 녀석을 프라이팬으로 내려쳤다. 빈 벌집처럼 녀석의 머리가 산산이 조각나 깨졌다.

대문 뒤에 숨어 숨을 돌리면서 주위를 살피고 다시 골목으로 나와 좀비 걸음으로 집으로 오는데, 정신이 하나도 없었다. 내 심장 뛰는 소리가 귀를 뚫고 나올 것 같았다.

예전에 우리나라 애완견 수가 500만 마리가 넘는다는 보도를 본 기억이 난다. 그런데 애완견이라는 게 진돗개나 도사견은 빼곤가? 만약 빼고면 개만 1000만 마리가 될 텐데, 너무 많다. 녀석들까지 피해 살아야 한다면, 최악이다. 그래도 그나마 좀비개가 아닌 게 다행이지 싶다.

한동안, 최소한 그 개들이 이 동네에서 사라질 때까진, 집에만 있어야겠다.

길들여진다는 건 참 슬픈 거다.

결국 개도 늑대였는데, 인간에게 길들여져 고생이다. 어쩌면 나도 우리가 만든 세상에 길들여져 이 고생이지 싶다. 길들여지지 않았다면, 이 도시에 있지도 않았을 테고, 좀비 떼거리 때문에 오도 가도 못 하는 신세가 되진 않았을 거다.

무협지에 나오는 경공을 할 줄 알면 좋겠다.

영화처럼 물 위나 갈대 숲 위를 달리는 건 불가능하더라도, '우사인 볼트'만큼만 빨리 뛸 수 있다면 좀비들이 겁나진 않을 것 같다. 아니, 이봉주 선수만큼만 뛸 수 있어도 좀비를 따돌리고 무사히 서울을 빠져나갈 수 있을 것 같다. 하지만 올림픽 육상을 중국이 휩쓸지 못하는 걸 보면, 결국 경공이라는 건, 이제 전수되지 않거나, 처음부터 없었는지도 모른다.

계산해 보니, 마라톤 선수가 42.195킬로미터를 2시간 15분에 뛴다고 했을 때, 1초에 5.209259……미터를 달린다. 그럼 대충 100미터를 20초. 100미터만 뛴다면 20초 안에 뛸 수 있겠는데, 그렇게 계속 42.195킬로미터를 뛸 수 없다는 게 슬프다. 내가 부시맨도 아니고.

그러고 보니, 예전에 런닝머신에서 고등학교 때 1킬로미터를 3분 40초에 뛰었던 기억으로 대충 16킬로미터 속력으로 맞췄다가 100미터 뛰고 튕겨 나갔던 게 생각난다. 1킬로미터를 3분 40초에 뛰려면 1초에 4.545454……미터. 마라톤 선수보다 늦게, 그것도 런닝머신에서 뛰는데, 튕겨 나간다니.

아니다. 그래, 중요한 건 속도가 아니다. 결국 좀비가 앞을 막고 나타나면 끝이다. 빨라도 소용없다. 날아가기 전에는.

다시 비행기나 지나가는지 봐야겠다.

하늘 보기가 두려워진다.

분명 28일은 지난 것 같은데, 비행기는 오지 않는다. 새떼만 정신 사납게 날아다닌다.

정말 전 세계가, 전 세계 70억 인구가 모두 좀비가 된 걸까? 아니면, 최소한 전 세계에 동시다발적으로 좀비가 나타난 걸까? 설마 우리나라를 버린 걸까? 하긴 기름 한 방울 안 나는 나라, 뭐 볼 게 있다고 구하러 오겠나 싶다. 빌어먹을 자본주의! 우리나라가 산유국이면, 벌써 미군을 만났을 수도 있었겠지. 그래, 아직 우리 순서가 안 된 거다.

강남 갔던 제비가 돌아왔다! 강남불패라 강남 가서 안 오는 줄 알았더니.

몇 해 전, 강원도에 갔다가 어느 시골 작은 읍내에서 보고 그 뒤로 본 적이 없었는데 이렇게 서울에서 다시 보게 되다니, 반갑기도 하고 신기하다. 우체국 상징이 제비인데, 좋은 소식을 가져오면 좋겠다. 흥부에게 줬던 박씨도 좋고, 그냥 편지라도. 그리고 이름 모를 새도 나타났다. 평소 닭둘기만 보다가 제비도 보고, 이름도 모르는 새들도 보니, 정말 신기하다. 인간이 멸종했다는 소문이 바퀴벌레들에 이어 새들 사이에도 퍼진 것 같다. 자유롭게 날아다니는 새들이 부럽기도 했지만, 역시 좀비새일지 몰라 조심했다.

빌어먹을 인간. 다시 이마트에 가는 길에 한 인간을 만났다. 이제 갈가리 찢겨 죽은 인간이라 욕은 하지 않겠다. 녀석은 처음부터 어수룩하게 행동했다. 비록 좀비처럼 위장은 했지만, 처음 그를 볼 때부터 나조차도 그가 인간이라는 걸 알 수 있었다. 사내는 내 맞은편에서 걸어오고 있었다. 군복 바지를 입고 있는 걸로 봐선, 군인이었나 보다. 아무튼 어디서 부상을 당했는지 다리를 질질 끌며 걷고 있었다. 다리를 끄는 것까지는 괜찮았다. 하지만 신선한 피까지 흘리는 바람에 좀비들의 시선을 끌었다. 여기까지 무사히 온 게 기적이었다. 좀비들은 상처 입은 먹잇감을 쫓는 하이에나처럼 그 사내의 뒤를 졸졸졸 따라갔다. 그때까지 사내는 당황하지 않고 침착하게 좀비 흉내를 내고 있었다. 어쩌면 뒤통수에 눈이 없어서 그렇게 침착할 수 있었던 것일지도 모른다. 하지만 곧 좀비들이 그의 앞을 가로막자 사내는 당황하기 시작했다. 어떻게든 위험을 벗어나려고 서두르다가 오히려 좀비들에게 완전히 에워싸였다. 나는 맞은편에서 그 모습을 모두 볼 수 있었다. 불쌍하기도 했지만, 나도 저렇게 될까 봐 두려웠다. 그때 내 뒤에 있던 좀비가 좀비 걸음으로 치면 거의 뛰다시피 해서 그에게 다가가는 걸 보고, 내키지는 않았지만 나도 그를 향해 걸어갈 수밖에 없었다. 튀면 나도 인간이라는 게 들통 날지 모르니까. 그때 좀비에 에워싸인 사내의 비명이 들렸다. 이어 사내는 욕설과 함께 발악하며 소리쳤다.

"그래, 와라, 개 좀비들아! 다 모여! 다 죽여 버리겠어! 내가 혼자 죽을까 보냐!"

순간 폭음과 함께 땅이 흔들리고 그를 에워쌌던 좀비들이 사방으로 날아갔다. 나 역시 폭풍에 휘말려 나가 떨어졌다. 수류탄이었나 보다. 귀가 멍하고 정신이 없었다. 좀비처럼 걸어야 하는데 머리가 멍해서 몸을 가눌 수가 없었다. 죽을 뻔했다. 죽으려면 혼자 죽지 왜 엄한 나까지 죽을 뻔하게 만드는지, 욕지거리가 나오는 걸 간신히 참았다. 욕을 하면 좀비들이 나에게 달려들 테니까. 그리고 멍한 정신으로 주위를 둘러보다, 깜짝 놀랐다. 나와 똑같은 처지의 두 사람을 보았다. 좀비의 살점을 뒤집어써서 겉모습은

60

분명 좀비처럼 보였지만 놀라고 당황해 정신을 차리지 못하고 쓰러져 있는 두 사람. 그들은 좀비처럼 바닥에 널브러져 허우적거리지 않고 길가에 앉아 정신을 차리려고 머리를 감싸 쥐어짜고 있었다. 분명 다른 좀비와 다른 행동이었다. 아마 나도 그들처럼 앉아 있었던 것 같다. 나는 재빨리 다른 진짜 좀비들처럼 바닥에 쓰러져 뒤집어진 거북이처럼 한참을 허우적거렸다. 그러느라 그들이 어떻게 됐는지, 어디로 갔는지 보진 못했다.

온몸에 냄새나는 좀비의 찢어진 살가죽을 뒤집어써서 그런지 좀비들은 나를 그냥 지나쳐갔다. 나는 멍한 상태로 다시 집으로 돌아왔다. 하지만 거대한 폭음 때문에 온 동네 좀비들이 우리 아파트 단지 안으로 모여들고 있다. 베란다에서 내려다보니 마치 인파로 가득한 주말의 명동거리 같다. 좀비들이 아파트와 아파트 사이를 흐르는 강물처럼 보였다. 맞은편 아파트는 거대한 바위섬처럼 보였다.

새와 새가 이어주는 바위섬.

또 한동안은 나갈 수 없을 것 같다.

걱정이다. 내가 나가지 않는 동안, 최소한 어제 본 그 두 인간은 이마트에 가서 먹을거리를 챙기고 있을 것 같다. 무리를 해서라도 가야 할까? 가야 하지 않을까? 아, 미치겠다.

정말 좀비란 녀석은 참 못된 녀석들이다. 지들이 무슨 마트 경비도 아니면서, 지들이 먹지도, 먹을 수도 없는 라면과 통조림을 못 가져가게 막고 있다. 다 먹지도 못할 걸 쥐고 놓지 않는 욕심쟁이 먹보처럼, 아니 욕심쟁이보다 더 나쁘다. 지들한텐 먹을 수도 전혀 쓸모도 없는 것이니까. 아! 그래, 어쩌면 좀비들에게는 그게 인간을 함정으로 끌어들이는 미끼일지도 모르겠다. 혹시라도 머리를 쓸 줄 안다면 말이다. 과연, 그럴까? 아무래도 한동안은 정말 집에만 있어야겠다. 그래, 침착하자. 이성적으로 생각하자. 누가 가져가면 어떤가, 우리는 사회공동체다! 다 같이 살아남는 거다! 그래, 다시 한번 침착하게, 착하게 살자.

부모님은 아직 안방에 계신다. 냄새가 난다. 부모님의 냄새지만……, 우선은 테이프로 창문과 문틈을 막아놨다.

잠시 수류탄이 터졌을 때, 내가 살아남을 수 있었던 건 내 앞에 있던 좀비들 덕이라고 생각했었는데 다시 생각하니, 그 사람이 수류탄을 터뜨린 건 좀비들 때문이었다. 결국 다 좀비 때문이었는데, 나는 수류탄을 터뜨린 사람만 욕하고, 오히려 좀비들 덕에 살았다고 생각하고 있었다. 좀비들이 없었으면, 내가 이렇게 살고 있지도, 그 사람이 수류탄을 터뜨려 죽지도 않았을 텐데 말이다.

좀비가 나타나고 며칠이 지났는지 모르겠다. 매일 똑같은, 또 아무 일도 없이, 하는 일도 아무것도 없이 보내다보니 날짜에 너무 무심했다. 하긴, 회사 다닐 때도 요일은 알아도 날짜는 잘 모르고 살았다. 그리고 보니 회사 사람들은 다…… 괜찮을까? 다 괜찮을 순 없겠지만 몇몇은 무사했으면 싶다.

아무튼 우리가, 내가 시간에 길들여져서, 달력에 길들여져서 그런 건지 모르겠지만 갑자기 날짜를 모른다는 게 답답하다. 내가 며칠째 기다리고 있는 건지 식량은 잘 관리하고 있는 건지. 왜 영화에서 독방에 갇힌 죄수들이 벽에 날짜 가는 걸 새기는지 알 것 같다. 날짜 지난 걸 모른다는 게, 마치 그 기간만큼의 시간을 잃은 기분이다. 잃어버린다는 건 뭐든 나쁜 거다.

좀비가 나타난 게, 3월 말, 날씨는 아직 덥지 않은 게, 아직 여름이 오기 전인 것 같으니, 오늘을 6월 1일이라고 하기로 한다.

6월 2일, 날씨 흐림.

보는 사람이 있든 없든, 탐욕? 식탐? 아무튼 욕심은 다 버리고 살아야 하는구나 싶다.

입 갖추지 말라는 어머니 말씀이 맞는 것 같기도 하다. 식탐에 빠지면 결국 이렇게 되는구나 싶기도 하다. 물이 생기고, 불이 생기니 찌개를 해먹고, 라면을 끓이고, 과자도 먹고 그러다 보니 물을 많이 쓰고, 결국 처음 생각보다 물이 많이 부족할 것 같다. 생수 94리터면, 6개월은 버틸 수 있을 줄 알았는데, 이대로라면 길어야 넉 달 후면 동이 날 것 같다. 사람은 하루 2리터의 물을 마셔야 한다더니, 정말 그런가 보다. 아직 2리터는 아니지만 1리터는 넘게 마시고 있다. 아무래도 예전처럼 국물이나 주스를 마실 수 없으니, 수분을 보충할 방법이 말 그대로 물을 마시는 것밖에 없어서인 것 같다. 또 밥을 하고 라면을 끓이면서 물을 쓰고…….

내 몸의 70%가 물인데, 그 물을 짜 쓰고 싶다. 하지만 그럼 죽는다. 젠장, 생각해 보니, 저번에 골목에서 죽인 좀비는 머리통이 벌집처럼 말라 있었다. 그래도 살아있었다. 좀비처럼 말라버리면 물을 마실 필요가 없을지도 모르겠다. 부럽다. 부러우면 지는 건데 또 부럽다.

아무튼 물을 아껴야겠다. 게다가 부탄가스도 8개밖에 안 남았다. 라면은 앞으로 생으로 먹어야겠다.

6월 3일, 흐림.

좋은 생각이 났다. 라면을 끓이고 그 국물로 밥을 하는 거다! 그리고 밥을 먹고, 다시 라면을 끓이고 라면국물로 밥을 하고. 그래, 그게 최선이다. 역시는 머리는 쓰라고 달려 있는 거다.

그런데 물을 정리하다가 짜증이 났다. 제각각인 생수의 유통기한 때문이다. 보통은 1년인데, DMZ는 6개월, 삼다수와 석수는 2년이다. 물의 차이일까, 물을 담는 기술의 차이일까? 용기는 PET와 폴리에틸렌테레프탈레이트. 같은 말일 것 같은데……, 영어사전이 없으니 찾아볼 수가 없다. 인터넷 사전과 전자사전, 휴대폰 사전만 쓰다 보니, 종이사전이 없다. 젠장, 내가 분서갱유하던 시절의 무슨 선비나 수도승도 아닌데, 사전을 구하려고 위험을 감수해야 하나?

아무튼 유통기한이 차이가 난다. 유통기한이 짧은 것부터 마셔야겠다.

6월 5일, 맑음.

아침에 눈을 떴는데, 방 안에 온통 벌레다. 벌레들에게 포위당한 기분이었다. 깜짝 놀랐다. 좀비에 이어 날벌레인가 싶기도 하고, 정말 종말인가 싶기도 했다. 그런데 이 날벌레가 어디서 나왔나 살펴보니 쌀이었다. 젠장, 쌀포대 안에서 쌀벌레가 마치 지들 부화장이라도 되는 양 기어 나오고 날아오르고 있었다. 예전 같으면 그저 경악만 하고 말았을 일이지만, 이젠 그냥 경악만 할 일이 아니다.

6월 6일, 맑음.

베란다에 앉아 박스에 쌀을 펼쳐놓고 벌레를 고르며, 아파트 단지 안을 살폈다. 이제 좀비는 많이 빠져나갔다. 대신 새들이 더 많아졌다. 제비는 쏜살같이 좀비들 사이를 날아다닌다. 어렸을 때, 좁다란 동네골목을 걷다가 맞은편에서 정말 총알처럼 날아오던 제비가 생각났다. 내가 너무 놀라 움찔하는 사이 제비는 나를 놀리듯 획 하고 내 옆으로 지나갔다. 분명 그때도 서울에 살았는데, 한동안 참 오랫동안 잊고 지낸 추억이다. 다시 제비를 보게 돼서 반갑긴 한데, 반갑기만 할 수 없다는 게 참 씁쓸하다. 게다가 거리에 나갔을 때, 제비가 맞은편에서 날아와도 절대 놀라면 안 된다는 생각을 하니, 괜히 더 씁쓸하다. 제비가 비수처럼 날아가 좀비들 머리를 뚫고 지나가 주면 좋겠다.

6월 8일, 맑음.

젠장, 쌀은 40킬로그램이나 있는데, 반이 벌레투성이다. 아무래도 친환경 농법 때문이 아닐까 싶다. 농약 팍팍 뿌렸어야 했다. 친환경이 이런 상황에선 사람씨를 말린다.

게다가 혹시나 해서 봤더니, 흔히 비상식량이라고 생각했던 라면의 유통기한이 과자, 초코파이의 유통기한과 같다. 기가 막힌다. 1년은 두고 먹을 수 있는 비상식량인 줄 알았는데 유통기한이 6개월. 게다가 오뚜기 라면은 왜 점유율이 낮은지 알겠다. 유통기한이 5개월이다. 제일 짧다. 이러니 안 팔리지! 정말, 이건 배신이다. 국민이, 소비자가 라면에 기대하는 건 전쟁 났을 때 비상식량인데, 기대를 저버리고 6개월이라니. 속았다는 배신감만 밀려든다. 이런 걸 왜 북한이 총 쏠 때마다 비상식량이라고 사들이는지 모르겠다. 빌어먹을 방부제는 어디다 빼돌린 거냐? 언제부터 웰빙을 탈을 쓴 거지? 이럴 줄 알았으면, 라면 대신 열량이 더 높은 초콜릿과 과자를 더 챙겨둘 걸 그랬다. 초코바는 유통기한이 1년이다. 그래, 왜 미군이 강한지 알겠다. 결국 양놈들이 옳았던 건가? 미군은 훈련할 때, 비상식량으로 초콜릿과 육포를 챙기는데 우리군은 라면을 챙긴다. 젠장, 이건 군납비리에 가까운 것 아닌가!

반면 김치, 된장, 고추장은 발효식품이라 잘 보관만 하면 유통기한이 없다. 김치 묵은지는 기본이 3년이니, 김치는 잘만 보관하면 앞으로 2년 반은 더 먹을 수 있다. 문제는 김치냉장고가 꺼져 있다는 거다. 그래도 김치냉장곤데, 전기가 나갔다고 안에서 삶아지진 않겠지.

어쨌든 지금 가장 화가 나는 건 라면 중에 유통기한이 4월 31일까지인 게 10개나 있다는 거다. 유통기한의 20%가 넘은 거다. 빌어먹을. 물도 2년을 버티는데, 라면업체는 생수업체에 저장기술을 배워야 한다고 생각했는데, 어이없게 라면회사와 생수회사가 같은 회사다, 농심. 장난하나? 농심(農心), 농부의 마음이 그런 거냐!

라면업계의 비양심을 믿어볼까 싶다. **그래**, 어쩌면 아직 6월이 아니라 5월일지도 모른다.

5월 9일, 맑음.

가을 하늘처럼 맑다.

남은 식량을 유통기한별로 정리하고 또 쌀벌레를 골라냈다. 생각해 보니 유통기한별 정리는 '좀비가 나타났을 때의 행동요령'에도 없던 건데, 내가 찾아냈다. 괜히 녀석의 행동요령에 대한 신뢰가 팍팍 떨어진다.

빌어먹을, 정말 빌어먹을 하루다. 된장에서는 구더기가 나왔다. 우선은 구더기가 못 나오게 비닐과 고무줄로 칭칭 감아놨다. 젠장, 뭐든 보관을 잘해야 한다. 신선식품? 웃긴다. 배부른 소리다.

그나마 뭔가 할 일이 생겨 다행이다. 하지만 먹을 게 줄었다는 건 최악이다. 쌀벌레를 고르면서 과연 벌레를 골라내는 게 먼저인지, 이마트를 다시 가는 게 먼저인지 고민했다.

아무래도 이마트를 다시 가봐야겠다.

그래, 이마트는 해 질 녘에 들어가면 될 것 같다. 생각해 보니 이마트 무빙워커가 서쪽 창문 쪽에 있는데, 해 질 녘이면 햇살이 길게 안까지 드리워질 것 같다. 운이 좋으면 이마트 매장이 노을에 환하게 보일지도 모른다. 돌아올 때가 문제지만, 안에 빛이 있는 게 더 나을 것 같다.

5월 10일, 맑음.

이마트를 다녀왔다. 역사적인, 기념비적인 날이라고 할 수 있겠다. 하지만 이마트는 폭도들이 한 번 휩쓸고 간 것 같았다. 그래도 정(情)을 건졌다. 그래, 정, 정이 남아 있었다. 약탈한 인간들의 냉정함과 사악함 속에서도 난 정을 발견했다.

조심조심 벽을 타고 구석으로 가 준비한 손전등을 켠 다음 잽싸게 안으로 던지자 매장 안의 몇몇 좀비들이 거친 숨을 내쉬며 손전등 쪽으로 모여들었다.

그 틈에 예전에 갔던 기억을 더듬어 식료품 코너로 갔다. 노을빛에 어슴푸레하게 텅 빈 진열대가 보였다. 이미 너무 늦은 뒤였다. 혹시나 하는 기대로 통조림과 쌀 코너를 이리저리 돌아봤지만, 있는 거라고는 좀비뿐이었다. 좀비를 파는 듯했다. 게다가 과일/채소 코너와 제빵 코너는 하얗게 곰팡이가 피고 썩은 과일과 야채들로 냄새가 장난이 아니었다. 토악질이 나는 걸 간신히 참았다. 토악질 한 번 시원하게 하고 죽을 순 없으니까. 그렇게 다시 돌아 나오다 진열대와 구석에 반짝이는 초코파이 하나를 발견했다. 순간 미칠 것 같았다. 당장 달려가 줍고 싶은데, 비닐 포장된 초코파이를 주우면 분명 소리가 나고 눈에 띌 텐데, 어떻게 하면 좀비들 모르게 주울까, 만약 들키면 어떻게 도망칠까, 오만 가지 생각과 흥분으로 숨이 차올랐다. 숨을 진정시켜야 했다. 좀비들한테 들킬 수도 있고, 죽을 수도 있으니까. 어쨌든 곧장, 물론 좀비 걸음으로 천천히 진열대로 다가가 기둥에 부딪힌 멍청한 좀비처럼 한참을 제자리걸음을 하며 주위를 살폈다. 그리고 재빨리 바짓주머니에 넣었는데, 빌어먹을 바지, 좀비처럼 보이려고 입은 아버지의 낡은 바짓주머니가 뻥하고 뚫려 있었다. 초코파이가 바지를 타고 내려가 다시 바닥에 떨어졌다. 초코파이가 바닥에 떨어지는 소리보다 다리를 타고 내려가 발등 위로 떨어지는 촉감이 나를 더 미치게 했다. 숨이 100미터 달리기를 한 것처럼 터져 나왔지만, 참고 참으며 다시 한참을 기다려 이번엔 초코파이를 열린 배낭 안으로 던져 넣었다. 그리고 막 기둥을 돌아 나오다가 좀비와 마주쳤는데, 녀석이 내가 인간인 걸 눈치챘는지 한참을 쳐다보았다. 다행히 나의 뛰어난 연기력에 쫓아오진 않았다.

아무튼 오늘, 내 앞에 따스한 정이 남아 있다. 초코파이를 먹는 상상만으로 너무 행복해진다. 그래, 단맛, 군인들이 초코파이를 좋아하는 건, 단맛에서 나오는 호르몬이 사랑할 때 나오는 호르몬과 비슷하기 때문이라고 하던데. 그래, 역시 미군이 최강인 이유가 있다. 그들은 초코릿을 먹으니까.

5월 13일, 맑음.

이제 좀비처럼 걷는 것을 넘어, 좀비처럼 사는 것까지 익숙하다. 좀비처럼, 아니 좀비로 사는 게 편할 때도 있다. 외출할 때나 돌아왔을 때도 굳이 씻을 필요도 없고, 이성에게 잘 보이려고 예쁘게 꾸밀 필요도 없다. 생긴 것도 모두 비슷비슷해서 구별도, 차별도 없을 것 같다. 하지만 나는 이성이 있는 인간으로서 이렇게 살면 안 된다. 왜? 나는 약육강식의 치열한 경쟁보다 이게 나은 것 같은데. 이성 = 경쟁인 걸까? 그렇진 않을 텐데…….

보름달이 떴다. 보름달 같다.

생각을 해보니, 매일 둥글게 뜨는 해를 봐서는 날짜를 계산할 수 없는데, 달은 매일 변하니, 달을 보면 날이 가고, 월이 가는 걸 알 수 있을 것 같다. 어차피 밤엔 숨어 있는 것밖에 할 일도 없었는데, 이참에 달을 보면서 말 그대로 달력을 만들어볼까 싶다. 어럽지도 않다. 그냥 잠깐 보기만 하면 되니까.

5월 29일, 맑음.

나도 참 바보다. 달력을 보니 작게 음력 초하루와 음력 보름이 표시돼 있다. 젠장, 할 일이 생겼다 생각했는데, 헛짓이다.

좀비가 나타난 건 3월 말, 그리고 5월 보름은 5월 28일(음력 4월 15일)이다. 젠장.

왜 사람들은 쓸데없는 태양력을 쓴 걸까. 처음부터 음력을 썼으면, 이런 혼돈은 없었을 것을.

초코파이는 아직 먹지 않고, 남겨두고 있다.

손이 떨린다. 알코올중독자처럼. 주먹이 쥐어지지도 않는다. 눈을 감을 수도 없다. 눈을 감는 게 무섭다. 아까는 몰랐던, 온기가 느껴지고, 비린내가 난다. 초코파이의 빨간 봉지가 핏빛으로 보인다.

5월 30일, 우울.

나는 고해성사를 하는 건, 참 이기적이라고 생각했다. 죗값도 치르지 않고, 반성에 여부의 상관없이 죄를 고백하는 것만으로 용서받는다니, 그러니 세상에 죄가 넘쳐나는 거다. 그래서 나는 내 잘못을 들키기 전까진 어디에도 고백하지 않았고, 말하지 않았다. 평생 내 짐으로, 내 마음속 짐으로 여기며 살겠다고 그래야 한다고 생각했다. 그런데 살다보면 종종 그런 잘못들이 문득 문득 생각난다. 문득 문득 생각난다는 건, 그만큼 내가 잊고 있었다는 뜻이다. 그럼 잊었던 만큼 우울해지고 미칠 것 같다. 내가 이런

70

놈인가, 죄인 같고, 확 죽어버리고 싶다. 그런데 사실 죽고 싶은 건 내가 그 잘못들을 잊고 있어서가 아니라, 다시 생각나서다.

어쨌든 어느 신문에서 봤다. 죄를 고백하는 건, 분노를 표출하는 것처럼 정신건강에 좋다고. 그럼 빌어먹을 자아비판도 정신 건강에 좋단 말인가? 북한 사람들 정신건강은 좋겠군.

아무튼 그래서 말한다.

……어제 사람을 죽였다. 어차피 좀비라도 부모를 죽인 놈이 그깟 사람 하나 죽이는 게 무슨 대수인가 싶기도 하지만 아무리 그래도 이번엔 진짜 사람이었다. 좀비가 아니었다!

옥상에서 똥을 싸고 내려오는데 좀비가 우리 집 문 앞에 서 있었다. 너무나 놀랐다. 나는 맨손이었고, 나를 향해 느릿느릿 돌아서는 녀석의 손에는 기다란 멍키스패너까지 들려 있었다. 망설일 새가 없었다. 나는 아직 죽고 싶지 않았다. 좀비가 되고 싶지 않았다. 어떻게든 인간으로 살고 인간으로 죽으려고 녀석을 향해 몸을 날렸고, 특히 녀석의 머리와 목을 노렸다. 둔탁한 소리와 함께 녀석의 손에서 멍키스패너가 떨어졌다. 그 소리가 요란하게 복도를 울렸다. 나는 재빨리 멍키스패너를 눌러 소리를 줄이고 다시 집어들었다. 그리고 사정없이 녀석의 머리를 내려쳤다. 처음엔 몰랐다. 피가 터져 나왔다는 걸. 스패너를 내리치면서 이성을 잃은 것 같다. 뒤늦게 정신을 차리고서야 바닥에 피가 흐르고 얼굴에 피가 묻은 걸 깨달았다. 덜컥 겁이 났다. 사람이었구나! 내가 사람을 죽였구나! 하지만 그때 나는 사람을 죽였다는 죄책감보다 계단을 타고 흘러내리는 피와 싸운 소리가 좀비들을 불러모을 수도 있다는 생각이 먼저 들었다. 허둥대며 옷가지를 들고 나와 바닥의 피를 닦아내고 시체를 안으로 옮겼다. 잠시 두근거리는 심장을 진정시키며 어떻게 할까 고민하다가 시체를 다시 안방으로 옮겼다. 그리고 거실의 핏자국을 깨끗이 닦아냈다. 물을 아껴야 했지만, 그럴 수 없었다. 아직도 거실 바닥에 핏자국이 남아있는 것 같다.

지금 나는 사람 시체 하나와 좀비 시체 둘과 함께 동거를 하고 있다.

왠지, 살인자의 고백 같다. 아무튼 난 이제 계속 살 거다. 잘못을 인정하지 못하다가, 감당하지 못하다가 죄책감에 자살하는 바보가 되진 않을 거다.

어떻게 알고 온 걸까? 이마트에서 내가 인간이라는 걸 알아보고 찾아온 걸까? 기둥 앞에서 만난 그 좀비가? 정말 그때 마주친 사람인가? 그런데 왜 찾아왔지? 설마 그깟 초코파이 하나를 빼앗으려고? 내가 이마트에서 뭔가 대단한 걸 챙겨왔을 거라 생각했나? 처음부터 보고 있었을까? 혹시 상가 마트에서 옮기는 것도 보고 내 식량을 탐낸 걸까? 그래, 멍키스패너까지 들고 온 걸 보면 맞는 것 같다. 순수한 의도는 아닐 거야.

젠장! 빌어먹을! Fuck! Fuck! Fuck!

옥상에 써놓은 호수와 전화번호가 생각났다. 까맣게 잊고 있었다. 문득 얼마 전에 수류탄으로 자폭한 그 군인도 아파트 옥상 벽에 주소를 보고 나를 찾아오려고 한 건 아닌가 하는 생각이 들었다. 옥상 벽에 쓴 주소와 전화번호를 다시 시너와 검은 페인트로 지워버렸다. 그리고 내려와 거실 구석에 쌓아놓은 라면과 통조림, 과자, 담배, 술을 보는데 내 자신이 참 한심해 보였다.

내 자신을 한심하게 생각하지 말자. 어차피 살아야 한다. 살아 남아야 한다. 살아남는 건 본능이다. 젠장, 지랄 맞을 본능! 나는 내가 살아남아야 하는 이유를 이성적으로 찾고 싶다! 그래, 내가 죽인 사람, 이름 모를 그 사람의 몫까지 살아야 한다! 살아남아 야 한다. 손이 떨린다.

5월 31일, 맑음.

낮에는 괜찮은데, 밤이 되면 시체가 다시 벌떡 일어나 뚜벅뚜 벅 문을 열고 나올까 봐 겁난다. 아니, 그렇게 걸어나왔으면 좋겠 다. 그게 나을 것 같다. 그냥 인간인 줄 몰라봐서 그랬다고, 미안 하다고 하면 되니까. 그럼 우린 웃으며 악수를 나누고, 각자의 자 리로 돌아가는 거다.

6월 1일, 비.

오랜만에 비가 왔다.

내 마음 같다는 생각에 흠뻑 비에 젖어 구경만 하다가, 허겁지 겁 통이란 통은 모두 가지고 올라가 물을 받았다. 그런데 정작 물을 담아 파는 생수통은 이럴 때 쓸모가 없다. 주둥이가 너무 작다.

많이 오면 샤워도 하고 싶은데, 그리 많이 오진 않았다. 어쨌든 다 받아 모아보니 1리터는 된다.

자꾸만 안방에 눈이 간다. 모른 척하려고 해도 자꾸 눈길이 간다. 불안해서일까, 양심 때문일까.

6월 2일, 맑음.

냄새가 난다. 향이라도 태우면 냄새가 덜할 텐데. 없으니, 아무래도 집을 옮겨야겠다.

시계 초침소리도 너무 크다. 예전엔 밤에 잠자리에 누울 때만 초침소리가 들렸는데, 이젠 낮에도 선명하게 들린다. 왠지 시간을 모른다는 게 불안했지만, 우선 건전지를 빼버렸다.

살자. 계속 아파트에만 있으면 안 될 것 같아 살기 위해 나갔다. 나가서 생각해 보니 이마트보다는 좀 멀지만 평소 이마트보다 손님이 적었으니, 홈플러스에는 어쩌면 아직 먹을 만한 게 남아 있을지도 모르겠다. 문제는 단층 건물이고, 창문이 없다는 거다. 철저한 준비를 위해, 예전에 가봤던 매장을 생각하며 이동 경로를 그려보았다. 다시 손전등을 찾아봐야겠다. 손전등은 1회용품이 아닌데, 그걸 두고 오다니. 한심하다. 초코파이 하나 때문에, 초코파이 하나에 흥분해서……. 아직 초코파이는 남아 있다. 초코파이는 살아 있다.

6월 3일, 맑음.

'102동 1402호' 이게 내 새 주소다.

이사를 했다. 다행인지 불행인지, 아직은 다행인 것 같은데 아무튼 한 층 아래다. 더 내려가면 좀비들도 가깝고, 썩은 내도 별반 다르지 않다. 여전히 옥상과도 가까워서 똥을 싸러 가기도 좋다. 게다가 전자식 도어록도 아니고 열쇠도 있다. 열쇠는 좀비가 창궐한 이 빌어먹을 세상에서도 꼭 필요하다. 내가 없을 때, 물론 그런 일은 쉽지 않겠지만, 혹시라도 만약 열쇠로 잠가두지 않으면 좀비가 들어와 있을 수도 있고, 아니면 누군가 내 식량을 훔쳐 갈 수도 있다. 역시 누군가가 식량을 훔쳐 가는 게 가장 큰 문제다. 모르겠다. 누군가 훔쳐가는 걸 걱정해야 한다는 게 이런 상황에서 맞는 건지.

아무튼 이런 상황에서도 이사가 가능하다는 게 참 어이없다. 이사비용도 들지 않는다. 텔레비전에 냉장고 있을 건 다 있다. 물론 쓸 순 없지만. 그리고 집주인 눈치를 볼 필요도 없다.

현관문 위에 입춘대길(立春大吉)과 무슨 한자인지 모르는 아무튼 사자성어가 붙어 있는데, 웃긴다. 입춘대길, 지금 상황에 어울리는 말은 입춘대길(立春大吉)아니라 '이런 제길'이다.

전에 들어왔을 땐 몰랐는데, 텔레비전 옆에 가족 사진이 걸려 있다. 60대 중반쯤으로 보이는 부모님, 어쩌면 우리 부모님과 친했을지 모르겠다. 그리고 30대, 내 또래로 보이는 아들과 며느리, 아직 유치원을 다니기에는 일러 보이는 손녀, 그리고 딸. 이렇게 6명이다. 딸은…… 못생겼다.

아들 내외는 따로 사는지 안방과 욕실의 면도기 외에는 딱히 남자 물건이 없다. 면도거품도 없다. 그래도 그나마 면도기가 어디냐 싶었다. 우리 집엔 전기가 끊기면 멀쩡해도 쓸모가 없는 전기면도기밖에 없었는데, 5중 날이 달린, 면도날 가격만 삼천 원인 면도기를 보니 신기도 하고, 반갑기도 했다. 이게 기술이구나, 문명이구나 싶었다. 그동안 못한 면도를 하려고 했는데, 그냥 하려고 했더니 이게 면도가 아니라, 마치 수염을 쥐어뜯는 것처럼 따가워서 포기하고 말았다. 역시 면도를 하려면 수염이 조금이라도 부드러워지게 따뜻한 물칠도 하고 비누칠도 해야 하는데, 아까운 물을 쓸 수도 없고, 다음에 비가 올 때 해야겠다.

오랜만에 거울에 비친 내 얼굴을 보니, 더럽고 번질거리는 게 정말 로빈슨 크루소 같았다.

딸의 방에는 먼지를 잔뜩 뒤집어쓴 컴퓨터가 있었다. 부모님 집에는 없던 거다. 잠시 동안은 너무 반가웠는데 아무리 스위치를 눌러도 켜지지 않는 컴퓨터를 보니, 전기가 없으면 이놈의 세상은 모두 다 깡통인가 싶기도 하고, 꺼진 검은 모니터에 비친 내 모습을 보니 왠지 더 우울해지고 정말 내가 문명이 사라진 세상에 살아남은 잃어버린 문명의 유일한 생존자일지도 모른다는 생각이 들었다.

책장에는 딸이 대학교 때 배운 책들인지 원서도 있고, TOEIC 책도 있다. TOEIC 시험은 잘 봤나 모르겠다. 소설도 몇 권 있다. 무협지나 판타지는 없고, 뭔가 있어 보이는 책들뿐이다. 특히 『오만과 편견』이라는 소설이 눈에 띄었는데, 너무 어려운 철학적인 소설이 아닌가 싶다. 철학과를 다니나? 원서들은 철학책이 아닌 것 같은데, 아무튼 뭔가 철학적 사고를 하고 싶을 때 읽어야겠다.

예쁜 초도 찾았다. 팔뚝만큼 굵고 붉은 초다. 딸이 기분 꿀꿀할 때, 켜는 초인 것 같다. 창문은 가리고 켜야겠다.

잠은 딸이 쓰던 방에서 자기로 했다. 안방은 너무 휑하고, 문 말고도 거실과 이어진 베란다로 침입할 수도 있다. 최악의 경우,

좀비가 들어왔을 때, 문을 막아도 좀비가 베란다를 통해 들어올 수 있다는 얘기다. 물론 딸의 방에도 베란다는 있지만, 거실과 이어진 게 아니라서 다른 곳에서 들어올 수 없다. 그리고 여차하면 베란다를 통해 아래층으로 내려갈 수 있다. 게다가 침대도 있고, 인형도 있고, 좋은 냄새가 나는 화장품도 있다. 향수처럼 아껴 발라야겠다. 변태 같기도 하고, 남의 집에 들어와 남의 물건을 쓴다는 게 낯설고, 내가 정말, 도둑보다는 변태가 된 것 같아서 좀 찜찜하고 내키진 않지만, 지금 그런 걸 따질 때인가, 누가 내게 손가락질을 할 것인가.

변기수조에는 물이 가득하다. 석 달? 넉 달? 괜찮을까? 어떻게든 쓸 방법을 생각해 봐야겠다.

안방에서 홍삼식품과 글루코사민을 발견했다. 영양제다. 그래, 사람이 밥만 먹고 사는 게 아니다! 비타민도 필요하고, 칼슘, 칼륨 같은 무기질도 필요하다. 비타민이 없으면 각기병, 야맹증, 괴혈병 등에 걸리고, 죽을 수도 있다. 또 무기질이 없으면······, 무기질은 모르겠다. 그런데 나는 왜 이런 걸 부모님께 챙겨드리지 않았을까. 새삼 무심한 아들이었다는 생각이 든다. 아무튼 역시 부모님께 해드리면 어떻게든 다 나한테 돌아온다. 물론 지금은 그게 내가 아닌 남에게 돌아갔지만, 어쨌든 누군가에겐 돌아간다. 하루한 알씩 먹기로 했다.

베란다에는 화분이 많은데, 식물은 다 말라죽었다. 차라리 밖에 있었으면 죽진 않았을 텐데. 예전에 2박 3일로 놀러 간 어머니가 돌아와선 화초 다 말라죽었다고, 화초에 물 안 줬다고 나를 혼내시던 게 생각난다. 어머니, 지금 전, 저 마실 물도 부족합니다.

기다란 직사각형의 화분을 보니, 뭔가 집에서 재배해 먹은 것 같다. 상추? 그래, 과일이나 채소도 좀 먹어야 할 텐데, 채소를 심으려면 씨가 필요한데, 어디서 구하지?

안방 서랍에서 옷을 찾았다. 새 옷으로 갈아입으니, 설빔을 받았던 예전 아이들 기분이 어땠을지 알 것 같다. 영화에서 나와 비슷한 상황의 주인공이 단벌 신사로 나오는 건, 참 웃기는 일이다. 아무리 오래 입으려고 해도 눅눅해져서 속옷은 일주일, 겉옷도 보름이면 갈아입어야 한다. 설마 의상협찬을 못 받았나? 명품이라 못 벗나?

옷을 갈아입었는데, 그동안 입었던 헐렁한 트렁크 팬티가 구멍이 뚫려 있었다.

먹을 것들을 한 방에 모두 모아놓고 보니, 내가 참 한심해 보인다.

쌀은 빌어먹을 벌레들 때문에 20킬로그램도 남아 있지 않다. 물은 76리터, 라면 24봉, 과자가 12개, 참치통조림 7개. 깻잎 조금. 초코파이 한 개. 이런 걸 지키려고 사람을 죽였나 싶기도 하고. 내가 왜 사나 싶기도 하다.

사람을 찾아봐야 할지, 아니면 계속 이렇게 혼자 버텨봐야 할지 고민이다. 정답은 없는 것 같다. 어떤 선택을 하든 누구도 비난할 수 없을 것 같다.

과자는 정말, 괜히 챙긴 것 같다. '질소를 샀더니 과자가 들었어요.'라는 말처럼 정말 과자는 봉지에 비해 너무 적게 들었다. 과자가 부서지지 않게 그런 거라지만, 그럼 부서진 건 원래 제조과정에서 부서진 걸 넣은 건가? 소비자한테 그런 걸 판 거야? 기분이 더 나쁘다. 반면 라면은 참 양심적이다. 5개들이 멀티팩 포장도 제품사이즈를 크게 벗어나지 않는다. 가장 효율적이고 친환경적이며 양심적인 포장 같다.

6월 4일, 흐림.

상가 약국에 갔다 왔다. 엉망이었다.

비타민제나 영양제가 있을까 해서 갔는데, 마트나 시장만 털렸을 줄 알았더니, 나보다 똑똑한 놈들이 많았다. 영양제며, 비타민 보조제, 심지어 박카스, 쌍화탕까지 마실 수 있는 건 이미 다 털린 뒤였다. 다시 또 나만 뒤처지고 있는 건 아닌지, 이미 완전히 뒤처진 건 아닌지 불안하다. 내일은 홈플러스에 꼭 가봐야겠다.

6월 5일, 비.

비가 와서 나갈 수가 없다. 미처 생각하지 못한 일이다. 혹시나 해서 옥상에서 실험해 봤는데, 얼굴과 팔에 붙인 좀비 피부가 빗물이 씻겨 내려간다. 우산을 들고 다닐 수도 없고, 결국 비가 오면 집에만 머물러야 한다. 비가 오면, 일 안 하는 게 건설현장이랑 비슷하다.

새로 이사해서 좋은 건, 깨끗한 수건이 생겼다는 거다. 빗물에 샤워도 하고 깨끗한 수건으로 깨끗하게 몸을 닦았다. 면도는 하려다가 좀비처럼 안 보일까 봐 말았다.

빗물 1리터를 모았다.

다른 빈 아파트에서도 쓸만한 걸 더 찾아봐야겠다. 먹을 것만 생각했는데, 옷이며, 수건, 이것저것 필요한 게 많다.

이상하다.

다용도실에서 쌀을 찾았는데, 2리터짜리 생수통에 쌀이 담겨 있다. 처음엔 그저 아주머니들 유행인가 했는데, 살펴보니 놀랍게도 쌀벌레가 하나도 없다. 최소한 석 달은 된 건데, 쌀벌레가 없다니? 농약을 친 쌀일까? 남편을 죽이려고 락스에 담갔다 뺐나? 그런데 우리 어머니도 이렇게 생수통에 쌀을 담았었다. 설마 숨통을 조여서 벌레들이 질식사하게 만든 걸까? 우선 빈 생수통에 쌀을 담아보기로 했다.

촛불을 켰는데, 촛불이 만든 내 그림자가 더 무섭다. 촛불이 흔들릴 때마다 그림자가 흔들리면서 나를 덮칠 것 같다. 안 켜는 게 나을 것 같다.

6월 6일, 흐림.

현충일. 호국영령들을 추모하는 날이다.

내게는 내가 죽인 사람을 추모하게 되는 날이다. 잊어야 한다.

그래야 살 수 있다. 과거는 과거일 뿐, 다시 되돌릴 순 없다. 타임머신이 있다면 몰라도.

6월 7일, 구름 조금.

홈플러스에는, 무슨 불만이 있었는지 자동차 한 대가 문을 뚫고 들어가 있었다. 다행인지 불행인지 시체는 없었다. 주차장 입구에는 아마도 도망치다 충돌을 했는지 범퍼를 맞대고 불탄 차들도 있었지만, 홈플러스 야외 주차장에는 차들이 평소처럼 가득했다. 처음엔 저 차들을 타고 도망치고 싶다는 생각이 들었는데, 안전한 곳이 과연 어딘지, 있기나 한지 알 수 없고, 지난번에 차를 타고 가다가 죽은 사람들을 생각하니, 역시 시끄러운 차로 도망칠 순 없을 것 같다. 게다가 재수 없게 기름이 얼마 안 남은 차를 골라 타면, 서울을 벗어나지도 못 하고 끝장이다. 그리고 제일 중요한 자동차 키도 내겐 없다. 열쇠가 없다. 그렇다면 더 생각할 필요가 없었다. 그래서 처음 계획대로 홈플러스에 들어가 손전등을 던지려다, 혹시나 하는 기대에 다시 주차장으로 나가 주차된 차들 몇 대를 건드려봤는데, 아쉽게도 도난경보기는 울리지 않았다. 아무래도 모두 방전된 상태인 듯했다. 경보기가 울리면 좀비들이 모여들고, 홈플러스 안의 좀비도 나오고, 그럼 그 사이 편하게 쇼핑을 할 수도 있을 것 같았는데, 아쉬웠다. 하지만 신은 나를 버리지 않았다. 아쉬움에 돌아서려는데, 문득 운전석의 깨진 유리창 안에 자동차 핸들이 보였다. 구형 1톤 트럭이었다. 조금 긴 막대기를 주위 운전석과 핸들 사이에 끼웠다. 자동차 경적이 울렸고, 경적이 울리자 좀비들이 모여들었다. 나는 귀머거리 좀비인 척 주차장을 빙 돌아 마트 안으로 들어갔다.

마트에 들어갈 때, 역한 냄새를 조금이라도 덜 맡으려고 깊게 숨을 들이마시다 헛구역질이 나올 뻔했다. 다행히 좀비들이 경적

소리를 듣고 쫓아나가느라 정신이 없어서 눈치채지 못했다. 손전등을 하나를 진열대 위에 올려놓고 천천히 쇼핑을 시작했다. 물론 여유가 있어서가 아니라 혹시나 못 빠져나간 멍청한 좀비들이 있을까 봐 조심하기 위해서였다. 그러나 역시 진열대에는 먹을 게 없었다. 사탕 하나 남기지 않고 싹쓸이를 당했다. 왜 자동차가 돌진했는지, 왜 홈플러스에 손님이 없었는지 알 것 같았다. 이제 온 나만 바보가 된 기분이었다.

소득 없이 돌아 나오려는데, 생선과 채소 매장 사이의 은색 출입문이 보였다. 직원들이 물건을 가져 나오던 출입구였는데, 처음엔 들어갈 용기가 나지 않았지만, 오늘이 아니면 다음엔 더 어려울 것 같아, 손전등으로 안부터 살피고 용기를 내 들어갔다.

쓸데없는 용기였다. 건진 건 하나도 없었다. 거대한 냉장고나 지하저장고가 있을 줄 알았는데, 그런 건 없고 오히려 썩은 야채들로 역한 냄새만 더했다. 게다가 좀비를 둘이나 맞닥뜨렸다. 먼저 큰 냉장고 문 앞에서 한 녀석을 만나 프라이팬으로 내려치는데, 다른 녀석이 느릿느릿 걸어왔다. 먼저 내려치던 녀석의 머리를 아주 박살을 내고, 기다리기 지겨워서 내가 먼저 가 녀석의 머리통을 후려쳤다. 얼마나 오래됐는지 머리통이 박살이 나면서 먼지처럼 날렸다. 먼지가 눈과 입에 들어왔다. 이것 때문에 좀비가 될 수도 있다는 생각에 정신 없이 털어 냈다.

먹을 건 없었지만, 대신 실리콘과 부탄가스를 챙겨왔다. 예전 집으로 가 안방의 문과 창문, 그리고 현관문까지 완전히 봉해버렸다. 이제 시체 썩는 냄새는 좀 덜한 것 같다.

※ 오늘의 교훈.

역시 사람은 머리를 써야 한다. 머리를 쓴다는 건, 단순히 배운 지식을 동원하는 것만 있는 게 아니라 기억을 쓰는 것도 있다.

전기로 움직이는 자동보다 수동으로 움직이는 기계적인 게 좋다.

※ 좀비 죽이기.

좀비는 머리통을 박살내야 한다. 뇌가 머리통에 있어서만이 아니다. 놈의 가장 무서운 무기인 입과 외부 정보를 수집하는 눈과 귀, 코가 머리통에 달려있기 때문이다. 머리통에 뚫린 입, 그 안의 이빨은 내 살을 파고들 수 있다. 반면 녀석들의 팔다리는 그저 나무토막이다. 그다지 힘도 세지 않고, 빠르지도 않다. 손톱이 위험하긴 하지만 좀비들이 계집애들처럼 꼬집는 건 아니다.

그런데 만약, 영화처럼 좀비가 진화를 한다면?

그렇게 빠르게 진화할 순 없을 거다. 그래도 혹시 돌연변이 좀비가 나타난다면?

그럼, 이제 지구는 그 녀석 거다. 잘 살아보아라.

6월 8일, 맑음.

다시 이마트에 갔다. 홈플러스에서처럼 자동차 경적을 울리고 들어가려고 했는데, 막상 실내 주차장이 너무 어두워서 포기했다. 재수 없으면 좀비들에게 포위당할 수도 있다.

대신 3층 매장에서 부탄가스 4개를 챙겼다.

화분에 뭔가 심어보려고 하는데, 씨를 구할 수 없다. 사실 농사를 지어 본 적이 없으니, 씨를 봐도 무슨 씨인지 몰라 제대로 심을 수도 없다. 괜히 심었는데 봉숭아 씨나 백일홍 씨거나 사과 씨면, 아무 소용없다. 스피노자도 말했다. 내일 지구가 멸망하더라도 나는 한 그루의 사과나무를 심겠다. 사과 씨가 아니라 한 그루의 사과나무다. 사과 씨는 심어봤자, 도움이 안 된다는 걸 스피노자도 안 거다. 사과 씨는 차라리 먹는 게 남는 장사다. 나무는 심고 씨는 먹어치워라.

쌀은 심어봤자 쌀눈이 없으니 소용없고, 밀가루를 심을 수도 없다. 아무래도 화분의 흙은 옥상의 똥을 덮는 데 써야겠다.

그러고 보면, 이 도시라는 곳은 뭐든 먹어 없애는 곳이지, 뭔가를 키우는 곳은 아닌 것 같다.

6월 9일, 아주 많은 비.

종일 제법 굵은 비가 왔다. 빗물을 5리터나 받았다. 뿌듯하다.

만약, 정말 전 세계에 좀비 바이러스가 번져 사람이 없다면, 공장이나 자동차 매연도 없을 테니, 공기는 깨끗해졌을 테고, 비는 깨끗할 거다. 산성비, 산성눈을 걱정할 필요가 없다. 그대로 받아 마셔도 된다. 공기가, 하늘이 가장 깨끗한 물을 내려주는 정수기다. 문제는 방사능인데, 이것 역시 인간이 뿌린 거지 자연은 아니다. 원래 자연은 우리에게 깨끗한 걸 주었다. 굳이 우리가 새로 만들 필요가 없었는지도 모른다.

빗물로 라면을 끓이고, 부침가루와 신김치로 김치전을 만들어 먹었다. 동동주 생각도 났지만, 만약 가지고 있었다면 벌써 상했을 터. 조니워커는, 우선 참았다.

　우수관을 타고 내려가는 비를 보니, 우수관에서 물을 받으면 더 많이 받을 수 있을 것 같은데, 문제는 나와 새들이 싼 똥이다. 더러워서 못 마신다. 이럴 줄 알았으면, 옥상이 아니라 다른 집 안에 똥을 싸는 건데. 아쉽다. 설마 똥물이라도 마셔야 할 때가 오는 건 아닌지, 그런 날이 오지 않았으면 좋겠다.

　6월 10일, 비.
　꿈을 꾸었다.
　나는 총을 든 군인이었다. (지금 내가 가장 되고 싶은 직업이다.) 어스름한 새벽(?) 아니면 저녁(?)쯤 되는 시간이었다. 좁은 도로를 막고 경비를 서고 있었는데, 음산한 버스가 다가왔다. 내가 왜 왔는지 확인하려고 다가가자 앞문이 열리면서 좀비 운전기사가 눈동자 없는 노란 눈으로 나를 쳐다보았다. 좀비는 내게 학생들을 태우러 왔다고 했다. 그 말에 어리둥절해하며 주위를 둘러보니, 옆길로 동그란 시계가 박힌 학교 건물이 보였다. 버스는 학교 안으로 들어가려고 좁은 도로에서 방향을 틀었다. 다음 순간, 내가 학교에 있었는데, 강당인지, 영화관 같은 곳에서 학생들이 앉아 뭔가를 보고 있었다. 내가 빨리 나가야 한다고 소리치자, 지시봉을 든 선생님들이 아이들을 밖으로 내보냈다. 그러나 강당 옆 독서실에 있는 아이들은 책상에 앉아 머리를 처박고 공부를 하고 있었다. 내가 빨리 나가라고 하자, 몇몇 아이들이 나가려고 했지만, 선생님들이 다가와 다시 앉으라면서, 이 아이들은 괜찮다고, 놔두라고 했다.

나는 안 된다고 몸부림치다 잠이 깼다.

아무래도 좀비만 보고 살다 보니, 이제 꿈에도 좀비가 나오는 것 같다. 뭔가 다른, 아름다운 걸 봐야 한다.

사기로 된 예쁜 돼지저금통을 발견(?)했다. 그저 장식품인 줄 알았는데, 들어보니 돼지저금통이었다. 묵직해서 아래 구멍을 열었더니, 동전이 쏟아진다. 동전을 보고 있자니 그저 웃음이 났다. 이제 이런 게 다 무슨 소용인가. ……예전 고구려인가? 뾰족하게 생긴 동전을 평소에는 화폐로 쓰다가 전쟁이 났을 땐, 화살촉으로 썼다는, 그 시대처럼 동전을 총알로 쓸 수 있는 것도 아니고. 그래, 황금총알, 은총알, 구리총알, 납총알. 이런 식으로 총알을 만들었으면 차라리 나았을 텐데.

혹시나, 영화에서처럼 동전을 던져 벽에 꽂는 고수가 될 수 있지 않을까 하는 기대로 벽에 동전을 던져봤는데, 팔만 아프고 쓸데없는 열량낭비 같아서 말았다. 돈을 보니 내 지갑도 생각이 나 지갑을 꺼내봤는데, 지폐와 신용카드를 다시 보니 그냥 웃음이 난다. 오랜만에 뵙는 세종대왕님이 반갑기는 했지만, 진짜 배춧 잎이 아닌 만 원짜리가 이제 무슨 소용인가 싶기도 하고, 지갑이 무슨 소용인가 싶은데, 생각해 보니 나중에 다시 세상이 정상으로 돌아왔을 때, 나를 증명해 줄 신분증은 있어야 할 것 같다.

딸 이름이 주원인가 보다. 예전 사진첩을 찾았다. 요즘은 디지털 카메라로 찍어서 그런지 최근 모습은 없고, 중학교, 고등학교 졸업 때 사진들이다. 아마 아버지가 찍어주신 것 같다. 정작 사진

속 주인공인 주원이보다 주변 사람들에게 눈이 간다. 주원이 얼굴 때문이 아니라 사람이 저렇게 많았던 때가 있었는데, 하는 생각 때문이다. 사진 속 사람들 대부분이 이젠 죽었거나 좀비라니, 정말 전설 같다. 만약 이 사진을 천년, 만년 후에 좀비가 보게 된다면, 지금 우리가 석기시대 벽화를 보듯 신기해하겠지. 그래, 어쩌면 지금 내가 좀비의 석기시대에 살고 있는 건지도 모른다.

괜히 사진을 봤다. 괜히 사람이 그리운 날이다.

6월 11일, 비 온 뒤 갬.

좀비가 되면 어떤 기분일까? 좀비가 말을 할 수 있으면 좋겠다. 물어보게. 좀비가 말을 하면, 대화로 문제를 해결할 수도 있고, 더불어 살기 위한 협상도 할 수 있을 텐데 하는 아쉬움이 남는다.

상가 마트에 갔다가 좀비 모녀(?)를 만났다. 작은 아이 좀비가 엄마 좀비를 졸졸졸 따라가고 있었다. 핏줄이라는 건 좀비가 돼서도 변하지 않는 걸까? 그럼 좀비가 됐다고 부모님을 죽인 나는 뭐가 되나. 하지만 내 부모님은 내가 인간이라는 걸 받아들이지 못했다. 나까지 자신들처럼 좀비로 만들려고 했다. 당연히 나는 그렇게 되고 싶지 않았다. 그렇게 변하고 싶지 않았다. 난 보수적이니까!

상가 마트의 장점은 역시 가깝다는 거다. 예전엔 차로 5분 거리의 이마트나 홈플러스는 이제 좀비 걸음으로 근 반나절을 걸어가야 하고, 돌아올 때 또 반나절. 그래서 하루에 한 번밖에 갈 수 없는데, 상가 마트는 가까워서 하루 10번도 다녀올 수 있다. 물론 이제는 딱히 더 가져올 만한 건 없다. 그래도 혹시나 하고 갔다가 햇반 하나와 쓰다만 부탄가스 하나를 찾았다. 이제 남은 부탄가스는 8개다. 그런데 햇반은, 조리법이 전자레인지에 2분, 전기가 없으니 전자레인지로 어떻게 할 수도 없고, 아니면 끓는 물에 10분이라는데, 가스를 물 끓이려고 10분 동안, 게다가 물이 끓을 때까지 켜야 하는 걸 생각하면 최소한 12분. 그냥 날로 먹는 게 낫겠다. 생쌀보다는 낫겠지.

안방구석에 체중계가 있어서 쌀을 재보니 21킬로그램이 남아 있다.
내 몸무게는 7킬로그램이 빠졌다. 175에 63킬로그램. 살이 빠졌다고 배에 왕(王)자가 나오는 건 아니다.

오랜만에 달을 보려고 했는데, 새벽까지 달이 뜨지 않았다. 하현달이 뜰 줄 알았는데, 그믐이라 아예 달이 없나 보다.

6월 12일, 맑음.
날이 좋아 이불과 요를 옥상에서 일광소독 했다. 빨래를 할 수 없으니, 햇살만이 믿을 수 있는 유일한 살균방법이면서 아주 효과적인 살균방법이다. 새똥만 떨어지지 않는다면 말이다. 종일 말린 이불에 새똥이 떨어져 있었다. 새를 쫓아야 하나? 허수아비라도 세울까!

새는 어디든 자유롭게 날아갈 수 있어서 좋겠다. 나도 날개가 있다면, 무인도로 날아가고 싶다. 무인도니 최소한 좀비는 없을 테고, 나물도 깨고, 그리고 제비처럼 박씨와 쌀을 물어다 들에 심고, 사과도 심고, 배도 심고, 복숭아도 심고. 작은 돼지나 염소를 채 올 수도 있고, 키울 수도 있고. 새처럼 날 수 있다면, 좀비쯤은 문제도 아닌데.

날아가는 새를 보고 있자니, 통닭이 먹고 싶다. 잡을 수만 있다면, 통닭은 아니더라도 된장, 고추장을 발라 꼬치는 해먹을 수 있을 것 같다.

추락하는 것은 날개가 있다는데, 정작 날개 있는 새는 안 떨어지고, 똥만 떨어진다. 똥에 날개는 없는데, 추락한다고 해서 날개가 있는 건 아니다. 어쩌면 '날개 있는 건 추락하지 않는다'가 맞는 말일지도 모르겠다.

새 덫을 만들어봐야겠다.

6월 13일, 종종 비.

우산도 안 쓰고, 와이퍼도 없는 새는 비 오는 날, 날지 않는다.

벌레 먹은 쌀과 실, 바구니로 새 덫을 만들었는데, 띄엄띄엄 비가 와서 새가 없다.

물을 아끼려고 젖은 그릇들을 핥아 수분을 보충했다.

6월 14일, 비.

비가 많이 온다. 물배를 채웠다.

사람의 입이란 참 간사하다.

뭔가 계속 먹고 싶은데 그게 뭔지 몰라 한참을 생각해 보니, 복어를 좋아하는 거래처 사장님 때문에 딱 한 번 먹어 본 복어회가 먹고 싶다. 이젠 먹을 수 없다는 걸 잘 알면서도 그게 생각난다. 평소 좋아하던 피자, 통닭도 아니고, 복어회라니. 어떻게 혀는 그 맛을 기억하고 있었을까. 바늘로 허벅지를 찌르는 열녀의 심정으로, 빌어먹을 입에 고통을 주기 위해 고추장을 퍼먹었다. 그리고 빗물로 입을 헹궜다. 비가 올 때 이런 짓을 해 다행이다. 만약 비가 없었다면 아까운 물을 마셔야 했을 테니까.

6월 15일, 맑음.

내 생의 마지막 날이 될 뻔했다.

103동에 갔다. 층마다 6가구씩, 15층. 총 90가구. 이들 중, 문이 잠기지 않은 집은 세 곳뿐이었다. 나머지는 모두 전자식 도어록으로 문이 잠겨 있었다. 그런데 그게 마치 아직 그 안에 사람들이 살고 있는 것처럼 느껴진다. 문이 잠긴 집을 보면서 사람이 살고 있다고 느낀다? 왠지 뭔가 이상하다.

어쨌든 전자식 도어록으로 잠긴 집들은 들어갈 수가 없었다. 멍키스패너가 있어도 부술 수가 없고, 괜히 마구 눌렀다가 비상벨이라도 울리면 끝장이니까. 전자식 도어록이 참 이기적이라는 생각이 든다. 만약 내가 살던 오피스텔에 갇혔다면, 나는 이렇게 다른 집에 가서 먹을거리를 찾지도 못했을 거다. 오피스텔은 다 전자식 도어록이니까.

아무튼 그나마 열린 집이 있어, 들어갔는데 그게 702호였다. 깜빡했다. 예전에 젊은 부부가 떨어져 죽은 집이라는 걸. 그나마 조심조심 들어간 게 다행이었다.

문손잡이를 조심조심, 살며시 당기자마자 좀비가 열리길 기다렸다는 듯이 걸어 나왔다. 나는 들고 있던 멍키스패너로 재빨리 녀석의 머리를 후려쳤다. 놀라운 반사신경이었다. 그런데 녀석이 털썩 쓰러지면서 그 소리를 듣고 안에 있던 좀비들이 현관으로 몰려나왔다. 재수 없게 맞고 쓰러진 좀비가 문틀에 걸려 문을 닫을 수도 없었다. 놀란 나는 계단을 내려가야 할지, 올라가야 할지 갈팡질팡하다가, 나도 모르게 어디서 그런 용기가 났는지 문을 나오는 녀석들과 맞섰다. 지금 생각해 보면 도망치는 것보다 좁은 문 앞에서 싸웠던 게 다행이지 싶다. 만약 넓은 곳에서 좀비들에게 둘러싸였다면, 팔이 수십 개가 아닌 이상 살아남지 못했을 테니까. 아무튼 문 앞에서 나오는 녀석들을 멍키스패너로 하나씩 후려쳤다. 이미 푸석푸석해진 녀석들의 머리통이 순식간에 먼지처럼 흩어졌다. 바스러진 녀석의 머리통이 먼지가 돼 눈으로 날아들었다. 눈을 뜰 수 없었다. 나는 연신 눈을 깜빡이며 스패너를 휘둘렀다. 그러다 벽을 치는 바람에 스패너를 놓치고 말았다. 땡그랑, 바닥에 떨어진 스패너가 큰소리를 내며 바닥에 떨어졌다. 그때 나는 왠지 당장 앞의 좀비들보다 이 소리를 듣고 모여들 좀비들이 더 걱정됐다. 서둘러 스패너를 줍고 다가오는 좀비의 무릎을 후려쳤다. 속이 빈 마네킹을 때린 것처럼 녀석의 다리가 바스러졌다. 몸을 일으키며 연신 스패너를 휘둘러 세 놈을 쓰러뜨린 것 같다. 그리고 다시 문 앞에서 좀비의 머리를 내리치자 모든 상황이 종료됐다. 좀비들은 살아있는 근육이 없어서인지, 머리가 깨져 쓰러졌는데도 사후경련이 없었다. 모두 머리통이 박살 나 머리통 대신 몸통을 세어보니, 모두 8개였다.

※ 손을 쓸 줄 안다는 것, 도구를 쓸 줄 안다는 것. 이게 인간의 특징이자, 오늘 내 작은 승리의 원천이다. 하지만 저질 체력이 문제다. 만약 내가 로봇처럼 지치지 않는 힘, 아니면 야생동물 같은 체력이 있다면 혼자라도 이 세상 좀비들을 다 물리칠 수 있을 텐데.

702호 문 앞에서 잠시 들어갈까 말까 망설였다. 더 많은 좀비가 있을까 봐 두려웠다. 하지만 기왕 이렇게 된 거, 이렇게까지 했는데 안 들어가고 돌아선다는 게 쓰러뜨린 좀비들에 대한 예의도 아니고, 언젠가 다시 오게 될 거라면, 지금 들어가는 게 낫다는, 나중에 할 거라면 미루지 말고 지금 하자는 심정으로 들어갔다.

좀비가 올라왔던 그날 702호 사람들이 저항을 해서인지, 깨진 창문으로 들이친 비바람 때문인지 거실은 엉망이었다. 아파트를 뒤지기 전에 먼저 행여 어딘가 또 숨어 있을지 모르는 좀비부터 확인해야 했다. 그래서 화장실과 작은방을 확인하고 안방으로 갔는데 침대 위에서 뭔가 움직였다. 처음엔 쥐나 고양이일 거라고 생각했다. 아니었다. 아기였다. 이젠 좀비로 변한 아기가 포대기 위에 누워 바동거리며 나를 보고 있었다. 순수한 아기의 눈은 아니었다. 잠시 아기를 내려다보았다. 혹시, 좀비들이 이 아기 좀비를 돌보고 있었던 걸까? 설마 그랬을까 싶기도 하고, 그랬으면 싶기도 했다. 하지만 이젠 알 순 없다. 그리고 알고 싶지도 않다. 좀비를 동정하고, 측은하게 여기고, 애틋하게 여기는 건 지금 내게 도움이 되지 않는다.

그래서 그냥 아기를 포대기로 덮어버렸다. 그리고 녀석의 머리를 내려치려다 말았다. 최소한 녀석은 나를 물려고 달려들지는 않으니까. 게다가 구석의 아기 기저귀에 인쇄된 웃고 있는 아이의 사진을 보니 차마 그러기가 뭐했다.

주방 냉장고를 열자 악취가 진동했다. 역한 냄새에 헛구역질이 나왔다. 싱크대 밑과 찬장에서는 문을 열 때마다 쥐와 바퀴벌레가 튀어나왔다. 그동안 문이 열려 있어서인지 구석구석 쥐고 바퀴벌레였다. 녀석들만 살이 잔뜩 올라 있었다.

이제 내 경쟁자는 쥐와 바퀴벌레다. 괜히 초조해진다. 쥐와 벌레에게 식량을 빼앗길 순 없다.

6월 17일, 종종 비.

내 집에 오는 것도 아니고, 정말 예전 같으면 짜장면 배달원도 엘리베이터 없는 14층에 배달을 하진 않았을 거다. 하지만 나는 오르내렸다. 그것도 3번이나. 어젠 종일 103동에서 가스와 먹을거리를 옮겼다. 종일 14층, 9층, 7층을 오르내리고 났더니 아직까지 다리가 후들거린다. 그래도 보람은 있었다.

부탄가스 3개와 유통기한 지난 라면 16개, 참치통조림 4개, 벌레 먹은 쌀, 생수 12리터를 챙겼다. 현재 내가 가진 건, 쌀 25킬로그램, 부탄가스는 9개, 생수 88리터, 빗물 대략 5리터, 라면 30개, 감자칩 2개, 참치통조림 10개, 깻잎 2장, 마른 김 30장, 초코파이 한 개.

쌀벌레만 없었다면, 더 많은 쌀이 남았을 텐데. 바퀴벌레도 그

렇고 도대체 신은 왜 벌레를 만든 걸까? 괴롭히려고? 자만하지
말라고?

6월 18일, 흐림.

어쩌면, 아기 때문에 702호 부부가 죽은 걸지 모른다. 아기가
울어서, 아기 울음소리에 좀비가 올라와서 부모가 죽은 걸지도
모른다. 예전에 동물의 왕국에선가 가뭄으로 먹이가 없자 사자도
새끼들을 물어 죽이던데, 결국 그렇게 했어야 하는 건가?

아이가 희망이라고?
좀비로 뒤덮인 세상에서 아이를 갖는 건 자살행위다. 아이는
곧 죽음이다. 왜 젊은 사람들이 애를 안 낳았는지 알겠다.

나는 왜 살아있을까? 내가 왜 살려고 바동거릴까? 무슨 희망
이 있다고, 무슨 내일이 있다고, 지금 내가 살아있는지 모르겠다.
먹을 게 남아서 사는 건지, 살아서 사는 건지, 드라마 대사처럼
정말 어떻게든 살아야 해서 사는 건지. 살면 정말 희망이 있는 건
지, 모르겠다.
어쩌면 좀비처럼 변하는 게, 어쩌면 그게 창조주가 원한, 하지
만 우리 인간은 두려워한, 신세기에 맞는 새로운 인간의 진화일지
도 모른다. 세컨드 임팩트!
받아들여야 하는 걸까?

6월 19일, 장대비.

계절이 있다는 건 좋은 것 같다. 특히 장마가 있다는 건 참 좋은 것 같다.

비가 자주 내리는 걸 보니, 이제 장마가 시작인 것 같다. 시기도 비슷하다. 장대같이 쏟아지는 장맛비에 샤워도 하고, 이도 닦았다. 딱딱한 비누와 바짝 마른 칫솔을 보고, 새삼 내가 참 지저분하게 살아왔다는 걸 깨달았다. 『나는 전설이다』에는 치과를 갈 수 없으니 열심히 치실질까지 하며 치아를 관리하던데, 잠시 나는 도대체 뭘 한 건가 싶었다. 아마 그건 좀비와 흡혈귀의 차이인 것 같다. 『나는 전설이다』는 이미 위치가 흡혈귀에게 알려져 있지만, 흡혈귀는 해가 진 후에만 나타나 해가 뜨기 전에 돌아간다. 그래서 낮에는 잠도 자고, 해지기 전에 볼 일을 보다가 밤에만 집에서 놈들과 대치하면 된다. 반면 좀비는 비록 내 위치는 모르지만 하루 종일, 밤낮 없이 느릿느릿 걸으며 내 주위를 서성거린다. 마치 휴일까지 출근해서 부하직원들 나오게 하는 부장 같다. 직장인들 우스개로 멍청하고 부지런한 상사가 가장 최악의 상사라는 말에 딱 들어맞는 게 좀비다. 반면 흡혈귀는 일몰 후에 나타나 일몰 전에 돌아가니 딱 정시 출퇴근하는 상사 같다. 그래, 나도 차라리 흡혈귀와 싸우고 싶다. 사실 우리나라에서 흡혈귀와 싸우는 건 정말 쉽다. 우리나라에 십자가가 얼마나 많은가! 옥상에서 보면 보이는 것만 수십 개다. 좀비처럼 총을 쏠 필요도 없다! 『나는 전설이다』의 내용처럼 타종교를 가진 흡혈귀에게 십자가는 무용지물이라면 그땐 코란이나 卍자, 불경, 불상 못 구할 게 없다. 우리나라에는 없는 종교가 없으니까. 어떤 종교의 흡혈귀라도 쉽게 대응할 수 있다. 심지어 그 흡혈귀가 무신론자라도 상관없다. 그 땐 마늘이 있다. 마늘은 우리가 먹기도 잘 먹지만 집집마다 없는 집이 없다. 김장하고 남은 마늘은 마늘장아찌를 담그거나 양념용으로 다져 냉장고에 넣어둔다. 그러고도 남아서 다용도실에 걸어둔다. 이 집 다용도실에도 마늘이 한 자루 걸려 있다. 저 생마늘을 씹어 먹을 날이 오지 않았으면 싶을 정도다. 게다가 집에만 있는 게 아니다. 고깃집에서 고기 구울 때 우리는 고기와 함께 마늘도 같이 굽는다. 와, 이 정도면 흡혈귀는 인천공항에 도착하자마자 잘 먹고 잘 살라고, 우리를 축복하며 제 발로 우리나라를 떠날 거다.

정말 왜 하필 좀비가 나타났을까? 차라리 흡혈귀가 나타나지. '좀비보다 흡혈귀!' 흡혈귀가 만만한데. 그래, 신이 정말 인간을 멸종시켜야겠다고 계획했다면, 아마 우리 민족을 멸종시키기 위해서라도 흡혈귀보다는 좀비를 보내야 했을 것 같다. 그게 맞는 것 같다.

젠장, 그래, 결국 신이 보낸 멍청하고 부지런한 놈들 때문에 우리 인류가 멸망한다.

6월 20일, 종종 비.

이제 물은 괜찮은데, 라면이 문제다. 반이 유통기한을 넘겼다. 설마 며칠 때문에 먹고 죽거나 탈이 나진 않겠지만, 정말 아끼다 똥되기 전에 빨리 먹어치워야겠다. 다행히 빗물이 많아 물은 아낄 수 있다. 그래, 신은 아직 나를, 인간을 버리지 않았다. 최소한 나는 버리지 않았다. 버리지 못했거나.

장마가 있다는 건 정말 좋은 거다.

그래도, 혹시나 싶어 마른 김을 10장 먹었다. 문득 아버지가 암으로 입원하셨을 때, 마늘이며, 브로콜리 같은 암에 좋다는 거 백날 먹어봤자 다 소용없다던 어느 젊은 암 환자의 푸념 아닌 푸념이 생각난다. 하지만 술, 담배처럼 몸에 안 좋다는 건 열 숟가락 먹고, 약도 아닌, 그저 암에 좋다는 음식 한 숟가락 먹는다고 암이 낫거나 예방이 된다면, 그걸 음식이라고 하겠는가? 약이라고 하지.

그래, 김은 약이 아니다. 젠장, 그래, 방사능비 좀 맞는다고 당장 죽는 건 아니니까 그냥, 그렇게 살자. 당장 죽지만 않으면 어떻게든 되겠지! 어쩌면 방사능비가 좀비로부터 나를 지켜줄지도 모른다.

6월 21일, 잔뜩 흐림.

절기상 하지다. 낮의 길이가 가장 긴 하루. 그런데 언제 장대 같은 비가 올지 몰라 나가지 못했다. 가로등도 없으니, 어두워지기 전에 돌아와야 하는 상황에서 오늘이 내겐 가장 긴 하루였는데 집에만 있었다니. 그래도 옥상에 새 덫을 새로 설치했다. 실을 연결한 막대기로 바구니를 뒤집어 받쳐놓고 그 아래 벌레 먹은 쌀을 뿌려놨다. 그리고 옥상 문 안쪽에 숨어 녀석들이 오길 기다렸다. 그런데 새들은 생각보다 멍청하지 않거나, 눈치가 빠르거나, 아니면 덫이 너무 어설퍼서 그런지 한 마리도 잡지 못했다. 심지어 근처도 오지 않았다. 아무래도 바람이 불 때마다 바구니가 넘어져, 내가 계속 들락거리며 쓰러진 덫을 세운 탓이 아닌가 싶다.

괜히 바보가 된 기분이다. 새들한테 놀림당한 기분이다.

새 덫이 바람에 쓰러지지 않고, 뭔가 좀 티가 안 나는 새 덫을 만들어봐야겠다. 아니면, 쌀을 더 넓게 뿌려놓거나.

거리엔 멧돼지가 나타났다. 새끼들을 이끌고 좀비들 사이를 거침없이 지나간다. 역시 사람을 보면 다가오는 길든 개떼보다 낫다.

6월 23일, 여전히 흐림.

좀비 영화나 핵전쟁 후 인류에 대한 영화에서 나처럼 고립되거나 혼자 떠돌게 된 사람이 나올 때면 난 똥을 싸고 어떻게 뒤를 닦을까 궁금했다. 그런데 의외로 50미터짜리 두루마리 화장지가 오래간다. 혼자 지낸 지, 석 달째가 돼 가는데 50미터짜리 두루마리 세 개밖에 쓰지 않았다. 하긴 먹는 게 부실하니 똥도 덜 나오겠지. 당연한 거다. 놀랄 일은 아니다. 아무튼 어머니가 사다 놓은 50미터짜리, 30개들이 화장지 박스 두 개가 아직 그대로 남아 있다. 똥만 쌀 때만 쓰면 5년은 쓸 수 있을 것 같다. 그때까지 살 수 있을지는 모르겠지만, 최소한 똥을 못 싸서 죽진 않을 것 같다.

그런데 치질이 도지면 어쩌지? 젠장, 지금 상황에서 이보다 더 최악의 상황은 생각하지 말자! 그래도 작년에 치질 수술을 한 건 참 잘한 것 같다.

그래! 아프면 당장, 내일 인류가 멸망한다는 각오로 병원에 가라.

만약 누군가가 치질이 있는데, 차일피일 미루다가 지금 나처럼 혼자 살아남게 됐다면, 얼마나 끔찍할까? 아무리 생각해도 작년

이맘때, 치질 수술받길 너무 잘한 것 같다. 최소한 그 덕에 건강해서, 나는 버티고 있는 거다. 만약 그때 수술하지 않았다면 그 고통을 지금까지 달고 살거나, 고통에 못 이겨 미쳤거나, 죽어버렸을 거다. 물론 나는 후자를 선택했을 거다. 진통제가 없으면 참을 수도 없는, 그 찢어진 항문의 고통과 미열. 절대 그런 고통을 달고 이런 상황에서 버틸 수 없다. 어쩌면 피 냄새를 맡고 좀비들이 먼저 나를 공격했을지도 모른다.

그리고 내 경험에 비추어 봤을 때, 뜻밖에 병원에서 주는 치질약이 아주 좋다. 진즉 갔으면 수술할 필요도 없이 알약만 먹고 나을 수도 있었을 거다. 그럼 그 예쁜 간호사 앞에서 똥구멍 검사받는 일도 없었을 거다. 그건 정말 내 인생의 최악이었다. 내 인생의 최악? 물론 좀비가 나타나기 전까지의, 내 인생 최악이었다. 나보다 어리고, 내 이상형에 가까운 예쁜 간호사의 안내를 받으며 치질수술을 받으러 병실로 들어간다는 건, 정말 끔찍했다. 거기서 만나지만 않았어도, 어떻게든 말이라도 걸어봤을 텐데. 왜 하필 항문외과에서…….

그래, 뭐든 참으면 안 된다.

병과 마찬가지로 분노도 참으면 안 된다. 화 참아봤자, 화병 걸린다. 화병 걸리면 또 병원 가야하고, 그러니 병의 근원인 분노도 참으면 안 된다. 참을 인(忍) 세 번이면 살인도 면한다지만, 이런 세상에선 세 번 참았다가 내가 먼저 죽을 수도 있다는 걸 알아야 한다. 그게 지금 현실의 진리다.

6월 25일, 비.

물 5리터를 얻었다. 하늘이 주신 물이다. 이게 진정한 성수 같다. 면도도 했다. 생각해 보니 좀비가 수염이 자라는 건 아닌 것 같아 깨끗하진 않게 대충 면도를 했다. 그게 더 좀비 같을 것 같다. 그리고 머리도 대충 잘랐다. 오랜만에 면도도 하고 머리도 깎고 거울을 보니, 그래도 노숙자 같다.

그리고 지난번엔 깜빡하고 하지 못한 설거지를 했다. 그동안 계속 밥을 짓고, 라면을 끓였더니 냄비란 냄비는 다 바닥이 시커멓다. 쇠수세미로 박박 열심히 설거지했다. 속이 다 후련했다. 좀비가 창궐한 세상에서도 나는 설거지를 한다. 이게 리얼이다. 다음엔 빨래도 해야겠다.

이제 정말 이 세상에 적응한 기분이다. 좋은 건지, 나쁜 건지 지금은 모르겠다. 역사가 알겠지. 하지만 지금은 살아있으니, 좋은 것 같다.

6월 28일, 비.

왠지 내가 신과 가까운, 아담이 된 기분이다. 최소한 신과 가까워진 기분이다. 혼자이기 때문이다. 혼자 있다 보니 머릿속에 만들어낼 수 있는 건, 신뿐이다. 엄연히 있던, 또 살아있을지도 모르는 친구, 사람들을 머릿속에 그려 이야기를 나눈다는 건 왠지 미친 짓 같다. 아직 살아있을 거라는 기대 때문이 아니라 그들은 추억이지 현재가 아니기 때문이다. 그리고 죽었다면, 죽은 자들을 떠올리는 것만으로 괜히 죽은 자의 영혼을 불러내는 것 같아, 좀 섬뜩하다. 이런 말도 있잖은가, 죽음이란 기억에서조차 사라져야 진짜 죽는 거라는.

반면 신은 그렇지 않다. 아마도 신은 시간을 초월하는 존재거나, 늘 있을 것 같은 기대 때문인 것 같다. 아무튼 신에게 인사를 전한다. 안녕, 신.

나는 지금 당신이 만든 세상에 살고 있어요. 이게 당신의 뜻인지는 몰라도, 그다지 좋은 생각은 아닌 것 같네요. 그리고 혹시 제가 당신의 뜻을 거스르고 있는 건 아닌지 모르겠네요. 제가 빨리 죽어, 지구에서 인류가 빨리 사라지시길 바라시나요? 그게 아니면, 제게 이브를 좀 보내주세요. 그게 싫다면, 정말 다시 모든 걸 되돌려놓던가요. 당신은 그러실 수 있잖아요. 전지전능.

6월 30일, 비.

다시 베란다에 앉아 쌀벌레를 골라내며, 물에 빠진 생쥐처럼 거리를 걷는 좀비들을 보고 있노라니, 그냥 곱게 죽지, 죽지도 못하고 저게 뭐 하는 짓이냐 싶기도 하고, 마치 미로에서 출구를 찾지 못해 쩔쩔매는 치매에 걸린 실험용 쥐 같기도 했다. 그리고 장마가 끝날 때까진 집 안에만 있어야겠다. 뭔가 책을 읽어볼까 싶기도 한데, 문득 우수관을 타고 빗물이 떨어지는 소리가 좀비들을 아파트 안으로 불러들이지 않을까, 마음에 걸린다.

7월 1일, 비.

이틀째 종일 비만 온다. 아무리 장마라지만 하늘에 구멍이 난 것 같다.

신이여, 홍수로 인간을 벌했듯이 홍수로 좀비를 벌하려 하시나이까?

젠장, 댐이나 저수지가 무너져 물난리가 나는 건 아닌지 걱정이다. 한강에 댐이 몇 개지? 빌어먹을, 왜? 왜 그런 걸 만든 거지? 군사적으로도 위험한 일 아닌가? 북한이 도발해 댐을 파괴하면 어쩌려고, 한강에 댐을 만드나! 젠장!

그나마 다행히 나는 14층에 있다. 설마 무너진 댐 때문에 물이 여기까지 쓰나미처럼 밀려들진 않겠지. 아랫것들만 불쌍하다. 그런데 또, 물이 올라와 지반이 약해지면 그것도 또 문제. 우선 이곳은 지대가 높아 홍수가 나도 여기까진 물이 차지 않을 거라는 것과 댐이 튼튼하거나 누군가 열어 둬, 무너지지 않을 거라는 데에 기대를 걸어봐야겠다.

7월 3일, 맑음.

드디어 비가 그쳤다. 이제야 하늘에 물이 말랐나 보다.

그릇이란 그릇엔 모두 물이 차 있다. 뿌듯해야 하는데, 문제는 집 안이 덥고 습하다는 거다.

오늘은 101동을 갔다. 가기 전에 202호에 있었던 일을 다시 머리에 새겼다. 사실 꼭 그럴 필요는 없었다. 101동 화단에 아직 다 썩지 않은, 구더기가 핀 시체가 있으니까. 쥐도, 고양이도 배가 불렀는지 아직 다 먹어치우지 않았다. 어쩌면 임산부에 대한 예의(?)인지도 모르겠다.

101동에서 열린 곳은 딱 두 곳뿐이었다. 202호와 504호. 다행이지 싶다. 또 15층이었으면…….

202호는 열린 문을 내가 닫아버렸다. 504호에는 초등학생 아이들이 있었다. 아마 아빠가 좀비가 되기 전에, 아니면 도망치거나 어찌됐든 간에 그전에 아이들이 먼저 좀비가 된 것 같다. 아이들은 좀비가 된 채 화장실에 갇혀 있었다. 아이들은 내가 들어가자 기다렸다는 듯 화장실 문을 긁어댔다. 나는 잠시 고민했다. 굳이 좀비를 죽여야 하나, 이대로 갇혀 있었다면 계속 놔두는 것도 괜찮을 것 같았다. 그러다 문을 긁는 소리가 너무 심하게 들려 어쩔 수 없이 문을 열었다. 그러자 아이 좀비 둘과 여자 좀비가 걸어 나왔다. 나는 잠시 누굴 먼저 없애야 할지 고민했다. 아이들인지, 엄마인지. 결국 아이들부터 죽였다. 엄마가 죽는 걸 보는 것보다 아이들이 먼저 죽는 걸 보는 게 덜 끔찍하고 덜 충격 받을 것 같았다. 비록 좀비라도 아이들 앞에서 엄마를 죽이는 건 아닌 것 같았다.

머리통이 사라진 좀비들을 거실에 두고 방을 확인했다. 아이들 방 책상에 교과서와 공책, 사진액자가 있었다. 초등학교 2, 3학년쯤 돼 보였다. 보고 싶지도 않고, 볼 필요도 없었는데, 액자 속 사진을 보니 괜히 아이들 공책까지 펼쳐보고 싶어졌다. 공책에는 '한지혜'라는 이름이 색연필로 쓰여 있었다. 깍두기공책이었는데 네모난 칸 안에 삐뚤빼뚤한 글씨가 귀여웠다. 이런 귀여운 글씨를 쓰는 아이도 좀비가 됐다. 도대체 신은 뭐하는 건가? 즐기고 있나?

504호에서는 라면 7개와 통조림 4개, 부탄가스 2개를 구했다.

별이 초롱초롱하고, 달은 기울었다.

내일 비가 오지 않으면, 104동을 가볼까 한다.

7월 4일, 비.

또 종일 비가 왔다.

과유불급이라는 말이 있다. 과하면 부족한 만 못하다. 비도 그렇다. 딱히 담아둘 그릇도 없는데, 그리고 오랫동안 저장할 방법도 없는데 계속 비만 오면 무슨 소용인가 싶다. 그저 물난리나 걱정해야 한다.

좀비가 창궐한 이런 세상에서 가장 운 좋은 사람(?)은 좀비가 나타나기 전에 죽은 사람이다. 좀비가 나타나기 전에 장례까지 치렀다면 금상첨화다. 가장 운 나쁜 사람은, 좀비가 창궐하기 직전에 태어난 아이. 그냥 아이. 그리고 그 전 토요일에 복권에 당첨된 사람. 신혼여행은 못 가고 결혼식까지만 한 사람. 프러포즈를 받은 사람. 원하던 아이를 갖게 된 사람. 막 군대에서 전역한 사람. 애인이 생긴 사람. 집을, 차를 산 사람.

세상은 참 묘하다. 좋고 나쁘고가 세상 상황에 따라 하루아침에 180도 변한다. 죽고 싶었던 사람에게 지금 세상은 딱 죽기 좋은 세상이고, 살고 싶었던 사람에게 지금 세상은 지옥이다.

여자아이들한테는 어차피 지금 죽는 게 나을지도 모른다.

어차피 좀비가 창궐하기 전에도 여자와 아이들이 살기에는 그리 좋은 세상이 아니었다.

7월 5일, 흐림.

104동에 갔다.

문이 열린 곳은 802호와 1406호였다.

1406호에는 깨진 창문으로 새가 들어와 둥지를 틀고 있었다. 부화한 새끼도 있었다. 중요한 단백질원이긴 한데, 어미새가 너무 시끄럽게 달려들어 행여 좀비가 올라올까 봐 서둘러 집을 나와버렸다. 솔직히 내 손으로 어린 새를 죽이고, 그 털을 뽑아 요리해 먹을 자신이 없었다. 어쩌면 내가 도시에서만 살아서, 서울 샌님이라 그런 걸지도 모르겠다. 군대에서 만난 후임병 녀석 중에 시골에서 농사를 짓던 녀석이 있었는데, 그 녀석은 개구리며, 뱀도 잘 잡았다. 심지어 황소개구리는 말 그대로 바닥에 패대기를 쳐 죽이더니 껍데기까지 깨끗하게 벗겨 철조망에 걸어 말리기까지 했다. 그때 그 속살, 정말 사람의 피부색과 비슷한 연살구색에 내가 얼마나 경악했던지. 그리고 옆 소대 녀석은 내게 말린 뱀을 보여주며 먹어보겠냐고 했던 것도 기억난다. 그 녀석들, 살아있다면 나처럼 쌀, 라면이나 구하고 있진 않을 거다. 어쩌면 좀비를 잡아먹고 있을지도 모르겠다.

잔인해져야 살아남을 수 있는 걸까? 그런데 사실 그게 잔인한 건 아니다. 원래 우리 조상들은 다 그렇게 살았다. 원래 인간은 그랬다. 현대의 우린 그저 고귀한 척하는 거다.

1406호에서 라면 2개, 생수 하나, 그리고 냉장고에서 참치통조림 2개를 챙겼다. 쌀은 온통 벌레가 먹어 골라낼 수도 없을 것 같아 가져오지 않았다. 아깝다. 생수통에 잘 좀 보관하지.

802호에서는 라면 6개와 참치통조림 3개를 찾았다. 물은 없었다. 얼음이 나오는 정수기가 있는 집이라 생수는 사 마시지 않는 듯했다. 얼음. 얼음? 얼음! 그런 게 있었다.

살림살이를 보니 젊은 부부가 사는 집이었다. 아직 신혼이었는지 거실에는 결혼사진도 걸려 있었다. 괜히 웃음이 났다. 젊은 취향의 속옷이 많았다. 좀 크지만 입을 만한 옷도 있었다. 물론 지금 상황에서 외출할 때 입을 수 있는 옷은 아니다. 지금 입으려면 흙도 묻혀야 하고, 군데군데 찢어야 한다. 정말 세상은 180도로 바뀌었다. 보통은 집에서 낡은 옷을 입고, 외출할 때 깨끗하고 좋은 옷을 입는데 이제는 새 옷을 집에서 입고 낡은 옷을 밖에서 입는다.

아무튼 급하지 않은 옷은 시간 날 때마다 조금씩 옮겨둬야겠다. 아니, 802호를 만약을 위해 피신처로 만들어볼까 싶다. 너무 낫나? 아! 열쇠가 없다. 아무리 좀비가 손잡이를 돌릴 줄 모른다고 해도 만약을 위해 문은 늘 잠가둬야 한다. 세상에서 바뀌지 않은 건 이것이군.

7월 7일, 흐림.

이제 좀비와 어울려 걷는 게 익숙하다. 이제 냄새도 참을 만하고, 심지어 내 몸에서 나는 냄새가 더 심한 것 같다. 그리고 출근길에 매일 만나던 사람을 찾아보는 것처럼 어제 본 좀비가 또 있나 찾아보는 여유도 생겼다. 익숙해지지 않길 바랐는데, 결국 이렇게 됐다. 분명 적응과 익숙해지는 건 다른 건데.

오늘은 105동에 갔다.

7이 두 개인 날이라, 뭔가 행운을 기대했지만, 문이 열린 곳은

903호 한 곳뿐이었다. 게다가 먹을 거라고는 개 사료 하나 없었다. 그저 엉망진창이었다. 먹을 거 대신 앙갚음이라도 하듯 속옷과 옷을 챙겨왔다.

　도둑질도 해본 놈이 잘한다고, 몇 번했더니 물건 찾는 게 어렵지도 않고, 딱딱 뒤질 곳만 뒤지게 된다. 주방, 다용도실, 아이들 방, 안방. 혹시나 해서 더 뒤져봤자 쓸만한 건 나오지 않는다. 모두 가지고 피난이라도 간 것 같다. 아이들 방은 아이들이 숨겨둔 과자를 찾기 위해서다.

　여기저기 뒤지고 다니다 보니, 혼자 살더라도 필요한 게 너무 많다는 생각이 든다. 아담과 이브는 사과를 먹기 전에 아무것도 걸칠 필요가 없었겠지만, 지금은 좀비로 살더라도 옷을 입어야 한다.

　해질 무렵, 갑자기 어두컴컴해지는 하늘과 심상치 않은 바람, 서둘러 날아가는 새. 뭔가 범상치 않은 기운이 느껴지더니 소나기가 내렸다. 비가 쏟아지는 소리 외에는 아무 소리도 들리지 않았다.

　제 목 : 소나기.
　지은이 : 나.

　하늘에서 떨어진 물 자국.
　에게, 10원짜리 동전만 하다.
　50원짜리 동전만 하다.
　어!

저건 500원짜리 동전만 하다.

저건 100원짜리!

저건 500원!

그 위로 또 떨어지는 물 자국.

먹구름은 부자인가 보다.

부자면 뭐하냐, 이제 돈 따윈 필요 없다! 하하하!

7월 9일, 맑음.

죽을 뻔했다. 무리였나 싶다.

이마트, 홈플러스도 갔는데 옆 아파트 단지쯤이야 하는 마음
으로 그곳에 갔다. 치사하게 우리 아파트 단지와 통행권으로 싸
우던 단지다. 치. 아무튼 나름 프리미엄 아파트 단지라 뭔가 건질
게 있을 것 같았다. 하지만 괜히 죽을 뻔했다.

한 아파트는 빌어먹을 좀비들이 계단에 가득했다. 마치 공짜행
사에 줄을 선 사람들처럼 길게 늘어서 어기적거리고 있었다. 괜
히 사람인 게 티가 날까 봐 나도 잠시 그 줄 끝에 서서 녀석들과
함께 어기적거리다가, 지나가는 새소리를 쫓아 움직였다. 그리고
그 옆의 아파트를 갔다가 계단에서 등산복차림의 좀비를 만났다.
아마도 좀비가 되기 직전에 등산을 갔다 온 모양이다. 빌어먹을
녀석은 내가 계단을 올라오는 소리를 들었는지 나를 마중 나오
고 있었다. 나는 녀석이 층계참으로 내려올 때까지 기다렸다가 녀
석의 머리통을 박살내고 바닥에 쓰러뜨렸다. 그런데 녀석은 최후
의 발악인지, 저주인지 요란한 소리를 내며 쓰러졌다. 배낭에 달

려 있던 스테인리스 컵이 문제였다. 창문을 내다보니, 젠장, 좀비들이 소리를 듣고 어기적거리며 다가오고 있었다. 그래서 서둘러 나오려고 돌아서다 또 십년감수 했다. 좀비 하나가 막 층계참의 마지막 계단을 밟고 서 있었다. 놀란 나와는 달리 녀석의 표정은 아주 침착했다. 나는 바로 스패너로 녀석의 머리통을 박살냈다. 급히 후려치느라 녀석이 또 둔탁한 소리를 내며 쓰러졌다. 미칠 것 같았다. 좀비를 피해 올라가야 할지 계속 내려가야 할지 우왕좌왕하다가 지칠 줄 모르는 녀석들이 분명 옥상까지 올라올 것 같아 급히 내려갔다. 어쩌면 옆 아파트 현관까지 줄 서 있던 좀비들도 옥상까지 도망간 어떤 인간을 쫓아 줄을 서 있는 것이었을지도 모른다. 그래, 내려오길 잘했다.

다행히 2층까지 내려갈 때까지 좀비가 올라오지 않았다. 나는 2층과 1층 사이 층계참에서부터 다시 좀비 걸음으로 천천히 내려갔다. 그리고 곧장 현관을 지나 좀비들을 피해 아파트를 돌아갔다. 그때 불쌍하게도 가장 앞에서 다가오던 좀비가 내가 인간인 걸 알아차렸는지 나를 쫓아왔다. 나는 아파트 뒤편에서 녀석의 머리를 단번에 박살내고는 마치 아무 일 없었던 것처럼 아파트를 한 바퀴 돌아 나왔다. 좀비들이 내가 빠져나온 아파트 현관으로 줄을 서서 걸어 들어가고 있었다. 그러고 보면 좀비들은 확실히 의사소통 수단이 없는 것 같다. 만약 있었다면 저 좀비들이 다 나를 쫓아왔겠지. 아마도 만들어진 지 넉 달도 안 돼서 그렇지 싶다. 갓 태어난 아기가 의사소통을 못하는 것처럼 말이다.

다시 현관 안으로 꼭 줄을 선 것처럼 들어가는 모습이 마치 무료급식소를 찾아간 좀비들처럼 보였다. 그리고 만약 내가 급히 빠져나오지 못했다면, 오늘의 메뉴는 당연히 내가 됐을 거라는 생각이 들자 묘한 쾌감이 들었다.

7월 10일, 맑음.

사람은 역시 머리를 써야 한다. 입 구멍, 콧구멍, 귓구멍, 눈구멍 뚫어놓으려고 머리통이 달린 게 아니다.

다시 옆 아파트 단지에 갔다. 그리고 아파트 계단 중간에서 맞은편 아파트를 향해 힘껏 돌을 던졌다. 와장창, 창문이 깨졌다. 예전 같으면 고소당하고, 미친놈소리 들을 일이겠지만, 지금은 살기 위해서 해야 할 나름 현명한 일이었다. 세상이 이렇다. 한 땐 미친 짓이 이젠 옳은 선택이 된다.

소리를 듣고 좀비들이 그 아파트로 모여들었고, 나는 그 틈을 타 다른 아파트에 들어갔다. 예상대로 아파트 계단은 텅 비어 있었다. 그런데 열린 곳이라고는 한 군데도 없었다! 24층 아파트였는데! 욕이 나오는 걸 간신히 참았다. 빌어먹을 인간들. 그렇게 문 꼭꼭 닫아놓고 살아봤자 아무 소용없다. 바이러스는 노크를 하지 않으니까.

그래도 두 번째 들어간 아파트에는 한 곳이 열려 있었다. 하지만 아무것도 없었다. 피난을 갈 때 모두 가져간 건지, 누군가 진즉 나보다 먼저 가져간 건진 알 수 없다. 그래도 세 번째 들어간 아파트에서는 대박을 쳤다. 2202호였는데, 아마도 22층까지 올라온 사람이 없었나 보다. 배부른 인간들.

커다란 과일 칵테일 통조림이 있었다. 그리고 스팸 4개. 오렌지 쥬스 2개, 생수 4개, 라면 하나.

내려올 때, 다른 닫힌 문들을 보면서 꼭 무슨 보물창고 같다는 생각이 들었다. 2202호가 이 정도라면 닫힌 다른 아파트에는 더 많은 게 있을 것 같았다. 창문으로 넘어가 볼까 했는데, 아무래도 추락하면, 또 괜히 잘못해서 중간에 오도가도 못 하게 되면 끝이지 싶어 포기했다. 누군가 도와줄 사람, 줄을 잡아줄 사람도 없는데 혼자 그러는 건 무모한 짓이다.

전자식 도어록 대신 '열려라, 참깨' 하면 열리는 음성인식 문이 있으면 좋겠다. 성대모사 같은 걸로 어떻게든 열 수 있지 않을까 싶다. 안 되려나?

7월 11일, 맑음.

비가 그치고 나니 날이 너무 덥다. 더워. 확실히 더워졌다.

참 한심하다. 아침에 내가 이불을 걷어차고 자고 있던 걸 깨닫고 나서야 확실히 더워졌다는 걸 느꼈다. 짜증나는 건 창문을 열었는데도 바람 한 점 불지 않는다. 무풍지대가 된 것 같다. 비가 왔을 때가 좋았다. 비가 억수로 쏟아질 땐 비가 와서 걱정이었는데, 이제 비가 안 오니 날이 더워 걱정이다. 참 한심한 인간. 걱정을 달고 산다.

이상하다. 도무지 모르겠다. 지구온난화의 영향이면 날이 예전보다 더운 게 이해가 가는데, 이상기후 탓이면, 이상기후니까 더 시원해질 수도 있는 것 아닌가 싶다. 지난겨울은 전 세계적으로 혹독하게 추웠는데, 여름은 반대로 푹푹 찔 건가? 온난화로 기온이 올라갈 거면 올라가고, 이상기후로 추워질 거면 여름도 좀 서

늘해졌으면 좋겠다. 설마 이상기후라는 게 겨울엔 더 춥고, 여름엔 더 더운 걸까? 설마 계절까지 양극화인가? 세상 참 더럽다.

7월 12일, 맑음.

오늘도 덥다.

7월에 벌써 이 정도면 8월엔 어떨지 괜히 겁이 난다.

거실 구석에 에어컨은 있는데, 정말 그림의 떡이다. 예전에 자전거로 발전기를 돌려 텔레비전을 보고, 세탁기도 돌리고 하는 걸 봤는데, 그런 게 하나 있으면 참 좋겠다. 물론 에어컨을 켜자고 땀 삐질삐질 흘리며 자전거를 돌린다는 게, 뭔가 모순적인 것 같긴 하다. 어느 서바이벌 프로그램에서도 칡뿌리는 먹을 수 있지만, 칡뿌리를 캐느라고 소비하는 열량이 칡뿌리를 통해 얻을 수 있는 열량보다 낮아, 오히려 안 캐 먹는 게 낫다는 이야기를 들었는데, 에어컨도 마찬가지지 싶다. 에어컨을 켠다 해도 자전거를 돌리느라 쓰는 내 열량, 그리고 흐르는 땀보다 많이 시원해지진 않을 것 같다.

한동안 커버를 씌운 에어컨을 보고 있자니, 문득 에어컨이 관을 세워둔 것 같다는 느낌이 든다. 그나마 위안이 되는 건, 가만히 있다가 얼어는 죽어도, 가만히 있으면 더워 죽진 않는다는 거다.

7월 13일, 맑음.

쥐가 올라왔다.

어떻게 우수관을 기어 올라왔는지 앞 베란다에서 고개를 내밀더니 연신 코를 실룩거리며 창문을 기웃거렸다. 더럽다는 생각보다 실룩거리는 코가 귀엽다는 생각이 먼저 들었다. 뭔가 살아 움직이는, 익숙한 걸 보니 좋다.

새보다는 쥐를 잡아먹는 게 쉬울 것 같다. 하지만 아직은 아니다. 내겐 아직 참치통조림이 13개나 있다. 일주일에 하나씩 3개월은 버틸 수 있다. 3개월. 3개월 후엔 뭐가 있을까? 뭐가 나를 기다리고 있을까. 구조대?

부탄가스는 8개가 남았다. 한 달에 둘 반을 쓰는 것 같다.

앞으로 3개월. 3개월은 충분히 버틸 수 있다. 그때까지 구조대가 오길.

7월 14일, 맑음.

고민이다. 좀비가 나타난 건 3월 말, 그 무렵 꽃샘추위 때문인지 좀비들은 아직 겨울옷이나 기껏해야 두툼한 봄옷을 입고 있다. 아무리 낡아도 봄옷인 게 티가 난다. 그런데 나는 이제 여름옷, 반바지를 꺼내 입고 싶다. 하지만 그럼 내가 좀비처럼 보이지 않겠지? 게다가 녀석들 앞에서 땀이라도 흘리는 날엔 어떻게 될까? 녀석들이 눈치채겠지? 역시 무더운 여름엔 야외활동을 말아야 한다. 세상이 바뀌어 좀비가 창궐해도 말이다. 왜냐면 나는 아직 인간이기 때문이다.

생수통에 담아둔 쌀에 벌레가 생기지 않았다. 한 달 보름이 넘었는데, 그대로다. 마치 방부제를 뿌려놓은 것처럼. 라면에 넣을 방부제를 생수통에 넣은 건가? 설마. 아무튼 신기하다. 기술의 승리라고 믿고 싶다.

그런데 고민이다. 빈 생수통에 쌀을 담자니, 물을 다른 빈 그릇에 담아야 하는데, 그냥 빈 그릇에 담아두자니 괜히 물이 더 빨리 이끼가 끼고 상할 것 같고, 쌀을 그냥 담아두자니 쌀벌레가 생길까 걱정이다. 굶어 죽느냐, 목말라 죽느냐, 그것이 문제다. 정말 머리에 쥐가 날 것 같다.

결론 : 비가 올 거라 믿고, 쌀을 담아두기로 했다. 만약 비가 안 오면, 가을에 가뭄이 들면? 신을 욕하겠다.

7월 15일, 잔뜩 흐림.

종일 우중충하고 후텁지근했다. 나는 비가 올까 봐 종일 집에 틀어박혀 있는데, 새는 좋다고 날아다닌다. 마치 동굴에 숨은 원시인처럼 아파트에 숨어, 하늘을 가로지르는 새들을 올려다보니 나를 놀리는 것 같기도 하고, 정말 내가 원시인이 된 것 같기도 하고, 새들은 익룡이 된 것 같다.

7월 16일, 흐리다 갬.

낮과 하늘? 허공은 새의 것이다. 어쩌면 허공, 대기층이 있는 건, 우리가 숨 쉴 공기가 있기 위해서가 아니라 새들이 살 공간을 주기 위해서일지도 모르겠다. 허공이 있어서 새가 날게 된 건가? 아무튼 새는 낮에 허공을 날고, 모이를 모으다가 밤이 되면, 자기들 보금자리로 돌아간다. 반면 땅의 주인인 사자나 호랑이 같은 야수들은 야행성으로 밤에 나와 사냥을 한다. 그리고 낮엔 보금자리로 돌아간다. 그렇다면 밤과 땅은 야수들의 것이었다. 결국 인간은 만물의 영장이 아니라, 그저 야수들을 피해 낮에 기어 나온 겁쟁이였을지 모른다. 그러다 야수로부터 자유로운 새를 동경하게 되고, 새처럼 날고 싶어 하게 되고, 새를 따라 하게 되고, 새처럼 밤에 잠을 자게 된, 따라쟁이. 어쩌면 야행성 인간은 땅에 사는 동물의 본능에 충실한 걸지도 모르겠다.

그리고 좀비는 밤낮 없이 싸돌아다닌다. 지금의 상황이 신의 뜻이라면, 신은 좀비에게 땅과 밤낮을 다 준 게 된다. 허공만 주지 않았다. 허공. 그래, 나는 날아야 한다.

해가 다 지기도 전에 초승달이 떴다. 마치 붉은 태양을 향해 날아가는 부메랑 같았다.

7월 17일, 구름 조금.

제헌절이다. 어차피 주말이 아니면 놀지도 못하는 날이다. 헌법을 제정한 날, 헌법, 헌법은 무슨, 내가 고시생도 아니고. 국경일이니 태극기를 달아야 하는데, 뭘 해 준 게 있다고 달아주나 싶다.

그런데 음력을 보니 내일은 내 생일이다. 음력 6월 6일. 그리고 다음주에는 어머니 생신이다. 제사상을 차려야 하나?

어디 마른 미역이라도 있나 찾아보니, 냉장고 위에 잘린 머리카락 같은 긴 미역이 있다. 먹어도 되는 건지 모르겠다. 그래도 물에 담가 두었다.

미역을 준비해 놓고 보니, 케이크도 있으면 좋겠다. 기왕이면 내가 좋아하는 치즈케이크로. 하지만 그건 절대 구할 수 없다. 치즈 먹고 싶다.

아끼고 아끼던 초코파이를 드디어 먹었다. 아직 유통기한이 보름이나 남아 있었는데, 섣부른 선택이 아니었을까 싶다.

올해 내 토정비결이 생각난다. 드디어 하늘이 점지해 준 인연을 만난다고 했는데, 이젠 웃음만 난다. 하긴 토정 이지함 선생도 이런 세상은 예상하지 못했을 거다.

토정비결에 '당신은 좀비가 된다.'라고 쓰여 있다면, 노스트라다무스도 울고 가겠지.

7월 18일, 비.

천둥 번개까지 치며 비가 시원하게 온다. 아직 장마가 끝난 게 아닌가 보다. 다행이다. 언제 장마가 끝날지 몰라 마지막이라 생각하고 깨끗이 샤워를 했다. 홀딱 벗고 씻는데 옆 아파트 단지에 번개가 떨어졌다. 설마 나를 겨냥한 건 아니겠지?

7월 19일, 맑음.

너무 맑고, 더럽게 덥다. 아파트 옥상이 익고 있다.

좀비들은 아직도 거리를 어슬렁거린다. 좀비들은 더위도 안 먹고, 인육만 먹나?

7월 21일, 맑음.

초복이다. 요 며칠 왜 더웠는지 알 것 같다. 삼복더위.

초복에는 역시 삼계탕. 인삼은 없지만, 닭도 없지만, 비슷한 게 많이 날아다닌다. 그래서 또 옥상에 새 덫을 놓고 종일 기다렸다.

아무 생각 없이 걸어 다닐 때는 몰랐는데, 옥상에서 바닥에 설치한 새 덫만 쳐다보고 있었더니, 그 위로 지나가는 새들의, 옥상 위에 드리워진 새들의 그림자가 제법 섬뜩하다.

7월 22일, 맑음.

기억이란 참 무섭다.

오늘도 종일 새 덫만 보다가 내려와 거실에 들어서자, 오늘따라 왠지 전화기가 눈에 띄었다. 수화기를 들어봤지만, 신호음은 들리지 않았다. 아무 번호나 눌러봤지만, 역시 마찬가지였다. 그리고 처음엔 누구 전화번호인지는 기억나지 않지만 아무튼 기억나는 번호를 눌러봤는데, 눌러놓고 한참 생각해 보니, 2년 전에 헤어진 여자친구 전화번호다. 지금 생각하면 참 잘 헤어졌지 싶다. 만약 안 헤어졌으면, 여자친구 구한다고 내 하나뿐인 목숨을 걸고 달려갔을 테니까. 잘 헤어진 거야. 근데 넌 살아있냐? 좀비는 되지 않았길 빈다.

오랜만에 휴대폰을 켜보았다. 저장된 문자들을 읽어봤다. 스팸 대출문자, 카드 사용명세, 젠장, 세상이 이렇게 될 줄 알았으면, 카드나 잔뜩 긁는 건데.

게임도 했다. 어머니 휴대폰의 기본게임인 'push-push' 머리에 쥐가 내릴 것 같았다. 다행인지 23번째 판을 하는데 배터리 표시가 깜빡거렸다. 깜빡이는 걸 보니 뭔가 움직이는 게 참 좋았다. 그러다 깜짝 놀랐다. 103동에서 계량기를 보던 좀비가 생각났다. 내가 그 좀비처럼, 좀비가 돼 가는 건 아닌가 싶었다.

7월 23일, 맑음.

오늘도 복더위가 기승이다.

가만히 앉아 있어도 땀이 난다. 거리의 좀비들은 덥지도 않은
지 뙤약볕 아래서 잘도 어기적어기적 잘도 걸어 다닌다. 그늘에
가 쉴 줄도 모른다. 불쌍해 보였는데, 저래서 내가 나갈 수 없다
는 생각이 드니, 불쌍해 차라리 죽었으면 좋겠다.

7월 24일, 맑음.

기다리지 않는 자에게도 복은 있다.

드디어 새를 잡았다! ……비둘기처럼 생겼는데, 비둘기인지 아
닌지는 모르겠다. 산비둘기일까?

아무튼 너무 더워서 새 덫을 설치만 해놓고 지켜보지 않았는
데, 오줌을 싸러 올라갔더니, 새 덫에 새가 제 발로 들어가 앉았
다. 아마 모이를 쪼다가 바구니를 바쳐둔 나무젓가락을 건드린 모
양이다. 나는 혹시나 새가 도망칠까 봐 급히 옷을 벗어 덮어놓고,
혹시라도 꺼낼 때 내 손을 쪼기라도 할까 봐 주방장갑을 끼고, 살
짝 바구니를 들어 조심조심 새를 꺼냈다.

녀석은 잔뜩 겁을 먹고는 내게서 달아나려고 하기보다, 오히려
웅크리고는 내 품에 쏙 안겼다. 어쩌면 그냥 기댄 것일 수도 있다.
어쨌든 닭이나 오리처럼 달아나려고 바동거리지 않았다. 그러고
보면 닭과 오리는 자신들이 인간에게 잡히면 죽는다는 걸 알기
때문에 품에서 바동거리는 게 아니었을까? ……아무튼 새를 잡
았다.

날짜를 보니 중복이 나흘 뒤다. 그때까지 새는 노끈으로 칭칭

감아 박스에 넣어, 살려두기로 했다. 그리고 녀석이 쌀을 먹는지 벌레를 먹는지 몰라서 우선 벌레 먹은 쌀을 한 줌 같이 넣어주었다. 녀석의 살이 빠지면 내가 먹을 것도 주니까. 고기를 얻기 위해선 잘 먹여둬야 한다.

다행히 찹쌀은 있다. 인삼만 있으면 딱 삼계탕인데 인삼은 없고, 아쉽다. 그래도 생각만으로 입안에 군침이 돈다. 드디어 몸보신을 하게 됐다.

7월 26일, 맑음.

새가 베란다 창가에 앉아 지저귀다? 울다? 아무튼 그러다 갔다. 깜짝 놀랐다. 녀석이 창가에 앉아 우는 게, 마치 좀비들에게 내가 여기 있다고 알려주는 것 같다. 소리를 쳐 쫓아낼 수도 없고 계속 손짓으로 녀석을 쫓아냈다.

내가 잡은 녀석을 찾아온 걸까? 혹시 녀석의 짝일까?

7월 29일, 맑음.

중복이다.

새는 놔주었다. 닭의 목을 비틀어도 새벽은 온다는 말이 생각난다. 닭의 목을 비틀어, 새의 목을 비틀어, 비틀어. 비트는 건 쉽지 않다. 괜히 사람을 죽인 일이 다시 생각났다. 그리고 왜 새의 눈은 그렇게 동그란 걸까. 너무 순수해 보인다. 소의 눈도 크고, 돼지 눈은 어떤지 모르겠다. 돼지 눈은 큰 것 같지 않다. 아무튼 눈이란 참 묘하다. 동그란 눈도 귀엽고, 삽살개를 보면 털이 눈을 가려도 귀엽다. 쭉 찢어진 눈, 눈꺼풀에 가려진 눈은 뭔가 의도가 있

는 눈처럼 보인다. 인간의 눈 말이다. 뭐, 동그랗다고 다 귀여운 건
아니다. 부릅뜬 눈도 동그랗긴 하지만 무섭다.

아무튼 새의 눈 때문에 목을 비틀 용기? 배짱을 내지 못했다.
그리고 털을 뽑을 자신도 없었다. 좀비를 때려잡는 것과 털을 뽑
는 건 다른 문제였다. 어쩌면 새를 때려잡을 순 있었을 것 같다.
아니다. 그것도 쉽진 않았을 것 같다.

그래, 우리는 우리 대신, 우리가 차마 못하는 일을 대신해 주
는 이들에게 고마워해야 했다. 도축장에서 일하시는 분들, 닭 공
장에서 일하시는 분들.

어쩌면 내가 아직 배가 덜 고팠기 때문인지도 모르겠다. 젠장,
살려면 더 독해져야 한다. 어쩌면 오늘 일을 후회하게 될 날이 올
지도 모르겠다. 그런 날이 오지 않길 바란다.

베란다에서 하늘을 보며 비행기가 지나가길 빌어야겠다.

오늘 따라 바퀴벌레가 귀찮게 군다.

7월 30일, 맑음.

담아둔 물에 이끼가 끼었다. 먼지도 앉았고, 벌레는 둥둥 떠 있
다. 뚜껑을 덮어뒀어야 했는데. 사실 대부분 뚜껑이 없는 그릇이
고 뚜껑으로 쓸만한 것도 별로 없다. 뚜껑이 있는 용기가 필요하
다. 용기. 그래, 내게 필요한 건 용기(勇氣)다.

딱히 하는 일도 없고, 할 일도 없어서 이제라도 물을 흐르게
해 이끼가 끼지 않게 해볼까 했는데, 그것도 참 한심한 짓이다. 휘
휘 젓다 보니 내가 무슨 마녀 같고, 밥그릇으로 물레방아 돌리듯
계속 물을 푸다 보니, 처음엔 무슨 대단한 실험을 하는 박사 같은

120

기분이었는데, 나중엔 그냥 양팔저울이 된 기분이다. 이런 건 기계가 해야 할 일인데, 인간이 하고 있다니, 한심하기도 하고, 짜증도 났다. 그래! 이래서 자립형 건물을 지어야 한다.

태양광을 사용해 전기를 만들고, 빗물을 사용해 화장실 용수로 사용하는 아파트! 그런 아파트가 있다면, 내가 그런 아파트에 있다면 지금 나는 인터넷은 안 돼도 컴퓨터도 하고, 냉장고에 얼음, 아니 얼음은 바라지도 않는다. 그냥 물을 보관해 마실 수도 있고, DVD도 보면서, MP3도 맘껏 듣고 지낼 수 있다. 회사에서 교육받을 때 보니, 두바이에 지어진 어느 초대형 건물은 에너지 자립도가 10%가 넘는데, 왜 그런 아파트를 짓지 않은 걸까? 10%면 최소한 나 하나는 충분히 쓰고 살 수 있는데! 그래, 이런 게 친환경, 녹색산업인데 왜 이런 걸 짓지 않은 거지? 사실 친환경, 녹색산업은 그저 다 선전구호였다! 허걱!

8월 1일, 맑음.

7월 달력을 넘기고, 8월 달력을 펼쳤다.

딸랑 날짜만 있는 부엌달력은 아무 감흥이 없었는데, 주희의 방에 있는 책상 달력을 넘기니 예쁜 바다의 사진이 나왔다. 좋은 카메라로 찍은 사진이었다. 그런데 왠지 낯설다. 정말 저런 데가 있을까 싶기도 하고, 가보면 실망할 것 같기도 하고. 여자 사진이 아니라 아쉽기도 하고.

바다, 피서, 해수욕, 난 지금 샤워만이라도 좀 하고 싶다. 종일 뙤약볕에 달궈진 벽이 찜통이 돼 나를 찌는 것 같다. 얼마나 더운지 건너편 아파트 옥상에 아지랑이가 핀다. 새들은 저런 하늘을 뭐가 좋다고 무리 지어 날아가는지 모르겠다. 이런 때 날아다니지 말고 비 올 때, 빗속을 날아다니면 자연으로 씻을 수 있고 좋을 텐데, 이런 뙤약볕 아래를 날다니, 지저분한 것들.

해질 무렵, 잠자리가 무리를 지어 나타났다. 수십, 수백 마리였다. 녀석들은 신기하게 한 곳을 향해 날아갔다. 남쪽, 마치 남쪽을 폭격하러 가는 폭격기 같았다. 제발, 그래줬으면 좋겠다.

8월 2일, 맑음.
깨끗이 몸을 닦다.

다시 702호에 갔다. 예전에 김태우가 수색대 경험담으로 물티슈로 몸을 닦았다는 말이 생각나서였다. 그리고 이젠 정말 아주 아득한 오래전 일처럼 느껴지는 작년 봄나들이가 생각났다. 친구들과 대공원에 놀러 갔었는데, 아기를 데려온 친구 녀석이 물티슈를 가지고 다녔던 게 생각났다. 그리고 702호에서 본 아기와 아기 기저귀가 생각났다. 그래서 702호에 갔는데, 역시 내 예상대로 물티슈가 남아 있었다. 게다가 아직 촉촉했다. 촉촉해서 시원했다. 눈물이 날 것 같았다.

물티슈로 깨끗이 몸을 닦았다. 명품이었다. 예전에 식당에서 일반 물티슈로 손을 닦을 땐, 손이 화끈거리고, 따끔거렸는데, 아기용이라 그런지 그런 자극도 없다. 역시 아기들 물건은 잘 만들어야 하고, 또 잘 만든다.

물티슈 리필 4통을 앞에 두고 아기 사진을 보며 한참을 흐뭇하게 쳐다보았다. 지금도 내 앞에 있다.

그런데 아쉬운 건, 아직 아기 좀비가 살아있었다는 거다. 움직이지 않기에 죽은 줄 알았는데, 정말 죽었나 보려고 덮었던 포대기를 열자 녀석이 팔다리를 휘젓기 시작했다. 넉 달이나 지났는데 아직 살아있다니! 너무 징글징글해서 다시 포대기와 이불을 덮고 프라이팬으로 내리쳐 죽였다. 천국이든, 지옥에서든 다시 부모 만나 행복하길 빈다.

아직까지 아기가 살아있을 수 있었던 이유는 뭘까? 느리기 때문에? 거북이처럼 느릿느릿 걸어서 오래 사는 걸까? 바싹 건조시킨 오징어나 육포, 라면의 건더기 스프, 바짝 말리면 오래 보관할 수 있는 것처럼 좀비의 피부도 말라서 오래 살 수 있는 걸까?

8월 3일, 맑음.

비명이 들렸다! 여자의 비명이었다. 정말 오랜만에 듣는 새로운 소리였고, 사람의 목소리였다. 비록 비명이었지만. 그런데 넉 달이 넘도록 잘 버텼으면서 어쩌다 실수를 한 걸까? 여자의 비명이 사라지자, 여자의 죽음을 애도하는 듯 세상이 너무 조용했다.

그러고 보니 비명이 들렸을 때, 휴대폰으로 112에 전화라도 해볼 걸 그랬다. 깜빡했다, 그런 게 있었다는 걸.

혹시나 하는 마음에, 다시 휴대폰을 켜봤는데, 역시나 해지한 전화기처럼 아예 신호가 없다. 하지만 해지한 휴대폰으로도 긴급 전화는 할 수 있는데. 그래, 전기가 끊겨 중계기며 전화국 다 먹통이 된 거다. 젠장, 거금 50만 원짜리 기계가 아무짝에도 쓸모가 없다니. 그 돈이면 구멍가게에서 정가를 주고 사도 라면 600개는 살 수 있고, 쌀 한 가마니, 아니 두 가마니는 살 수 있는 돈인데.

먹는 게 남는 거라는 말이 생각난다.

8월 4일, 맑음.

내가 왜 사나, 나는 왜 살아있나 싶다. 무슨 영광을 보려고 이러고 버티는지, 무슨 의미로 사는지 모르겠다. 단지 좀비로 변하지 않아서? 좀비가 되기 싫어서? 아직 죽기엔 어려서? 늙으면 죽어야 하나?

노인들이 사는 건, 죽을 희망이 있기 때문이 아니다. 희망보다 중요한 건, 할 일이, 해야 할 일이 남아 있기 때문이다. 그런데 지금 나는 뭘 할 수 있을까? 모르겠다. 어쨌든 내가 이렇게 사는 건 뭔가 이유가 있을 터. 그래, 신이 내게 뭔가 임무, 사명을 주려고 나를 살려둔 거다. 그거다. 내가 고민할 필요가 없다. 신이 알아서 하겠지. 그래, 신이 알아서 한다.

8월 7일, 맑음.

오늘은 절기상 입추다. 입추. 가을, 수확의 계절, 천고마비의 계절, 독서의 계절. 그런데 아직 덥다. 30℃도 넘는 것 같다. 수박이 먹고 싶다. 작년에 샀던 수박이 생각난다. 이 간사한 입! 혀를 뽑아버리고 싶다. 어차피 말도 못 하는데 뽑은 들 무슨 상관인가 싶다.

젠장, 아이스크림도 먹고 싶다. 나는 피스타치오 맛을 좋아한다. 팥빙수, 그래 팥빙수가 먹고 싶다. 아, 빨리 겨울이 오면 좋겠다. 겨울에 눈으로 팥빙수를 만들어 먹을 수 있지 않을까?

아무튼 이제 입추가 됐으니, 더위도 한풀 꺾일 거라 믿고 싶다. 그리고 가을도 됐고, 피서법으로 독서를 할까 싶다. 독서. 마음의 양식. 마음이라도 배불렀으면 좋겠다.

보름달이 떴다. 베란다에 앉아 달을 바라보았다. 달도 나를 빤히 쳐다보는 것 같았다.

옛날 사람들은 달에 토끼가 산다고, 잘 보면 토끼와 절구와 계수나무가 있다고 했는데, 도무지 모르겠다. 우리 조상들은 참 상상력이 대단했던 것 같다. 하긴 별을 보고 별자리를 만든 사람들도 대단하다.

8월 8일, 맑음.

말복이다. 입추 다음에 말복이라니.

아끼다 똥 된, 이끼가 잔뜩 낀 물에 발을 담그고 책을 읽었다. 문득 나중에 이 발 담근 물을 마셔야 할 때가 오진 않을까 조금 불안했다. 그 불안을 떨치기 위해 옥상에 뿌려버렸다.

책은 한참을 고르다 그냥 책이 아니라, 앞으로 절대적으로 생존에 필요할 책으로 골랐다. 이름 하야 TOEIC(Test of English for International Communication), '국제적인 의사소통을 위한 영어시험'. 이제 우리나라 군대가 나를 구해줄 거라는 기대는 접었다. 그래서 나중에 미군이 와서 나를 구해준다면, 영어로 의사소통을 해야 한다. 괜히 우리말로 살려달라고 했다간 무식한 미군이 한국산 좀비가 지르는 비명쯤으로 알고 나를 쏠 수도 있다. 지금까지 어떻게 버텼는데! 그렇게 개죽음을 당할 순 없다. 물론 대학교육까지 받은 고학력자로서 'Help me'나 'Give me, a chocolate.'쯤은 기본으로 할 줄 알지만, 괜히 '오렌지'인지, '오륀지'인지, '어린지'인지 구별하는 불친절한 미군을 만나면 또 끝장이다. 그리고 이왕 미군을 만나면 영어를 잘 해야 뭔가 더 얻어먹을 게 생길 것 같고, 불이익도 당하지 않을 것 같다.

젠장, 이런 상황에서도 영어공부를 해야 한다는 현실이 참, 한심하고 짜증도 난다. 내가 이 상황에서 세종대왕님을 원망해야 하나? 도대체 우리나라 군대는 뭐하는 거야? 다 죽었냐? 삼면이 바다여도 해군보다 땅개가 더 많았는데, 도대체 그 많은 땅개들은 다, 보신탕 집에 팔려갔나?

아, 수류탄으로 자살한 그 군인이 생각났다. 젠장.

아무튼 나는 진정한 '서바이벌 잉글리시'를 시작했다.

8월 10일, 비바람.

정말 절기가 맞나 보다. 입추가 지나고 말복도 지나니, 아직 시원한 바람은 아니지만 바람이 분다. 그런데 뭔가 이상하다. 구름이 너무 빨리 지나간다. 마치 DVD를 2배속으로 돌린 것처럼. 노을이 지는 하늘에 구름이 그렇게 빨리 지나가니 을씨년스럽다. 뭔가 분주하게 작당을 하는 것 같다. 정말 세상의 종말이 오는 걸까? 그날이 오늘인 걸까?

새들도 보이지 않는다. 종말을 피해 어디론가 숨어버린 것 같다. 드디어 신의 계획이 이렇게 실현되는 걸까? 혹시 내가 세상의 종말의 마지막 증인이 되는 걸까? 이 순간을 위해 신이 나를 살려둔 걸까?

TOEIC 책 사이에 꽂혀 있던 주원이의 TOEIC 성적표를 봤다.
읽기 450에 듣기 450이다. 와우. 그래서? 뭐? 이젠 다 소용없는 점
수다! 하하하!

8월 11일, 비바람.
비바람이 세상을 청소하는 것 같다. 정말 홍수로 세상을 벌했
다는 말이 맞는 것 같다.

종일 비바람이 쳤다. 거센 비바람에 거리의 온갖 쓰레기들이
나뒹군다. 함석으로 세운 공사장 가림막도 날아가고, 토사가 쏟아
져 내린다. 여기저기 창문이 깨져나가는 소리가 들린다. 도로 표
지판이 쓰러지고, 가로수도 뽑혀 쓰러졌다. 좀비들도 바닥을 나뒹
군다. 진공청소기가 먼지를 빨아들이듯 좀비들을 쓸어간다. 옥상
에서 그 모습을 지켜보니 무섭고 경이로웠다. 비바람은 거세게 몰
아치면서 내 얼굴을 따갑게 때렸다. 조금만 더 빨리 몰아치면 빗
방울이 총알처럼 내 온몸을 뚫고 지나갈 것 같았다. 그래도 나는
웃었다. 건너편 옥상의 원심력식 흡출기가 제 속도에 못 이겨 날
아가고, 천둥소리가 요란하게 울린다. 나는 미친 듯이 소리쳤다.
좀비가 듣든 말든 상관없었다. 어차피 천둥소리에 잠겨 들리지
않을 터. 멀리 번개가 건물을 부술 듯한 기세로 내리꽂혔다. 정말
신의 무기 같았다.

8월 12일, 갬.

빌어먹을! 신의 심판 좋아하네. 헛소리였다. 내가 헛소리를 했다. 신은 인간을 심판했을지언정 좀비는 심판하지 않았다. 아직 좀비를 심판하기엔 시기상조인지도 모르겠다.

태풍이었나 보다. 맞다!

곰곰이 생각해 보니 이맘 때 태풍이 온다. 인간의 기억력이란 참 한심하다. 매년 오는, 작년에도 온 태풍을 까맣게 잊고 있었다. 이래서 공무원들이 매년 지난해 수해를 잊고, 허송세월 하다 또 수해를 입고 그러나 보다. 아무튼 세상이 그대로다. 좀비가 다시 기어 나왔다. 시궁창에서 기온 나온 생쥐 같다. 이럴 줄 알았으면, 빗물이나 받아둘걸.

어휴, 내가 이럴 줄 어떻게 알겠나 싶다. 기상청 체육대회 날에도 비가 왔다는데.

8월 13일, 맑음.

하늘 가득한 별이 너무 무거워 보여서 당장 쏟아질 것 같다. 쏟아지지 않는 게 기적 같다. 유성우가 떨어질 때도 보기 힘든 유성을 열 개나 넘게 봤다. 가끔 밤하늘의 별자리를 보면서, 그리스인들이 어떻게 잘 보이지도 않는 별로 별자리를 만들었을까? 그땐 공장도, 자동차도 없어서 깨끗한 하늘이라 별들이 잘 보였겠지? 했는데. 이제 보니 날이 안 좋았을 때 만든 것 같다. 도무지 별자리를 찾을 수가 없다. 아니, 만들 수도 없다. 그저 다 별이니까. 하늘에 이렇게 별이 많다니.

이렇게 별을 보여주려고 태풍이 그렇게 불었나 보다. 정말 대단하다는 말밖에 할 말이 없다. 좀비만 없다면 세상은 참 아름다운 것 같다.

이런 밤엔 그냥 잘 수가 없어서, 옥상에 올라가 누워 해가 뜰 때까지 하늘만 바라보았다.

8월 14일, 맑음.

꿈을 꾸었다.

어느 방에 내가 누군가와 마주 앉아 있었다. 그리고 그 사람이 일어나 구석의 한 사람을 배신자라면서 스패너로 머리를 후려치기 시작했다. 배신자는 스패너에 맞아 쓰러졌다. 그런데 그 배신자의 머리통이 정말 돌대가리인지 내가 봐선 죽은 것 같지 않았다. 그저 충격에, 전기에 감전된 사람처럼 부르르 떨고만 있었다. 그때 그 모습을 바라보던 나는, 구해야겠다는 생각보다 편하게 죽게 해 줘야겠다고 생각했다. 그래서 더 큰 스패너를 들고 다가가 쓰러진 사내의 머리를 후려쳤다. 두 번 후려치자 피가 튀었다. 그런데 왠지 자꾸 진짜, 완전히 죽은 것 같지 않다는 생각에 계속 사내의 머리를 후려쳤다. 그러다 장면이 바뀌어 내가 부엉이가 돼 있었다. 「해리 포터」의 하얀 부엉이는 아니고, 갈색 부엉이였다. 그러다 뭔가에 쫓겨 날아가기 시작했는데, 내가 살았다고 생각한 순간, 부엉이가 아닌 더 작은 새가 돼 날고 있었다. 그게 마치 「해리 포터」에 나오는 골든 스니치 같았다. ……무슨 뜻일까?

깨고 나서, 현관 앞에서 죽인 그 사람이 생각났다. 그리고 내가 참 잔인하다는, 잔인해졌다는 생각도 들었다.

마법사의 부엉이가 있으면 좋겠다. 뭔가 먹을 걸 찾아가져다 주고, 다른 사람들, 멀리 외국에 있는 사람과도 연락을 주고받을 수 있게. 현실에선 그게 비둘기로 가능한데, 과연 닭둘기들이 그걸 할 수 있을까? 회의적이다. 그렇게 훈련시킬 줄도 모르고.

하늘이 흐려질 줄을 모른다. 정말 높고 높은 하늘이다. 가을이라 그런 건지, 인간이 없어져서 그런 건지, 전자이길 빈다.

8월 15일, 맑음.

광복절이다. 국경일, 그런데 일요일이다. 예전 같으면 짜증날 일이지만, 지금은 아무렇지 않다. 오히려 웃음만 난다. 하하하.

국경일을 맞아 과일 칵테일 통조림을 땄다. 그런데 깜빡했다. 내가 왜 지금까지, 한 달이 넘게 안 먹고 있었는지! 그건 남은 걸 어디에 저장할 곳이 없어서였다. 한 번에 다 먹을 수도 없고, 그렇게 다 먹어서도 안 되는데, 참치통조림처럼 하루에 다 먹을 수 있는 게 아닌데, 아껴먹어야 하는 건데, 어쩌지?

빌어먹을! 개봉 후 가급적 빨리 먹으라는 경고 문구가 새삼 선명하게 보인다.

유레카!

고민 끝에 통조림은 비닐에 잘 싸서 물통에 담갔다. 밖에 그대로 두는 것보다 물에 담가두는 게 나을 것 같다. 외부의 나쁜 공기들과 접촉해 있으면 빨리 상할 수도 있고, 밖에 두면 단내를 맡고 득달같이 달려들 벌레들도 피할 수 있을 것 같다.

8월 16일, 구름 조금.

칠석.

견우와 직녀가 오작교에서 만나 반가움에 눈물을 흘려 비가 온다는 칠석이다. 그런데 비가 안 온다. 날씨만 좋다. 빌어먹을 연놈들! 안 만났냐? 바람났어? 애정이 식었어? 울어! 울란 말이야! 하긴, 이제 슬슬 애정이 식을 때도 됐다.

8월 19일, 비.

날씨가 심상치 않다. 또 비바람이 분다. 이번엔 속지 않겠다는 각오로 통이란 통을 다 들고 옥상으로 올라갔다. 그런데 바람이 저번 태풍만큼은 아니지만 아주 심했다. 가지고 올라간 통들이 바람에 이리 뒹굴고 저리 뒹굴고, 그러다 바람이 부는 쪽 난간에 통들을 줄 세웠더니, 덜 날아간다. 그런데 난간이 비를 막아 빗물이 담기지 않는다. 젠장!

그래도 빗물 7리터를 받았다. 통만으로도 7리터를 구했는데, 만약 자립형 아파트로 옥상에 떨어진 빗물을 다 받았다면, 1톤은 됐을 테고, 1톤이면 하루 2리터를 마셔도 1년은 먹을 수 있었을 텐데 하는 생각을 하니, 그저 콘크리트로 덮은 지붕이 너무 아쉽다.

남아있는 물품 :

쌀 18킬로그램, 생수 48리터, 참치통조림 7개, 스팸 2개, 과일 칵테일 통조림 조금, 오렌지 주스 2리터, 라면 1개, 부탄가스 5개.

고추장, 된장, 참기름, 쉰 김치. 된장에는 구더기가 나오고, 김치에는 곰팡이가 낀 것 같다.

이제 넉 달이 조금 지났는데, 남은 게 얼마 없다. 정말 처음부터 마트에 가서 사재기를 했어야 했던 걸까? 왠지 내가 게으른 베짱이인 것 같은 기분이다.

뭔가 계획적으로, 장기전에 대비해 매달 1일에 물품을 정리해 둬야겠다.

※ 오늘의 교훈 그리고 명확한 결론.

옛말 틀린 거 없다고, 수염이 석자라도 먹어야 양반이고, 사흘 굶어 담 안 넘는 놈 없다는 속담이 진리다. 너무 착하게 살면 안 된다. 적당히 손에 먼지 묻히면서 살아야 한다. 어차피 죽을 때까지 착하게 살 순 없다. 남들이 뭘 하든 하는 건 다 이유가 있다. 괜히 혼자 고귀한 척 집에서 정부의 대책만 기다리면서, 사재기 안하고 있다간, 결국, 내 꼴 난다. 나처럼 제대로 못 챙기고, 남의 집이나 뒤지면서 엄격히 말해 도둑질이나 하게 된다.

뭐든 기록으로 남겨둬야 한다.

104동 1406호에 다시 갔다. 아무래도 쌀이 부족할 것 같아, 예전에 벌레가 많아서 안 가져왔던 쌀이라도 가져오려고 다시 기억을 해봤는데 어디에 있었는지 도통 기억이 나지 않았다. 그런데 기록을 보니 1406호였다. 그래서 다시 1406호에 가서 벌레 먹은 쌀이지만 쌀과 옷가지를 가져왔다.

802호에선 사진들을 가져왔다. 802호 부부는 몰디브 쪽으로 신혼여행을 갔었나 보다. 백사장과 투명한 바다, 하늘은, 지금 서울의 하늘빛과 비슷하다. 굳이 돈 들여갈 필요가 있었을까?

8월 20일.

오뉴월 감기는 개도 안 걸린다는 데, 감기에 걸렸다. 비를 너무 맞은 탓인가 보다. 그래도 달력을 보니 음력으로도 벌써 7월이다. 개만도 못한 건 아니니 다행이지 싶다. 감기에는 비타민C가 좋다고 해서 하나 남은 오렌지 주스를 땄다. 그동안 마신 오렌지 주스와 과일 칵테일은 도움이 안 된 건가. 젠장!

먹을 게 있고, 물이 있고, 그래서 나갈 필요가 없어 다행이다. 좀비들이 감기 걸린 나를 보면 신나서 덤벼들었을 테니까.

8월 23일.

베란다에 앉아 있다가 맞은편 아파트 15층, 태풍에 깨진 창문 안에서 뭔가 사람 같은 게 서서 나를 보고 있어 깜짝 놀랐다. 좀비가 나를 쳐다보고 있는 줄 알았다. 다행히 그냥 그림자였다. 그림자가 좀비처럼 보였다. 젠장.

달력을 보니, 처서다. 처서? 무슨 날인지 모르겠다. 우리 것도 모르면서 나는 살려고 영어를 공부한다.

8월 24일 보름,

빌어먹을 옆 아파트 단지 7층에 한 여자가 목을 맸다. 이번엔 그림자가 아니라 진짜 사람이었다. 아마 701호쯤 될 것 같다.

옥상에서 좀비들이 옆 단지 앞에 잔뜩 모여 있는 보고 무슨 일인가 쳐다보다가 7층 베란다 난간에 목을 맨 여자를 봤다. 우선 이번 일로 내 예상과는 달리 좀비들이 제법 높은 곳까지 볼 수 있다는 걸 알았고, 내가 그동안 너무 바닥만 보고 살았다는 걸 깨달았다. 7층의 시체를 발견하는 데 오래 걸렸기 때문이다. 눈이 코, 입보다 높이 달린 건 높은 곳을 보라는 의미다. ……높은 곳에서 낮은 곳을 보라는 의민가?

아무튼 7층 난간을 올려다보는 좀비들의 모습이 구원을 바라는 지옥의 인간들 같았다. 아니면 벌통 밑에서 꿀이 떨어지길 기다리는 곰이거나.

내가 갔을 때, 701호의 문이 어땠는지 기억을 더듬어보려고 했지만, 잘 모르겠다. 분명 대부분 그렇듯 전자식 도어록이 아니었을까 싶다. 초인종이라도 눌러볼 걸 그랬나? 그랬다가는 날 죽이려고 했을지도 모른다. 예전에 나를 찾아온 사람을 내가 죽인 것처럼.

아무튼 지금까지 잘 버텼는데 이제 와서 왜 자살을 했을까? 문득 자살한 여자와 얼마 전 비명을 지른 여자와 무슨 관계가 아닐까 생각해 봤다. 모녀? 자매? 커플? 둘이 버티다가 혼자가 되니 버틸 수 없었던 건가? 먹을거리를 구하러 나온 엄마가 죽자, 딸이 자살한 걸까? 딸이 죽자 엄마가 자살한 걸까? 음식이 떨어졌는데 음식은 구하지 못하고 같이 음식을 구하러 간 동거인이 죽자 결국 자살을 선택한 걸까? 설마 외로움에? 그렇다면! 죽어도 싼 인간이다. 인간은 원래 태어날 때부터 혼자다. 물론 쌍둥이는 다르지만. 외로움과 고독은 인간이 살아가면서 가장 가까이에 둬야 할 친구인 것이다. 호랑이처럼, 우리의 조상인 곰처럼 혼자 살아야 한다. 인간이 집단을 이루고, 사회를 이룬 건 뭔가 목적이 있었기 때문이다. 빠르고 강한 야수로부터 살아남아야 한다는 목적. 하지만 야수가 사라진 지금은 굳이 그럴 필요가 없다. 혼자서도 살 수 있다. 혼자라도 버티는 거다.

보름달이 떴다.
7층의 시체가 조명을 받는 발레리나처럼 보인다.

8월 25일.
자살은 참 야비한 짓이다. 특히 지금 같은 상황에서, 그것도 남들 다 볼 수 있는 난간에 목을 매는 짓은 남을 위한 배려라고는 쥐똥만큼도 찾아볼 수 없는 짓이다. 게다가 그 시체 때문에 썩은 생선에 파리가 꼬이듯 다시 좀비가 꼬여 들었다. 민폐다. 물론 지금 내가 있는 아파트에서는 잘 보이지 않지만, 옥상 남쪽에선 시체가 바람에 흔들리는 모습이 너무나 잘 보인다. 안 보려고 해도 올라가면 이상하게 자꾸 눈이 간다. 허공에서 춤추는 그녀의 모습. 문득 「풍장」이라는 시가 생각난다. 지은이도, 내용도 기억은 안 난다.

마트에서 나와 통조림을 놓고 경쟁하던 경쟁자 중 하나가 아닐까 생각하니, 혹 701호에 남은 게 없을까, 한번 가보고 싶다. 외로움에 죽은 거라면 분명 남은 게 있을 터. 하지만 아직은 좀비들 때문에 갈 수 없다.

내가 이런 놈이구나. 나도 이런 놈이구나.

8월 26일.

숫자는 참 냉정하다.

안타깝게 죽었지만, 딱히 감정이 안 생기는 게 숫자이기 때문이 아닌가 싶다. 그저 괜히 봤다는 생각뿐이다.

701호. 예전에 어렸을 땐, 엄마들이 옆집 아주머니를 부를 때면 영희네, 철수네, 누구 엄마, 마산댁, 부산댁 이렇게 했는데. 현재의 우리는 이름 대신 102동 1402호로 부른다. 101동 202호 사는 사람, 103동 702호, 701호, 오피스텔 1402호, 전화번호 뒷자리 3356번 고객님, 차량번호 5690 차량 고객님. 내가 살던 오피스텔 호수는 1204호였다. 이 무슨 007 제임스 본드도 아니고, 철인 28호도 아니고, 꼭 무슨 죄수번호도 같다. 701호, 사형집행.

악마의 숫자가 666이라던데. 숫자로 사람들을 부르니 이런 일이 벌어진 건 아닐까 싶다.

괜히 1304호 아저씨가 생각난다. 필리핀 간 그 집 아이와 아주머니는 살아 있을까?

8월 30일.

기다리는 자에게 복이 있나니! 바람에 날리던 여자의 시체가 드디어 바닥에 떨어졌다. 목이 빠져라 쳐다보며 며칠을 기다리던 좀비 몇 놈이 말라비틀어진 시체를 차지했다. 그때부터 아비규환이었다. 뒤에 있던 좀비들이 앞으로 달려들었고, 그 소리가 단지 안에서 메아리치면서 까마귀 떼처럼 시끄럽고 을씨년스러웠다. 그 여자는 끝까지 민폐다.

여자의 자살로 많은 생각을 하게 됐다. 아직 아니, 이제 살아있는 사람이 얼마나 될까 궁금해졌고, 내가 또 얼마나 버틸 수 있을지, 어떻게 해야 하루라도 오래 버틸 수 있을지 생각하게 됐다. 또 나는 절대 저렇게 죽진 말아야겠다고 다짐한다.

어쩌면 공룡이 멸종한 게, 혹시 이런 좀비 바이러스 때문이 아닐까?

좀비들이 인간을 물려고 달려드는 것과 육식공룡이 먹이(초식 공룡)를 입으로 덥석 무는 게 비슷한 것 같다. 그러니까 처음엔 초식공룡들뿐이었던 지구에 좀비 바이러스가 생겨나면서 우리가 육식공룡이라고 부르는 좀비 공룡이 등장한 건 아닐까? 지금 좀비들 때문에 우리 인류가 멸종에 이른 것처럼 공룡도 그렇게 멸종하게 된 건 아닐까? 혹시 일본 지진이 나면서 바다 깊은 곳에 공룡과 함께 가라앉았던 심해에 갇혀 있던 바이러스가 올라온 게 아닐? 남극과 북극의 빙하가 녹으면서 빙하에 얼어 있던 그 바이러스가 녹아 나온 건 아닐까?

어쩌면 먼 훗날, 미래에 개나 고양이 아니면 새로운 종이 문명을 건설하고, 지금의 우리 인류의 화석을 발견하게 되면, 육식인간이 초식인간을 잡아먹었다고 생각하게 되지 않을까?

이게 우리가 몰랐던 공룡 멸종의 원인일지도 모른다.

여자처럼 자살하고 싶진 않다. 어느 종교든 자살하면 지옥 간다고 한다. 직행이라고 한다. 나는 지금도 충분히 지옥에서 살고 있다. 이 빌어먹을 세상이 비참하고, 끔찍하고, 지긋지긋해서 자살한 사람이 지옥에 간다니, 정말 불쌍하다. 이런 상황에서 자살하는 사람은 천국에 보내줘야 마땅한 것 아닌가!

어쩌면 자살이 남은 사람들에게 주는 정신적 충격 때문에 지옥에 가는 걸지도 모르겠다. 그렇게 말하는 걸지도 모르겠다. 자살해서 천국을 간다고 하면 다 천국 가려고 자살할 테니까. 그럼 인간은 진즉 멸종했을 테고. 하지만 왠지 자꾸 우리를 계속 부려 먹기 위해 하는 거짓말 같다.

9월이다.

남은 식량을 자주 확인하는 게 괜히 강박증 같기도 하고, 안 하면 너무 무계획적인 것 같고, 도대체 어떻게 해야 하는 건지 모르겠다.

※ 9월 현재 남은 것들 :

쌀 15킬로그램, 생수 35리터, 참치통조림 5개, 스팸 1개, 부탄가스 3개.

고추장, 된장, 된장, 된장, 된장! 참기름, 쉰 김치.

빌어먹을 쉰 김치는 줄지도 않는다! 김치 냄새가 난다는 게 뭔지 알 것 같다.

좀비와 더불어 흡혈귀와도 싸우는 기분이다.

온몸에 피딱지가 앉았다. 모기, 빌어먹을 모기! 피 빨 사람이 나밖에 없는 건가? 모기 때문에 정신적, 육체적으로 피폐해지고 있다. 모기 때문에 잠을 설친다. 빌어먹을 모기는 자려고 눕기만 하면 귓가에서 웽웽거린다. 녀석을 잡으려고 앉아 다가오길 기다릴 땐, 절대 다가오지 않는다. 마치 내 마음을 읽는 것 같다.

모기에 물려 당장 죽는 거 아니라고 애써 무시하고, 참고 자면 수십 군데가 물려서 간지러운데, 이게 또 장난이 아니다. 뭐, 원래 사는 게 장난이 아니지만, 미쳐 죽겠다. 정말 미친 좀비가 될 것 같다.

피 빨아먹는 것들은 어떻게 하나같이 밤을 좋아하는지 모르겠다.

제일 짜증나는 건, 모기가 정말 흡혈귀 같은 건, 낮에 미리 잡으려고 해도 진짜 흡혈귀처럼 낮에는 안 보이다가 밤에만 달려든다는 거다. 마치 더 이상 밤에 켤 전깃불이 없다는 걸 아는 것 같다.

모기향을 구해봐야겠다. 이 세상이 좋은 점은, 상점의 물건은 돈 없이도 다 가져갈 수 있다는 거다. 반면 나쁜 점은 배달이 안 된다는 거다.

오랜만의 외출. 7년 만의 외출인가? 그런 영화가 생각난다.

분무식 모기약과 바퀴벌레 약을 구했다. 약국에는 모기약도 바퀴벌레 약도, 물파스도 많이 남아 있었다. 그래서 불안하다. 정말, 이제 남은 사람은 나뿐인 걸까? 내일 다시 가봐야겠다.

분무식 모기약 곁에 적혀 있기로는 분무를 위해 가연성 물질을 쓴다고 돼 있는데, 어떻게 부탄가스대용으로 쓸 순 없을까? 그냥 바퀴벌레와 모기만 죽이는 데 쓰기에는 너무 아깝다.

모기약과 물파스가 어제 내가 두고 간 그대로였다. 조급할 필요 없다. 며칠 뒤에 다시 가봐야겠다. 쉽게 확인할 수 있게 모기약과 물파스를 카운터 위에 가지런히 정리해 놓고 왔다. 그리고 좀비 피부를 둘렀는데 그냥 곧장 돌아오기 뭣해 동네를 한 바퀴 돌아봤다. 그러다 편의점이 보여 혹시나 하고 갔는데, 당연히 남은 건 없었다. 평소 깔끔하게 상품을 진열하는 만큼 깔끔하게 비어 있었다. 대신 학교 앞 문방구에서 막대사탕 하나를 주웠다. 긴 빨대에 사탕은 고작 내 엄지손톱만 하다. 어디서 만들었는지 언제 만들어 언제까지 먹을 수 있는지 전혀 적혀 있지 않고 포장지에는 분명 닮은 듯 다른, 어디선가 본 듯한 캐릭터가 웃고 있다. 포장부터 불량이다. 하지만 그 불량이 이 시대에 가장 잘 어울리는 모습이 아닌가 싶다.

정말 불량식품은 제대로 된 비상식량이다. 지금 상황에서 식품이 갖추어야 할 모든 면을 완벽하게 갖추고 있다.

풍부한 방부제 첨가로 라면이 배신한 유통기한의 무한함, 다양한 색소사용으로 텔레비전을 대신해 줄 화려함, 과도한 과당첨가로 사랑이 메말라버린 우리에게 필요한 달콤함, 게다가 설탕처럼 영양은 없지만 우리를 움직이게는 해 줄 수 있는 높은 열량까지. 이런 걸 왜 어른들은 금지시키는 건지 모르겠다. 아마도 우리가 만든 세상이 안전할 거라고, 영원할 거라고 믿은 탓이지 싶다. 어르신들, 잘못 생각하셨어요.

바람이 심상찮다. 또 태풍이 오나 싶은데, 기상청의 예보를 알 수 없으니 답답하다. 만날 틀린다고 욕했지만, 그래도 태풍은 맞쳤는데. 태풍이야 틀린다는 게 말이 안 되는 거지만 하여튼 맞췄는데, 하여튼 없으니 답답하다.

결국 밖에 나가는 대신 청소를 했다. 지저분해서 모기가 꾫는 게 아닌가 싶어 물티슈로 걸레질까지 해가며 청소를 했는데, 꼭 그런 것만은 아닌 것 같다. 그래, 예전부터 모기는 많았다. 정말 모기가 잘 무는 피가 있는 걸까? 내가 그런 피일까? 그런 피라서 좀비가 되지 않은 걸까? 신은 모기 편일까? 신이 모기를 번성시키기 위해서 천적인 인간들을 멸종시킨 걸까? 그리고 나만 남겨서 피를 빨리게 한 걸까? 빌어먹을 신은 대답이 없다! 이런 상황에서 신을 믿을 수 있을까? 신이 있긴 한 걸까? 꿈에라도 대답 좀 해 줬으면 좋겠다.

태풍에 이름이나 하나 붙여주고 싶다. 태풍에는 늘 이름이 있었으니까. 이번엔 내가 이름을 붙여줘도 괜찮을 것 같다. 좀비? 모기? 흡혈귀?

신내림 받은 무당은 이런 일을 알고 있었을까? 신내림 받은 무당들은 다 살아남았을까? 신내림 받은 무당은 살아남았는데, 신부, 목사, 승려들은 좀비가 됐다면? 웃기는 일이다.

옥상에서 이불을 일광소독하며 마지막 '레종 블랙'을 피웠다. 이제 담배를 '디스 플러스'도 아닌 '디스'로 바꿔야 한다. 이래서 세상은 혼자 살 수 없는 거다. 만약 'KT&G'의 직원 중에 아직 살아있는 사람이 있다면, 그는 죽을 때까지 필 담배를 챙겨놨겠지.

이젠 왜 어린왕자가 슬플 때면 노을을 봤는지 알 것 같다.

오늘은 노을이 참 아름다웠다. 아름다운 노을을 보면서, 좀비로 뒤덮인 세상과 지금의 내 상황을 생각해 보니 노을이 참 슬퍼 보였다. 그나마 바람에 날아가는 검정 비닐봉지를 보고서야 피식 웃을 수 있었다. 얼마 만에 웃어보는 건지 모르겠다.

모기 때문에 죽을 뻔했다. 정확히 모기약 때문에 큰일 날 뻔했다.

자려고 누우면 모기가 귓가를 왱왱거린다. 그래서 모기약을 뿌렸는데, 내가 장님 무림고수도 아니고, 아무래도 불이 없으니 어두워서 이미 모기가 떠난 허공에 대고 약을 뿌리는 것 같았다. 그래서 촛불을 켰는데, 그게 실수였다. 왱왱거리던 모기가 촛불 건너에 있는 걸 보고, 재빨리 모기약을 뿌렸는데 모기약에 불이 붙었다. 깜짝 놀랐다.

빈대 잡으려다 초가삼간 태운다더니. 딱 그 말이었다.

종일 동네를 돌았다. 종일 걸어도 동네 한 바퀴였다. '다 같이 돌자 동네 한 바퀴'라는 동요가 생각났다. 동요를 부르는 아이들은 자기들이 아이니까 어리니까 멀리 가면 길을 잃어버리니까 그래서 동네만 돌자고 했겠지만, 지금 나는 종일 걸어도 동네 한 바퀴밖에 돌지 못한다. 무턱대고 멀리 가봤자 잠긴 문 때문에 숨을 곳도 없고, 먹을 것도 없고, 쉴 곳도 없다. 결국 밤낮으로 좀비처럼 걷다가 지쳐 쓰러지고, 결국엔 들켜 좀비에 물려 죽거나 굶어 죽을 거다. 역시 집처럼 편하고 안전한 곳은 없다.

거리엔 좀비가 많이 줄었다. 녀석들도 먹을 걸 찾아 떠난 걸까?

태풍에 휩쓸려 사라진 걸까? 모르겠다. 알 방법이 없다. 관심 없다. 사실 궁금해 미치겠는데, 그래봤자 나만 답답한 거니, 아예 관심을 끊는 게 낫다. 사실 좀비가 어디 갔느냐보다 구조대가 언제 오느냐가 더 궁금하다. ……올까? 안 오면 어쩌지? 와야 한다. 그게 구조대라는 말이 있는 이유다. 구조대가 오지 않는다면, 구조대라는 말이 사라져야 한다!

거리에는 쥐들이 지들 세상을 만난 듯 대로를 가로질러 다녔다. 황당했다. 벌건 대낮에 아무리 좀비라지만 인간처럼 생겼고 버젓이 길을 걷고 있는데, 쥐는 좀비를 먹는 건가 아닌가 확인하는 것처럼 냄새를 맡고, 어떤 좀비는 귀찮게 쫓아가기까지 한다. 좀비가 불쌍할 정도였다. 빌어먹을 쥐새끼들.

이 세상의 주인이 사람에게서 쥐에게 넘어간 것 같았다. 이런 세상이 될 줄 알았으면, 나도 쥐로 태어나는 건데 싶다.

멈춰 선 자동차 위에는 눌어붙은 새똥천지였다. 마치 새똥 자국으로 무늬를 낸 것 같다. 예전엔 자동차 위에 떨어진 새똥을 보면 누군지 참 안됐다고 생각했는데, 이젠 아니다. 어쩌면 과거 도시에서 새가 사라졌던 건, 우리 인간이 새똥이 떨어지는 걸 못 참아서였을지도 모르겠다. 아무튼 이제 세상은 진짜 더럽다.

오는 길에 다시 약국에 들렀다. 모기약과 물파스는 여전히 그대로다. 정말 나만 남은 걸까?

오늘부터 운동을 시작했다. 팔굽혀펴기를 30개나 했다. 그리고 건강한 신체에 건강한 정신이라던가? 정신을 다스리기 위해 책을 읽기 시작했다. TOEIC이 아니라 『오만과 편견』이라는 책을 꺼내

들었다. 오만, 어쩌면 신이 바빌론을 무너뜨린 것처럼 인간의 오만함에 또다시 벌을 주신 것일지도 모른다.

빌어먹을! 내가 이런 상황에서 이런 연애소설이나 읽었다니! 연애소설이면 책 앞에 '연애소설'이라고 써둬야 할 것 아닌가!『오만과 편견』제목은 뭔가 있어 보이게 근사하게 철학적으로 지어놓고 내용은 연애소설이라니! 배신감이 밀려오고, 속았다는 생각밖에 안 든다. ……아! 그래, 제목만 보고 뭔가 철학적일 거라고 기대했던 내 생각이 편견인 것 같다!

쥐를 잡았다. 부탄가스가 떨어지기 전에 단백질을 보충하고, 하나 남은 참치통조림을 아끼기 위해서다.

쥐를 잡기 위해, 그동안 아껴둔 과자봉지를 미끼로 우수관 옆에 두고, 종이박스와 주방장갑을 끼고 베란다 앞에서 기다렸다. 쥐는 금방 올라왔다. 녀석은 내가 인간인지 좀비인지 구별을 못하는지 아니면 상관이 없었던 건지, 아주 태연하게 코를 실룩거리며 나왔다. 심지어 혼자도 아니었다. 두 마리였다. 그런데 손으로 잡은 게 실수였다. 한 마리를 손으로 잡았는데, 그 감촉이 새를 잡았을 때와 너무나 달랐다. 몸을 비틀고 요동을 치고, 손바닥에서 꿈틀거리는 게 느껴지면서 온몸에 소름이 돋았다. 나는 녀석들을 재빨리 박스에 던져 넣었다.

한동안 두 마리를 박스에 담고는 잠시 망설였다. 하지만 사람도 죽였는데, 쥐가 대순가!

하지만 도무지 손에 잡고 처리하는 건 불가능할 것 같았다. 그래서 잠시 고민 끝에 한 마리를 꺼내 베란다 바닥에 내동댕이쳤다. 바닥에 '척'하고 떨어지는 소리가 제법 크게 들렸지만, 녀석은 죽지 않고, 기절하지도 않고 다시 기어 도망치려고 했다. 나는 녀석을 다시 집어들어 내동댕이쳤다. 그렇게 서너 번을 내려치자 녀석은 더 이상 기어다니지 않았다. 그 사이 또 다른 한 마리는 바닥에 패대기쳐진 녀석의 비명을 들었는지 박스를 나가려고 바동거렸다. 나는 박스의 녀석이 도망치지 못하게 상자를 덮고는 다시 바닥의 녀석을 내동댕이쳤다. 녀석이 완전히 뻗어 미동도 않자, 재빨리 박스의 녀석도 꺼내 똑같이 바닥에 내동댕이쳤다. 그게 나을 것 같았다. 동료인지, 친구인지, 아무튼 동족의 죽음을 보여주고 살려두는 건 더 잔인한 짓 같았다. 그렇게 쥐 두 마리를 죽였다. 죽이고 나니 모든 게 끝난 것 같았다. 하지만 더 큰 문제는 가죽을 벗기는 거였다. 한 번도 가죽을 벗겨본 적이 없으니, 어떻게 해야 할지 몰라 우선 배를 가르고 내장을 꺼냈다. 그리고 보기 싫은 얼굴을 잘랐다. 전쟁에서 왜 적장의 목을 베는지 알 것 같았다. 보기 싫으니까. 목뼈 때문인지 머리가 잘 잘리지 않았다.

위생장갑을 세 겹이나 끼고 가죽을 벗겼다. 가죽은 예전에 텔레비전 다큐멘터리에서 본 기억을 더듬어 내장을 꺼내려고 가른 배에서 살짝살짝 칼질을 해 벗겨냈다. 쉽진 않았다. 주방의 식칼은 가죽을 벗겨낼 만큼 날카롭지 않았다. 그래서 처음엔 살점까지 벗겨졌다. 아니, 뜯어냈다. 첫 번째는 살점 반, 가죽 반이 벗겨졌다. 짧은 털이라 불로 그슬리면 쉽겠지만, 아까운 불을 쓸 순 없었다. 그러다 뿌리는 모기약으로 하면 될 것 같아 두 번째 쥐는 그렇게 하려고 했는데, 다시 생각해 보니 아무래도 먹는 것에 모기약을 뿌리는 건 아닌 것 같아 결국 두 번째 녀석도 무딘 식칼로 가죽을 벗겼다.

베란다에 피가 흥건했다. 치워야 했다. 하지만 아까운 물을 낭비할 순 없었다. 비가 오면 좋았을 텐데. 뭐든 뒤늦게 후회한다.

낡은 옷가지와 여자 옷들로 베란다를 닦았다.

집에서 고기를 구우면 아무래도 냄새가 날 것 같아, 옥상에 올라가 구웠다. 구우면서 맛이 어떨지 몰라 걱정이 됐다. 단백질을 보충하려고 잡았는데, 잡고 보니 맛이 걱정이다. 나라는 인간은 참 대단하다. 이 상황에서 맛을 걱정하다니. 아무튼 그래서 된장과 고추장으로 범벅을 만들었다. 맛보다는 단백질이 우선이었으니까.

내장과 가죽은 옥상 너머로 던져버렸다.

약국에 갔다가 드디어 모기약이 사라져 인간이 어딘가 아주 가까운 곳에 있는 줄 알았는데! 빌어먹을 좀비다. 빌어먹을 좀비가 카운터 안에 들어가 내가 정리해 놓은 모기약을 엉망으로 어질러놓았다. 게다가 뻔뻔하게 도망도 안 치고, 계속 조제실 안에서 나를 기다리고 있었다. 그래도 처음엔 혹시나 인간이 아닐까 조심조심 손을 흔들어 보였는데, 녀석은 눈을 뒤집고 달려들었다. 그 순간 너무 화가 났다. 왜! 왜 내가 정리해 놓은 걸 어지른 거냐! 내게 무슨 억하심정이 있어서! 나는 녀석이 조제실 밖으로 나오기 전에 발길질로 걷어차, 다시 안으로 밀어 넣고 머리통이 가루가 될 때까지 프라이팬과 스패너로 내려쳤다. 속이 다 후련했다.

정말 1대 1로 붙으면 별것도 아닌 것들이. 개떼처럼, 하이에나처럼 몰려다니면서 사람 성질 돋운다. 어휴. 어디든, 어느 종속이든 매를 부르는 것들이 있다. 이런 떼거리 문화 빨리 사라져야 한다.

예전엔 있는 멋, 없는 멋 다 부리고 외출을 했는데 이젠 구걸을 나서는 거지처럼 더럽게 하고 나간다. 그러고 보면 세상은 보기에만 변했지, 그 속은 변한 게 없는 것 같기도 하다. 예전엔 예쁘게 꾸몄고, 지금은 더럽게 꾸민다. 때와 장소에 맞는 옷차림이라는 것도 정말 맞는 것 같다. 지금 나는 주변이 다 더럽기 때문에 더럽게 입고 다닌다. 좀비가 창궐한(때) 거리(장소)를 걷기 위해서 말이다. ……백만장자가 되려면 백만장자처럼 입으라고 말이 있는데. 나는 좀비가 되려고 좀비처럼 입는 걸까?

구조대가 빨리 왔으면 좋겠다. 이제 좀비가 나타난 지 5개월이 넘었다. 이젠 올 때가 됐다. 못 오면, 못 온다고 말이라도 해 줬으면 좋겠다.

지구에 사람들은 얼마나 남았을까? 미국은 총이 많으니 어떻게든 좀 남아 있지 않을까? 중국은 원래 넓고 인구도 많으니 좀 남아 있지 않을까? 그 많은 인구를 다 좀비로 만들려면 오랜 시간이 필요할 테니까. 어쩌면 미군보다 중국의 인민군이 오는 게 빠르지 않을까? 중국이 더 가까우니까. 그럼 중국 인민군을 환영해야 하나? 나중에 빨갱이로 몰리지 않을까? 와도 UN평화유지군의 형식으로 오겠지? 이런 생각으로 하늘만 보며 담배를 피우다가 뒤늦게 105동 옥상에서 투신자살하는 남자를 발견했다. 처음에는 좀비가 올라온 줄 알고 무척 놀랐다. 그러다 그가 난간에 올라섰을 때야 그가 인간인 걸 알았다. 인간, 사람!

소리쳐 부르고 싶었지만, 그건 정말 자살행위였다. 그래서 계속 나를 봐주길 바라며 두 팔을 흔들었는데 일은 순식간에 벌어졌다. 무슨 일이 벌어질지 예상은 했지만, 그를 도울 수가 없었다. 남자는 순식간에 사라졌고, 이내 포댓자루가 떨어지는 듯한 소리가 울렸다. 그리고 좀비들이 환호하는 소리가 들렸다. 내려와 생각해 보니 내가 그 남자를 구할 자격이 있었나 싶다. 위층에 내가 죽인 시체가 있는데, 여자 자살했을 때도 민폐라고만 했는데. 그런 내가 누군가를 구하려 하다니. 나는 평생 반성하며 살아야 한다. 그리고 인간으로 죽은 자들에 대한 예의라는 걸 갖춰야겠다.

분명 그 남자가 자살한 이유는 하나다. 담배 따위가 떨어져서가 아니다. 먹을거리가 떨어졌기 때문이다. 좀비가 나타나기 전 같으면, 외로워서, 실연, 우울증, 생활고를 자살이유로 뽑았겠지만, 지금 같은 상황에서 외롭다는 건 배부른 소리다. 실연? 그런 건 없다. 우울증? 어쩌면 우울증이라고 할 수도 있겠다. 하지만 지금까지 버텼으면서 그렇게 쉽게 포기하다니. 문득 내가 「올드보이」의 최민식이 된 기분이 들었다. 어쨌든 갇혀서 최민식은 군만두를, 나는 쉰 김치와 밥만 먹고 있다. 어쩌면 군만두가 밥보다 나을 것 같다. 게다가 최민식은 텔레비전도 있지 않았던가! 그렇다면 그곳은, 지금의 내겐 천국 같은 곳이다.

최민식처럼 운동을 해야겠다. 한다고 했다가 작심삼일도 아니고, 이틀 만에 그만뒀다.

인간은 어쨌든 적응의 동물이다. 인간이 번창할 수 있었던 건

지구 어디에서든 적응을 했기 때문이다. 환경이 바뀌면 바뀐 대로 사는 거다. 적응하지 못하는 건 패배자다. 절대로 패배자로 죽진 않겠다.

군만두가 먹고 싶다. 젠장. 간사한 혀. 말도 하지 않는데 혀를 잘라버릴까 싶다.

좀비에 이어 이젠 자살인가. 신이 정말 인간들 씨를 말리려고 하나? 정말 자살하려고 올라간 건가? 그것뿐이었을까? 그저 자살이나 하려고? 좀비에 쫓겨 올라간 건 아닐까? 105동에 살던 사람일까? 아직 이 단지에 사람이 또 있지 않을까? 아직 사람이 있다면, 어떻게 찾을 수 있을까? 그들을 어떻게 찾지? 집집마다 문을 두드려볼까? 문에 전단지를 꽂듯이 내 주소를 적어 돌려볼까? 젠장! 그랬다가 내가 죽인 그 사람처럼 내가 죽을지도 모른다. 젠장!

소리쳐 부르기 전엔 사람을 찾을 수 없는데, 좀비들은 우리에게 침묵을 강요하고 있다. 살고 싶으면 조용히 하라고, 닥치라고.

남자 때문에 좀비들이 다시 모여들었다.

비가 왔다.

한 달여 만에 비가 찔끔 왔다. 가을에 오는 비는 농사를 망친다던데, 지금 나는 그 가을비를 기다린다. 물도 얼마 남지 않았다. 20리터, 2리터짜리 생수가 10개, 보기에는 많아 보이는데 마셔보면 금방이다. 불안하다. 부탄가스도 얼마 없다. 혹시나 가스관 안에 가스가 남아 있지 않을까 싶어, 가스레인지를 켜 봤지만, 스파

크만 인다.

물, 불. 묘하다. 전혀 상반된 두 가지가 지금 내게 절실히 필요한 두 가지다. 정말 물불 안 가리고 다 ……필요하다.

9월 22일.

보름이다. 오늘은 그냥 보름이 아닌 추석이다. 한가위. 우리 민족 최대의 명절. 햅쌀로 밥을 짓고, 햇과일로 차례를 올리는 한가위다. '더도 말고 덜도 말고 한가위만 같아라'라는 말이 있는 한가위다. 오늘만 같아라? 오늘? 앞으로도 오늘 같을까 봐 겁난다.

한가위라 그런지 달이 참 밝다. 호떡처럼 생겼다. 젠장, 또! 또! 먹을 걸 생각했다.

운동, 끊었다. 아무래도 적은 양이지만, 땀을 흘리고 나니 물을 더 마시게 되는 것 같다. 오히려 땀을 흘리고 보충을 하지 못해 몸이 더 말라가는 것 같다. 게다가 땀 때문에 모기가 더 달려드는 것일 수도 있다.

내가 오늘, 지금, 죽는다면! 그건 모기 때문에 미쳐 죽는 거다. 열 군데를 물렸다. 모기 때문에 가만히 있을 수도 없다. 그랬다가는 기다렸다는 듯이 달려드니까. 팔뚝에 앉아 피를 빼는 녀석을 때려잡았더니, 녀석의 배에서 아까운 내 피가 터져 나왔다.

팔뚝에 앉은 모기는 팔에 잔뜩 힘을 주자 놀라 바동거린다. 막 때려잡으려고 하는데, 녀석이 말한다.

'내 몸 속엔 당신의 피가 흐르고 있어요.'

그래서 더 싫다!

녀석의 몸에서 튀어나오는 피를 보니, 아직 내가 붉은 피가 흐르는 '사람이다'라는 생각이 든다.

모기약을 뿌리고, 뿌리고 뿌리는데, 도무지 모기가 사라지지 않는다. 아무래도 가을 독사보다 더 독한 게 가을 모기이지 싶다.

작년에는 이렇게까지는 아니었던 것 같은데, 정말 전 세계 모기가 다 나를 찾아오는 걸까?

아무래도 예전에는 모든 사람들이, 집집마다, 십시일반으로 모기약을 뿌린 결과가 아닌가 싶다. 그래, 전 세계, 전국, 하다못해 서울 사람들이 모기약을 뿌렸기 때문에 매일 수천 수만 마리가 죽었고, 그래서 내가 그동안 편하게 잘 수 있었던 거다 생각하니, 참 그렇다. 진즉 알았어야 했는데. 그리고 모기약 회사가 왜 돈을 벌었는지 알 것도 같고, 정말 혼자서는 힘들구나 싶다. ……그걸 모기 때문에 새삼 깨달았다. 젠장, 이게 모기 존재의 이유인가? 여름밤, 내가 한 대라도 덜 물리고 잘 수 있는 건, 얼굴도 모르는 이웃이 모기를 잡아주기 때문이다.

하루하루가 매일 새롭다? 웃음만 나온다. 이제 내일도 똑같을까 봐 겁난다. 물론 날씨는 조석으로 변하겠지만.

낮엔 방에 모기약을 뿌리고 문을 닫는다. 종일 거실과 베란다, 옥상에만 있다가 잠을 자러 낮에 모기약을 뿌려둔 방에 들어간다. 그때까지 모기약 냄새가 가득하다. 창문을 열지만 그렇다고 냄새가 금방 빠지는 건 아니다. 그래도 모기는 없어 잠을 설치지는 않는다. 그런데 그게 하루 이틀이지! 이러다 모기약에 사람까지 잡겠다.

계단이 노출된 다가구 주택은 정말 위험하다. 거리의 좀비가 내 행동을 그대로 볼 수 있다. 그리고 층수도 낮아서 내가 집 안을 뒤지는 모습이나 소리를 거리의 좀비들이 보거나 듣고 모여들 수 있다. 알고 있었던 것 같은데, 오늘 그걸 잊어서 하마터면 죽을 뻔했다.

자신의 영역을 어슬렁거리며 순찰하는 야수처럼 오늘 또 동네를 한 바퀴 돌았다. 그러다 똑같이 생긴 다가구, 다세대 주택들이 보였다. 그 중에 대문과 현관문까지 열려 있는 다가구 주택이 눈에 띄었다. 예전엔 왜 못 봤을까? 왜냐면 그때는 내가 무의식중에도 위험을 직감할 수 있을 만큼 현명했기 때문이다. 반면 지금은 너무 좀비들 세상에 익숙해져서, 지쳐서 깜빡한 거다. 맞다. 그거다. 지쳤다. 그저 열린 집에 뭔가 있을 것 같다는 잘못된 기대. 멍청아! 잠긴 금고에 돈이 있지, 열린 금고에는 돈이 없어! 낮에는 그걸 모르고, 열린 현관문에 현혹돼 그 집으로 들어갔다. 물론 들어갈 땐 조심조심 들어갔다. 하지만 철길을 달리는 기차는 기차가 조심한다고 해서 사고가 안 나는 게 아니다. 대문을 지나 막 외부 계단을 올라가는데, 빌어먹을 좀비가 현관에서 나왔다. 나는 계단을 올라가는 중이었고, 녀석은 계단을 내려오려고, 나를 향해 몸을 돌리고 있는 중이었다. 이대로라면 녀석과 정면으로 마주쳐야 했다. 마주 달려오는 기관차 같았다. 만약 아파트처럼 벽에 가려진 계단이라면 프라이팬과 스패너로 녀석을 쓰러뜨리겠는데, 노출된 계단이라 그럴 수도 없었다. 그랬다가는 무심한 행인처럼 지나가던 좀비들이 득달같이 달려들게 뻔했다. 조폭처럼. 그렇다고 갑자기 몸을 돌릴 수가 없었다. 그렇게 하면 맞은편 좀비가 의심할 게 뻔했다. 좀비도 생각이 있다면 말이다. 물론 좀비들이 생각이 있는지 없는지 실험을 해 볼 생각은 없다. 하지만 없을 리도 없다. 없으면 인간을 보고 달려들 수도 없을 테니까. 외부의 자극을 인식할 수도 없을 테니까. 외부의 자극을 인식한다는 건 최소한 뇌는 있다는 뜻이니까. 아무튼 내게는 절체절명의 순간이었다. 그때 다행히 놀란 내 발이 나를 구했다. 어쩔 수 없이, 내키지 않는 마음으로 계단을 오르던 내 발이 계단 중간의 층계참에 올라서면서 허공을 밟아버렸다. 몸이 기우뚱했다. 그 순간 나는 마치 벽에 막힌 장난감 자동차처럼 방향을 틀어 계단을 내려왔다. 다행히 나를 의심하는 좀비는 없었다.

　※ 오늘의 교훈
　외부에 계단과 현관이 노출된 다가구주택과 단독주택은 절대적으로 위험하다.

　혹시, 집에서 나온 좀비가 사람이 아니었을까?
　아니다. 그 집은 처음부터 현관문이 열려 있었다. 자물쇠 돌리는 소리가 들리지 않았다. 사람이었다면, 그렇게 자물쇠를 풀어놓고 있었을 리 없다.
　단단히 문 잠그고, 닥쳐. 그래야 살고, 그렇게 살아야 사람이다.

좀비를 무서워하지도, 무시하지도 말자. 좀비를 좀비로서 대우하고 존중하며, 함께 공존하는 방법을 찾아보자. 아프리카 초원에서는 사자와 얼룩말, 물소, 악어, 치타, 하이에나, 가젤 등은 적당한 거리를 두고 서로를 경계하면서 잘 산다. 그것처럼 나도 좀비와 일정한 거리를 두고 잘 살 수 있을지 모른다. 그리고 인간이 늑대를 개로 길들였듯이 좀비도 길들일 수 있을지 모른다.

아니다. 아무래도 길들이는 건, 무리다. 길들이려면 길들여지는 것에 대한 뭔가 보상이 있어야 하는데, 좀비들은 우리에게 우리의 살점, 인육, 피 외에는 바라는 게 없다. 이건 협상의 여지가 없는 거다. 술이나 담배로 길들일 수 있으면 좋을 텐데. 분명 내 살이 아닌 무언가로 길들일 수 있는 게 있을 것도 같은데, 뇌가 있다면 그렇게 돼야 하는데, 분명 좀비도 뇌는 있는데, 그래서 나를 사람으로 인식하고 달려들고 그런 건데! 왜! 인육만 바라는 거지? 모르겠다. 지금 내 형편에 그걸 알아낼 수도 없다. 난 과학자가 아니라 토목공학과를 나와 건설회사 다니는 월급쟁이일 토목설계기사일 뿐이니까.

혹시나, 내가 못 찾은, 먹을 게 더 있나 싶어 다용도실을 더 뒤지다가 오래된 신문을 찾았다. 분명 다 옛날 신문인데 왠지 미래 이야기 같다.

오랜만에 촛불을 켰다.

10월 1일이다. 국군의 날.

군인, 군대, 너희는 도대체 어디에 있는 거냐? 와서 국민 좀 구해라!

차려, 열중 쉬어. 차려, 차려, 정신 차려! 이 멍청한 땅개들아! 조인트 좀 까여야, 아, 내가 좀 잘해야겠구나 하고 정신 차리겠냐?

※ 10월 현재 남은 것들 :
쌀 9킬로그램, 생수 10리터, 참치통조림 1개, 부탄가스 조금.
고추장, 된장, 된장, 된장, 된장! 참기름, 쉰 김치.

쌀 9킬로그램. 아껴 먹는다고 아껴 먹었는데, 과자와 라면이 떨어지고 나니 쌀이 빨리 줄어든다. 예상했어야 했는데. 이게 나의 한계일까?

장마 때처럼 비가 오지 않으니 물도 빨리 줄고, 아무래도 더 찾아봐야겠다. 분명 어딘가에 내가 찾지 못한 쌀과 생수가 있을 것이다.

1501호, 우리 집은 그대로다. 아니, 도둑이 들렀다 갔는지 더 엉망이다. 태풍 때문인지 창문도 깨져 있고, 어쩌면 그게 당연한 걸지도 모르겠다.

어쩔 수 없이 문이 안 잠긴 집들을 더 찾아봐야겠다. 굶어 죽느냐, 좀비에 물려 죽지 못해 사느냐 그게 문제다.

혹시나 했는데, 역시나.

닫힌 문 중에 안 잠긴 문은 없었다. 전자식 도어록 대신 보조 자물쇠만 달린 문들은 어떻게든 따보려고 했는데, 그것도 쉽지 않다. 열쇠구멍과 비슷하게 생긴 젓가락으로 종일 쑤셔도 열리지 않는다. 하긴, 비슷하다고 열리면 자물쇠가 아니지. 비슷하다고 좀비가 사람이 아닌 것처럼.

결국 들어가려면 창문으로 들어가는 수밖에 없다. 배운 게 도둑질이라고 정말 도둑질을 배워뒀어야 했다.

세상의 모든 현관문은 도어 클로저 때문에 자동으로 닫히고, 전자식 도어록 때문에 자동으로 잠긴다. 자동, 자동, 자동! 다들 손목 잘린 병신인가? 왜 수동을 쓰지 않은 거지! 손은 뒀다 뭐에 쓰려고?

혹시나 해서 지하철역 근처에 있는 오피스텔에 갔다. 계단이 내부에 있어서 그나마 안전할 것 같았다. 하지만 안전한 만큼 얻은 것도 없다. 모두 똑같은 전자식 도어록으로 잠겨 있었다. 역 주변 빌라촌도 마찬가지였다. 빌어먹을 전자. 그래, 나는 학교 다닐 때부터 전자과 놈들이 싫었다!

종일 매듭을 묶었다. 내 목숨이 걸린 줄을 만드는데 당연히 튼튼하게 매듭을 지어야 했다. 그런데 튼튼한가 확인을 하려고 몸을 매달면 이내 다 풀린다. 이래선 줄을 타고 내려갈 수 없다. 처음엔 이불천이 너무 미끄러워서 그런 거라 생각했다. 그래서 커튼으로 만들어봤는데 커튼도 마찬가지다. 도대체 뭘로 만들어야 하지?

매듭. 그 간단한 매듭 하나 제대로 묶을 줄 모른다니. 보이스카웃을 했으면 알았을 텐데. 가난이 원수다.

죽을 뻔했다. 또 죽을 뻔했다. 빌어먹을 좀비들이 나타나 1년도 안 된 지금! 나는 도대체 몇 번이나 죽을 고비를 넘기고 있는가!

아무래도 매듭만으로는 안 될 것 같아 노끈으로도 칭칭 묶어서 아래층까지 내려갈 줄을 만들었다. 목숨이 걸린 일인만큼 안전을 위해 밧줄 두 개를 준비했다. 하나는 타고 내려가고, 하나는 만약을 대비한 안전줄로 사용했다. 그리고 좀비들이 못 보게 해질 무렵, 줄을 내리고 천천히 줄을 타고 내려갔는데, 왠지 내가 정말 도둑놈 같았다. 아무튼 내려갔는데, 줄을 먼저 늘어뜨린 게 문제였는지, 내가 내려가면서 창문틀을 밟아 소리를 낸 게 문제였는지, 처음에 살짝 살펴봤을 땐 안 보이던 좀비들이 베란다로 나를 마중 나와 있었다. 안 보이던 좀비가 갑자기 나타나 깜짝 놀랐다. 귀신인 줄 알았다. 생긴 것도 딱 귀신에, 시간도 딱 어둑어둑해진 저녁이라 정말 놀라 떨어질 뻔했다. 어쨌든 할아버지, 할머니, 엄마, 아이 좀비가 나를 보기 위해 치켜 뜬 눈으로 뒤뚱뒤뚱 다가오는데, 유리창이 안 보이는지 계속 창문에 부딪히면서 나를 향해 손을 흔드는 게 이대로 있다가는 유리창이 깨질 것 같았다. 그런데 문제는 그때 내 발이 유리에 미끄러지지 않으려고 맨발이었다는 거. 녀석들 때문에 창문이 깨지면 내 맨발이 깨진 유리에 다칠 수 있었다. 큰 유리에 찍혀 근육이라도 찢어지면 큰일이다. 동맥이라도 다치면 끝장날 수도 있었다. 결국 다시 올라가려는데, 타고 내려가던 줄의 매듭이 풀리면서 몸이 올라가기는커녕 슬금슬금 아래로 미끄러졌다. 그때부터 정말 미쳐 죽는 줄 알았다. 허리에 감은 안전줄이 있긴 했지만, 그땐 너무 놀라 그것도 잊었다. 다행히 안전줄은 튼튼했다. 하지만 안전줄을 믿고 계속 허공에 매달려 있을 생각은 없었다. 부들부들 떨며 줄과 난간을 잡고 간신히 올라왔다. 혹 난간이 떨어지진 않을까 겁이 났다. 결국은 또 살았지만, 정말 십년감수했다. 하지만 살았다는 기쁨보다 왠지 눈물이 났다. 다른 아파트에 들어갈 수 없다는 슬픔. 더는 먹을 걸 구할 수 없을 거라는 좌절. 네모난 금고처럼 생긴 아파트에 갇힌 것 같은 쓸쓸함.

아무래도 줄을 타고 내려가 다른 아파트에 들어가는 건 포기해야겠다. 내려갈 땐 내려가니까 괜찮았는데, 좀비가 있어서 다시 올라올 땐, 암벽등반이나 무슨 구조작업처럼 누가 위에서 당겨주는 것도 아니고 다시 올라오는 게 너무 힘들다. 영화에서처럼 아무나 할 수 있는 게 아니다. 암벽등반가 같은 준비된 사람만이 할 수 있는 것 같다. 진즉 암벽등반이나 배워둘걸.

맞은편 아파트를 보는데 문득 붉은 가스관이 보인다. 가스가 나왔으면 싶기도 했지만, 그것보다 가스관을 타고 올라가 빈집을 터는 도둑놈들이 생각났다. 예전에 그놈들 때문에 회사에서 아이디어 공모도 했었다. 도둑이 올라가지 못하게 어떻게 배관을 설치할 것인가. 상금이 1000만 원이었는데. 그런데 지금 나는 그 도둑질을 배웠어야 했다는 생각뿐이다. 아니다. 어차피 집 안에 좀비가 있으면, 들어갈 수도 없다. 역시 도둑질은 열쇠 따기가 최고다. 열쇠를 딸 줄 알아야 한다. 젠장.

줬다가 빼앗는 것처럼 치사한 건 없다.

부탄가스가 떨어졌다. 생쌀을 먹게 생겼다. 지금 더 짜증나는 건 밥을 하다가 가스가 떨어져서 죽도 밥도 아닌, 아니 생쌀도 밥도 아닌 그저 따뜻한 쌀을 먹고 있다는 거다.

아무래도 쥐를 잡은 게 실수였지 싶다. 고기를 굽는데 가스가 너무 많이 썼다. 야수처럼 생으로 먹었어야 했을까?

불, 인간이 불을 발견(?)하고 문명을 이룩했다더니, 이제 불이 없으니, 불을 피울 수 없으니 멸망해야 하는 건가? 프로메테우스가 인간에게 불을 가져다줬다는데, 그놈이 원망스럽다. 그냥 생식하게 놔두지 왜 불을 준 거냐.

무슨 사극에서 피난민이 산으로 들어가자, 한 노승이 잘 말린 싸리나무는 연기가 나지 않는다고, 싸리나무로 밥을 하라고 했던 게 기억은 나는데, 그래서 싸리나무를 구하고 싶은데, 문제는 싸리나무가 어떻게 생겼는지 모른다는 거다. 젠장! 군대에서 싸리비를 만들 때, 싸리나무가 어떤 건지 잘 봐둘걸.

빌어먹을 군대. 정말 군대는 뭐하는 건지 모르겠다. 설마, 전멸했냐? 대답이 없다. 그렇구나.

생쌀을 씹으려니 이가 빠질 것 같다. 지금 죽든 나중에 죽든 이는 튼튼했으면 싶은데 걱정이다. 치아는 오복 중에 하난데.

혹시 이렇게 생쌀만 씹다가 득도하는 게 아닌가 싶다. 득도할 거면 이 빠지기 전에 하고 싶다.

「무한도전」에서 본 태양열 조리기구가 있으면 좋겠다. 그래, 젠장, 왜 이제 그런 게 생각나지.

역시 인간은 생각하는 동물이구나 싶다. 생쌀을 물에 담가두고 물먹은 쌀을 먹었다. 떡을 할 때, 쌀을 물에 담가두듯이. 한결 낫다. 불이 없어도 물만 있으면 살 수 있다.

강변에 집을 사라!

옛날 석기시대에도 강변에 집을 짓고 살았다. 그건 다 그만한 이유가 있어서다.

물도 이제 한 통밖에 안 남았다. 어디서 물을 구하지? 청계천에 물은 아직 흐르고 있을까? 한강은? 사람도 없고, 공장도 멈췄을 테니 지금쯤이면, 한강 물을 그대로 마셔도 될 터. 흥, 역시 비싼 강변에 살아야 했던 거다. 왜 가난한 사람들은 산동네에 살고, 부자들은 강변에 사는지 알겠다. 강변이 비싼 이유가 있던 거다. 그들은 알고 있던 거다.

결국 오줌을 받아 마셔야 하는가를 심각하게 고민하다 깨달았다.

강물이 어디서 오는가? 물은 위에서 아래로 흐른다. 강, 개천, 시내, 개울! 그리고 그 위에 약수터가 있다! 일명 수원지라 부른다.

우리에겐 가까운 수원지가 있다. 약수터! 왜 이걸 생각하지 못했지? 그렇게 아버지에게 가라고, 가라고 했던 그 약수터를 말이다.

진즉 약수터를 갔어야 했다.

내가 어렸을 때 갔던 약수터는 아니었다. 우선 가는 길부터 좋아졌다. 주변시설도 좋아졌다. 가는 길은 산책로로 잘 꾸며져 있고, 약수터 옆에는 운동기구도 있다. 게다가 가는 길에는 감나무도 있었다. 물론 좀비도 있었다. 하지만 아파트 단지보다 많진 않았다.

약수터에는 이미 하얀 10리터짜리 물통에 물이 넘치고 있었다. 마치 나를 위해 미리 준비해 둔 것 같았다. 처음엔 깜짝 놀랐다. 오랫동안 나를 기다리고 있던 운명 같았다. 하지만 생각해 보니, 아마도 저 물통을 갖다놓은 사람은 좀비가 창궐한 그 첫날, 약수를 받으러 왔다가 좀비에게 물렸거나, 좀비를 피해 도망쳤으리라. 그렇다면! 굳이 내 물통에 물이 찰 때까지 기다릴 필요도 없이, 가져온 빈 물통과 그 물통을 바꿔오기만 하면 된다. 타짜의 밑장빼기처럼. 정말 땡잡은 기분이었다.

"동작 그만, 밑장빼기냐? ……정 마담에게 장땡을 줘서 이 판을 끝내겠다는 거 아니여?"

좀비들은 물소리에 익숙해졌는지 아무도 물통에 관심이 없었다. 그저 주위를 어슬렁거릴 뿐. 나는 빈 물통을 꼭 쥐고 느릿느릿 약수터로 다가가 재빨리 물통을 바꿔쳤다. 빈 통에 물이 떨어지면서 떨어지는 물소리가 바뀌었다. 젠장, 좀비들도 알아차렸다. 몇몇 좀비들이 반응했고, 천천히 내 쪽으로 다가왔다. 나는 녀석들을 애써 외면하면서 뒤뚱뒤뚱 좀비 뜀박질로 서둘러 산을 내려왔다.

오는 길에 감나무 줄기 하나를 꺾어왔다. 그리고 정말 게걸스럽게 감을 먹어치웠다.

이제 물은 충분한데, 아무래도 내일 다시 약수터에 가야 할 것 같다. 이번엔 프라이팬과 스패너 대신 긴 지팡이를 가지고 가야겠다. 감을 따려면 역시 긴 막대기가 필요하다. 다용도실에 등산가방과 등산용 지팡이가 있다.

그러고 보니 청계천에는 사과나무가 있다는데, 아, 안타깝다. 그 청계천변 땅값이 왜 올랐는지 알겠다.

배낭 한가득 감을 따왔다.

지팡이로 감나무 가지를 때리고, 좀비들의 시선을 피하기 위해 골목 안에 들어갔다가 다시 나와 떨어진 감을 주워담았다. 그러길 열 번이나 했다. 그렇게 감 38개를 땄다. 그리고 방금 3개를 먹었다. 진즉 이런 유실수를 가로수로 심어야 한다. 냄새만 나는 은행나무는 좀 아니지 싶다. 예전엔 그 은행나뭇잎으로 무슨 약을 만든다고 했던 것 같은데, 근래엔 그런 것 같지도 않더만.

웃긴 건, 약수터 주변 시설은 좋아졌는데 약수터 아래 안내판에 표시된 약수의 수질은 '식수 부적합'이라는 거다. 지금 생각하면 지금 그게 대순가 싶기도 하고 피식 웃음이 나는데, 약수를 뜨러오는 사람들 맥 빠지게 꼭 저렇게 해야 하나 싶기도 했다. 어쨌든 이젠 인간이 더 이상 오염물을 배출하지 못하니 깨끗해졌을 거라고 믿고 싶다.

틀린 말없다는 옛말에 이런 말이 있다. '윗물이 맑아야 아랫물도 맑다.'

처음 이 말을 들었을 땐 잘못 알아들었다. 윗물이 맑아야 아랫물이 맑다니? 연못의 윗물이 아무리 맑으려고 해봤자, 바닥의 미꾸라지가 한 번 헤엄치면 아랫물부터 금방 흐려지는데, 어떻게 윗물이 맑아야 아랫물이 맑은가? 아랫물이 맑아야 윗물이 맑지. 그런데 커서야 알았다. 그 윗물과 아랫물이라는 게 고인 물의 위아래가 아니라 물은 높은 곳에서 낮은 곳으로 흐른다는 의미의 윗물과 아랫물이라는 걸. 강물 위에 개천, 개천 위에 시내, 시내 위에 개울이라는 걸 말이다. 즉 강물이 맑으려면 위에서 내려오는 개천과 시내, 개울이 맑아야 한다는 걸 말이다. 그런데 강을 살리겠다고 윗물은 두고 제일 아래 강부터 파고 있다. 그래 봤자 다시 그 강에는 위에서 내려온 똥물만 흘러갈 텐데. 길 새로 깔았는데, 똥차 지나가는 거랑 뭐가 다른가. 더 하면 더 했지 덜한 게 아니다. 한심한 인간들. 강을 살리고 싶으면 약수터 수질부터 먼저 개선했어야 했다! 그럼 지금 나도 진즉 '식수 적합' 판정을 받은 좋은 약수를 마시고 있을 테니까. 어쩌면 그게 세상을 보는 정치인들의 인식인지도 모르겠다. 아랫물인 국민들이 흐려서 윗물인 자신들이 흐리다는 어처구니없는 발상. 그래, 그런 놈들 때문에 내가 이 고생을 하고 있다.

어쩌면 그들의 생각이 맞을지도 모르겠다. 왕정시대도 아니고, 우리가 그런 놈들을 뽑았으니, 우리가 먼저 썩은 거다.

감을 너무 먹은 모양이다. 변비에 걸린 것 같다. 젠장, 이러다 치질이 도지면 어쩌지? 젠장. 왜, 왜 하필 감나무지? 물을 많이 마셔야겠다. 그래! 이래서 감나무가 약수터 옆에 있나보다. 물과 함께 먹으라고. 그래서 오늘은 물 2리터를 마셨다. 그게 똥구멍이 찢어지는 것보다 나은 선택이다.

감을 먹고 나니, 사과도 먹고 싶고, 배도 먹고 싶다. 먹고 싶은 과일이 많아졌다. 정말 가을은 수확의 계절이다. 문제는 머릿속으로만 그 수확을 할 수 있다는 것.

보름이다.

애국가 가사처럼 가을하늘, 정말 공활하다.

옥상에서 담배를 피우는데, '끼루루루' 하는 괴상한 소리가 들리면서 뭔가 머리 위를 지나갔다. 흠칫 놀라 하늘을 보니, 하얀 소복을 입은 귀신처럼 허연 뭔가가 하늘을 가로질러 날아간다. 언뜻 보고선 진짜 귀신인 줄 알고 깜짝 놀랐다. 그런데 너무 놀라, 겁먹은 눈을 깜빡이지도 못하고 계속 보다 보니 귀신이 아니라 V자 대형을 이루고 하늘을 가로질러 날아가는 철새 무리였다.

녀석들이 날아간 방향은 동남동.

저것들이 여름철새라 멀리 남쪽으로 날아가려는 건지, 아니면 겨울철새라 이제 겨울을 보내려고 우리나라에 온 건지 궁금해지면서, 벌써 계절이 그런 계절인가 싶기도 하고, 지금 내가 있는 곳이 비록 서울의 변두리지만 그래도 서울인데, 철새까지 저렇게 서울을 가로질러 가는 게 신기하기도 하면서 인간이 없으면, 도시라는 것도 동물들에겐 정말 아무것도 아니구나 싶고, 그래서 서글퍼진다. 도대체 우리 인간들이 동물들에게 그동안 뭔 짓을 하면서 산 걸까? 그리고 이제 인간은 없는 건가?

우리 인간이 만든 세상은 인간이 없어서 멈췄지만, 지구는 인간이 없어도 잘만 돌아간다. 자전과 공전을 멈추는 것도 아니고, 시간이 멈추는 것도 아니다. 바람도 바뀌고, 계절도 계속 바뀌고 꽃도 폈고, 열매도 맺었다. 공기는 더 좋아져 철새들도 날아온다. 여기가 툰드라 지역이면 순록들도 오겠지. 순록을 따라 늑대도 오고, 온갖 짐승들이 계절을 따라 이동하겠지. 그런데 좀비들은 아무 데도 가지 않는다. 빌어먹을 녀석들.

아무튼 지구는 잘 돌아간다. 그냥 인간만 없을 뿐이다. 인간이 지구를 지배했다는 건, 정말 이젠 전설 같다. 신이 지구를 창조했다면, 그건 정말 인간만을 위해선 아닌 것 같다.

아직 낮엔 더운데. 이놈의 날씨가 변덕이 지랄 같다. 밤으로 날이 많이 쌀쌀해졌다. 새벽에 일어나 아무 생각 없이 방바닥에 앉았다가 깜짝 놀랐다. 바닥에서 냉기가 올라온다. 끈적거리지 않아서 좋긴 한데, 짜증도 난다. 따뜻한 방바닥이 그립다. 구들장.

우선 두꺼운 이불을 꺼냈다. 새로 꺼낸 이불은 솜이불인지 엄청 푹신했다. 새 이불을 덮기 전에 물티슈로 깨끗이 몸을 닦았다. 깨끗한 몸으로 깨끗한 솜이불을 덮으니, 너무 기분이 좋다. 오늘은 이대로 잘 계획이다.

내가 약수터에 두고 왔던 물통이 바뀌어 있다! 다른 물통이 물을 받고 있다!

그래서 도망치듯 돌아왔다. 왠지 모르겠다. 그냥 겁이 났다.

누군가 사람이 있다는 사실보다 내가 처음 약수터에 갔을 때, 내가 가져온 물통 주인이 따로 있었고, 어쩌면 거기에 있었을 테고, 오늘도 어디선가 나를 보고 있을 것 같아서였다. 내가 도둑놈이라서, 내가 남의 것을 훔친 것 같아서 놀라 도망친 거다.

그래, 내게 아직 양심이 남아 있구나 싶다.

나를 보면 남을 알 수 있다. 사람은 다 똑같으니까. 지금의 내가 어떤가? 거리를 나갈 때, 음식을 챙길 배낭을 메고 만약을 대비해 프라이팬과 스패너를 배낭에 꽂고 감을 따기 위해 지팡이를 들고 다닌다.

옛날이나 지금이나 똑같다. 사람 사는 건 똑같다. 옛날 사람들은 봇짐을 지고, 지팡이를 짚고 다녔다. 그것처럼 지금 우리는 배낭과 몽둥이를 들고 다닌다.

내일부터 사람을 찾아봐야겠다.

거리에서 배낭을 메고 있는 걷는 게 사람인지 좀비인지 물어봐야 하는데, 물어볼 수가 없다. 입이 있어도 말을 할 수 없다. 주위에 다른 좀비, 진짜 아무것도 메지 않은 좀비들이 있기 때문이다. 정말 좀비가 우리를 감시하고 있다. 어딘가 안전한 장소가 없을까?

10월의 마지막 날이 내 마지막 날이 될 뻔했다.

약수터에 다시 갔다. 마치 범인이 다시 범행현장에 돌아가는 기분이었다. 물론 죄를 뉘우치고, 죗값을 치르려고 간 건 아니다. 사람을 찾기 위해서였다. 사람을 찾기 위해서, 그런데 꼭 죄를 고백하러 가는 것과 같았다. 고해성사를 하는 기분. 그래서인가? 우리는 어떻게든 살리고, 살아남으려고 마트를 돌며, 물건을 훔치고 그걸로 지금까지 버텼다. 또 남의 집으로 들어가 훔쳤다. 훔치지 않고선 지금까지 버틸 수 없었다. 이런 상황을 대비해 집에 비상식량을 쌓아두진 않았으니까. 그래서 결국 지금, 아직 살아있는 우리는 다 도둑이다. 죄인이다. 그래서 우리가 서로 피하고 있었던 게 아닐까? 이미 만천하에 드러난 우리의 잘못, 우리 모두는 너무나 잘 알고 있는, 부정할 수 없는 죄를 감출 수가 없어서. 아직 살아있고, 식량이 남아있지만, 사실 그건 떳떳하게 얻은 게 아니니까. 그렇다면 우리는 단지 다른 사람에게 빼앗길까 봐서가 아니라, 나 먹을 것밖에 없어서가 아니라 우린 아직 부끄러워할 줄 아는 인간이기 때문에, 그래, 우린 아직 부끄러워할 줄 아는 인간이기 때문에 혼자인 거다.

약수터에는 아직 십여 마리의 좀비가 서성이고 있었다. 모두 배낭을 짊어지고 있었다. 빌어먹을 배낭만으로 사람인지 좀비인지 구별할 수 없었다. 결국 구석에 혼자 떨어져 있는 좀비에게 다가가 속삭여 물었다.

"사람이세요?"

나는 그렇다는 대답을 기대했다. 하지만 그 좀비는 누런 곰팡이가 낀 듯한 탁한 눈을 까뒤집으며, 미친개처럼 나를 물려고 달려들었다. 나는 등산용 지팡이로 녀석의 가슴을 찔렀다. 그리고 스패너로 녀석의 머리를 후려쳤다. 야구방망이로 축구공을 후려친 것 같았다. 소리를 듣고 다른 좀비들이 다가왔다. 오랜만에 본 인간이라 그런지 허겁지겁 다가오는 녀석들이 그렇게 빨라 보일 수 없었다. 나는 놀라 스패너를 휘두르며 물러섰다. 사실 그럴 필요가 없었다. 녀석들은 스패너 따위에 당황하지 않으니까. 급히 약수터 너머 비탈을 기어올랐다. 낙엽이 미끄러웠다. 제자리 뛰기를 하는 것 같았다. 러닝머신 위를 달리는 것 같았다. 악몽이었다. 더 빨리 기었다. 간신히 능선 위로 기어와 보니, 약수터 좀비들이 느릿느릿 비탈을 걸어 올라오고 있었다. 어떤 녀석은 뒤로 자빠져 다시 약수터로 굴러 떨어졌다. 고물 로봇처럼 몸뚱이에서 머리통이 떨어져 나갔다.

주위를 살폈다. 나무 사이사이로 능선 너머에서 올라오는 좀비들이 보였다. 사냥개에 쫓기는 산토끼가 된 기분이었다. 그래도 믿을 건 있었다. 산토끼처럼 놈들보다 빠른 발. 능선을 따라 산을 올랐다. 정상에 오르자 멀리 경기도가 보였다. 어렸을 때 기억으론 논과 밭이었던 그곳이 이제는 쭉 뻗은 도로와 을씨년스런 아파트와 회색건물들로 가득했다. 그 위로 새들이 낮게 날고 있었다. 또 그 앞으로 좀비들이 어기적어기적 올라오는 게 나무들 사이로 보였다. 능선을 따라서도 좀비들이 다가왔다. 등산을 왔다가 좀비가 됐는지, 하나같이 등산복에 배낭을 짊어지고 있었다. 마치 산적 같기도 하고, 산도깨비 같기도 하고 아무튼 인간이 산을 넘지 못하게 지키는 경비 좀비 같았다. 완전히 포위된 기분이었다. 어떻게든 뚫고 산을 넘어갈까 생각도 했지만, 그건 결국 자살행위다. 산을 넘는다고 해서 당장 숨을 곳과 먹을 게 생기는 건 아니니까.

결국 능선을 따라 좀비인 척 걸었다. 그 수밖에 없었다. 다행히 꼬불꼬불한 능선을 따라 내려가자 좀비들도 나를 그냥 지나쳐갔다. 조마조마해하며 능선을 따라가는데 쓰러진 나무와 잡초, 낙엽으로 으쓱해진 등산로가 보였다. 그 등산로를 내달렸다. 다행히 이번에도 나무들이 나를 숨겨줬다. 정말 '사람은 자연보호, 자연은 사람보호'였다.

달려 내려오는데 나무 사이로 올라오는 좀비가 보였다. 나는 달려 내려가던 속도 그대로 녀석의 가슴팍을 향해 거침없는 하이킥을 날렸다. 녀석은 등산로를 벗어나 비탈로 굴러 떨어졌다. 녀석이 떨어진 비탈 너머로 테니스장이 보였다. 산 밑 공원이 분명했다. 많이 돌아오긴 했지만, 어딘지 안다는 게 다행이지 싶었다. 그때부터 나는 숨을 가다듬으며 천천히 걸어 내려갔다. 마지막 계단을 내려서면서 나는 다시 좀비 걸음으로 걷기 시작했다. 멀리 좀비가 다가오고 있었지만, 다행히 얼굴을 분간할 수 없을 정도로 멀었고, 게다가 이제 막 해가 지기 시작한 때였다. 노을이 물드는 하늘을 등지고 어둠 속에서 바들바들 떨며 돌아왔다. 돌아오는 내내 「전설의 고향」에서나 보고 듣던, 그런 기괴한 소리와 칠흑 같은 어둠이 나를 잡아먹을 것 같았다.

어쩌면 이미 늦은 것 같다. 어쩌면 물통을 가져간 사람이나 두고 간 사람도 이제 뒤늦게 좀비에 물려 좀비가 됐을지 모른다. 그래, 질퍽했던 그 좀비의 머리는 분명 오래 전에 좀비가 된 그런 좀비의 머리가 아니었다.

진즉 좀비들에게 말을 걸어볼 걸 그랬다. 설마, 내가 좀비에게 쫓기는데 모른 척한 걸까? ……하긴, 나도 그랬다. 군인이 죽을 때, 나도 그 군인을 구하지 못했다. 하지만 그땐 좀비가 너무 많았다. 그래서 어쩔 수 없었다. 그리고 나만 그런 게 아니라 다른 두 사람도 그랬다. 젠장, 내 잘못만은 아니었다. 그땐 어쩔 수 없었다.

맞다! 산에 갔다 좀비가 됐으면 다 배낭을 메고 있을 터. 그래, 산에서 배낭을 멘 좀비에게 물어보는 게 아니었다. 길에서, 골목에서 물어봐야 했다!

「호랑이 속눈썹」이라는 동화가 생각난다. 산에 갔다가 호랑이에게 잡힌 나무꾼이 이제 죽었구나 했는데, 호랑이는 자신은 인간을 잡아먹지 않는다며, 호랑이가 사람을 잡아먹었다는 건 사실이 아니라고 한다. 그리고 자신의 속눈썹을 뽑아주는데, 산에서 내려온 나무꾼이 그 눈썹을 눈에 붙이고 보니, 세상의 사람들이 개, 돼지, 닭이었다는 이야기다. 나도 그런 호랑이 속눈썹이 있으면 좋겠다.

11월.

약수터를 갔을 땐 그저 잎이 바랜 것인 줄 알았는데, 이제 보니 무섭게 단풍이 들고 있다. 울긋불긋, 노랗고 붉은 단풍이 예쁘다? 모르겠다. 그냥 누더기 이불 같다.

※ 11월 현재 남은 것들 :
쌀 5킬로그램, 참치통조림 1개. 감 11개, 물 10리터.
고추장, 된장, 쉰 김치.
이제 담배도 떨어져 간다. 에쎄 한 갑과 디스 5갑이 남았다.

화가 난다. 거리의 좀비들도 대부분 배낭을 메고 있다. 마치 나를 놀리는 것 같다. 마치 자기들과 술래잡기라도 하자는 것 같다.

먹을 것을 찾아 산기슭을 어슬렁거리는 하이에나를 본 적이 있는가? 그게 나다.

오늘도 동네를 한 바퀴 돌았다. 배낭을 멘 좀비에게 사람이냐고 물어보고 싶지만, 쉽지 않다. 묻지도 못하고 한참을 걷다 보니 나도 저 좀비들과 별반 다르지 않은 것 같다. 좀비처럼 꾸민 내가 저들과 함께 거리를 걷는다는 게 나도 좀비가 돼 가는 것 같고, 내 정체성을 상실하는 것 같았다. 하지만 다시 생각해 보니 좀비는 물어뜯을 인간을 찾아 돌아다니는 거고, 나는 사람과 먹을 걸 찾아 돌아다닌다. 분명 겉모습만 닮았을 뿐 나는 좀비와 차원이 다르다. 개가 옷을 입고 다닌다고 해서 인간이 되는 건 아니다.

오는 길에 약수터에 들러 감 다섯 개를 땄다. 사람이 따갔는지, 새가 먹었는지 이제 감도 얼마 없다. 다음에 왔을 때 또 딸 수 있을지 걱정이다.

그래, 생각해 보니, 처음 좀비가 나타났을 때, 식량을 찾으러 배낭을 메고 나왔다가 이제는 좀비가 된 것일 수도 있다. 뒤늦게, 한 달 전에 새로 좀비가 된 것일 수도 있고. 그래, 배낭이 없는 좀비는 처음 3월 말에 좀비가 된 거고, 배낭을 멘 좀비는 그 이후에 나처럼 식량을 찾아 헤매다가 좀비가 된 거다. 그거다. 좀비 바이러스는 아직 현재진행형이다. 나를 놀리는 게 아니다. 인간이 좀비들에게 놀림 당할 순 없다. 그리고 최소한 나는 당하지 않을 거다.

나도 어지간히 이기적이고, 부끄러움도 모른다. 다른 건 몰라도 사람이 죽는 것도 방관했고, 사람을 죽였던 내가 이제 와서 무슨 염치로 사람을 찾나 싶다. 그래, 사실 먹을 게 떨어져서 혹시나 하는 마음에서다. 결국 나도 이런 놈이다. 부끄러움을 모르는 놈.

하지만 이대로 부끄러워만 하다가는 굶어 죽을 수도 있다.

입김이 나온다. 처음엔 담배연기인 줄 알았는데 아니었다. 날이 추워져서였다. 걱정이다. 좀비들도 입김이 나올까?

다행히 좀비들도 입김이 나오지만, 왠지 나보다는 적은 것 같다. 그래서 또 나갈 수 없다.

재채기를 했다. 연속 세 번이나. 감기일까? 야한 생각을 해도 재채기가 나온다던데, 내가 야한 생각을 했길 빈다.

단풍이 든 건 날이 추워지고 있다는 뜻이자, 내가 감기에 걸릴 확률이 높아졌다는 뜻이었다.

감기에 걸렸다. 입김이 나올 때 왜 조심하지 않았는지……, 그래서 내가 바보냐? 감기 걸린 게 바보냐? 아니다. 계절이 빌어먹을 놈일 뿐이다.

괜히 시한부 선고를 받은 기분이다. 당신은 일주일 후에 감기가 폐렴으로 번져 죽을 것이다. 그 위기를 넘기면 한 달 안에 얼어 죽을 것이고, 한 달을 버티면 두 달 안에 먹을 게 없어 굶어 죽을 것이다.

봄, 봄이 올 때까지만 버티면 된다. 봄. 봄. 따뜻한 봄. 꽃이 피는 봄.

내가 무슨 냉장고 같다.

머리에선 열이 나는데 몸은 으슬으슬 춥다. 열이 내 몸의 체온을 빼앗고 있는 것 같다. 냉장고가 속은 차도 겉은 뜨거운 것처럼.

혹시 신종플루에 걸린 건 아닐까? 그래, 그런 게 있었다. 한때 인류를 멸망시킬 것처럼 겁주던……. 내가 죽으면 치사율은 100%다. 확률/통계. 다 소용없다. 결국 상대성이다.

조니워커를 마셨다. 감기 때문에, 혹시나 감기가 나을까 싶어 마셨다. 비싼 술, 이런 기능이라도 있으면 싶다. 그런데 빈속에 마셨더니 속도 안 좋고, 머리도 더 띵하다. 이럴 줄 알았으면 오렌지 주스는 감기약 대용으로 남겨둘 걸 그랬다. 아니, 약국에서 감기약을 챙겨둘 걸 그랬다. 젠장! 다 뒤늦게 후회한다.

기침이 심하다.

기침 소리를 좀비들이 듣지 않을까 걱정이다. 너무나 조용한 세상이라 14층의 기침 소리도 지상에서 들릴 수 있을 것 같다. 게다가 혹시 아래층에 있을지 모를 좀비가 듣기라도 한다면 어떻게든 문을 열고 나와 올라오려고 하겠지. 그래서 이불을 뒤집어쓰고 기침을 한다.

다시 주원이의 사진첩을 열어보았다. 신혼부부의 사진도 다시 봤다. 여름 사진을 보니 조금 위로가 된다. 몸이 아프니 마음도 약해지는 것 같다.

빌어먹을 계절이 있다는 건 그래도 좋은 거다. 지금은 비록 빌어먹을 계절이지만, 인간을 겸손하게 만드는 것 같다. 내일을 대비하게 하고, 그래서 부지런하게 만드는 것 같다. 문제는 그걸 쉬 잊는 나 같은 인간이 있다는 거다. 하지만! 나는 희망을 품었을 뿐이다. 이제는 헛된 희망이 됐지만, 구조대가 올 거라는 헛된 희망 말이다. 그래, 구조대. 그런 게 있었다. 아니, 있다!

설마, 정말 우리가 산유국이 아니라서 버린 건 아니겠지?

그래, 차라리 70억 인구가 다 좀비가 됐다고 믿자. 그게 덜 서글프다. 아니, 그게 낫다.

어쩌면 좀비도 겨울은 버티지 못할지도 모른다.

그래, 좀비도 천년만년 살 순 없을 터. 내가 먼저 쓰러지나, 네가 먼저 쓰러지나 어디 보자!

거리의 좀비도 그렇고 하늘의 새도 많이 줄었다. 그런데 재수 없는 까마귀가 날아간다. 평화의 상징인 비둘기는 이제 먹이를 주는 사람이 없어서인지 안 보인다. 평화의 상징이라도 가지려면 결국 내 주머니의 돈이 필요했던 거다.

여름철새처럼 남쪽으로 날아갈 수 있으면 좋겠다. 종일 팔을 휘둘러 봤지만, 어깨만 아프다.

새가 없어지니, 괜히 그때 새를 잡아먹었어야 했다는 아쉬움뿐이다.

첫눈이 소리 없이 내린다. 뿌연 하늘에 바람도 없고 소리 없이 내리는 눈이 왠지 섬뜩하다. 마치 방사능 낙진 같기도 하고, 하얀 화산재 같기도 했다. 설마 백두산이 터진 거야? 하필 지금? 맞으

면 나도 좀비로 변할 것 같고. 그래도 세상은 온통 하얀 순백색
이다.

눈의 장점은 빗물처럼 흘러 내려가지 않는다는 거다. 즉, 눈을
받으려고 허둥지둥 그릇들을 들고 올라갈 필요가 없다는 거다.
눈은 나를 기다려준다.

예전에, 첫눈이 왔을 때 만나기로 했던 여자친구가 생각난다.
물론 만나지 못했다. 내가 있는 서울엔 눈이 왔지만, 그녀가 살던
부천에는 눈이 오지 않았기 때문이다. 그래서 대판 싸웠다. 나는
왜 오지 않았느냐고 따졌고, 그녀는 눈이 오는데 왜 연락하지 않
았냐고 따졌다. 결국 내가 잘못한 일이 됐다.

그 애도 좀비가 됐을까? 아니면 나처럼 살고 있을까? 이도 저
도 말고, 그냥 죽었으면 좋겠다. 그게 낫다.

눈을 굴려 모았다. 그동안 싼 똥이 한쪽 구석에만 쌓여 있어
다행이다. 사방에 똥을 쌌으면 눈을 모을 생각은 하지도 못했을
거다. 역시 똥과 오줌은 한 곳에 싸야 한다. ······괜히 내가 애완
동물이 된 기분이다.

눈을 가져와 녹이니, 처음 부피에 비해 턱없이 적은 물이 남는
다. 눈은 거품이다. 예쁜 것처럼 포장만 돼 있을 뿐이다. 과대포장
이다.

입김을 감추기 위해 찬 눈을 마셔봤다. 닌자 만화에서 본 건데,
효과가 있는 것 같다.

물을 뜨러 약수터에 가려고 했는데, 아직 녹지 않은 눈을 보고

포기했다. 아파트 현관을 나서려는데, 아파트 화단을 따라 아직 녹지 않은 눈 위로 고양이와 쥐의 발자국이 보였다. 아무래도 내 발자국이 남으면 좀비가 나를 추적해 올 수도 있을 것 같다. 그리고 내가 사는 곳을 알게 되겠지. 몸도 안 좋은데, 괜히 눈만 먹은 것 같다.

날이 더 추워졌다. 미친 게 아닌가 싶다. 원래 11월이 이렇게 추운가?

아무래도 난방이 안 되는 아파트에 있어서 그런 것 같다. 젠장, 지난 겨울처럼 영하 20도까지 떨어지면 어쩌지? 난방도 안 되는 아파트에서 얼어 죽지 않을까? 노숙자도 견디는데 아파트에 있는 내가, 게다가 솜이불까지 있는 내가 얼어 죽기야 하겠나 싶었는데, 오늘은 얼어 죽을 것 같았다. 그래, 좀비도 얼어 죽을 거다. 그래, 차라리 추운 게 나을 수 있다.

다시 감기에 걸리진 않을까 걱정이다. 그래, 지금 나는 『나는 전설이다』의 주인공처럼 치아 진료를 못 받는 게 겁나지도 않고 성인병? 퇴행성 질환? 하나도 안 무섭다. 하나도 걱정 안 한다. 지금 내게 가장 걱정하는 건 감기다. 감기. 어이가 없다.

좀비들도 감기에 걸리고 기침도 하면 좋겠다. 그래야 공평하다!

내가 무슨 연탄인가 싶다.

추위를 피해 솜이불을 덮고 있노라니, 이불이 추위를 막아주는 게 아니라 내가 내 체온으로 이불 속을 덥히는 기분이다.

예전에 『감옥으로부터의 사색』이라는 책에 여름이면 감방 안에 있는 옆 수감자가 인간 열덩어리라고 느껴진다고 했는데, 지금 나는 그 열덩어리가 필요하다.

그래, 어쩌면 자살한 사람들은 이미 알고 있었던 거다. 이런 겨울이 온다는 걸. 젠장, 하지만 아직 포기하기에는 이르다!

책을 찢어 전단지 300장을 만들었다. 아무래도 이게 최선이지 싶다. 사람이 좀비처럼 길을 가다가 볼 수도 있으니까. 길에 명함판 전단지를 뿌리는 성매매 업소들처럼.

아파트 동수와 호수를 쓰고 이름을 쓰고, 혹시 몰라 전화번호도 썼다. 그리고 좀비에게 들키지 않게 밤에 옥상으로 올라가 뿌렸다. 무슨 70·80년대 삐라 뿌리는 것도 아니고, 좀 황당하긴 했지만 내겐 절실했다. 누군가 길을 걷다가 이 전단지를 보고 나를 찾아와주길.

눈이 왔다. 내가 뿌린 전단지가 그대로 눈에 덮였다. 세상은 하얗고 아름다운데, 가슴은 먹먹하다. 이게 신이 원하는 내 빌어먹을 미래인지 묻고 싶다.

반달이 떴다. 반달이 정말 밤하늘을 가로질러 가는 쪽배 같다. 손을 뻗어보니 그림자도 생긴다. 반달까지 이렇게 밝은 줄 오늘처음 알았다. 예전엔 왜 몰랐을까? 가로등 때문에? 달과 똑같은 거리에서 켜두면 보이지도 않을 가로등 때문에? 더 크고 밝은 빛이 가까이에 있는 작고 약한 빛 때문에 가려진다는 게 참 우습다.

골목을 어슬렁거리는 좀비가, 마치 사냥감을 찾아 어슬렁거리는 야수 같고, 인간이 나오지 못하게 감시하는 야경꾼 같다. 그래, 잘 지켜라.

지능이 있다는 건 좋은 거다. 새대가리가 세상을 지배할 수 없는 이유가 이거다. 지능, 기억력. 예전에 어떻게 추위를 견뎠나 생각해 보니! 난로가 생각났다. 난로! 기름난로, 가스난로! 이 둘은 연기도 나지 않는다! 연통도 필요 없다. 기름난로! 가스난로! 그게 필요하다.

이 추위를 버틸 방법은 생각이 났는데, 젠장, 난로를 어디서 찾는단 말인가.

오랜만에 아파트 상가에 갔다. 난로는 보통 영업하는 가게에 있으니까. 그런데 도대체 어디에 숨겨놓은 건지, 찾을 수가 없다. 좀비가 처음 나타난 게 3월 말이었으니, 부동산 같은 곳은 난로를 아직 치우지 않은 곳도 있을 법도 한데, 없다.

좀비가 많이 줄었다. 추위에 얼어 죽은 건지, 이제 죽을 때가 돼서 죽은 건지 알 순 없지만, 좀비가 영생을 하는 건 아닐 테니 점점 줄어드는 건 당연하다. 그래, 조금만 버티면 된다. 겨울이, 이 겨울이 지나면 좀비도 없어질지 모른다.

만약, 뒤늦게 좀비가 된 사람이 있다면, 그 사람 때문에 세상에 좀비가 없어지는 게 늦어진다면, 나는 그 사람을 원망할 거다.

아무래도 난로를 찾아봤자 소용없지 싶다. 가스난로는 가스를 넣어야 하는데 가스 충전소가 어딘지도 모르고, 기름난로에는 등유가 들어가는데, 등유를 어디서 구한단 말인가. 휘발유라면 주차장에 있는 차에서 어떻게든 구할 수 있겠는데, 경유도 구할 수 있는데, 등유는 아니다. 왜 기름은 경유, 등유 휘발유가 있는 걸까? 왜 등유차는 없는 걸까?

물론 주유소에 등유가 있지만, 주유기가 그냥 움직이는 것도 아니고. 모터로 지하의 기름을 뽑아 올려야 하는데, 그건 전기가 있어야 한다는 얘기다. 전기, 전기! 전기! 전기만 있으면, 모든 게 다 해결된다. 등유? 등유도 필요 없다! 전기만 있으면 전기장판도 켤 수 있고, 전기온풍기에 전자레인지. 여름엔 에어컨까지 켤 수 있는데, 등유가 무슨 필요가.

젠장, 전기만 있으면 되는데, 전기만 있으면, 전기가 만능인데, 전기가 없다. 한전, 한전, 한전!

이제 보니 등산이라는 취미는 정말 좋은 것 같다. 등산용 장비는 이런 상황에 큰 도움이 된다. 본인이든 남이든 말이다.

손난로와 기름을 찾았다. **손난로!**

옷장에서 겨울 점퍼와 다른 방한용품을 찾다가 등산배낭에서 손난로를 찾았다. 정품 기름도 있다. 역시 미제다. 생각해 보니 이런 작은 손난로가 커다란 기름난로보다 나을 것 같다. 기름도 적게 들고, 딱 내 몸만 따뜻하게 덥혀주니까. 왠지 이기적이라는 생각이 든다.

아무튼 내일은 다른 아파트도 한번 찾아봐야겠다.

104동 802호에서 또 손난로와 기름을 찾았다.

옷장 깊숙이 숨겨둔 양주도 찾았다. 신랑이 아내 몰래 어디 선물하려고 했던 모양이다.

101동에선 계단에서 좀비와 맞닥뜨렸다. 이젠 거리에도 좀처럼 찾아보기 힘든 좀비가 계단에 있다니! 마치 녀석들도 추위를 피해 들어온 것 같았다. 처음 녀석과 맞닥뜨렸을 땐, 개를 쫓듯 "우쒸. 저리 안 가!" 했다가, 좀비가 천천히 다가올 동안 사무라이처럼 등 뒤의 스패너를 꺼내 녀석의 영원하고 평안한 안식을 기원하며 머리통을 박살냈다.

몸이 따뜻해지니, 왠지 마음도 좀 훈훈해진 듯하다.

훈훈? 이게 무슨 말이지? 설마 지금 내가 좀비에게 완전히 적응한 건가? 좀비를 내 이웃으로 인정한 건가? 그럼 뭐하지? 어차피 좀비는 내가 인간인 걸 아는 순간 물려고 달려들 텐데. 되받을 수 없는 친절은 베풀 필요 없다. 그래, 좀비는 내게 단 한순간도 친절하지 않았어!

다시 약수터로 갔다. 얼음을 잔뜩 물고 갔다 왔더니 입안에 동상이 걸릴 것 같다. 또 물통이 바뀌어 있었지만, 이번엔 사람이냐고 묻지 않았다. 그 사람도 나처럼 밑장빼기로 가져갔을 테니까. 그 사람은 어디서 살고 있는 걸까? ……우리 꼭 살아서 만납시다.

올 때, 감나무에서 감 세 개를 또 따왔다. 이번엔 씨와 꼭지까지 다 먹었다.

기름이 떨어지기 전에 기름을 챙겨둬야겠다는 생각에 먼저 호스를 가지고 지상주차장에 세워둔 내 차에서 기름 3리터를 빼냈다. 이번엔 좀 멀리 보고 대비하기 위해서였다. 그런데 3리터, 그게 다였다. 이럴 줄 알았으면, 집에 오기 전에 마트 주차장부터 들를 걸, 사재기 좀 해둘 걸 싶었다. 뭐든지 나중에 후회한다.

나중에 후회하니 후회지, 먼저 후회하면 그건 후회가 아니지 싶다.

손난로용 정품기름과 휘발유는 확실히 다르다. 혹시나 하고 테스트 겸해서 손난로 하나에만 자동차 휘발유를 채우고 불을 붙이니 냄새가 장난이 아니다. 머리가 깨질 듯 아프다. 연기까지 나는 건 아니지만, 냄새에 질식해 죽을 것 같다. 웬만한 자동차 배기가스는 깨끗한 거구나 싶을 정도다. 이러다가 얼어 죽기 전에 질식해 죽을 것 같아 창문을 열었더니 칼바람이 분다. 얼굴만 내놓고 이불을 뒤집어쓰고 있으려니 이게 뭐하는 짓인가 싶다.

그래, 난 이렇게 살고 있다. 불린 쌀과 쉰 김치, 된장을 반찬 삼으면서. 된장을 먹어서인지 먹은 것도 부실한데 방귀는 장난이 아니다. 이불 속에서 방귀를 뀌다 불이 나는 건 아닌지 조금 걱정이다.

보름달이 떴다. 달빛에 비친 내가 보일까 봐 거실에 숨어 그림자가 진 베란다를 바라보았다. 달빛이 차갑다. 원래 차갑던 걸까, 계절의 영향일까? 아니면, 내 마음?

그런데 이상하다. 달이 높게 떴다. 마치 여름의 태양만큼 높은 것 같다. 원래 이런 건지, 세상이 이렇게 돼서, 말세를 알리기 위해 달이 높게 뜨는 건지 잘 모르겠다. 30년 넘게 360번 넘게 보름달을 봤는데, 모르겠다. 겨울에 원래 달이 높게 뜨나? 도대체 내가 아는 게 뭔지 모르겠다.

긴 겨울을 대비하기 위해 지하주차장에 내려갔다가 죽을 뻔했다.

사실 지하주차장에 들어갈 때부터 이상하긴 했다. 뭔가 웅웅거리는 소리가 들렸는데, 그냥 지하주차장에서 으레 나는 소리거나, 너구리나 고양이, 개 같은 동물이 들어와 있는 줄 알았다. 추위를 피해 그럴 수도 있을 것 같았다. 그래서 잘 하면 고기도 구하겠구나 싶었다. 겉은 기름 그을음에 못 먹어도 속은 먹을 수 있겠구나 했다. 그런데 손전등을 비춰보니 다 좀비였다. 나를 등지고 있던 좀비들이 서서히 나를 향해 돌아서고 있었다. 좀비들이 추위를 피해 들어간 건지, 원래 어두운 걸 좋아해서 들어간 건지, 아무튼 지하주차장이 좀비로 가득했다. 그리고 불빛에 알아차린 건지, 내가 내려오는 소리를 들은 건지, 좀비들이 내게 다가왔다. 나는 가지고 내려간 호스를 녀석들을 향해 냅다 던져버렸다. 좀비가 아직 많이 남아 있다는 게 무섭고, 그래서 화가 났다. 그런데 그게 운이 좋았다. 호스가 바닥에 떨어지면서 그게 녀석들의 관심을 끌었다. 호스로 몰려들던 녀석들과 나에게 다가오던 녀석들이 뒤엉켜 쓰러지고 괴성을 질러댔다. 먹이를 놓고 다투는 굶주린 하이에나 같았다. 그 틈에 허겁지겁 주차장을 빠져나왔다. 다시 환한 지상에 올라오자 새삼 내가 살아있음을 느꼈다. 그리고 좀비들의 괴성을 들었는지 지하주차장으로 다가오는 좀비가 있었는데, 셋이었다. 아파트로 도망치려고 했는데, 생각해 보니 이미 들킨 상황! 그래서 내가 먼저 달려가 녀석들 머리를 하나씩 후려쳐 날려버렸다. 괜히 어디서 뺨 맞고, 어디서 눈 흘기는 꼴 같지만, 너무 무섭고 화가 났다. 내가 마치 죽으러, 지옥에 제 발로 내려간 것 같았고, 어쩌면 정말 안일했다. 거리의 좀비가 줄어서 이번 겨울이 지나면 괜찮을 줄 알았다. 봄이 오면 좀비들도 눈처럼 사라질 거라고 생각했다. 그런데 지하주차장에서 녀석들을 보니, 절대 그건 아닌 것 같다.

아파트 계단으로 올라와 8층 창문에서 내다보니, 지하주차장의 좀비들이 지상으로 쏟아져 나오고 있었다. 마치 좀비가 거기서 만들어지는 것 같았다. 좀비 저장소, 좀비 공장. 괜히 내가 벌집을 건드린 기분이다.

밤새 눈이 왔다. 아침에 일어나 보니 폭설이 내려있었다. 눈이 발목까지 쌓였다. 한동안, 아니 잘만 모아두면 이 겨울 물 걱정은 안 해도 될 것 같았다. 그런데 오후에 날이 따뜻해지면서 눈이 거의 다 녹아버렸다.

거리가 질퍽하다. 밤에 다시 얼었던 눈이 다시 녹아 뚝뚝 떨어진다. 정말 그 말이 맞는 것 같다. 비는 더러운 걸 씻어내지만, 눈은 더러운 걸 가려줄 뿐이라고. 더러움을 가려주던 눈이 녹아버리니, 더 더럽다. 내가 뿌린 전단지도 더러웠나 묻고 싶다.

주차장에서 기어 나온 좀비들은 저 더러운 세상을 걷고 있다.

이런 날이 오지 않길 바랐는데, 생마늘을 까먹었다. 입안이 아리다. 그래서 감을 먹었다. 감을 아끼려고 생마늘을 먹은 건데, 감을 먹었다. 하지만 도저히 참을 수가 없었다. 물, 눈, 얼음. 그것만으로는 부족했다. 하지만 참아야 했다. 눈물이 난다. 마늘 때문인지, 빌어먹을 지금 내 신세 때문인지 모르겠다. 눈물이 짰다. 진즉이 눈물을 마셨다면, 감을 안 먹고 참을 수 있었을지도 모르겠다.

엘리베이터에 만든 함정은 전혀 소용이 없었다. 좀비들한테도 미끼가 있어야 하나? 빌어먹을 좀비들! 내 살이라도 달아 놔줄까?

근래 먹은 것도 없어 잘 나오지도 않는 똥을 오랜만에 싸러 올라가는데 좀비 한 마리가 옥상으로 나가는 문 앞에 서 있었다. 그동안 그런 일이 한 번도 없어서 휴지만 들고 올라갔다가 놀라 죽을 뻔했다. 집에서 멍키스패너를 들고 나와, 우선 인간이면 어쩌나 하고 먼저 녀석에게 말을 걸었다. 빌어먹을 녀석은 분명한 좀비였다. 녀석의 다리부터 부러뜨리고, 몸통, 그 다음 머리를 박살냈다. 그리고 다시 몸통을 박살냈다. 아주 가루가 됐다.

먹는 것도 부실한데 좀비까지 잡고 났더니, 숨이 차다.

정말 왜 우리나라는 빌어먹게도 총기소유를 불법으로 정했을까? 주먹 하나로 자신을 지킬 수 있어서? 내가 무슨 깡패냐? 아니면 우리나라가 태권도 종주국이라서? 그럼 학교에서 가르치던가! 개나 소나 다 태권도를 하나? 도장에서 태권도를 공짜로 가르쳐주나! 빌어먹을 총기소유를 불법으로 할 거면, 호신술을 국가에서 무상으로 가르쳐줘야 한다.

그리고 미국이나 영국 같은 선진국은 총기소유가 합법인데, 왜 우리나라는 불법인가? 선진국으로 가기 위해 우린 진즉 총기소유를 합법으로 바꿔야 했다. 그럼 헛소리하는 인간들 진즉 없어졌고, 벌써 선진국이 됐을 텐데. 아하! 지들도 백범 김구처럼 저격당할까 봐 그런 건가? 젠장, 정말 이 나라가 내게 해 준 건 아무것도 없는 것 같다. 빌어먹을 대한민국!

휘발유를 채운 손난로로 언 볼을 녹이려니 매워 눈물이 난다. 이 빌어먹을 손난로는 냄새 때문에 더 이상 못 쓰겠다. 아예 밖에서만 쓰고, 아파트에 있을 땐 그냥 창문을 다 닫고 있는 게 나을 것 같다. 하지만 좀비들이 기름 냄새를 맡고 다가오면? 모르겠다. 제발 좀 누가 가르쳐주면 좋겠다.

물이 얼었다! 주방에 둔 물이 얼었다! 당연히 물에 담가둔 쌀도 얼었다! 혀로 핥아 얼음을 녹이면서 쌀을 꺼내 먹었다. 생쌀보다 딱딱하다. 이렇게 살아야 하나, 눈물이 났다. 나를 위해 흘리는, 악어의 눈물 같은 눈물이다.
차라리 영화 「투머로우」처럼 기온이 급강하해서 아무것도 모른 채 얼어 죽었으면 좋겠다. 그렇게 죽어보려고 문을 열어놨는데 도저히 추워 참을 수가 없다. 참을 수도 없는데 죽지도 못했다.

노숙자들이 왜 술을 마시는지 알겠다. 술로 배고픔과 추위를 버틸 수 있기 때문이다. 그래, 멀쩡한 맑은 정신도 중요하지만 지금은 술에 취해서라도 살아야 한다. 살아야 한다. 그래, 노숙자들도 살기 위해서, 살고 싶어서 술을 마시는 거다.

글렌드로낙 15년, 맥캘란 12년.

술이 참 오래들 살았다. 하지만 입으로 들어가는 건 그래 오래 걸리지 않는다. 사람이 죽는 것도 그렇다.

더 이상 혼자 중얼거리지 말자! 이러다 정말 미친다!

자기 전에 혼자라는 생각을 잊으려고, 허기를 잊으려고, 악몽을 잊으려고, 그것도 아니면 그저 사람이 그리워 친구들과 옛 여자친구와 연예인들을 떠올리며 그들과 대화를 나눴다. 당연히 상대는 내 머릿속에 있었지만, 나는 주절주절 그들과 대화를 나눴다. 아마도 추워서, 입이 얼어서 얼지 말라고 그랬던 것 같다.

결혼한다고 청첩장 돌리던 김 대리, 애 기저귓값 벌러 나온 걸 인정한 차 과장, 소개팅 잘 됐다고, 좀비가 창궐하기 직전 토요일에 영화 보러 간다고 좋아하던 안 양, 그리고 인기 연예인. 그때그때 이야기하고 싶은 사람들과 상상 속 대화를 했다.

그러다 방금, 막 잠이 들려는 순간에 누군가 내 귀에 대고 간지럽게 속삭이는 소리에 화들짝 놀라 일어났다. 너무나 선명한 목소리였다. 좀비가 들어온 줄 알았다. 하지만 좀비가 들어왔다 해도 말을 했을 리 없다. 하지만 분명 목소리였다. 너무나 감미로운 목소리. 그 감미로운 목소리가 뭐라고 했는지 기억은 나지 않는다. 영화에 종종 등장하는 정신병원에서 혼자 몸을 웅크리고 흔들며 중얼거리는 정신병자가 이런 건가 싶다. 미치지 말자. 미치면 내가 좀비가 돼도 된 줄 모를까? 미친 좀비라. 그게 마음 편할지도 모르겠다.

외로워도 슬퍼도, 나는 안 울어 참고, 참고 또 참지 울긴 왜 울어. 웃으면서 달려보자 …… 내 이름은 내 이름은 내 이름은 사탕. 나 혼자 있으면 어쩐지 쓸쓸해지지만, 그럴 땐 얘기를 나누자 거울 속에 나하고……. 미친년. 그래, 넌 미친년이었던 거다.

12월이다.

이제 달력이 한 장 남았다. 한 장 남은 달력이 참 쓸쓸해 보인다. 원래 이맘때면 어머니가 여기저기서 달력을 얻어오셨는데, 이젠 그런 게 없다. 왠지 이 다음은 없는 것 같다. 이 달력 마지막 장이 모든 것의 마지막 같다. 마야의 달력이 2012년 12월에 끝나 그 다음은 없다는 것처럼.

　※ 12월 현재 남은 것들 :
쌀 500그램, 참치통조림 1개. 감 1개.
고추장, 된장, 쉰 김치. 디스 1갑이 남았다.
생마늘, 내가 여기에 생마늘까지 여기에 쓰게 될 줄은 몰랐다.

12월, 1년 열두 달 중, 달은 꽉 찬 달인데, 남은 건 달력 한 장, 통조림도, 감도, 담배도 다 하나뿐이다. 통조림, 감. 아끼다 똥 된다지만, 이건 도저히 먹을 수가 없다. 먹기가 겁난다.

그래도 크리스마스가 있어 뭔가 기대가 된다. 크리스마스, 크리스마스의 기적이 필요하다. 그래, 신이 이날을 위해 일부러 이랬는지도 모른다. 그래, 나는 예수의 부활하셨음을 믿는다.

달빛도 얼어버린 것 같은 추운 날씨다.

이런 날 생쌀을 씹으려니 이가 깨질 것 같다. 나름 침으로 살살 녹인다고 녹이는데도 이가 깨질 것 같다. 괜히 이를 제대로 관리하지 못한 것 같아 불안하다. 치통을 앓고 싶진 않은데. 그래도 진즉 사랑니를 뽑은 게 어딘가 싶다.

가죽혁대의 가죽을 먹을 수 있으면 좋겠다. 오리털 점퍼의 오리털이 먹을 수 있는 거면 좋겠다. 이불솜은 솜사탕 같다. 구름 같아 보여야 정상일 텐데.

지금 내 상황이 이렇다.

악몽을 꿨다. 선희가 나왔다.

선희는 나무관 속에 두 팔을 가슴 위에 모으고 누워 있었다. 좀비들이 그녀를 에워쌌다. 그 좀비들 속에 내가 있었던 것 같다. 좀비들이 선희를 끄집어냈다. 그리고 갈기갈기 찢어지는 순간 선희의 몸이 '쾅'하고 터졌다.

잠에서 깼을 때, 가위에 눌린 것 같았다. 몸이 움직이지 않고 소리도 지를 수 없었다. 차라리 다행이다. 최소한 비명을 질러 좀비들을 불러들이진 않았으니까. 아무튼 시체 꿈이 죽는 꿈이 길몽이라는 말, 이젠 웃기는 소리다. 이젠 복권을 살 수도 없잖은가.

눈이 온다. 소복소복 쌓이는 눈이 소복(素服) 같다.

빌어먹을, 내가 다시 불러낸 좀비들이 아직까지 아파트 단지를 배회하고 있다. 저승사자 같다.

종일 창가에 앉아 창 밖만 바라보았다.

시골 할아버지, 할머니들이 길가에, 대청마루에 가만히 앉아 있는 모습이 생각난다. 뭐하시냐고 물으면 '그냥'이라고 하시지만, 사실은 '그냥'이 아니다. 기다리는 거다. 쓸쓸하게 기다리는 거다.

다시 선희를 떠올리려고 하니, 꿈에서 봤는데도 얼굴이 기억나지 않는다.

이 겨울을 난다고 해서 희망이 있을까? 내년 달력이 있다고 해서 내가 살 수 있을까?

1월의 추위, 2월의 추위, 3월의 꽃샘추위를 견딜 수 있을까? 봄이 오면? 봄이 와도 산에 가서 산나물을 캘 수도 없고, 먹을 수 있는 산나물이 뭔지도 모른다.

어떻게 운 좋게 먹을거리를 구해 어찌어찌 산다고 해도, 하루하루가 또 다시 반복될 시간들. 새로운 건 없다. 그저 반복일 뿐이다. 꽃샘추위가 매서운 봄, 장마, 태풍, 배고픔과 악취가 진동하는 여름, 모기의 계절, 그리고 다시 혹한. 감기라도 걸리면 또 방구석에 혼자 누워 보낼 시간들, 치료도 못 하니 다음엔 정말 감기로 죽을 수도 있다. 이렇게 또 버틸 수 있을까? 고난은 한 번으로 족하다.

제발, 구조대가 와줬으면 좋겠다. 아니, 그냥 지나가는 비행기라도 보였으면 좋겠다.

눈물 나게 겁난다. 기억이 절망적이다.

보릿고개라는 말이 생각났다. 한 번도 겪은 적이 없는 보릿고개. 결국 내가 어떻게든 봄이 올 때까지 버텨도 보릿고개라 또 굶는다. 젠장, 보리를 심어도 보릿고개에는 죽는데, 나는 보리를 심지도 못했다.

결국 봄이 온다고 해서 내게 희망이 있는 건 아니다. 준비하지 못한 자에게, 준비할 수 없는 자에게 봄도 희망이 아니다.

까마귀인 줄 알았는데, 독수리다. 거대한 독수리가 하늘 위를 날아다닌다. 독수리는 아니지만, 「실버호크」라는 만화가 생각났다. '날개 펴!' 하면 팔과 옆구리 사이에 물갈퀴 같은 날개가 펴지고, 우주를 날아가던 우주특공대, 뭐 그런 비슷한 거였는데, 나도 그렇게 날개 펴! 하면 날개가 나왔으면 싶다. 따뜻한 남쪽으로 날아가게. 그게 지금 내 유일한 바람이다.

문을 뜯어내던지, 부셔버리든지 어떻게든 문을 뚫어버리고 싶다. 모든 문을 다 활짝 열어버리고 싶다.

혼자라고 외롭다고 자살하는 건, 배부른 낙오자들이나 하는 짓이다. 배고픈 낙오자들은 어떻게든 살아남고 싶어 한다.

죽는 건 어렵지 않다. 죽음을 받아들이는 게 어려울 뿐이다. 죽는 건 그냥 죽는 것일 뿐이다.

도둑놈이 되느니, 굶어 죽는 게 나은가?

YES, 그럼 굶어 죽어라!

NO, 도둑놈이 되는 게 낫다면, 그렇다면 차라리 좀비가 되는 게 나을지도 모른다.

굶어 죽느니 차라리 좀비에게 물리는 게 나을 것 같기도 하다. 어쩌면 구조대가 아니라 치료진이 와서 좀비들을 사람으로 다시 되돌릴 수 있게 된다면, 그땐 이대로 굶어 죽는 게 정말 개죽음인 거다. 인간으로 굶어 죽느니 좀비가 돼 오래 버틸 수 있다면, 그렇게라도 살 수 있다면 그게 나은 거다. 착한 가난뱅이보다 나쁜 부자가 나은 것과 같다.

12월 10일 맑고 추움.

크리스마스의 기적을 기대하고 있는데 크리스마스까지 버틸 수 있을지 모르겠다.

쌀이 이제 딱 한 줌이다. 정말 딱 내 손안에 쥐어진다. 먹을 게 이 한 줌 쌀과 참치통조림뿐이다. 이걸로 보름을 버텨야 한다. 크리스마스까지 말이다.

정말 그때까지 구조대가 오지 않으면, 이제 나는 굶어 죽거나 얼어 죽거나 해야 한다. 죽음을 기다리는 늙은이가 된 기분이다. 아니, 시한부가 된 거다. 그 시간이 내 눈엔 보인다.

옥상 문 앞까지 올라온 그 좀비가 어쩌면 신이 내게 준 기회였을지도 모른다. 몰라, 아무도 모른다. 어떤 게 기회인지. 지나고 나서야 그게 기회였다는 걸 알 수 있다. 그리고 후회를 한다.

다시 인간이 돼가고 있다.

마늘을 된장에 담가 퍼먹고 있다. 된장과 마늘 모두 암에 좋다고 하니 암에 걸려 죽을 걱정은 하지 않겠다. 폐암으로 죽을 일은 없다는 얘기다. 담배는 이제 두 개비가 남았다. 아직 참치통조림이 남아 있다.

달빛이 차다.

달이 떴다. 늘 뜨는 달이다. 그림자가 길어졌다 짧아졌다 다시 길어지는 것처럼, 기울었다. 찼다 다시 기우는 달이다.

겨울 달이라 그런 건지, 정말 해와 반대라 그런 건지, 정말 추워져서 그런 건지, 달이 정말 차게 느껴진다.

인간이 자살을 하는 건, 절망에 이르렀기 때문이다.

단지 돈이 없어서, 가난해서 죽는 게 아니다. 먹을 게 없고, 친구가 없고, 사람도 없고, 희망도 없고, 기대할 것, 기대할 곳조차 없을 때. 이 모든 게 한순간에 몰려들 때, 그때 죽는 거다.

빌어먹을 영화처럼 오늘 죽었는데, 내일 구조대가 나타나면 어쩌지? 빌어먹을, 아직 내게 기대하고 있다는 게 눈물 나게 짜증난다.

처음부터 구조대는 기대하지 말고 살 생각만 했어야 했다. 이제라도 그래야 한다. 정말, 그냥 좀비가 돼버릴까?

존엄성. 인간의 존엄성이 내 목을 조르는 것 같다.

존엄성? 내가 존엄성이라는 단어를 떠올리다니. 도대체 존엄성이 뭐지? 어차피 이렇게 사는 게, 이렇게 사는 순간, 존엄성은 버려진 게 아닐까?

먹이를 찾아 거리를 어슬렁거리는 좀비를 본 적이 있는가?

인간의 생고기만을 찾아다니는 거리의 좀비, 나는 좀비가 아니라 인간이고 싶다.

옥상 높이 올라가 굶어서 얼어 죽는 아파트 옥상의 한 인간이고 싶다.

그래, 내가 그렇게 죽겠지. 굶어서 얼어 죽는다. 그런데 그렇게 죽는 게 정말 표범처럼 죽는 걸까? 그저 죽는 것만 표범처럼 죽을 뿐, 아무 의미 없는 게 아닐까?

사랑이 외로운 건 운명을 걸기 때문이지. 모든 걸 거니까 외로운 거야.

그래, 나도 그 외로운 선택을 해야 한다.

빌어먹을 크리스마스까지 이대로 기다리고만 있을 순 없다.

그래서 결심했다. 좀비가 되진 않겠다. 또 구조대가 오지 않을 때를 대비한다. 결코 곱게 죽지 않겠다. 누구 좋으라고 곱게 죽는단 말인가. 좀비 좋으라고?

그래, 언제, 어떻게 죽을지 내 죽음을 내가 선택할 수 있다니, 그게 지금 나라는 인간의 마지막 존엄성인 것 같다. 존엄성 있게, 존엄하게.

큰길 건너 공사현장에서 다이너마이트, 기폭장치, 전선과 격발기를 챙겨왔다.

공사현장은 멀리서 볼 땐 몰랐는데, 가까이서 보니 보기보다 깊게 파여 있었다. 도대체 지하주차장을 몇 층으로 지으려고 한 건지 알 순 없지만, 지금은 그저 거대한 묏자리 같았다. 좀비들을 다 거기에 밀어 넣고 덮어버리면 좋겠다. 하지만 그 구덩이도 세상의 좀비를 다 묻을 순 없다.

태풍에 날아간 펜스 사이로 공사장 안으로 들어갔다. 공사장 안은 베란다에서 이미 확인한 대로 좀비가 없었다. 대신 컨테이너 사무실에 좀비 넷이 갇혀 있었는데, 좀비가 나타난 이후로, 한번도 그곳에 사람이 있는 걸 본 적이 없으니, 처음부터 지금까지 밀폐된 컨테이너에 갇혀 있었던 게 분명하다. 그런데도 아직 걸어다니고 있다니. 내 느낌인지 나를 보자 마치 구세주라도 본 듯 반가워하는 표정이었다. 잠시 사람인가 하고 다시 자세히 봤는데 확실한 좀비였다. 아니면, 넷 중에 하나는 나처럼 좀비 흉내만 내고 있던가. ……아니다. 오랫동안 갇혀 있었으니, 사람이라면 벌써 굶어 죽었을 것이다.

다시 공사장을 나올 때, 나를 따라온 건지 우연인지 좀비가 공사장 안으로 들어왔다. 혹 이 녀석도 나처럼, 좀비로 속이고 있는 사람이면 어쩌나 싶어 잠시 망설였다. 하지만 녀석은 나를 보자 찢어진 목구멍으로 앓는 듯한 소리를 내기 시작했다. 내가 이를 갈며 증오하는 좀비들의 환호성이었다. 나는 망설임 없이 옆의 삽을 주워 머리통에 박아버렸다. 그리고 다시 내려치려고 삽을 뽑아들었는데 머리통이 삽날에 딸려 올라왔다. 그대로 바닥에 던져버리고 머리 잃고 뒤뚱거리는 몸뚱이를 구덩이 안으로 차 밀어 넣었다.

군대에서 있으면서 배운 것들 중에 사회에서 가장 쓸데없는 게 사격술과 지뢰설치요령이라고 생각했다. 우리나라처럼 총기 소유가 불법이고 폭발물 관리가 철저한 나라에서 전쟁이 나지 않는 한, 게다가 예비군도 끝나면 전혀 쓸 일이 없기 때문이다. 하지만 지금은 내게 가장 중요한, 필요한, 없어선 안 될 기술이 됐다.

그러고 보면 세상은 참 알 수 없는 거다. 올해 초만 해도 내 올해 계획은 결혼이었고, 좀비가 창궐한 후엔 어떻게든 살아남는 것, 얼마 전엔 사람을 찾는 것이었는데, 지금은 곱게 죽지 않는 거다.

전선 중간에 끊어진 곳은 없는지, 원시적인 방법이지만 격발기를 연결해 확인했다. 반대편 끝에 침을 바른 손가락을 대고 전기가 오는지 확인했다. 짜릿짜릿했다. 새삼 살아있음을 느꼈다.

결정했다. 결심했다. 결재가 났다. 혼자 곱게 죽지 않겠다는 각오로, 황제처럼 죽겠다는 각오로 아파트 기둥에 다이너마이트를 설치하기로 했다. 황제가 죽으면 가족과 시종들을 순장시키듯이 내가 죽을 땐, 좀비들을 그렇게 만들겠다.

어차피 이대로, 구조대가 오지 않는다면 어떻게 해도 살 순 없다. 이 겨울을 어떻게 버틴다고 해도, 결국엔 굶어 죽을 수밖에 없다. 된장도 벌써 반이 비었고, 봄까지 어떻게든 버티려고 한다면 고추장까지 퍼 먹어야 할 판이다. 그래, 봄까지 살아 그냥 굶어 죽느냐, 겨울에 굶어서 얼어 죽느냐의 차이다. 결국엔 다 죽는 거다. 어떻게 죽느냐의 차이일 뿐이다.

매뉴얼대로라면 기둥에 구멍을 뚫고 그 안에 설치해야 하지만 그건 좀비가 없을 때 얘기고. 지금은 무사히 설치만 해도 다행이다. 어떻게 해야 다이너마이트의 효과를 극대화시켜 아파트를 무너뜨릴 수 있을까 고민하다가 모두 건물 남쪽 기둥에 설치하기로 했다. 그럼 아파트는 남쪽 벽이 무너질 테고, 연쇄적으로 아파트가 무너질 것이다. 북쪽 기둥이 운 좋게 버텨 반만 무너질 수도 있겠지만 어차피 건물 반이 무너지면 건물 안의 좀비들도 반은 깔려 죽고, 반은 떨어져 죽을 거다. 그리고 북쪽은 단지내 도로라 좀비들이 너무 많이 다니고 있다. 반면 남쪽은 바로 벽돌담이 가리고 있어, 설치하는 동안 좀비들의 시선을 조금은 덜 받는다.

이제 준비는 끝났다.

옥상에서 기폭장치를 연결한 전선을 늘어뜨리고 한참을 기다렸다. 어젯밤에 늘어뜨렸을 땐 큰길의 녀석들이 조금 관심을 가지는 것 같더니 오늘은 아무도 관심이 없었다. 다이너마이트를 가지고 내려가 기둥의 환히 보이는 곳에 큼지막하게 설치했다. 좀비들은 아무도 나를 막지 않았다. 자기들 죽는 줄도 모르고, 멍청한 놈들! 저런 멍청한 놈들 때문에 내가 지금까지 고생을 하고 있었다니. 하긴 너희들이 멍청해서 내가 여태 고생한 거다.

옥상의 전선은 옥상 공용안테나를 모퉁이에 옮겨 옥상에 올라온 좀비들이 선을 끊지 못하게 손이 닿지 않을 만큼 높이 걸쳐 놓고, 옥상 엘리베이터실 위까지 팽팽하게 연결했다.

다이너마이트를 설치하면서 종일 얼음을 물고 있었더니 정말 입안에 동상이 걸린 것 같다. 그나마 서서히 녹아 목구멍을 넘어가는 물 때문에 목은 마르지 않았다.

보름달이 떴다. 늑대처럼 울부짖고 싶다. 그럼 내가 여기 있다
는 걸 누군가는 알 수 있다.

잠시 내가 살아남을 수 있는 방법을 생각해 봤다. 놈들을 우리
아파트로 불러들이고, 놈들이 옥상까지 올라올 때, 나는 옆 103동
으로 피하는 거다. 그런데 그게 가능할까? 옥상에는 3개의 출입
구가 있다. 1, 2호 계단에서 올라오는 입구와 3, 4호, 5, 6호에서
올라오는 계단 입구. 좀비들이 1, 2호 계단으로만 올라온다면, 아
니, 이중 한 곳만 안 올라온다면 내가 도망칠 방법은 있다. 하지만
현관을 막을 방법이 없다. 막으려면 제법 요란한 공사를 해야 하
는데 굶주린 좀비들이 구경만 하고 있진 않을 것이다.

타이머가 있으면 놈들을 불러들이고 한두 시간 안에 녀석들을
어떻게든 헤집고 아파트를 나갈 수도 있을지 모른다. 하지만 그게
가능할까? 그들 속에 섞여 그들을 헤집고 계단을 내려가야 하는
데, 게다가 바짝 붙어 있으니 숨도 참아야 할 텐데, 그건 불가능
할 것 같다. 그리고 가장 중요한 건 다이너마이트를 시간에 맞춰
터뜨릴 시간장치가 없다. 집에 알람시계는 있지만, 그걸 연결해서
어떻게 빌어먹을 타이머장치를 만드는지 그걸 모르겠다. 나는 빌
어먹을 폭탄제조기술도 알았어야 했다.

큰길을 건너나 공사장에 숨어서 폭파시킬 수도 있다. 하지만
그럼 바닥에 늘어뜨린 전선을 놈들이 건드려 끊어놓지 않는다는
보장이 없다. 안전하게 2층 높이로 올리려면 놈들의 시선을 끌 수
밖에 없다. 선을 안전하게 깔려고 내 안전을 포기할 순 없다. 그건

곧 개죽음으로 이어질 테니까.

젠장, 뭐든 처음 계획대로 하는 게 최선이다. 고민해 봤자, 고민만 될 뿐이다.

최고의 효율을 위해, 빈 부탄가스통과 모기약에 천을 감아 휘발유를 뿌린 다음에 불을 붙여 지하주차장 앞에 던졌다. 펑하고 터지는 게 마치 크리스마스를 축하하는 축포 같았다.

소리를 듣고 좀비들이 다시 벌떼처럼 기어 나왔다. 소리를 듣긴 들었는데 어디서 났는지 몰라 사방을 헤매고 다닌다. 멍청한 놈들. 곧 너희들의 갈 길을 알게 될 것이다.

크리스마스 이브다.

눈이 왔다. 올해 크리스마스는 화이트 크리스마스다. 화이트 크리스마스를 좀비들이 좋아할까? 누구 좋으라고 눈이 오는 건지 모르겠다.

참치통조림을 먹을 것인가 말 것인가 고민했다. 크리스마스 만찬인가, 최후의 만찬인가.

결국 최후의 만찬을 위해 남겨두기로 했다. 하지만 그 만찬이 없었으면 좋겠다.

크리스마스다.

'그리 숨었슈?'하던 우스개가 생각난다. 정말 그리 숨었슈?

제발, 이젠 못 찾겠으니 나오슈. 제발, 구조대도 숨어있지 말고 나와줬으면 좋겠다.

독수리들이 빙글빙글 머리 위를 날아다닌다. 우리나라 독수리가 겨울철새라는 걸 작년에 처음 알았다.

다시 참치통조림을 쥐고 고민했다. 크리스마스를 축하하기 위해 지금 먹을 것인가, 내일 먹을 것인가.

지갑에서 배춧잎을 꺼내 씹고, 씹어봤다 씹히지 않는다. 돈은 씹히지도, 넘어가지도 않는다. 돈 얘기만 하면 먹고 죽을래도 없다던 신 대리의 말이 생각난다. 신 대리. 네 말이 맞구나.

운전면허증 사진을 보니, 사진 속 내 모습이 신기하다.

어쩌면, 아직 크리스마스가 안 지났을 수도 있다. 내가 날짜 계산을 잘못해서 어쩌면, 11월 25일, 아니, 어쩌면 벌써 새해가 밝았을지도 모른다. 어쩌면 정말 내가 죽고 다음날, 구조대가 올 수도 있고, 꽃이 필 수도 있다.

이런 게 헛된 희망이구나 싶다. 죽음은 이런 헛된 희망들의 끝일뿐이다.

구름이 떠 있는 걸 보면 신기하다. 분명 눈에 보이고, 형체가 있는데 떠 있을 수 있다니. 부럽다. 그 아래 새도 부럽다. 그게 비록 시체를 뜯는 독수리라도 말이다. 아마도 저 녀석들이 내 시체를 처리해 주겠지?

나도 날개가 있으면 좋겠다. 나도 날 수 있었으면. 추락할 때 쓸 날개 말고, 날아오를 수 있는 날개를 가지고 싶다. 훨훨 날아가고 싶다. 그럴 수만 있다면 그러고 싶다.

해가 서서히 서산으로 기울기 시작할 무렵, 마지막 참치통조림을 따고 술을 비웠다. 마지막 담배도 피웠다. 괜한 기대, 희망을 버리기 위해서였다. 모든 걸 버려야 포기하지 않을 것 같았다. 아니다. 모든 걸 걸어야 포기하지 않을 것 같았다. 그래, 아무것도 없는 사람은 아무것도 없었기 때문에 마지막으로 포기할 수도 있지만, 모든 걸 건 사람은 절대 포기하지 않는다. 그래, 나는 내 모든 것인 목숨을 걸었다. 그래도 손난로는 남겨뒀다. 괜히, 쓸데없이 얼어 죽을 순 없으니까.

그리고 천천히 일어나 물티슈로 깨끗이 몸을 닦았다. 눈물이 났다. 내가 나를 염하는 것 같았다. 오늘은 마지막으로 깨끗하게, 깨끗한 몸으로 잠자리에 든다.

냄비와 프라이팬, 요란한 소리를 낼 통이란 통은 다 옥상에 옮겨놓고, 아파트 옥상으로 올라오는 문은 모두 잠갔다. 녀석들이 촘촘히 차게 해야 한다. 아주 촘촘히. 난 절대 곱게 죽지 않을 테니까, 아주 독하게 죽을 테니까.

심호흡을 하고 하늘을 바라보았다. 칼바람이 분다. 수십 개의 비수가 볼을 베고 가는 듯하다. 하늘은 맑다. 이런 날 죽는다는 게 끔찍하다. 옥상 난간에 기대, 아파트 단지를 내려다보았다. 좀비들이 뒤뚱뒤뚱, 느릿느릿 세월아 네월아 하며 걷고 있다. 그들에게 시간은 정말 무한한 것 같다. 하지만 이젠 끝이다.

한참을 내려다보며 망설이던 나는 추위에 덜덜거리는 턱을 꽉 물었다. 이제 냄새나는 손난로는 허공에 던져버렸다. 마치 마지막 희망을 놓아버리듯, 이 순간에 모든 걸 걸듯 던져버렸다. 그리

200

고 좀비들의 관심을 끌기 위해 집에서 가지고 나온 통들을 다 던져버리고 냄비와 프라이팬을 두드렸다. 이제 되돌릴 수 없다. 목이 찢어져라 고함을 질렀다. 가감 없이 사실대로만 말했다.

"야이, 개새끼들아! 다 올라와! 나 여기 있다! 여기 사람이 있어! 내가 네 놈들 다 죽여버리겠어! 내가 이렇게 얘기해도 무슨 소린지 모르지! 내 말 잘 들어, 여기 폭탄을 설치했어. 여기가 네 놈들 무덤이야! 빨리 올라와! 내가 아주 영원하고 평안한 안식을 주겠어!"

다시 냄비와 프라이팬을 두드렸다. 좀비들이 우왕좌왕했다. 그렇게 보였다. 그런 좀비들을 내려보고 있노라니, 왠지 내가 이기고 있다는 기분이 들었다. 하지만 순간이었다.

나는 아직도 희망을 가지고 사는 어느 누군가를 위해 다시 소리쳤다.

"만약 사람이 있다면 잘 들어요! 지금 102동을 무너뜨릴 거예요! 사람들은 다 피해요! 사람들은 다 단지 밖으로 나가요! 한 시간 정도 시간이 있어요! 당황하지 말고, 천천히 빌어먹을 좀비처럼 뒤뚱뒤뚱, 느리게 걸어요! 지금까지 해온 거대로, 당황하지 말고 좀비처럼 걸어서 여기서 멀리 가요. 다시 한 번 말할게요. 어서 여기서 벗어나요!"

그때 나는 보았다. 마치 강물을 거슬러 올라가는 연어처럼, 아파트로 몰려드는 좀비들 사이를 헤집고 나가는 사람, 사람, 사람을.

하나, 둘, 셋, 넷, ……열, 열하나, 열둘, 열셋!

나는 내 눈을 의심했다. 열셋! 열셋이나 있다니! 저들이 다 지금까지 나처럼 좀비인 척하며 좀비들 틈에서 살아온 인간이라니! 빌어먹을 인간. 이 빌어먹을 아파트 단지 안에 빌어먹을 인간이, 인간이 열셋이나 있었다니! 그럼? 대체 서울에는 얼마나 많은 인간이 더 남아 있는 거지? 어떻게? 뭘 먹고 버틴 거야? 그리고 그동안 왜 나는, 우리는 서로를 못 알아본 거지? 왜 우리는 서로를 숨기면서, 속이면서 살아온 거지? 왜 우리는 인간이라고 말할 수 없었던 거지? 왜 소리칠 수 없었던 거지? 왜? 이렇게 소리치면 다 들을 수 있는 곳에 있었으면서. 우린 왜 서로가 서로를 좀비라고 믿으면서 살아온 거지? 좀비한테 걸릴까 봐? 저따위 좀비가 무서워서? 좀비처럼 살아야 이 같잖은 목숨을 부지할 수 있어서?

한 두 명이었다면 그러지 않았겠지만 열 명이 넘는 사람들을 보니 내가 어리석고, 머저리 같고, 한심한 인간, 아니 좀비 같았다. 나만 또 뒤처진 기분, 낙오자가 된 기분, 버림받은 기분이었다. 그래서 더 화가 났다. 나 자신에게 뿐만 아니라 모두에게 욕을 해 주고 싶었다. 잘 먹고 잘 살라고 욕을 해 주고 싶었다. 앞으로 얼마나 오래 사나 두고 보겠다고 저주하듯 소리치고 싶었다. 하지만 이제 그게 무슨 소용인가. 나 또한 그랬는걸.

나는 소리치는 것도, 냄비와 프라이팬을 두드리는 것도 잊고, 한동안 그들을 내려다보았다. 저들은 이제 어떻게 될까? 다시 이제 서로의 존재를 알게 된 저들이 앞으로 과연 예전처럼, 진짜 인간처럼 서로 찾고, 서로를 도우며 살게 될까? 아니, 옆에 누군가 있다는 걸 돌아볼 그럴 여유가 있을까? 지금 서로를 알아봤을까? 살겠다고, 도망치느라 바빠 다른 사람이 있다는 걸 알기나 할까?

나는 다시 소리쳤다.

"여러분! 여러분 주위에 아직 사람이 있어요. 지금 아래에도 열 명이 넘게 있어요. 여러분, 여러분 말고도 더 많은 사람이 살아 있어요! 여러분은 혼자가 아니에요. 진짜예요. 많아요! 사람을 찾아요! 멀지 않아요. 이웃에 가까이 있어요!"

목이 찢어질 듯 외치는 동안 좀비들이 옥상 문을 두드리기 시작했다. 혹시나 하는 기대로 문을 다 확인해 봤지만, 아쉽게도 내가 도망칠 문은 없었다. 이미 옥상으로 올라오는 모든 계단에는 좀비들이 밀려 올라오고 있었다. 나는 다시 문을 막았다. 그리고 엘리베이터실 위로 올라갔다. 미칠 것 같았다. 살 수 있었는데, 어쩌면 살 수 있었는데 어리석은 선택을 한 것 같았다. 다시 욕을 싸질렀다. 그리고 이제 보이지 않는 사람들을 향해, 하늘을 향해 계속 소리쳤다. 너희는, 우리는 혼자가 아니라고!

그렇게 정신없이 소리치다 보니, 목이 갈라지고 따끔거려 더는 소리칠 수 없었다. 머리를 감싸 쥐고 내가 지금 무슨 짓을 하는 건지, 내가 잘하는 짓인지 생각해 봤다. 정답은 없었다.

뭔가 터지는 소리가 들리고 좀비들이 문을 부수고 옥상 위로 올라왔다. 고장난 장난감처럼 뒤뚱거리는 좀비들, 한땐 세상을 다 차지한 줄 알았던 좀비들이 퀭한 눈빛으로 나를 찾으며 두리번거렸다. 그리고 멀리서부터 엘리베이터실 위의 나를 발견하고 다가오기 시작했다. 나를 갈망하는 좀비들이 두 팔을 들고 내게 다가왔다. 록페스티벌의 주인공이 된 듯한 상황이었지만 기분은, 내 기분은 마치 바닥에 떨어진 두부 꼴이었다. 바닥에 떨어져 뭉개진 기분이었다.

나는 하늘을 향해 빌었다. 빌어먹을 하늘에 대고 빌었다. 썩은

동아줄이라도 좋으니 제발, 뭐하나만 내려보내 달라고. 하지만 그
건 동화일 뿐이다. 구름 아래로 독수리가 내 죽음을 기다리듯 날
고 있었다. 그래서 다시 빌었다. 저 독수리들이 내 팔을 잡고 날
아올라 나를 다른 어딘가에 내려달라고. 떨어뜨려도 좋으니 잡고
날아올라만 달라고. 제발 그렇게만 해달라고. 그러나 들리는 대답
은 좀비들의 음울한 좀비의 비명과 신음뿐이었다. 그 소리가 내
소원이 하늘까지 닿는 걸 막는 것 같았다. 그들이 나보다 더 강하
고, 어쩌면 더 사랑 받는 것 같았다. 그래서 소리쳤다. 이 빌어먹
을 아파트가 좀비의 무덤이 되게 하겠다고. 당신이 원하는 게 이
거냐고. 그리고 손에 쥔 격발기를 바라보았다. 떨어뜨릴까 봐, 단
단히 움켜쥐었는데도 손이 떨렸다. 용기가 나지 않았다. 사람들이
다시 내게 부질없는 희망을 주었다. 하지만 이제 그들에게 갈 길
은 없었다. 이젠 찾아갈 사람도, 달려갈 용기도 있는데 갈 수가 없
었다. 내가 이렇게 죽을 줄이야! 하지만 아직은 아니다! 아직은
아닐 거야! 올려다본 하늘은 정말 더럽게 맑았다. 신이 나를 놀리
고 있는 것 같았다.

　좀비들이 옥상 가득 모여들면서 전선을 걸쳐놓은 안테나가 흔
들리기 시작했다. 젠장! 전선이 바닥에 떨어지고 좀비들이 그걸
끊게 되면 모든 게 끝이다. 오도가도 못 하는 상황에서 놈들의 먹
이가 되고, 결국 나까지 좀비가 될 수 있다. 서둘러야 했다. 젠장,
그래도 용기가 나지 않는다. 이건 엄연한 자살이다! 개죽음이다!
하지만 계속 망설이면 이보다 더 비참하게 죽을 수도 있다. 정말
살길은 없는 걸까? 눈물이 났다. 사람이 있다는 걸 알았더라면,
어디 있는지 알았더라면 그들에게 구걸을 해서라도 살아남았을

텐데.

소리 지르며, 울먹이며 머리를 쥐어짤 때, 안테나가 당장이라도 쓰러질 듯 흔들렸다. 좀비들이 잡고 흔드는 것도 아닌데 흔들렸다. 이제 빌어먹을 안테나가 쓰러졌다. 격발기를 눌러야 했다. 그러나 떨리는 손으론 도저히 누를 수 없었다. 나는 두 손으로 격발기를 꼭 감싸쥐었다. 두려움을 이기려고 고함을 질러도 소용없었다. 비명인지 고함인지 알 수 없는 소리를 내지르며 어떻게든 주먹을 쥐려고 했다. 손등을, 손가락을 깨물며 어떻게든 주먹을 쥐려고 했다. 이러다 빌어먹을 좀비가 된다고 제발 주먹을 쥐라고 소리쳤다. 처음 생각대로 하라고! 곱게 죽지 말라고. 그래도 주먹은 말을 듣지 않았다. 나는 주먹을 바닥에 내리쳤다. 한 번, 두 번, 격발기를 움켜쥔 주먹에 피가 나고 힘이 풀리는 듯하더니 귀를 찢을 듯한 폭음이 들렸다. 정신이 번쩍 들었다. 그러나 아무 일도 일어나지 않았다. 그저 모든 게 멈춰버린 것 같았다. 젠장, 실패인가? 다이너마이트가 부족했나? 살 수 있는 건가? 이대로 좀비에게 물어뜯기는 건가? 눈물이 났다. 좀비에게 물어뜯기는 게 두려우면서도 당장 죽지 않는다는 사실에 왠지 위안이 됐다. 하지만 결국 좀비가 되거나 물어 뜯긴다는 사실이 희망을 주진 않았다. 내일 아니, 모레라도 구조대가 올까? 저 아래 누군가 용기를 내 나를 구해주러 와주진 않을까? 정작 나조차도 오지 않을 것 같았다.

그때 '쩍'하는 소리와 함께 옥상바닥이 갈라지고 바닥이 꺼지면서 좀비들이 떨어지기 시작했다. 마치 지옥에 빨려 들어가는 듯했다. 그와 동시에 아파트가 기울고, 내 몸이 기울었다. 나는 중심을 잃지 않으려고 버둥거렸다. 하지만 그대로 좀비들의 품에 안

길 것 같았다. 좀비들과 함께 지옥으로 떨어질 것 같았다. 그건 싫
었다. 지옥에 가더라도 저놈들과 가고 싶지 않았다. 아니, 저놈들
과 같은 곳에 갈 수 없다. 나는 바닥을 박차고 허공에 몸을 맡겼
다. 공기가 나를 감싸는 것 같다. 휘몰아치는 바람이 내 귀를 멀
게 만든다. 허공에 뜬 나는 날개를 얻었다고, 날아올랐다고 생각
했다. 날아올랐다고, 난다고, 날아간다고. 그렇게 나는 나의 섬을
떠났다. 이제 더 이상 혼자가 아니다. 처음부터 혼자인 적도 없었
고, 혼자일 수도 없었다.

천사들의 행진

아침이 되자 서희는 눈을 떴다. 보이는 건 그대로였다. 어둠. 습관은 무서웠다. 어차피 눈을 뜨더라도 보이는 건 어둠뿐이었지만, 서희는 아침이면 눈을 떴고, 잠자리에 들면 눈을 감았다.

숨소리가 들렸다. 채선은 여전히 깊이 잠들어 있었다. 서희가 채선을 만난 건, 맹인안내견을 분양받기 위해 찾아간 용인의 한 안내견 학교에서였다. 서류 심사를 통과한 서희는 면접을 위해 안내견 훈련소를 찾아갔다. 관광을 간 게 아님에도, 관광버스를 타고 에버랜드에서 내린 서희는 그곳에서 채선을 만났다. 정류장에서 물어, 물어 안내견 학교로 가는 언덕을 오르며 걷는 동안, 채선은 말없이 서희를 따라와 도와주었다. 그런 채선이 서희에겐 수호천사 같았다.

그날 채선도 청각 도우미견을 분양받기 위해 면접을 받으러 안내견 학교를 찾았다. 넓은 주차장에서 방향을 잃고 어디로 가야 할지 몰라 서성이다가, 사람들에게 물어보려고 다가가자 사람들은 행상인 줄 알고 그녀를 피했다. 그때 하얀색에 빨간 띠가 감긴 4단 접이식 지팡이를 펼치는 서희를 보게 됐다. 채선은 직감적으로 그녀 역시 같은 곳을 찾고 있다는 걸 알았다. 사람들은 지팡이를 든 그녀에게만큼은 친절했다. 사람들이 서희에게 안내견 학교를 알려주자, 채선은 말없이 그녀의 뒤를 쫓았다.

둘은 모두 안내견을 분양 받지 못했다. 그러나 둘은 안내견보다 더 소중한 친구를 얻었다.

둘이 동거를 시작한 건, 9년 전이었다. 처음 시작은 강북의 작은 아파트에서였다. 그리고 2년마다 조금씩 작은 집으로 이사를 했다. 아파트에서 다세대 연립, 다세대 연립에서 다가구 주택, 2층에서 1층, 1층에서 반지하로. 그때마다 서희는 자신이 점점 갇히고, 추락하고 있다고 느꼈다. 채선은 보이지 않아 모를 거라고 생각했지만, 보이지 않는다고 느낄 수 없는 게 아니었다. 오히려 보이지 않기 때문에 더 많이 느낄 수 있었고, 느껴야 했다. 또 듣고 맡을 수도 있었다. 지금 살고 있는 작은 다가구 주택에 이사 왔을 때, 한 사내가 한 이야기를 서희만은 분명히 들었다.

"어라, 빙신들이 왔네."

목소리는 달랐지만 그 사내의 억양은 분명 잊고 싶은 누군가와 닮아 있었고, 술기운을 뿜어내는 체취도 닮아 있었다. 그 누군가를 기억해내는 건, 쉬운 일이 아니었다. 잊으려고 미친 듯이 노력했던 기억이기 때문이었다. 그러다 현관문을 두드리는 사내의 주먹질과 역한 술 냄새에 기억은 금세 떠올랐다. 그건 이혼한 남편의 그것이었다.

연애할 땐 그저 한없이 자상하기만 했던, 그 남자가 변한 건 결혼 직후였다. 남편은 서희가 자신의 발목을 잡았다고 했다. 여자가 피임도 할 줄 모르냐고, 누구 인생을 망치려고 일부러 임신한 게 아니냐고 따지고 때렸다. 아기가 깨든 말든, 기침을 하든 말든 담배를 피우고, 술에 절어 들어왔다. 남편이 술에 취해 들어오지 않은 날은 외박하는 날뿐이었다. 그랬던 남편이 하루는 갑자기 살갑게 다가왔다. 남편은 사업을 한다며 처가에서 밑천을 대주길 바랐다. 그러나 처가가 그렇게 넉넉한 살림이 아니라는 건 남편도 잘 알고 있었다. 지금에 와서 생각해 보면, 어쩌면 그건 처음부터 다음 단계를 위한 핑계였을 수도 있다고 서희는 생각했다. 돈을 대지 못하자 남편은 다시 외박을 하고, 노골적으로 서희를 무시했다. 왜, 무슨 일로 외박을 하느냐고 물으면, 남편은 사업하는 남편 도와주지는 못할망정 바가지만 긁는다며, 처자식 먹여 살리느라 그런 것이라고 오히려 역정을 냈다. 이젠 믿을 수 없는 이야기가 됐지만, 거래처 사장이 사기를 치고 달아나면서 부도를 맞은 남편은 사기꾼을 찾는다며 집을 나갔다. 며칠에 한 번 집에 돌아오는 날은 돈을 가지러 오는 날이었다. 남편은 은행에서 돈을 찾듯 서희에게서 돈을 받아갔다. 돈이 없다고 하면, 그 사기꾼과 한 패냐며 서희를 때리고 살림을 집어던졌다. 서희는 점점 입이 무거워졌고, 그저 아이만을 바라보며 살았다. 종종 남편복 없는 년은 자식 복도 없다는 말이 뜨끔뜨끔했지만, 그래도 아이만 바라보며 살았다. 그러던 어느 날, 집에 불이 났다. 가스레인지 안에 떨어져 있던 일회용 가스라이터가 터진 것이었다. 그 화재로 서희는 시력을 잃었고, 아이를 잃었다. 모든 걸 잃은 듯했다. 그래도 작은 위안이 된 건, 그 사고로 남편이 돌아왔다는 것이었다.

그러나 남편은 또 사업을 벌였다. 이번엔 동업자가 있어 안전하다고 했다. 손해를 봐도 반이라고 했다. 서희는 눈과 아이를 잃었지만 다시 남편과 행복을 얻은 듯했다. 하늘나라로 올라간 아이가 자신을 축복해 주고 있다고 생각했다. 그게 서희의 작은 위안이었다.

남편의 사업은 한동안 잘 되는 듯했다. 그러나 오래가진 않았다. 동업자가 회사 공금을 빼돌리고 사라지면서 남편은 다시 살림을 던지고 욕을 하기 시작했다. 자식 잡아먹은 년이라며 그때 자식과 함께 죽었어야 했다고 했다.

남편은 여자도 집으로 데려왔다. 남편은 여자를 자신과 같은 피해자라고 했다. 같이 도망친 동업자를 찾고 있다고 했다. 서희는 그 여자의 화장품 냄새를 기억했다. 싸구려 화장품이었다. 남편과 그 여자는 종종 서희를 놓고 숨바꼭질을 했다. 술래는 항상 서희였다. 잡아보라고. 눈을 가릴 필요도 없으니 얼마나 좋으냐고 했다.

그리고 1년 뒤, 남편은 이혼도장도 찍지 않고 떠났다. 그래도 마지막 말은 남기고 떠나갔다. 너 죽으라고, 너 죽으면 보험금 타려고 가스레인지 안에 라이터를 둔 거라는. 서희는 자신의 명의로 가입된 생명보험이 있었다는 걸 그때 처음 알았다.

미운 놈 떡 하나 더 준다는 마음으로 식음을 전폐하고 누워 있던 서희를 구해낸 건 어머니였다. 남편이 떠나고 보름 뒤였다. 시력을 잃은 게 그때처럼 다행스러웠던 적은 없었다. 딸을 끌어안고 하염없이 우는 어머니를 볼 수 없었기 때문이었다. 그러고 보니 차라리 끔찍하기만 한, 눈물만 나게 하는 이 세상을 안 보게 돼, 이제는 행복한 것 같았다. 이게 행복인 것 같았다. 그러나 의지하던 어머니도 암 투병 끝에 세상을 떠나고, 꿈 많던 시절의 친구들도 멀어지면서, 그때부터 다시 두려워졌다. 그래서 의지할 수 있는 개를 키우려고 했다. 기왕이면 맹인안내견으로. 도움을 받기 위해 찾아간 동사무소에서 서희는 처음 알았다. 자신에게 장애인 보조금이 나온다는 걸. 그때까지 서희는 그런 건 선천성장애인만 받는 것인 줄 알았다. 남편이 그렇게 말했다. 그리고 그동안 남편이 서희 명의의 통장으로 그 보조금을 받아가고 있었다는 것도 알았다. 서희는 남편이 찾아오지 못하게 이사를 하고, 통장을 새로 만들어 다시 보조금을 신청했다. 그리고 직업교육을 받았지만, 절대 안마는 배우지 않았다. 남편을 만날까 저어해서였다.

마음에 들어?

이삿짐을 풀던 채선이 손바닥에 글씨를 써서 물었다.

"넌?"

서희는 채선의 얼굴을 더듬었다. 웃고 있었다. 하지만 어색한 억지웃음이었다.

내가 먼저 물었잖아.

"그러니까, 네가 먼저 대답해."

난 마음에 들어.

"그럼 나도 마음에 들어."

하루하루가 채선에게는 행복한 날이었는지 모르지만, 서희에게는 하루하루가 끔찍했다. 아무 소리도 들을 수 없는 채선은 하루가 멀다하고 들려오는 옆집 사내들의 욕지거리와 주정이 들리지 않아 행복했겠지만, 서희는 그 소리를 다 들을 수 있었기 때문에 무섭고 불안했다. 게다가 집주인은 너무나 마음이 좋았다. 옆호에 사는 부자(父子)가 늦은 시간, 술에 취해 문을 두드리고 욕을 해 불안해하는 서희에게 집주인은 그래도 늙은 홀아버지를 모시고 사는 착실한 청년이라며, 술만 안 마시면 참 좋은 부자라고 했다. 무더운 여름 낮 열린 창문으로 안을 훔쳐보던 아들에 대해 이야기했을 때도, 그 아버지가 시장에 다녀오는 서희를 덮치려고 했을 때도, 집주인은 여자가 평소에 몸가짐을 조심해야 한다며, 여자가 조심해야지 그런 일을 안 당한다고 했다. 불안해 이사를 가겠다는 말에는 새 세입자를 구해놓고 가지 않으면 위약금을 물리겠다고 했다. 인터넷과 복덕방에 방을 내놨지만, 이사철이 아닌 한여름이라 방은 쉬 빠지지 않았다. 결국 무더운 여름에 문을 꼭 꼭 잠그고 살기 위해 서희가 중고에어컨을 사자, 집주인은 서희가 듣는 앞에서 요즘은 정부가 장애인들한테 공짜 돈을 줘 장애인들이 돈 무서운 줄 모른다고 했다. 비록 돈 무서울 줄 모를지언정 서희는 사람이 무섭다는 건 잘 알고 있었다.

　하루는 옆 호의 부자가 집주인에게 얘기를 들었는지 서희를 찾아왔다. 두 부자는 병신이 함부로 떠들고 다닌다면서 욕을 하고 문을 발로 찼다. 서희는 무서워 바들바들 떨었다. 그리고 두 부자를 피해 다녔다. 서희의 그런 모습이 두 부자에게는 그저 만만한 먹잇감으로 보이게 했다. 두 부자가 돌아가며 서희를 덮친건 채 한 달도 지나지 않아서였다. 둘은 부전자전처럼 사람들에게 알리면 그땐 찢어 죽여버리겠다고 했다. 서희는 죽고 싶지 않았다. 죽는 게 무서웠다. 자신에게 사후의 천국은 없다고 믿었다. 천국은 행복한 사람만이 가는 곳이라고 생각했다. 자신이 갈 수 있다고 해도 서희가 꿈꿀 수 있는 천국의 모습은 평범한 사람들이 꿈꾸는 그런 곳이 아니었다. 그저 평범한 세상일뿐이었다. 너무나 평범해서 당연한 세상이 서희가 꿈꿀 수 있는 천국이었다. 그러나 그런 곳조차도 서희는 갈 수 없을 것 같았다. 오히려 죽은 뒤에는 지금처럼 영원한 어둠만이 끝없이 이어질 것 같았다. 그리고 그곳에는 채선처럼 기댈 친구도 없을 것 같았다. 그래서 서희에게 좀비의 창궐은 오히려 현실의 구원 같았다.

너무 끔찍해. 모두 좀비로 변했나 봐.

채선은 몹시 떨리는 손으로 글을 썼다.

"주인 아주머니도?"

서희는 그나마 도움을 청할 수 있는 집주인을 찾았다.

응.

"옆집 남자들은?"

이번엔 자신을 해코지할 사람들이 궁금했다. 어떻게든 그들은 피해야 했다.

그건 몰라.

서희는 조심조심 옆 호로 가 문을 열었다. 평소 매너라고는 쥐꼬리만큼도 없는 그 집 사내들 덕에 전자식 도어록의 버튼 소리를 듣고 비밀번호는 알고 있었다. 낮은 모터 돌아가는 소리에 이어 문이 열리자, 지치고 병든, 죽어 가는 짐승의 신음 같은 소리가 들렸다. 채선이 서희의 팔을 잡아끌어 당겼다. 이어 뭔가 내려치는 둔탁한 소리와 채선의 가쁜 숨소리가 들렸다. 채선이 다시 서희를 끌고 집 안으로 들어갔다.

어쩌지?

"그 사람들도 좀비가 됐어?"

이미 직감은 했지만 확인을 위해 물었다.

응.

서희는 안도의 한숨을 내쉬었다. 이제 신의 심판, 신의 구원이 시작됐다고 믿었다. 나쁜 사람들은 모두 좀비가 됐다고 믿었다. 자신이 현실에서 구원받았다고 믿었다.

정말 끔찍해. 시체들이 걸어다니는 지옥 같아. ……오해하지 말고 들어. 차라리 나도 너처럼 보이지 않았으면 좋겠어.

처음 집 밖을 나갔다 온 날, 채선이 말했다.

채선은 지옥 같다고 했지만, 서희는 그날부터 더 아름다운 천국을 꿈꾸기 시작했다. 라디오와 텔레비전을 들을 수 없다는 것 빼고는 모든 게 만족스럽고 행복했다. 자신을 괴롭히던 사내들도, 그 사내들을 옹호하던 사람들도 이제 없었다. 수돗물은 끊겼지만, 생수와 빗물이 있었고, 동네 슈퍼와 아파트 상가에서 공짜로 챙겨 온 먹을거리도 충분했다. 이마트와 홈플러스에서도 먹을거리를 챙겼다. 먹을거리뿐만 아니라 뭐든 마음껏 고를 수 있었고, 마음껏 가져올 수 있었다. 그렇게 남들 눈치 보지 않고 마음껏 쇼핑을 한 건 시력을 잃고 처음이었다. 집도 넓었다. 좀비가 창궐하고 두 달 뒤, 서희와 채선은 꼭대기의 주인집으로 이사를 했다. 거실의 창문과 맞은편 베란다의 문을 열어놓으면 앞뒤로 바람 길이 트여 여름에도 제법 시원한 집이었다. 에어컨, 선풍기도 필요 없었다. 채선은 시원하고 넓어진 집에 만족하는 듯했다. 그러나 하루하루

지날수록 서희는 불안했다. 입내가 났고, 땀내가 났다. 누군가 다른 숨소리를 내고, 따뜻한 숨을 쉬고, 땀을 흘리고 있었다. 바람결에 담배 냄새도 났다. 서희는 그들이 자신을 알아볼까 봐 걱정했다. 그들이 자신을 찾아와 괴롭힐까 봐 두려웠다.

그리고 크리스마스가 지나고 며칠 뒤, 한 사내의, 절망과 분노로 뒤엉킨 목소리를 들었다. 사내는 서희가 불안해하고, 또 채선은 몰랐으면 했던 일들을 소리쳐 깨우쳐주었다. 다행히 채선은 듣지 못했다. 그녀는 청각장애인이었으니까.

어떻게 된 건지, 알아?

서희는 고개를 저었다.

갑자기 아파트가 무너지다니, 하마터면 큰일날 뻔했어.

"그러게. 앞으로는 그 아파트 단지로 가지 않는 게 좋겠어."

서희와 채선은 나란히 한 침낭 속으로 들어갔다. 둘은 체온을 나누며 겨울밤을 버텼다. 눈을 뜬 서희는 종일 번데기처럼 침낭 속에만 머물렀다.

몸이 안 좋아?

채선이 걱정하며 물었다.

"아니."

바람이라도 쐬는 게 어때.

"싫어. 그랬다가 감기 걸려. 그냥 이대로 있으면 괜찮을 거야."

서희는 아파트가 무너진 뒤로 종일 집에만 머물렀다. 겨울이라 감기 걸릴지도 모른다는 핑계로 채선을 속였다. 귀가 돼주던 서희가 집에 머물자 채선도 덩달아 집 안에 머물 수밖에 없었다. 하지만 며칠 뒤, 하얀 눈이 내렸다. 서희는 그 눈을 막을 수 없었다.

채선은 눈을 그러모으러 옥상으로 올라갔다. 그리고 거리의 좀비들을 내려다보았다. 좀비들은 확실히 줄어 있었다. 얼어 죽었거나, 겨울잠이라도 자러 간 것 같았다. 그러다 갑자기 채선의 눈이 동그래졌다. 채선은 허겁지겁 내려왔다. 그리고 여전히 침낭 속에 웅크리고 있는 서희의 손을 잡아 뺐다.

사람이 있어!

서희의 가슴이 철렁 내려앉았다.

"사람?"

응.

"남자야?"

불안해 묻는 서희를 남겨두고 채선은 서둘러 방을 나갔다. 서희가 붙잡기 위해 팔을 뻗었지만, 허공만 더듬고 말았다. 채선이 돌아온 건 삼십 분도 채 지나지 않아서였다. 혼자가 아니었다. 낯선 발소리도 함께 들렸다. 서희는 문 옆의 몽둥이를 더듬어 집어 들었다.

"채선이니?"

어차피 채선이 들을 수도 없는 말이었지만, 서희는 목소리를 낮추고 물었다.

"저, 처음 뵙겠습니다."

낯선 여자의 목소리였다.

"인사드려."

옷자락이 스치는 소리가 들렸다. 목소리는 없었다.

"이 분은 말을 못 하시나 봐요?"

여자가 물었다.

218

서희는 고개를 끄덕였다.

주방 옆에 붙은 작은 방에서 부스럭거리는 소리가 들렸다. 채선이 여자에게 먹을거리를 건넸다.

"고맙습니다."

서희는 비닐봉지의 부스럭거리는 소리가 심장에서 들리는 듯했다. 채선이 다가왔다.

"여자랑 누구야?"

서희가 채선의 눈앞에서 속삭였다.

괜찮아. 어린 여자아이랑 엄마야.

둘은 30대 후반의 엄마와 7살의 여자아이였다.

"유통기한은 지났지만, 대접할 게 그런 것밖에 없네요."

서희는 날씨처럼 싸늘하게 말했다.

"아니요. 이것도 고맙습니다."

다시 부스럭거리는 소리가 들렸다.

서희는 어떻게 만나게 됐는지 물었다. 아이 엄마는 무너진 아파트 옥상에서 소리치던 사내의 이야기를 꺼냈다. 그때 살아남은 사람이 더 있다는 걸 처음 알았다고 했다. 서희는 얼굴이 화끈거렸다. 자신도 들었지만 채선에겐 말하지 않은 일들이었다. 아이 엄마는 그래서 사람을 찾기 시작했다고 했다. 아이를 위해서도 사람이 필요했고, 먹을 것도 떨어지고, 아이와 단 둘이서는 이 겨울을 날 수 없을 것 같았다고 했다. 그래서 사람을 찾기 위해 우선 눈에 잘 띄도록 옷에 '포스트 잇'을 붙이고, 매직으로 사람이라는 글을 썼다고 했다.

"채선 씨가 우리를 발견해서 다행이에요."

아이 엄마의 말에 서희는 그녀가 자신을 무시하는 것 같았다.

사람이 더 있나 봐.

채선의 말에 서희는 천천히 고개를 끄덕였다.

"엄마, 나 더 먹고 싶어."

여자아이가 작은 목소리로 말했지만, 그 말을 들어줄 수 있는 사람은 서희뿐이었다. 아이 엄마는 서희와 채선의 처분만 기다렸다. 서희는 채선에게 과자를 더 가져다 주라고 했다.

"우리도 먹을 게 풍족하진 않아요."

채선이 일어난 틈에 서희가 말했다.

"죄송합니다."

아이 엄마는 송구한 듯 고개를 떨구었다. 채선이 과자와 함께 종이와 연필도 가져와 글을 써서 아이 엄마에게 보였다.

"정말 고맙습니다."

"뭐라고 한 거야?"

서희가 채선의 어깨를 짚고 물었다.

함께 지내자고 했어.

"그런 건 나한테 먼저 상의했어야지."

미안. 하지만 저들 둘만 지낼 순 없잖아. 겨울이야. 먹을 것도 부족하대잖아. 우린 충분해. 1년은 더 버틸 수 있어. 그리고 어린 아이도 있잖아.

"그래, 그럴지도 모르지. 하지만 1년 뒤엔?"

채선은 안쓰러운 듯 서희를 바라보았다.

어차피 우리도 1년 뒤까지 살아남는다는 보장은 없어.

서희는 고개를 돌려 외면했다.

"죄송합니다."

아이 엄마가 서희에게 고개를 숙였지만, 자리에서 일어서려는 기색은 없었다. 그렇게 넷의 동거가 시작됐다. 그러나 넷만의 동거는 오래가지 않았다. 서희는 내키지 않았지만, 채선이 아이 엄마처럼 옷에 '나는 사람이다'라는 글을 쓰고 다녔기 때문이었다. 이틀 만에 또 한 사람이 늘었다. 이번에는 지은이라는 이름의 여고생이었다. 손발에 동상까지 걸린 지은은 잔뜩 겁먹은 고양이 같았다. 서희는 지은이 안으로 들어서자마자 눈살을 찌푸렸다.

밥과 통조림을 게걸스럽게 먹어대던 지은은 채선이 꺼내온 언 쉰 김치 냄새를 맡고는 헛구역질을 했다.

"쉰내가 심하지? 그래도 사각사각 맛있어."

아이 엄마가 말했다.

지은은 눈 깜짝할 사이에 밥 한 그릇을 비웠다. 그러나 허기가 채워지지 않았다. 또 먹을 게 있나 찾던 지은의 눈에 주방 옆 작은 방에 쌓인 식량과 부탄가스가 눈에 띄었다. 제법 많았다.

그동안 어떻게 지낸 거니?

채선이 글로 써 물었다.

"동원 아파트에 살았었어요."

"그 무너진 아파트?"

아이 엄마가 놀라 물었다.

"네, 바로 그 무너진 102동 403호요. 하마터면 저까지 죽을 뻔했어요. 빌어먹을 인간이 죽으려면 곱게 죽지. 집에 통조림이랑 라면도 몇 개 남아 있었는데, 아깝게 다 깔려버렸어요."

"그래도 살았잖니."

"죽는 게 나았어요."

지은은 싸늘하게 말했다.

"그런데 그동안 같은 아파트에 그 사람이 있는 걸 몰랐어?"

서희가 물었다.

고개를 젓던 지은이 화상에 붉게 얼룩진 서희의 얼굴과 검은 선글라스를 보고 말했다.

"몰랐어요. 위층에는 좀비가 있을 수도 있고, 마트랑 시장이 위에 있는 것도 아니고……"

"그래도, 아파트 옥상에서 빗물을 받을 생각은 안 해 봤어?"

"비가 오면 우수관으로 내려오는데, 굳이 올라갈 필요는 없잖아요."

"그랬구나. 그럼 아파트가 무너진 뒤로 어디에 있었던 거니?"

아이 엄마가 물었다.

"아파트 상가에 숨어 있었어요."

"다른 사람은 못 봤어?"

서희가 고개를 갸웃거리며 물었다.

지은은 입을 다물고 고개를 젓다가 말했다.

"못 봤어요."

서희는 보이지 않는 눈으로 지은을 바라보았다.

다섯은 두꺼운 비닐로 창문을 가린 작은방에 모여 잠을 잤다. 조금이라도 더 작은방에서 자야 따뜻한 체온을 나눌 수 있기 때문이었다. 살갑지는 않았지만, 조금이라도 온기를 나누기 위해 잠 잘 때만큼은 서희도 그들과 가까이 붙어 누웠다.

"사람을 더 모으려고요?"

다음날, 다시 사람이라고 쓴 옷을 입고 나가려는 채선과 아이 엄마에게 지은이 물었다.

"우리, 먹을 것도 별로 없잖아요."

아이 엄마가 지은을 돌아보았다. 당황한 듯한 아이 엄마의 눈빛이 그녀도 이미 알고 있었던 듯했다.

"맞아, 이젠 충분하진 않아. 다섯 명이 됐으니까. 지금 있는 걸로는 반년 정도밖에는 버티지 못할 거야."

서희가 말했다.

지은은 퉁명스럽기만 하던 서희가 자신의 말에 동조하자 제법 용기를 내 말했다.

"그래서 말인데요, 한동안은, 먹을 걸 더 구하기 전까진 말이에요. 그때까진 사람이라는 글 지우고 다니면 안 될까요?"

"그래. 괜히 먹을 것도 없으면서 사람을 모으면, 나중에 괜히 왜 찾았냐고 괜한 말만 들을 수도 있어."

지은의 말에 서희도 맞장구를 쳤다. 결국 채선은 고개를 끄덕였고, 아이 엄마도 따랐다.

그날 밤, 채선은 서희에게 말을 걸었다.

넌 아직 우리 옆집에 살던, 그 짐승 같은 남자들이 올까 봐 두려운 거지?

서희는 한참 후에 대답했다.

"그래, 맞아. 그러니까, 이제 사람이라는 글은 쓰지 말자."

미안해.

식구가 늘었지만 한 달 동안 새로 찾은 식량이라고는 아이 엄마가 구해온 참치통조림 한 개가 전부였다. 이대로라면 지금 있는 식량으로 얼마나 버틸 수 있을지, 서희는 괜히 식충만 들인 것 같았다. 사실 서희가 보기에 지은은 그랬다. 지은은 그동안 못 먹은 걸 보충이라도 하듯이 먹어댔다. 겨울잠을 준비하는 가을 곰 같았다. 볼 수 없는 서희의 귀에 지은이 먹는 소리는 시한폭탄의 초침처럼 무섭게 들렸다. 이대로라면 반년은 버틸 것 같던 식량이 봄이면 바닥날 것 같았다.

'우리가 저들을 책임질 순 없어.'

모두가 잠든 보름밤에 서희는 채선의 눈앞에서 입을 오물거렸다. 채선은 환한 달빛에 기대어 서희의 말을 들었다.

이 사람들도 자기들 몫은 할 수 있어.

채선이 서희의 손바닥에 글을 써 말했다.

'과연 그럴까? 그랬다면 굳이 우리를 찾지 않았을 거야. 저들이 우리를 찾아온 건 식량이 떨어져서야. 그리고 이제 우리까지 식량이 부족해졌어.'

아껴 먹으면 돼.

'그래, 하지만 우리만 아껴 먹어봤자 무슨 소용이야. 지은이는 어때? 그 애는 살 쪘지?'

서희의 물음에 채선은 말을 돌렸다.

봄이 오면, 산에서 나물도 캐고, 흙을 모아서 야채랑 과일을 심으면 돼. 작년에도 그랬잖아.

'그래, 그건 네가 알아서 해. 나는 눈도 안 보이고, 농사는 지어본 적도 없으니까. 하여튼 지은이는 살이 쪘지?'

채선은 대답하지 않았다.

'그 아이인 분명 우리를 다 죽이러 온 거야.'

아직 어린애야. 한창 클 때잖아.

'클 때? 여고생이야. 키 클 때는 지났어. 너도 알잖아, 생리를 시작하면 키는 포기해야지. 더 안 커.'

그렇게 말하던 서희가 문득 둥근 보름달 속 토끼를 떠올렸다. 계수나무는 보이지 않았지만, 토끼는 분명 절구질을 하고 있었다.

3월이 되자, 꽃샘추위가 기승을 부렸다. 그래도 이번 추위가 끝나면 봄이 온다는 기대로 다섯은 하루하루를 보냈다. 분명 봄이 오면, 최소한 추위에 얼어 죽을 걱정은 없을 터였다. 하지만 크리스마스 이후로 더 찾은 식량이 없다는 게 모두를 걱정케 했다. 식량은 눈에 띄게 줄어갔다.

지은이 말했다.

"아무래도 여기선 더 구할 것도 없는 것 같은데, 이곳을 뜨는 게 어때요? 전 농촌으로 가면 좋을 것 같아요. 가까운 경기도요. 거기만 가도 논도 있고, 밭도 있잖아요. 어디 논 있고 밭 있는 외진 곳에서 지내면서 농사를 지으면 먹을 거 걱정 안 해도 되고, 어쩌면 거기가 더 안전할 거예요."

"거기가 더 안전하다고?"

서희가 눈살을 찡그리며 물었다. 보이지 않는 서희는 낯선 곳으로 가는 게 두려웠다.

"네, 좀비가 하늘에서 떨어진 건 아니잖아요. 사람이 변한 거예요. 그러니까, 요즘 농촌에는 사람이 없잖아요. 있어도 나이 많은 노인네들뿐이고. 그러니까 갈 수만 있다면 거기가 더 안전할 거예요. 노인네 좀비 몇 마리만 죽이면 돼요."

멀고 위험해.

"그래, 좀비들에게 들키지 않고 그런 곳까지 가려면 한 달은 넘게 걸릴 거야. 가는 동안 좀비들이 많은 거리나 좀비가 있을지도 모르는 집에 들어가야 하고. 그건 너무 위험해."

아이 엄마가 말했다.

"그렇긴 하지만 저도 혼자 상가에서 버텼는걸요."

"혼자 버텼다고?"

지은의 말에 서희가 냉소하며 물었다.

"네."

"정말?"

지은이 서희를 빤히 바라보았다. 서희는 살짝 고개를 틀고 귀로 지은의 동태를 살폈다.

"왜 그렇게……, 왜요?"

"정말 혼자였어?"

"……"

"사실대로 말해. 넌 혼자가 아니었어. 어쩌면 상가에 숨어 있었다는 것도 거짓말일걸."

무슨 말이야?

"무슨 말이에요?"

아이 엄마가 대신 물었다.

"저 아이, 혼자 살아남은 게 아니야. 처음에 왔을 때부터 이상했어. 한동안 헛구역질을 하길래, 그냥 쉰 김치 때문인 줄 알았는데. 여기 온 지 두 달이 넘었는데 생리도 하지 않았어."

"이런 상황에서 생리가 되겠어요?"

움찔하던 지은이 발끈하며 말했다.

"흥, 내가 눈이 안 보인다고 아무것도 못 볼 줄 알아?"

서희가 지은을 향해 고개를 돌렸다. 마치 두 눈으로 지은을 보는 듯했다. 지은은 화상으로 붉게 얼룩진 서희를 떨리는 눈동자로 바라보았다. 굳게 다문 입이 파르르 떨렸다.

"뭘 안다는 거예요?"

"왜 우리를 여기서 내보내고 네 남자친구랑 여길 차지하려고? 혹시 우리 식량을 빼돌린 건 아니야?"

"난 남자친구 없고, 식량 빼돌린 적도 없어요."

"아, 그래? 네 남자친구한테 다른 여자라도 생겼나 보지?"

서희가 냉소하며 말했다.

"병신 주제에. 병신이 뭘 안다고 지랄이야."

지은은 서희를 쏘아보고는 안방으로 들어갔다.

"그 병신들한테 빌붙어 살고 있다는 걸 명심해."

서희가 제법 큰소리로 말했다.

아이 엄마가 놀라 서희의 팔을 잡고 말렸다. 서희는 아이 엄마의 손을 뿌리치고 작은방으로 들어가 버렸다.

식구가 다시 모인 건, 저녁식사 때였다. 모처럼 조용하고 평온한 식사시간이었다. 서희는 그렇게 생각했다. 지은은 아무 말 없이 밥그릇을 비우고 일어섰다. 그런 지은에게 아이 엄마가 말했다.

"말하고 싶지 않으면, 말하지 않아도 돼. 하지만 말하면 마음이 편해질 수도 있어."

사실 채선도, 아이 엄마도 지은을 좀 이상하게 생각했다. 지은이 생리를 하지 않는 것도 모두 알고 있었다. 다만, 서로 말하지 못했을 뿐이었다.

"변하는 건 없어요."

"안 한다고 변하는 건 뭐니?"

아이 엄마가 지은의 손을 잡으며 말했다.

잠시 망부석처럼 섰던 지은이 아이 엄마의 손을 움켜쥐었다. 그리고 갑자기 소매와 주먹으로 자신의 입을 틀어막고 막 소리를 질렀다. 마치 그동안 참았던 모든 소리를 토해내는 것 같았다.

지은은 가족 중에 유일하게 살아남았다. 그리고 몇 달 동안 혼자였다. 그러다 한 남자를 만났다. 아파트 단지 안에서 자폭한 군인 때문에 엉금엉금 기던 자신을 본 남자가 지은을 쫓아온 것이었다. 처음에 남자는 자기에게도 지은만 한 딸이 있었다며 잘 보살펴주었다. 그리고 함께 다니며 물과 식량을 구하고, 연료도 구했다. 그러다 며칠 뒤, 또 다른 남자를 만나게 되면서 모든 게 달라졌다. 남자들은 지은에게 식량을 아끼기 위해서라며 술을 마시게 했다. 처음엔 싫었지만, 점점 먹을 게 부족해지자 어쩔 수 없이 마시게 됐다. 그런데 술에서 깨고 나면 늘 옷이 흐트러져 있고, 어쩔 땐 속옷이 뒤집혀 있기도 했다. 의심했지만 남자들은 지은에게 오히려 어린년이 주사가 심하다며 지은을 나무랐다. 지은은 아빠뻘인 남자들을 믿었다. 믿고 싶었다. 믿을 수밖에 없었다. 못 믿는다고 해서 도움을 청할 곳도 없었으니까. 그러다 자신이 임신한 걸 알게 되면서 도망치고 싶었다. 그러나 갈 곳도, 갈 수도 없었다. 세상에는 좀비와 이 남자들뿐이었으니까. 그렇게 믿었다. 자신과 두 남자뿐이라고. 그러다 창문 밖으로 채선이 '나는 사람이다'라고 쓴 옷을 입고 지나가는 걸 보았다고 했다. 그래서 그 길로 채선을 쫓아왔다고 했다.

"남자들이 순순히 보내줘?"

서희가 여전히 의심하며 물었다.

"감시 같은 건 없었어요. 어차피 갈 곳도 도와줄 사람도 없으니까. 도망갈 거라고는 생각 안 했던 거죠. 그래서 창문을 넘어서 도망쳤어요."

지은의 눈에서 눈물이 흘렀다. 아이 엄마가 다가와 지은의 눈물을 훔쳐 주며 다독였다. 그러나 서희는 여전히 지은을 향해 차갑게 말했다.

"다 사내 따위를 믿은 네 잘못이야."

눈물을 훔치던 지은이 울먹이며 말했다.

"그럼 어떡해요. 그땐, 그땐 도와줄 사람도 없는데. 그땐 너무 무서워서 살인범이든, 악마든 다 믿을 수밖에 없었다고요. 그런 인간이라도 의지할 수밖에 없었다고요."

"차라리 악마를 믿었어야지. 그럼 그런 일은 당하지 않았을 거야."

서희의 말에 지은이 서희를 노려보았다.

"차라리 진짜 제가 죽어버렸어야 했어요. 아줌마도 그걸 바라죠. 아줌마는 제가 밥만 축낸다고……"

"죽긴!"

서희가 지은의 말을 잘랐다.

"죽긴, 네가 왜 죽어. 그놈들이 죽어야지."

서희 자신은 차마 하지 못한 일이었다. 하지만 여전히 하고 싶은 일이었다. 비록 자신을 이렇게 만든 남편과 사내들에게는 왠지 여전히 두려움이 있었지만, 그들과 똑같은 짓을 한 다른 사내들에게는 분노만 느꼈다. 서희는 천천히 허공을 더듬으며 지은에게 다가갔다. 그리고 꼭 끌어안으며 말했다.

"다신 네게 그런 일은 없을 거야. 우리가 있잖아. 넌 이제 우리가 꼭 지킬 거야."

결국 떠나야 했다. 서희도 떠나기로 했다. 지은을 지키기 위해서였다. 지은을 그렇게 만든 그런 사내들이 있는 도시는 분명 위험했다. 또 언제 그런 사내들을 만나게 될지 몰랐다. 채선과 아이 엄마도 이제는 '사람이다'라고 적힌 옷을 입지 않았다. 하지만 아직 날이 추웠다. 가스버너가 있긴 했지만, 어느 허름한 빈집에서 추위를 피할 만큼 불을 피울 순 없을 터였다. 결국 다섯은 봄을 기다리기로 했다. 목련이 필 때까지 기다리기로 했다.

아이는 두꺼운 겨울옷을 벗고 새 옷을 받았다.

"깨끗하다. 근데 엄마, 이거 또 지저분하게 해야 해?"

"아니, 이건 지저분해질 때까지 깨끗하게 입어도 돼."

아이는 좋아했다.

"근데 엄마, 나 요 앞 놀이터 가서 놀면 안 돼요?"

아이는 예전처럼 새 옷을 자랑하고 싶었다.

"옷이 지저분해지면, 그때 가서 놀자."

"왜요?"

"옷이 깨끗하면 나쁜 사람들이 올지도 몰라."

아이는 시무룩해졌다. 빨리 옷이 지저분해지길 바랐다. 하지만 자기 손으로 더럽히고 싶진 않았다.

다음 날은 눈이 왔다. 어쩌면 올 겨울의 마지막 눈일지도 몰랐다. 채선은 눈을 옮기기 쉽게 둥글게 뭉쳤다. 떠나기 전에 가면서 마실 물을 조금이라도 더 모아두기 위해서였다. 아이도 채선을 따라 눈을 뭉쳤다. 그리고 작은 눈사람을 만들었다.

"여기 눈사람이요."

아이가 방 안에 혼자 앉은 서희에게 눈사람을 건넸다.

"제가 만들었어요."

천천히 눈사람을 어루만지던 서희는 처음으로 아이의 머리를 쓰다듬었다. 아이는 다시 사람과 어울리며 생기를 되찾기 시작했다. 그러나 서희는 그런 아이가 걱정이 됐다. 이 아이도 자신과 같은 여자이기 때문이었다.

며칠 뒤, 목련 꽃봉오리가 맺히기 시작했다. 가로수에 새잎이 나왔고, 참새들이 나타났다. 거리의 좀비들도 늘었다. 마치 겨울잠이라도 자고 나온 것 같았다. 그러고 보면 좀비라고 아무것도 모르는 건 아닌 듯했다. 채선과 아이 엄마는 짐을 챙기고 길을 나서기 전, 먼저 거리를 살피기 위해 나가보았다. 날이 풀리면서 좀비들도 다시 거리로 쏟아져 나왔다면, 그동안 다니던 길이 위험해졌을 수도 있었다. 조금이라도 안전한 길을 찾아둘 필요가 있었다.

"저 놀이터 가서 놀아도 돼요?"

엄마와 채선 아줌마가 나가고 한참 동안 돌아오지 않자 심심해진 아이가 서희에게 물었다.

"혼자 나가면 안 돼."

"아줌마랑 같이 나가면 되잖아요."

"난 볼 수 없는걸."

"그럼, 지은이 언니가 있잖아요."

"난 나갈 수 없어."

"왜요?"

지은은 대답하지 않았다. 제법 불러오기 시작한 배를 시무룩한 얼굴로 내려다볼 뿐이었다. 아무것도 모르는 아이는 아랫입술을 내밀고 시무룩한 얼굴로 바닥에 주저앉았다. 그저 지은이 통통하고 게을러서라고만 생각했다. 그래서 자기랑 놀아주지 않는다고 생각했다.

"놀이터 가면 혼자서도 놀 수 있는데."

"좀비들이 있잖아."

"나 좀비처럼 잘 걸어요. 볼래요?"

아이가 일어나, 볼 수 없는 서희 앞에서 좀비처럼 뒤뚱거리며 걸었다.

"그래도 혼자는 위험해."

서희가 말했다.

그러자 아이는 뿔난 개구리처럼 볼을 부풀렸다. 그러더니 현관으로 다가가 장난치듯 손잡이를 돌렸다. 중앙의 잠금 단추가 풀렸다. 그러지 말라고 말리는 서희를 향해 아이는 개구쟁이처럼 웃으며 조금씩, 조금씩 보조자물쇠를 풀었다. 지은이 무거워진 몸을 일으켜 아이를 붙잡기 위해 다가오자, 아이는 고장난 장난감처럼 뒤뚱거리며 문을 열고 나갔다. 아이는 지은이 금방 따라올 거라 믿었다. 어른들은 늘 따라왔으니까. 그러나 지은은 나오지 못했다. 아이가 좀비처럼 뒤뚱거리며 계단을 내려가자 지은이 서둘러 현관문을 나섰다. 그때 검은 그림자가 현관문을 열어젖히고는 지은을 안으로 밀어 넣었다.

"이야, 너 여기 있었냐?"

좀비처럼 생긴 사내가 말했다.

지은이 놀라 뒷걸음질칠 때, 또 다른 사내가 현관 안으로 들어서더니 문을 잠갔다.

"내 말이 맞지. 사람이 있다…… 어? 너 지은이 아냐."

다른 사내도 지은을 알아보았다.

"누구야?"

서희가 고개를 흔들며 경계하는 목소리로 물었다.

"누구게요?"

한 사내가 희롱하며 물었다.

"지은아, 네가 말해드려."

지은은 말이 없었다.

"너무 반가워서 말을 못 하나."

앞장선 사내가 시커먼 이를 드러내며 웃었다.

"가요."

지은이 용기를 내 말했다.

"가? 어딜?"

사내는 여전히 희롱조였다.

"누구야? 지은아, 네가 아는 사람들이야?"

묻는 서희의 목소리가 떨렸다. 낯선 사내의 목소리가 서희를 떨게 만들었다.

"알다 뿐인가. 잘 알지. 그 치, 지은아."

사내들은 서희의 눈앞에서 손을 흔들어보더니 서희가 맹인인 걸 확인하고 지은에게 다가갔다.

"나가요. 여기서 나가라고요."

지은이 겁먹은 목소리로 낮게 윽박질렀다.

"햐, 정말 야박하네. 그동안 우리가 쌓은 정도 있는데."

"그러게 말이야. 지은아, 우리가 만리장성을 몇 번을 쌓았냐. 그런데 물 한 잔 안 주고 나가라고?"

"당신들 줄 물 따윈 없어!"

지은은 겁먹은 얼굴로 두려움을 떨치려는 듯 힘주어 말했다.

"없다니? 그게 무슨 소리야. 우리가 어떻게 여길 알고 찾아왔는데. 여기 옥상에 눈 치웠더만. 그게 무슨 소리겠어? 다 마시려고 치운 거 아니겠어? 설마 눈 안 치웠다고, 벌금 내라고 그럴까 봐 치웠나."

"어구, 지은이 못 본 사이에 살도 통통하게 많이 올랐네, 예쁜 돼지처럼. 보기 좋다, 야."

"더러운 입으로 내 이름 부르지 마!"

지은이 다가오는 사내들을 피해 뒷걸음질치며 말했다.

"더러운 입? 허, 그래, 이름 그까짓 거, 안 부르면 되지. 이 갈보년아."

히죽거리며 다가오던 사내가 갑자기 지은의 머리를 후려쳤다. 지은은 힘없이 주저앉았다.

"무, 무슨 소리야? 무슨 짓이야!"

서희가 허공을 더듬으며 다가와 쓰러진 지은의 다리를 더듬었다.

"다, 당신들, 당신들이 뭔데 얘를 때려!"

"이 병신 년이."

병신이라는 놀림에 벌떡 일어서던 서희가 다시 힘없이 쓰러졌다.

"아, 아줌마, 괜찮아요?"

지은이 쓰러진 서희의 머리를 살피며 물었다.

서희는 지은을 뿌리치고 벌떡 기어가 문 앞에 세워둔 몽둥이를 집어들고는 사내들을 향해 휘둘렀다. 그러나 허공만 갈랐다.

"아줌마, 왼쪽이요!"

지은이 가르쳐준 곳을 향해 몽둥이를 휘둘렀지만 다시 허공만 갈랐다.

사내들은 낄낄거리며 술래잡기하듯 서희를 약 올렸다. 서희는 소리가 들리는 쪽을 향해 계속 몽둥이를 휘둘렀다. 그러나 이번에도 허공이었다. 그래도 멈추지 않고 몽둥이를 휘둘렀다. 사내들은 조금씩 물러서며 서희를 방으로 끌어들였다.

"조심해요. 아줌마!"

사내가 슬쩍 몸을 피하더니 서희의 옆구리를 걷어찼다. 전혀 대비하지 못한 서희는 벽에 머리를 부딪히며 허수아비처럼 쓰러졌다. 일어나려 했지만, 몽롱해진 머리가 허공을 맴도는 것 같았다.

"가만히 있어. 이 병신아."

사내의 목소리가 아득하게 들리고 문이 닫혔다.

서희가 다시 정신을 차렸을 때, 다시 듣고 싶지 않았던 사내들의 목소리가 들렸다.

"아, 잘 먹었다. 역시 지은이가 라면을 잘 끓여요."

"근데 배가 부르니까 말이야. 역시 그게 생각나네. 그치?"

다른 사내가 낄낄거렸다.

"이러지 마세요. 나 임신했다고요."

지은의 겁먹은 목소리가 들렸다.

"그래? 그럼 더 잘 됐네. 피임할 필요도 없고."

다시 사내들의 낄낄거리는 웃음소리가 들렸다. 서희는 벽을 더듬고 일어섰다. 그리고 문으로 다가갔다. 문은 밖에서 잠겨 있었다. 무언가로 문을 걸어놓은 듯했다. 서희는 문손잡이를 잡고 흔들었다. 그리고 흐느끼며, 벽을 두드리며 속삭였다.

"제발, 아이는 이제 그만 건드려. 제발! 이 씨발 놈들아! 내가 대신 해 줄게."

서희의 말에 한 사내가 문 뒤로 다가와 속삭였다.

"아줌마, 아줌마가 해 주고 말고 가 어딨어. 아줌마도 당연히 해 주게 돼 있어. 순서를 기다려. 순서를."

"봤지? 하여튼 여자들이란, 어떻게든 먼저 하고 싶어서 저 난리다."

다른 사내가 낄낄거리며 말했다.

사내들의 목소리 너머로 지은의 울먹이는 소리가 들렸다. 싫다고, 안 된다고 속삭이고 있었다. 서희는 문손잡이를 잡고 흔들었다. 문이 조금 당겨졌다. 서희는 문틈으로 입을 내밀고 소리쳤다.

"그만해. 이 개새끼들아!"

"저 병신년이 미쳤나!"

서희의 목소리에 놀란 사내가 다가와 문 앞의 의자를 치우고는 문을 걷어찼다. 다시 서희가 방바닥에 쓰러졌다.

"야, 이 미친년아. 그래, 죽고 싶으면, 더 크게 소리 질러. 소리 질러 봐. 밖에 좀비들이 듣고 모여들게 소리 질러 보라고."

서희는 순간 입을 다물어버렸다.

"알겠냐? 흥, 살고 싶으면 조용히 해라. 이 병신년아."

코웃음치고 돌아서는 사내 뒤에 서희는 그저 멍하니 앉아 있었다. 다시 지은의 흐느낌이 들렸다.

"너도 살고 싶으면, 저 아줌마처럼 조용히 해. 네가 자꾸 소리치면 너도 죽고, 저 아줌마도 죽어. 너 때문에 저 아줌마까지 죽는다고. 우리가 죽이는 게 아니야. 좀비들이 와서 죽여. 너 때문에. 너 때문에 저 아줌마까지 좀비가 되면 좋겠어? 어? 너만 조용히 하면, 다 살고, 다 좋아. 알았지? 지은아."

사내의 말에 지은의 흐느낌이 잦아들었다. 지은도 좀비들에게 들킬까 봐 소리를 참는 듯했다.

"그래, 그래야지. 그게 다 좋은 거야. 지은아."

또 다른 사내가 짐짓 다정한 목소리로 말했다.

서희는 힘없이 앉아 있었다. 끙끙거리는 사내의 신음소리가 아득하게 들렸다.

갑자기 더러운 냄새가 났다. 역한 숨결이 느껴졌다. 아득하기만 했던 것들이 얼굴에서 느껴지기 시작했다. 거친 손이 서희의 겉

옷을 벗겨냈다. 사내의 손이 서희의 어깨와 팔을 타고 내려가더니 웃옷 속으로 파고들었다. 서희는 거부하는 몸짓 없이 사내의 목을 끌어안았다.

"히히, 그래, 너도 동했구나?"

역한 목소리였다.

서희는 대답 대신 사내를 더 꼭 끌어안았다. 그리고 두 다리로 사내의 옆구리를 감고는 발을 꼬았다. 그리고 1년, 아니 더 오랫동안 참아왔던 비명을 내질렀다.

"으아아아!"

"뭐, 뭐하는 짓이야!"

놀란 사내가 서희를 밀쳐내려고 했지만, 그럴수록 서희는 더 꼭 사내를 끌어안았다. 더 힘껏 두 팔로 목을 조르고, 두 다리로 옆구리를 조였다.

"이, 이 미친년이!"

"으아아아!"

서희의 비명에 메아리처럼 지은도 소리쳤다.

"이 미친년들!"

지은을 덮친 사내가 소리쳤다. 거실의 사내도 이제 지은을 떼어내려고 바동거렸다. 그러나 이번엔 지은이 놓아주지 않았다. 사내가 가까스로 몸을 일으켰다. 지은을 매단 채였다. 사내는 그대로 바닥으로 몸을 던져 지은을 떼어내려고 했다. 하지만 몸을 비트는 지은의 힘에 못 이겨 휘청거렸다. 와장창, 창문이 깨졌다. 지은이 사내를 끌어안고 창문 밖으로 떨어졌다. 울음 섞인 비명이 깨진 창문 너머로 계속 들려왔다. 서희는 그 비명에 화답하듯 계속, 더 크게 비명을 질렀다. 서희에게 붙들린 사내 역시 서희를 떼어내려고 더욱 버둥거렸다. 그러나 쉽지 않았다.

"야이, 미친년아! 죽고 싶어?"

사내가 쉰 목소리로 소리쳤다.

서희는 대꾸하지 않았다. 그저 소리치며 몽롱한 웃음을 지을 뿐이었다. 다시 와장창, 유리 깨지는 소리가 들렸다. 이번엔 현관문이었다. 누군가 안으로 들어오고 있었다. 걸음은 느렸지만, 밀물처럼 끊이지 않았다. 보이지 않는 서희의 눈에 그건 천사들의 행진이었다. 천사들이 행진해 오고 있었다. 그들의 낮고 음울한 신음소리가 천사들의 합창처럼 들렸다.

거짓말

태현은 60트럭 짐칸에 몸을 실었다. 그리고 마지막이라 생각하고 돌아보았다. 연병장에는 아직 하얀 회반죽으로 쓴 'SOS'라는 구조신호가 아직 그대로였다. 그 위로 단층 막사가 보였다. 그 앞으로 게양대에 걸린 태극기가 배웅하듯 펄럭였다.

트럭은 덜컹거리며 위병소를 통과했다. 흔들리는 트럭이 태현을 어지럽혔다. 점점 멀어지는 위병소의 초소와 바리케이드가 거대한 목구멍처럼 보였다. 트럭이 그 목구멍을 거슬러 나오는 것 같았다. 태현의 눈에는 그렇게 보였다. 트럭이 방향을 틀자 겨우내 헐벗은 나무들이 보였다. 이제 새 순이 돋아나고 있었다. 완연한 봄이었다.

비포장 진입로를 벗어난 트럭이 다시 덜컹거리며 아스팔트포장 도로로 진입했다. 기어가 바뀌며 트림을 했다. 트럭이 속도를 올리자 몸이 휘청거렸다. 태현은 멀어지는 풍경을 향해 앉아있었다. 총구를 빠져나간 예광탄처럼 노란 중앙선이 아련하게 멀어졌다.

* * *

"이런 시기에 군대에 온 걸 다행으로 여겨라. 생화학 무기를 사용하는 현대전에서 생존율이 가장 높은 건 군인이다."

사단본부에서 나온 정훈장교가 정신교육시간에 이런 얘기를 할 때, 말년병장 태현은 황당하기만 했다. 나 하나 살자고 군대 왔나 싶기도 했고, 제대하면 쉬 죽는구나 싶었다. 그러나 지금 당장은 전쟁이 나면 제일 먼저 죽을 위치에 있는데, 저걸 위로라고 하나 싶기도 했다. 태현이 속한 부대는 남북으로 이어진 국도 옆 작은 언덕에 위치한 독립중대였다. 평소에는 특별히 하는 훈련도 없이 국방부 소유의 국유지나 지키면서 공 하나 던져주면 개떼처럼 달려들어 전투축구나 하다가, 여름에는 제초작업, 겨울에는 국도의 눈이나 치우는 당나라 부대였지만, 전쟁이 나면 샛강의 다리를 파괴하고 북한 탱크의 서울 진입을 목숨 걸고 지연시키는 게 태현이 속한 중대의 전시임무였다.

그런 태현의 중대에 전혀 뜻밖의 임무가 떨어진 건, 태현의 전역이 앞으로 열흘 남은 월요일 아침이었다. 불침번의 기상소리에 졸린 눈을 비비며 일어난 태현은 완전군장을 하고 10분 내에 집합하라는 일직하사의 고함을 듣고 다시 모포를 뒤집어썼다.

"야, 불침번, 일직하사한테 훈련이면 나 빼라고 해."

"정태현! 이 새끼야! 빨리 안 일어나!"

버럭 소리친 건 소대장이었다. 태현은 깜짝 놀라 일어났다. 일직도 아닌 소대장이 월요일 아침 6시에, 중대에 올라와 있을 거라고는 상상도 할 수 없는 일이었다.

태현이 일어나 부랴부랴 군장을 챙기고 연병장으로 나왔을 때, 연병장에는 이미 60트럭이 줄지어 들어오고 있었다. 중대원들은 2개 분대씩 나눠 트럭에 올랐다. 트럭에는 이미 5.56밀리 탄통이 한가득 실려 있었다. 1인당 수천 발은 돌아갈 것 같았다.

"모두 탄 채워!"

중대장의 호통 같은 지시에 태현은 덜컹거리는 트럭에서 떨리는 손으로 탄창을 채웠다. 그러다 문득 다리를 폭파하고, 탱크를 막으려면 폭탄과 대전차 화기가 있어야 하는데, 이런 총알로 뭘 어쩌라는 건지 욕지거리가 나왔다. 그런데 부대 비포장 진입로를 나온 트럭은 곧장 남쪽으로 방향을 돌렸다. 폭파해야 할 다리의 반대방향이었다. 조금 당황스러웠지만, 우리가 밀고 올라가고 있다면, 전투보병으로 재편성된 것일 수도 있었다. 태현이 소대장에게 어떻게 된 일인지, 어디로 가는 건지 물었지만, 소대장은 눈길 한 번 주지 않고 자신도 모른다고 했다. 대신 누군가 트럭이 서울로 가는 것 같다고 말했다. 소대원들의 표정에 당황한 기색이 역력했다. 태현도 불안했다. 국도를 달리며 지나친 사람들은 피난민이라기보다 농사를 지으러 나가는 평범한 시골 아저씨, 아주머니들이었다. 트럭이 속도를 내 달리는 통에 자세히 보진 못했지만, 분명 느긋한 걸음걸이가 전쟁통에 피난을 가는 사람들 같진 않았다.

'설마 쿠데타가 난 걸까? 서울 사람들이 가만 있을까? 젠장, 진

압군이 오면 우리끼리 싸워야 하나? 아니, 우리가 진압군인가?'

예전 텔레비전에서 본 '광주 민주화 항쟁' 당시 영상이 생각났다. 소총을 엇메고 시위대를 향해 곤봉을 휘두르던 군인들의 모습, 발로 차고, 짓밟고, 내려치고, 바지를 벗겨 속옷바람으로 끌려가던 사람들.

태현은 살짝 입술을 깨물었다. 태현은 제발 쿠데타가 아니길 빌었다. 그러나 평소 눈에 잘 띄지도 않던 도로표지판이 점점 서울에 가까워지고 있다고 알려줄 때마다 태현은 점점 더 불안했다. 정말 북한의 특수부대가 진짜 서울에 잠입했길 빌었다. 차라리 그게 나았다. 그러나 고양시로 들어가기 전, 검문소를 지나며 어느 부대장이 부대원들에게 지시하는 목소리를 들었을 때, 태현은 눈앞이 아찔했다.

"좀비다. 거리에 나와 있는 건, 다 쏴 죽여! 알겠나?"

태현은 목에 핏대를 세우며 소리치는 그의 일그러진 얼굴을 멍하니 쳐다보았다. 제발 그의 얼굴에서 악마의 한구석이 보이길 빌었다. 문득 한미 FTA와 소고기 수입 반대 촛불시위를 하던 사람들이 생각났다. 우파는 그들을 촛불 좀비라고 불렀다.

"소대장님?"

"왜?"

"정말 사람들을 죽입니까?"

"좀비라잖아."

소대장은 태현의 시선을 모르는 척 앞만 바라보았다.

"그게, 그냥 좀빕니까! 촛불 좀비를 말하는 거잖습니까!"

소대장은 태현의 시선을 모르는 듯 앞만 바라보았다.

"우리가 국민을 지키려고 군인이 됐지, 죽이려고 군인이 된 게 아니잖습니까."

"……."

"대호야!"

"야, 이씨, 이름 부르지 마!"

자리에 주저앉은 태현은 그래도 소대장을 믿고 싶었다. 아니, 동창을 믿고 싶었다. 대학에 입시에서 떨어지고 재수, 삼수를 후에 대학에 입학한 태현은 여자친구에게 차이고 홧김에 군대를 왔다. 그리고 병장이 됐을 때, 중고등학교 동창인 대호가 소대장으로 왔다. 다행이었다. 소대장이 중고등학교 동창인 게 이등병 때였으면, 선임들이 엄청나게 갈굴 게 뻔했을 터였다.

대호는 운전석의 지붕을 내려치며 입술을 깨물었다. 사실 대호도 지금 어떤 상황인지 정확히 알지 못했다. 일직사령이 관사로 내려와 대호를 깨운 뒤 전한 황당한 명령이 전부였다. 소대원을 이끌고 고양시청으로 이동해 시청을 확보할 것. 고양시청으로? 처음엔 훈련인 줄 알았다. 그러다 트럭에 실린 실탄을 보고서야 이게 훈련이 아니라는 걸 알았다.

트럭은 계속 남쪽으로 달렸다. 멀리 아파트 단지가 보였다. 커다란 도로표지에는 '고양시에 오신 걸 환영합니다.'라고 쓰여 있었다. 대호는 달리는 트럭이 만드는 칼바람을 그대로 맞으며 섰다. 답답했다. 게다가 소대원들의 표정도 심각하게 굳어 있었다. 잔뜩 긴장한 병사도 있었고, 그런 후임병을 보며 화를 내는 병사도 있었다. 대호는 그들에게 뭐라도 용기가 아니, 위로가 될 말을 해주고 싶었다. 그러나 딱히 떠오르지 않았다.

언덕 앞에서 갑자기 트럭이 휘청거리더니 트럭 앞으로 K1전차가 끼어들었다. 이어 전차 포탑의 해치를 열고 나온 전차장이 방독면을 쓴 채 무전기를 흔들어 보였다.

"전원 방독면을 착용!"

전차장과 교신하던 대호가 명령을 내리자 태현과 소대원들은 허둥지둥 방독면을 썼다.

힘겹게 언덕을 오르던 전차가 내리막에서는 탄력을 받아 무서운 속도로 내려가더니 갑자기 사거리에서 굉음을 내며 방향을 틀었다. 이어 묵직한 기관총 소리와 함께 기다란 포신에서 불길이 뿜어져 나왔다. 트럭이 전차를 따라 방향을 틀자 태현은 순간 그대로 얼어버렸다. 눈앞의 현실에 정신이 아득했다. 마치 다른 세상에 온 것 같았다. 처음엔 북한이 남침한 거라 생각했다. 그 다음엔 쿠데타가 난 줄 알았다. 그리고 조금 전까진 촛불 좀비인 줄 알았다. 그러나 다 틀렸다.

한 여자가 비명을 지르며 뛰고 있었다. 이리 뛰다가 앞에 좀비가 나타나면 저리 뛰고, 또 이리 뛰기를 하며 좀비를 피해 비명을 지르며 뛰고 있었다. 그러나 이미 좀비는 그녀를 둥글게 에워싸고 있었다. '우우'거리는 좀비들의 환호는 마치 너도 좀비가 돼야 한다고 주문을 거는 듯했다.

"쏴!"

대호의 지시가 떨어졌지만, 아무도 총을 쏘지 않았다. 태현부터 소대원 모두가 눈앞의 현실을 머릿속으로 받아들이지 못하고 있었다.

"쏘라고! 멍청이들아!"

대호가 먼저 총을 쏘며 소리쳤다. 그제야 소대원들이 사방의 좀비들을 향해 방아쇠를 당기기 시작했다. 총성에 고막이 터질 것 같았다. 트럭은 전차를 쫓아 계속 달렸다. 태현도 연신 방아쇠를 당겼다. 반동에 몸이 흔들릴 때마다 좀비들도 흔들렸다. 흔들리고 흔들리다 보니 시야가 흐려지고 모든 게 아련하게 보였다. 그러자 모든 게 마치 다른 차원의 존재들처럼 느껴졌다. 정말 다른 세상에 온 것 같았다.

순식간에 20발들이 탄창 7개가 동이 났다. 태현은 탄통에서 총알을 꺼내 다시 탄창을 채웠다. 방독면을 쓰고 흔들리는 트럭 안에서 탄창을 채우는 건 여간 힘든 일이 아니었다. 트럭이 흔들리는 건지, 손이 흔들리는 건지 분간이 가지 않았다. 그때 갑자기 굉음과 함께 비명이 들렸다. 뒤따르던 트럭이 어찌된 일인지 전복돼 있었다. 선임하사와 2, 3분대원들이 탄 트럭이었다. 트럭이 멈춰 서고, 소대원들이 달려가 트럭에 허둥지둥 부상병을 태우는 사이 전차는 성난 사자처럼 굉음을 내며 트럭 주위를 빙빙 돌아, 다가오는 좀비들을 밀어붙이고 아스팔트 위에 깔아뭉개 버렸다.

부상병을 옮겨 싣자, 그러잖아도 좁은 60트럭 화물칸에 다닥다닥 붙어 옴짝달싹도 하기 힘들었다. 바로 옆에 누운 부상병의 상처를 밟아도, 부상병의 입에서 비명이 터져도 아무도 돌아보지 않았다. 다시 트럭이 움직였다. 손을 쓸 수 있는 부상병들은 빈 탄창에 총알을 채우고, 나머지는 연신 총을 쏘아댔다.

인솔하던 전차가 다시 방향을 틀어 8차선 대로로 접어들었다. 그곳은 인산인해가 아니라 좀비 산 좀비 해였다. 선두에서 K1전차가 좀비의 바다를 헤치며 나아가고, 그 뒤를 60트럭이 다시 몰려드는 좀비의 물살을 가르며 나아갔다. 그 물살을 막기 위해 태현은 방아쇠를 당겼다. 태현이 빈 탄창을 뽑아 바닥에 집어던지고 손을 내밀었다.

"총알이 없습니다!"

방독면을 쓴 탓에 누군지 알아보기 힘든 누군가가 소리쳤다.

"소대장님, 총알이 없습니다!"

"젠장, 착검! 착검!!"

대호는 착검을 외치고 무전기를 들었다.

"콩알이 없다! 콩알이 없다!"

트럭이 다시 전차를 따라 방향을 트는 사이, 좀비들이 바싹 다가왔다. 좀비들은 전차의 무한궤도에 깔리고, 트럭에 받혀도, 바퀴에 치여도 맹목적으로 몰려들었다. 병사들은 착검할 새도 없이 개머리판으로 후려치고, 내려쳤다. 방독면 안경 위로 피가 튀었다. 정신없이 소총을 휘두르던 태현은 갑자기 날아든 뭔가에 관자놀이를 맞고 쓰러졌다. 태현은 덜컹거리는 트럭에 누워, 피묻은 방독면 안경 너머로 하늘을 올려다보았다. 하늘은 더럽게 파랬다.

고양시청 진입은 취소됐다.

K1전차가 롤러처럼 연신 도로를 돌며 좀비를 깔아뭉갰지만, 좀비들은 물러나지 않았다. 좀비로 사느니 차라리 죽기로 결심한 듯 몰려왔다. 그런 곳에서 장병들이 휴식을 취하고, 다음 작전을 준비할 순 없었다. 그때 태현은 6·25당시 중국의 인해전술이 왜 무서운 전술인지 알 것 같았다. 죽여도, 죽여도 몰려드는 좀비는 병사들을 완전히 질리게 만들었다. 결국 태현의 부대는 가까운

골프장으로 집결했다. 산을 깎아 만든 골프장은 나름 고지에 위치하면서 헬기가 뜨고 내리기도 좋았다. UH-1 휴이 헬기가 요란한 소리를 내며 지나갔다. 병사들은 고개를 들고 부러운 듯 헬기를 바라보았다. 좀비가 날지 않는 이상, 지상보다 헬기를 타고 있는 게 더 안전하다는 건 자명했다.

"괜찮다지?"

뻐근한 목을 어루만지며 임시진료소에서 나오는 태현에게 대호가 전문의처럼 말했다.

평소 같으면 기막혀하며 쳐다봤겠지만, 태현은 그저 고개를 들어 가만히 쳐다만 보았다. 대호는 국방색 비닐포장의 전투식량과 방독면 정화통을 내밀었다.

"네 거 챙겨놨다. 친구밖에 없지?"

태현은 눈물나게 고맙다고 말하려다 고개만 끄덕였다.

"근데 어쩌냐, 밥은 가면서 먹고, 군장 챙겨서 트럭으로 와. 이동이다."

온통 좀비 천국인 상황에서 어디로 이동하겠다는 건지 태현은 가슴이 멍했다. 게다가 찬물을 부었는지 전투식량에는 냉기만 돌았다. 다시 트럭에 오르기 전에 수류탄 두 발을 지급 받았다. 신병훈련소 이후 처음 보는 수류탄이었다. 그러나 조금도 이상하지 않았다. 오히려 든든하게 배를 채운 기분이었다.

트럭에 탄 병사들의 반 이상이 새로운 얼굴이었다. 그리고 몇 연대, 몇 대대, 몇 중대, 2소대라는 기억도 못 할 부대명을 부여받았다.

"방독면 착용!"

대호의 명령에 소대원들은 복명복창하며 방독면을 착용했다.

트럭은 다시 2열 횡대로 늘어선 K1전차를 따라 뻥 뚫린 국도를 달렸다. 간간이 신작로를 따라 걷는 이가 보이기도 했지만, 좀비인지 사람인지 구별할 수 없었다. 대호의 소대는 그저 사람이길 바라며 흘려보냈다. 트럭은 강매IC에서 빠져나와 지하차도를 통과했다. 지하차도를 통과하자, 다시 다른 세상에 온 것처럼 좀비들이 몰려들었다. 태현은 이를 악물고 방아쇠를 당겼다. 정신없이 좌우로 총을 쏘던 태현의 눈에 족히 20층은 돼 보이는 고층아파트 단지가 보였다. 녀석들은 분명 저 아파트 단지에서 나온 좀비들이 분명했다. 아파트 높이만큼 많은 좀비들이 있을 터였다. 차라리 저 아파트를 몽땅 무너뜨렸으면 싶었다.

트럭이 도착한 곳은 항공대학교 운동장이었다. 수십 대의 트럭과 전차가 해가 질 때까지 운동장으로 모여들었다. 마지막 전차가 들어오자 학교 진입로를 전차와 트럭으로 막았다. 후문은 강의실에서 책상들을 빼내 거대한 바리케이드를 설치하고, 주변에는 클레이모어와 수십 개의 조명지뢰를 설치했다.

교정 안은 이미 먼저 도착한 부대에 의해 좀비 소탕이 모두 끝난 상태였지만, 태현은 대학 건물 안에 아직 좀비가 남아 있지 않을까 불안했다. 괜히 좀비가 어느 건물 안에 숨어 자신들을 지켜보는 것 같았다. 그건 다른 소대원들도 마찬가지였다. 물론 수백 명의 보초가 있었지만, 불안을 떨치기에는 오늘 본 일이 너무 충격적이었다. 게다가 한 소대원의 말에 모두들 불안해서 잠을 청할 수 없었다. 그는 자면 좀비가 될지도 모른다고 했다. 자신의 부대는 그랬다고 했다. 불침번일 때, 초소 근무자를 깨웠더니 좀비였다고 했다. 놀라 소리를 지르고 다른 사람들을 깨우자, 다른 중대 원들도 다 좀비로 변해 있었다고 했다. 좀비들은 모포 속에서 죽은 시체가 일어나듯 일어났다고 했다. 분명 취침점호 때까지 사람이었던 소대원들이 모두 좀비가 돼 있었다고 했다. 그리고 일직사관과 일직하사가 달려와 내무반의 문을 잠그고 그들을 가두었을 때, 내무반 안에서 사람의 비명이 들렸다고 했다. 평소 같으면 선임병들이 신병 겁주려고 하던 괴담이라고 여겼을 얘기였지만, 지금은 아니었다. 게다가 아련하게 들려오는 총성은 모두를 불안케 했다. 마치 좀비들이 자신들을 잡아먹기 위해 포기하지 않고 다가오고 있는 것 같았다. 총성은 밤새 이어졌다. 태현과 소대원들은 거의 뜬눈으로 밤을 새웠다.

아침에 다시 만난 대호의 표정이 굳어 있었다. 그러다 자신의 얼굴보다 더 굳어 있는 소대원들의 얼굴을 훑어보고는 태현을 끌고는 트럭 뒤로 갔다.

"지금 선임하사 없으니까. 네가 임시 선임하사야."

태현은 놀란 얼굴로 대호를 바라보았다. 타고 있던 트럭이 전복되긴 했지만, 분명 임시진료소에서 함께 치료를 받았고, 저녁식사 때는 마치 월남에서 살아온 역전의 용사처럼 굴던 선임하사였다.

"전출됐어?"

"죽었어."

태현의 눈에 비친 대호의 눈빛이 단순히 죽음을 의미하는 것만은 아닌 듯했다.

"그리고 이건 너만 알고 있어."

대호가 속삭였다.

"어제, 국방대학에 진입했던 부대가 부대 안에서 좀비로 변한 병사들 때문에 전멸했대."

태현는 어젯밤 밤새 들려오던 총성이 어디서 들려온 건지 알 것 같았다.

"어떻게 사람들이 좀비가 되는지, 어디서 어떻게 생긴 건지, 어떻게 간염 되는지 아직 아무도 몰라. 그리고 이미 우리 중에도 감염자가 있을 수 있대. 그러니까, 소대원 중에 누구든 좀비가 되면 머리통을 날려버려."

"뭐?"

"좀비가 되면 쏴 죽이라고! 그게 나든, 중대장이든, 대대장이든, 사단장이라도!"

"너라도?"

"나라도 상관없어. 난 네가 좀비가 돼도 쏠 테니까. 그러니 너도 쏴."

"도대체 어떻게 된 거야?"

"몰라."

대호는 자신도 답답한 듯 깊게 한숨을 내쉬었다.

"치료제나 예방주사 같은 거 없어? 북한이 이런 거야?"

"젠장, 몰라. 그런 거 따질 생각 말고, 지금은 그냥 시키는 대로만 해!"

대호가 한숨을 내쉬었다.

"중대장도 모르고. 대대장도 모르는 것 같아. 듣기로는 주한 미군에선 지금 상황을 전시상황으로 보고 있진 않대. 우리만 이런 게 아니라 미국 본토, 일본, 중국, 유럽에도 좀비가 나타났다나 봐."

"미군은 뭐래? 방법이 있대?"

"방법은 얼어 죽을. 미군은 주한미국인 소개령이 내렸다고 우리보고 지원해 달라고 하는데, 젠장, 지금 상황에서 우리가 지들 돕게 생겼어. 우리 코도 석 잔데. 염병할, 서울로 들어가지도 못하는 상황에서 소개령은 무슨……. 아무튼 누구든 좀비가 되면 가차 없이 쏴 죽여."

대호가 멍하니 선 태현의 어깨를 치고 지나갔다.

태현이 다시 소대원들에게 돌아왔을 때, 대호는 소대원들에게 총알을 아끼라고, 가급적 단발로 쏘고, 어쩔 수 없이 좀비가 많을 때만 점사로 사격하도록 지시했다. 자동사격은 금지라고 했다.

"그리고 방독면은 필요 없다. 탄약이나 더 챙기도록. 알겠나?"

잔뜩 겁먹은 소대원들의 힘없는 대답에 대호는 다시 소리쳤다.

"알겠나?"

"예, 알겠습니다."

여전히 힘없는 대답이 돌아왔다.

"좋아, 탑승!"

"방독면이 필요 없다고?"

태현이 트럭으로 다가가는 대호를 붙잡고 물었다.

"사령부에서 결정한 일이야. 방독면을 쓰면 좀비로 변했는지 안 변했는지 식별도 안 가고, 이미 감염된 상태라면 소용도 없대."

트럭에 오르자 물을 부은 전투식량이 전달됐다. 그나마 이번엔 따뜻한 물이었다. 새로 구성된 소대원들은 고개를 숙이고 힐끗힐

곳 서로의 눈치를 살피며 식사를 시작했다.

선두의 K1전차 두 대가 열차의 견인기관차처럼 10대의 60트럭을 선도했다. 얼마 뒤, '안녕히 가십시오. 경기도 고양시입니다'라는 표지판이 보였다. 이어 월드컵 경기장, '서울특별시 은평구'라는 표지판과 해태상이 나오자 태현은 다시 가슴이 두근거렸다. 가족들이, 친구들이 무사하길, 그리고 제발 집에 꼼짝 말고 숨어 있길 빌었다.

멀리 아파트 단지가 보이고, 건물들이 점점 가까워지면서 트럭 주위로 다시 좀비들이 모여들었다. 이번에도 선두의 전차가 화염으로 좀비를 불태우고, 깔아뭉개며 지나가면 뒤따르던 트럭에서 보병들이 다가오는 좀비들을 쏴 죽였다. 서울은 온통 좀비였다. 무사한 인간은 모두 숨어 있는 건지, 아니면 모두 좀비가 된 건지 알 수 없었다. 그러나 확실한 건, 눈앞에 보이는, 움직이는 건 모두 죽여야 한다는 것이었다. 눈감아도 맞출 수 있을 만큼 수많은 좀비를 향해 방아쇠를 당길수록 눈앞이 흐려지며 가족과 친구들의 모습이 떠올랐다. 그러다 태현은 다시 불안해졌다. 단발로 방아쇠를 당겼지만, 어느새 총열이 뜨겁게 달아올랐다.

총성에 귀가 먹먹해지고 아무 소리도 들리지 않을 때쯤, 태현의 눈에 익숙한 풍경이 보이기 시작했다. 입대 전에도, 그리고 휴가 때면 친구들과 함께 술을 마셨던 신촌이었다. 그러나 이내 익숙하지 않은 모습이 드러났다. 80년대 시위대처럼 좀비들이 신촌 로터리를 가득 메우고 있었다. 그 앞으로 60트럭이 횡대로 도로를 막고 저지선을 구축했다. 병사들은 좀비들을 향해 수류탄을 던지고 사격을 시작했다. 이내 좀비들의 시체가 작은 언덕을 이루기 시작했다. 좀비들이 언덕을 넘듯 시체를 넘어왔다. 언덕을 이룬 시체 위에서 넘어진 좀비는 굴러, 굴러 저지선 앞까지 굴러오기도 했다. 그리고 바닥을 기어 병사들에게 다가왔다. 병사들은 당황하기 시작했다. 게다가 트럭이 좀비와 거리를 유지하기 위해 움직이자 도로에서 저지선을 구축했던 병사들이 좀비를 등지고 트럭에 오르려고 했다. 여기저기서 소대장들이 고함을 지르며 끌어내리고 다시 저지선을 구축했지만, 그 사이 한 발 더 다가온 좀비들은 마치 밀물처럼 물러갈 줄 몰랐다.

"언제까지 버텨야 하는 겁니까? 공중지원 같은 건 없습니까?"

태현이 대호에게 소리쳐 물었다.

대호가 무전기에 대고 무어라 소리치더니 이내 무전기를 내동댕이쳤다.

"뭐랍니까?"

태현이 다시 소리쳐 물었다.

돌아보던 대호의 눈에 소대원들의 겁먹은 표정이 들어왔다. 대호는 그 표정에 잠시 머뭇거리고는 말했다.

"10분! 10분만 버텨라!"

"소대장님! 총알이 얼마 없습니다!"

한 병사가 불안한 얼굴로 소리쳤다. 마치 그 10분도 못 버티겠다는 투였다.

"젠장, 그럼 아껴!"

대호가 버럭 소리쳤다.

그러나 병사의 말에 대호도 섬뜩했다. 만약 총알도 없이 좀비들에게 포위된다면 어떻게 될지 뻔했다. 이게 보통의 전쟁이라면

일단 소대원을 살리기 위해 항복이라도 하겠는데, 이건 항복할 수도 없었다. 항복을 받아줄 리도 없었다. 죽기로 싸우다 죽는 게 나았다. 그때 머리 위로 헬기 소리가 들렸다. 건물 뒤편에서 갑자기 날아든 휴이 헬기가 신촌로터리를 향해 로켓과 M60을 쏘아댔다. 헬기 밑에는 사람 키 높이의 나무상자가 그물망에 담겨 있었다. 탄약이 분명했다. 대호는 황금마차라도 본 사병들처럼 기뻤다.

"탄약이다. 태현아! 가서 챙겨와!"

휴이 헬기가 트럭 뒤편에 나무상자를 떨어뜨리고 가자 태현은 누군지도 모르는 소대원과 함께 나무상자를 향해 뛰어갔다. 떨어질 때의 충격으로 이미 박살 난 상자 안에 다시 탄통과 수류탄이 쏟아졌다. 여기저기서 달려온 병사들이 나무상자에 탄통과 수류탄을 담고는 다시 자신들의 트럭으로 달려갔다.

"저기 보십시오!"

누군가가 소리쳤다. 검은 연기가 피어오르던 골목 안에서 느릿느릿 다가오는 좀비들이 보였다. 탄통을 옮기던 병사들이 골목을 향해 사격을 시작했다. 태현은 대호에게 달려갔다.

"저기 골목에서 좀비가 나옵니다. 이대로 있다가는 포위될 겁니다!"

"골목은 전차들이 맡기로 했는데, 빌어먹을 어디 있는 거야?"

대호가 무전기를 들고 전차를 호출했다. 그러나 응답이 없었다. 그때 갑자기 골목에서 튀어나온 전차가 곧장 맞은편 건물을 들이박고는 멈춰 섰다. 이어 포탑의 해치가 열리면서 기갑병이 허겁지겁 뛰쳐나왔다. 바지가 피범벅이었다. 전차에서 뛰어내린 그는 몇 걸음 걷지 못해 비틀거리며 쓰러졌다. 뭐라 소리치고 있었지만, 총성에 묻혀 들리지 않았다. 그때 전차 안에서 좀비가 나왔다. 어젯밤 태현이 말로만 들었던 군복을 입은, 그리고 머리에는 헬멧까지 쓴 좀비였다. 전차 위에 올라선 좀비는 걸음을 옮기다 발을 헛디디며 전차 아래로 굴러 떨어졌다. 잠시 뒤집힌 거북이처럼 버둥거리던 좀비가 몸을 구르더니 바닥을 기어 쓰러진 기갑병을 향해 다가갔다. 놀란 기갑병이 포복으로 바닥을 기어 도망쳤다. 그때 총알이 날아들어 좀비를 쓰러뜨렸다. 이어 위생병이 엄호하는 병사와 함께 기갑병에게 달려갔다. 위생병은 총을 엇메고 붕대로 기갑병의 상처를 싸맸다. 그때 갑자기 기갑병이 위생병에게 달려들었다. 위생병이 목을 부여잡고 쓰러졌다. 목을 부여잡은 손 아래로 선명한 피가 터져나왔다. 위생병을 엄호하던 병사가 바닥을 기는 기갑병을 향해, 처형하듯 총을 쏘아댔다. 그리고 다시 위생병을 향해 총을 쐈다. 탄약을 나르던 태현은 그 모습을 아무 감흥 없이 바라보았다. 사방에서 울리는 총성 때문에 아무 생각도 할 수 없었다.

병사들은 경쟁하듯 탄통을 옮겼다. 하나라도 더 가지고 가야, 가지고 있어야 안심이 될 것 같았다. 태현도 마찬가지였다. 그렇게 탄약을 옮기던 태현이 트럭 안으로 탄통을 던질 때, 문득 탄창을 채우던 병사가 몸을 일으켰다. 초점 없는 눈빛과 멍한 얼굴이 섬뜩했다.

"좀비다!"

태현이 소리쳤다.

트럭으로 다가오는 좀비들에 정신이 팔린 대원들은 등 뒤에서 좀비로 변한 그를 알아차리지 못했다. 좀비로 변한 병사가 천천히 주위를 살피더니 느림보 장난감처럼 돌아섰다. 태현은 다급히 엇멘 총을 다시 잡고 좀비로 변한 병사를 향해 총구를 겨눴다. 그때 자신을 향한 총성과 함께 좀비가 태현을 덮치듯이 앞으로 고꾸라졌다. 대호였다. 대호가 좀비의 머리통을 날려버렸다. 순간 등 뒤의 총성과 함께 쓰러진 좀비에 치여 몇몇 병사들이 고개를 돌려 쓰러진 좀비와 대호를 쳐다보았다. 대호는 아무 일 없었다는 듯 다시 좀비들을 향해 총을 쏘아댔고, 태현은 급히 트럭에 올라 머리통이 날아간 좀비를 밖으로 던져버렸다. 그러나 그 병사가 좀비로 변했다는 걸 알지 못한 몇몇 병사들은 불안한 눈짓을 교환했다.

"뭐해! 쏴!"

대호는 그런 대원들을 윽박질렀다.

그때 건물 안에 있던 좀비가 창문을 깨고 건물 앞 인도에 올라가 길을 막고 있던 60트럭 위로 떨어졌다. 비명이 들리고 총성이 울렸다. 그리고 갑자기 트럭이 폭발하면서 다시 비명이 들렸다. 시커먼 연기 피어오르면서 햇살을 가리자 사방이 음산해졌다. 트럭들이 움직여 다시 저지선을 구축했다. 병사들은 또 저지선을 옮기는 트럭 안에서 불안해하기 시작했다.

"10분 지났습니다!"

누군가 소리쳤다.

"무슨 소리야?"

대호가 소리쳐 물었다.

"공중지원 안 옵니까?"

"놈들이나 막아!"

대호는 군소리 못 하게 버럭 소리쳤다.

갑자기 핑음과 함께 언덕을 이루던 좀비 시체가 둑이 터지듯 터졌다. 전차였다. 좀비를 뚫고 나온 전차는 트럭을 향해 돌진하더니 포신이 막 트럭에 닿으려는 순간, 포탑이 회전하며 간신히 충돌을 피하고는 트럭 앞에 멈춰 섰다.

"젠장! 비켜!"

해치를 열고 나온 전차장이 소리쳤다.

"비켜! 비켜! 연료가 떨어져서 돌아가야 합니다!"

전차가 핑음을 내며 달려갔다. 멀어지는 전차를 바라보는 태현에게 대호가 물었다.

"우리 탄약은 얼마나 남았지?"

트럭에는 빈 탄통과 가득한 탄통이 뒤범벅이었다.

"한 3000발 정도 남았습니다."

그때 다시 휴이 한 대가 좀비들을 향해 M60을 쏘아대며 나타났다. 신촌로터리 상공을 낮게 날던 휴이는 갑자기 끈 떨어진 연처럼 비틀거리더니 좀비들 사이로 곤두박질쳤다. 거대한 폭음과 함께 다시 검은 연기가 연막처럼 피어올랐다. 태현은 모든 게 끝장난 기분이었다. 다행히 사령부에서 전차를 쫓아 퇴각하라는 명령을 내렸다. 모일 집결지는 서울 월드컵 경기장이었다.

좀비는 정말 최악의 적이었다. 좀비들은 무서운 것도 없었다. 두려움도 몰랐고, 지칠 줄도, 포기할 줄도 몰랐다. 병사들이 잘 때도, 밥을 먹을 때도 잠깐 쉴 때도 좀비들은 계속 모여들었다. 지금 이건 싸우다 쉬고, 싸우다 자고, 싸우다 먹고 다시 싸우는 그런 인간들끼리의 전투가 아니었다. 그래서 집결지라고 모인 월드컵 경기장 주변은 집결지라고 부르기도 뭣했다. 여전히 전쟁터 한복판이었다. 여전히 사방에서 총성이 들리고, 종종 비명도 들렸다. 수류탄인지, 지뢰인지 뭔가 커다란 게 터진 듯 거대한 폭음과 함께 화염이 피어오르기도 했다.

병사들은 보조경기장에 웅크리고 앉아 다시 전투식량으로 끼니를 때웠다. 전투식량과 함께 수류탄과 탄약이 지급됐다. 먹을 땐 개도 안 건드린다는데 이건 개만도 못해진 기분이었다.

"근데, 그 추락한 헬기 한 대가 공중지원이었어?"

이번엔 태현이 대호에게 전투식량을 건네며 어이없다는 듯 물었다.

태현과 대호는 소대원들과 떨어져 보조경기장의 구석진 자리에 앉아 있었다.

"아니."

"그치?"

태현은 고작 헬기 한 대가 공중지원일 리 없다고 생각했다.

"그런 거 없었어."

대호가 대뜸 말했다.

"없었어? 공중지원이 없었다는 거야?"

태현이 황당한 표정으로 물었다.

"응, 그냥 거짓말 한 거야."

대호는 전투식량을 퍼 입에 밀어 넣으며 퉁명스럽게 대답했다.

"왜?"

"그럼 어쩌냐, 그 상황에서 안 온다고 할 수도 없잖아. 뭐든 믿을 게 있어야지. 그리고 그때 그 녀석 얼굴이 안 온다고 하면 당장 도망칠 얼굴이었어."

"그렇다고 금방 들킬 수도 있는 거짓말을 하면 어떡해."

"안 들켰으면 된 거잖아."

대호는 물끄러미 태현을 바라보았다.

"그래도 이런 때일수록 거짓말은 아껴둬. 나중에 진짜 중요한 때 써먹으려면 말이야."

식사가 끝나고 잠시 휴식시간이 주어졌지만, 휴식이라는 말은 어울리지 않았다. 병사들은 불안해하며 서로를 감시했다. 좀비가 온다는, 옆에 누군가 좀비로 변할지도 모른다는 불안감보다 혹시 누군가 자신을 좀비로 알고 쏠지도 모른다는 불안감이 더 컸다.

휴식 아닌 휴식이 끝나고 대호가 다시 출동을 위해 소대를 소집했을 때, 급조된 소대라 서로의 이름이나 얼굴을 잘 몰랐던 탓도 있었지만, 세 명의 소대원이 보이지 않았다. 분명 경기장까지 함께 돌아왔던 소대원이었다. 대호는 태현에게 찾아오라고 지시했지만, 딱히 기대하진 않았다.

소대원을 찾던 태현은 화장실에서 자살한 병사들 이야기를 들었다. 물론 그들이 소대원이었는지 태현은 확인하지 않았다. 확인할 수도 없었다. 태현은 사라진 소대원들이 모두 좀비로 변해 사살됐다고 보고했다. 그건 대호가 내심 기대하고 있던 대답이었다.

대호의 소대는 모두 한 대의 60트럭에 올라탔다. 이동할 병사들은 많고 트럭이 부족해 어쩔 수 없었다. 심지어 탄약과 수류탄, 건빵을 바닥에 잔뜩 깔고 그 위에 올라섰다. 트럭은 전차를 따라 좀비를 헤치고, 마포구의회 앞을 지나 고가인 내부순환도로로 올라갔다. 자동차 전용인 내부순환도로에는 아래 거리보다 좀비가 적었다. 트럭에서 내린 병사들은 고가 위의 좀비들을 소탕하고는, 다시 아래 거리의 좀비들을 소탕하기 시작했다.

좀비들은 여전히 밀물처럼 밀려들었지만, 그래도 내부순환도로의 고가는 신촌로터리에 비하면 훨씬 안정적인 위치였다. 좀비들이 가까이 다가올 수 없었다. 내부순환도로의 진출입로에는 전차들이 다가오는 좀비들을 밀어 바닥에 깔아뭉개 버렸다. 그리고 탄약과 수류탄은 휴이가 연신 날아들며 옮겼다.

"자자, 쉽다, 쉬워. 빨리 좀비 소탕하고 집에 가자."

"20발 다 맞추면 포상이다. 침착하게 한 발, 한 발 잘 겨눠서 쏴라."

대호와 태현은 총이 고장 난 병사의 총을 직접 응급조치해 주며 소대원들을 독려했다.

"어쨌든, 신촌보단 여기가 훨 낫습니다."

태현이 한숨 돌렸다는 듯 웃으며 말했다.

"그래 보여?"

퉁명스런 대호의 말에 태현이 대호를 돌아보았다.

"왜 그래?"

"넌 우리가 왜 여기 있는지 모르겠냐?"

"오전에 고생했으니까, 오후엔 좀 편하게 있으라는 거 아니야?"

"고생은 무슨, 고생은 다른 부대도 다 마찬가지야. 고생했다고 빼주고 그럴 게 아니라고."

태현의 눈에 대호는 지금처럼 쉬운 임무를 맡은 게 불만인 듯했다. 더 힘든 임무를 맡아 상관들에게 자신의 능력을 보여주고 싶어 하는 것 같았다.

"그럼 뭐야?"

대호가 태현의 팔을 잡고 돌려세우며 말했다.

"우리가 신촌을 확보하지 못했다는 뜻이야. 좀비한테 밀리고 있다는 얘기지."

"거긴 다른 부대가 갔을지도 모르잖아."

"멍청아, 눈이 있으면 좀 봐. 지금까지 헬기가 단 한 대도 신촌 쪽으로 날아가지 않았어. 여기 내부순환도로랑 북쪽으로만 날아 갔다고."

그때부터 하늘의 헬기를 살피기 시작한 태현은 대호의 말대로 더 남쪽으로 내려가는 헬기가 없다는 걸 알게 됐다. 멀리 보이는 한강 너머에도 헬기는 보이지 않았다. 갑자기 불안해진 태현이 다시 대호를 돌아보았다. 불만 가득해 보이던 대호의 얼굴이 이제는 겁에 질려 굳어버린 듯했다. 왠지 섬뜩했다. 두려움이 순식간에 자신에게도 전염된 듯했다. 그때 순간 뭔가 번쩍하더니 꽝하는 굉음이 천둥처럼 요란하게 들렸다. 이젠 총성에도 익숙해진 귀가 터질 것 같았다. 이어 엄청난 열기가 몰려왔다. 태현은 열기에 밀려 쓰러졌다. 고가가 당장이라도 무너질 듯 흔들렸다. 다시 폭음이 들렸다. 폭음이 천둥처럼 이어졌다.

태현이 몸을 추스르고 고개를 들었을 때, 바닥에 쓰러져있는 사람은 자신만이 아니었다. 모두가 바닥에 쓰러져 멍한 얼굴로 한 곳을 바라보고 있었다. 월드컵경기장 쪽이었다. 경기장이 있던 그 곳에서 검은 연기가 끝없이 피어오르고 있었다. 대호는 한쪽 귀를 손으로 막고 무전기에 대고 뭐라 소리치고 있었다. 그러나 먹먹해진 태현의 귀에는 아무 소리도 들리지 않았다.

폭음에 놀란 병사들은 멍해 있었고, 장교들은 우왕좌왕했다. 누군가 병사들에게 다시 좀비를 쏘라고 소리쳤다. 그리고 직접 난간으로 다가가 거리의 좀비들을 향해 총을 쏘아댔다. 그러나 좀비들은 더 이상 고가 위의 병사들에게는 관심이 없다는 듯 돌아섰다. 그리고 폭음이 들린 월드컵 경기장을 향해 걸어갔다. 마치 자신들의 목적을 이룬 듯했다.

밤이 되자 다시 좀비들이 나타났지만, 좀비보다 무서운 건 소문이었다. 소문은 무전보다 빨랐다. 해질 무렵에는 소대장인 대호도 모르는 걸 소대원들은 알고 있었다. 경기장 폭발에 대해서도 소대원들은 더 잘 알았다. 소문은 갑자기 헬기가 경기장 안으로 추락해 경기장에 쌓아두었던 무기들이 터지면서 경기장이 무너졌다고 했다. 추락하는 것을 봤다는 증인도 나왔다. 인근 하늘공원에 임시 지휘소가 세워졌고, 현 위치를 고수할 것인가, 다시 1차 집결지인 항공대로 갈 것인가를 놓고 회의가 열렸지만, 결정은 나지 않았다는 소문도 돌았다. 서울에서 좀비에 포위된 합동참모본부가 서울진입을 밀어붙이고 있다는 소문과 이미 합참도 좀비들에게 당했다는, 모두 좀비가 됐다는 소문도 돌았다. 명령을 내릴 합참의 지휘관들이 모두 좀비가 돼 철수하라는 명령조차 내릴 수 없다고도 했다.

병사들은 내부순환도로로 올라오는 진출입로를 틀어막고 좀비들과 대치했다. 우선 순환도로에 버려진 승용차들로 1차 바리케이드를 치고, 다음에 전차가 막고 그 뒤에 다시 60트럭을 세웠다.

장애물을 쉬 넘지 못하는 좀비들에게 우선은 효과적이었다. 물론 밤새 좀비들을 막을 수 있을 거라는 기대는 없었다. 게다가 무게가 50톤이나 나가는 전차를 고가가 얼마나 견뎌줄지 의문이었다. 그래도 진출입로를 막자 휴식을 취할 여유가 생겼다.

"어떻게 한대?"

태현이 건빵을 건네며 물었다.

대호는 환하게 켜진 가로등 밑에 앉아 있었다.

"아침에 알게 될 거야."

"내일, 내일의 해가 뜨기나 할까."

태현이 한숨을 쉬며 말했다.

"재수 없는 소리하지 말고, 눈 좀 부쳐."

"이런 상황에서 잠이 오냐."

태현은 고가 아래의 좀비들을 내려다보며 말했다.

"잘 수 있을 때, 자는 게 최선이야. 언제 또 잘 수 있을지도 모르고. 그리고 너는 안 자면 헛소문이나 퍼트릴 녀석이잖아."

대호가 잠자리를 찾아 일어섰다. 대호가 선택한 잠자리는 60트럭 밑이었다. 평소라면 트럭 위에서 잠을 잤겠지만, 오늘만큼은 트럭 밑으로 들어가 누웠다. 대호는 경계를 선 소대원에게 위치를 알려주고는, 차가운 바닥의 냉기를 막기 위해 탄약상자에서 뜯어낸 나무판자로 잠자리를 만들었다. 태현도 트럭 밑으로 들어가 상자와 종이박스로 잠자리를 만들었다.

태현이 다시 눈을 뜬 건, 총성도 햇살도 아닌 차가운 새벽 공기 때문이었다. 비록 찬 공기에 잠이 깨긴 했지만, 뜬눈으로 밤을 새운 어제와 달리 머릿속은 개운했다. 태현은 종일 방탄모에 짓눌려 떡이진 머리를 긁적이며 기지개를 켰다.

"으아……."

"쉿!"

대호였다. 대호가 태현의 입을 틀어막았다. 태현은 눈동자를 굴려 대호를 쳐다보았다. 대호는 납작 엎드려 거리를 살피고 있었다.

"왜?"

"이상해. 총성이 들리지 않아."

태현도 몸을 뒤집고 바닥에 납작 엎드려 거리를 살폈다. 어둡던 거리를 비추던 가로등불이 하나둘 꺼지고 어스레한 햇빛이 거리를 밝히고 있었다. 바로 앞에 느릿느릿 오가는 전투화에 군복 하의가 보였다. 어스레한 새벽이라 명확히 보이진 않았지만 트럭 앞으로 보이는 먼 곳 역시 느릿느릿 걷는 군인들의 모습이, 그냥 보기에는 무척 평화로운 새벽이었다. 그러나 지금은 그런 평화로운 날이 아니었다.

트럭 뒤편으로 다른 트럭 밑에 숨은 병사들이 보였다. 그들 역시 이상한 낌새를 알아차린 듯 잔뜩 긴장한 얼굴로 주위를 살피고 있었다. 대호와 태현은 꼼짝하지 않고 날이 밝아올 때까지 가만히 거리를 살폈다. 그리고 날이 환하게 밝자 대호는 뒤편의 트럭에 수신호를 보냈다. 동시에 나가서 원형대형으로 경계하자는 수신호였다. 트럭 아래의 병사가 고개를 끄덕이자 대호는 태현의 귀에 속삭였다.

"셋에 몸을 굴려서 잽싸게 밖으로 나가는 거야."

대호는 좌우를 번갈아 보며 손가락으로 숫자를 셌다.

하나, 둘, 셋!

대호와 태현은 동시에 트럭 밖으로 몸을 굴리고 잽싸게 몸을 일으켰다. 대호는 놀란 듯 쳐다보는 좀비의 머리에 총알을 박았다. 그와 동시에 옆 트럭에서 병사들이 뛰쳐나왔다. 서로를 등지고 거리의 좀비들을 향해 총격을 시작했다.

"도대체 어떻게 된 거야?"

소리쳐 묻는 태현에게 대호도 소리쳐 대답했다.

"쏘기나 해!"

고가 위는 온통 좀비였다. 수백의 좀비가 마치 죽여달라는 듯 느릿느릿 다가왔다. 그들의 표정은 자신들이 좀비가 된 게 억울하다는 듯했다.

"이제 어떻게 합니까?"

등 뒤의 어느 병사가 소리쳐 물었다.

한동안 대답 없이 사격에 열중하던 대호가 소리쳤다.

"횡대로 이동한다. 저쪽에 임시지휘소가 있어."

대호와 병사들이 뛰어가는 동안, 여기저기 숨어 있던 병사들이 하나둘 나타나 대열에 합류했다. 그렇게 좀비를 쓰러뜨리며 300여 미터를 달려가자, 천막을 씌운 60트럭 앞에 탄약박스로 계단을 만든 임시지휘소가 보였다. 대호는 곧장 계단을 올라 천막을 젖히고 안으로 들어섰다.

천막 안은 어두웠다. 그래도 다가오는 좀비의 모습은 분간할 수 있었다. 대호는 망설임 없이 방아쇠를 당겼다.

"젠장."

대대장이었다. 대대장까지 좀비로 변해 있었다. 그리고 이젠 시체가 됐다.

대호는 안으로 들어가 무전기를 살폈다. 지금은 어떻게든 지휘부와 연락이 닿아야 했다.

"여기는 귀뚜라미 둘, 누구든 응답하라."

수화기너머에서 응답 대신 욕이 들렸다.

빌어먹을, 아무도 없나? 응답하라. 응답해! 젠장.

"여기는 귀뚜라미 둘, 말하라."

귀뚜라미? 거기가 어딘가?

"여긴 내부순환도로다."

내부순환도로? 그곳 상황은 어떤가?

"현재 상황? 그러니까 상황이 심각하다. 순환도로 위로 좀비가 올라왔다."

빌어먹을.

상대방의 목소리는 무척 실망한 듯했다.

지휘관은 누군가?

"현잰 나다."

멍청아, 나라고 하면 내가 어떻게 알아!

"아, 나는 7대대 5중대 3소대장 송대호 중위입니다. 귀소 측은 누굽니까?"

11항공단 준위 김진수입니다. 현재 귀소 측으로 이동 중입니다.

"도착 시각은 언젭니까?"

한 5분 후입니다.

"알겠습니다. 연막으로 신호하겠습니다."

대호가 다시 지휘소를 나가려 할 때, 다시 무전기에서 다급한 목소리가 들렸다.

귀뚜라미, 응답하라. 여기는 16전차대대 3호 전차. 귀뚜라미, 응답 바랍니다.

"여긴 귀뚜라미, 말씀하십시오."

현재 위치가 내부순환도로 임시지휘소 맞습니까?

"그렇습니다."

저희가 지금 내부순환도로 진출입로에 있습니다. 그리로 가겠습니다.

대호는 잠시 다른 부대의 무전이 들릴까 수화기를 들고 한동안 기다렸다. 하지만 무전기에서는 더 이상 아무 소리도 들리지 않았다. 대신 거대한 전차의 굉음이 들려왔다.

태현은 고가 위에서 단지 인간이라는 이유로, 생판 처음 보는 병사들과 함께 이젠 좀비로 변한, 같은 군복차림의 좀비들을 향해 총을 쏘아댔다. 갑자기 굉음과 함께 거대한 호랑이가 언덕을 뛰어오르듯 솟아올라 돌진해 오는 전차가 보였다. 전차는 곧장 좀비들을 밀어 깔아뭉개며 달려왔다. 그리고 곧장 임시지휘소를 지나 쏜살같이 달려갔다. 태현과 병사들은 멍하니 전차의 꽁무니를 바라보았다.

"뭐야?"

"야! 우리 태우고 가야지!"

태현과 병사들이 멀어지는 전차를 향해 소리쳤다.

막 지휘소에서 나온 대호가 연막을 까 던지며 소리쳤다.

"무슨 일이야?"

"전차가 그냥 지나갔습니다!"

아우성치는 병사의 얼굴은 자신들을 버리고 간 전차에 대한 분노와 실망으로 일그러졌다.

"젠장, 곧 헬기가 와. 그때까지만 버텨!"

대호가 소리칠 때, 사라졌던 전차가 다시 굉음을 내며 돌아왔다. 그리고 해치가 열리면서 멈춰 섰다.

"남은 사람은 이게 답니까?"

상체를 내민 전차장이 물었다.

"그냥 가버리면 어떻게 합니까?"

한 병사들이 따지듯 물었다.

잠시 황당해하던 전차장이 버럭 호통쳤다.

"무슨 소리야? 우린 300미터 전방까지 좀비들 밀어버리고 온 거야. 그래야 잠시라도 쉴 수 있잖아."

전차장의 말에 병사들이 잠시 안도의 한숨을 내쉬었다.

"어떻게 된 건지 아십니까?"

대호가 전차장에게 물었다.

"그쪽도 모릅니까? 저희도 모릅니다. 전차 안에서 잠을 잤는데 깨어나 보니, 무전에 응답도 없고, 온통 좀비였습니다."

"아무래도 새벽에 누군가 좀비로 변해 모두 당한 것 같습니다."

한 병사가 자신의 추측을 이야기했다.

"자정까지는 괜찮았습니다."

"헬기가 오면 철수하는 겁니까?"

또 다른 한 병사가 물었다.

"헬기가 와봐야 알겠는데."

대호는 대답을 얼버무리고는 다시 다가오는 좀비들을 향해 사격을 시작했다.

잠시 후, 한 대의 휴이가 허공에서 위태롭게 비틀거리더니 간신히 고가 위에 착륙했다. 이어 조종석에서 뛰쳐나온 김 준위가 지휘소를 향해 달려왔다.

"혼자십니까?"

대호가 물었다.

김 준위는 긴장한 얼굴로 고개를 끄덕였다. 대호는 멀리 헬기의 조종석을 바라보았다. 분명 누군가 앉아 있었다.

"부조종사는 좀비로 변했습니다."

김 준위가 거친 숨을 몰아쉬며 말했다.

"어디서 오는 겁니까?"

"탄약고에서 탄약을 수송하다가 왔습니다."

"그쪽은 어떻습니까?"

태현이 물었다.

김 준위가 고개를 저었다.

"탄약고는 좀비들한테 넘어갔네."

"탄약고가 좀비들한테 넘어갔단 말입니까?"

"다, 탄약고, 유류고, 뭐든 다. 이제 좀비들이 점령했어. 착륙할곳도 없어."

"그럼 이제 어디로 가야 합니까?"

전차장이 물었다.

"여러분이 알 거라 생각했는데요."

잠시 침묵이 흘렀다.

"우선 사단본부로 갑시다. 헬기에 다 탈 수 있습니까?"

대호의 말에 김 준위는 고개를 저었다.

"연료가 없습니다. 여기도 간신히 온 겁니다. 마지막으로 탄약고에 갔을 때, 좀비들 때문에 연료도 채우지 못하고 왔습니다."

"공군이나 해군 지원은 없습니까?"

한 병사가 물었다.

"무전에 응답도 없고, 공항에는 이미 다 좀비가 나타났다더군. 김포, 인천공항, 성남도 좀비들이 활주로를 점거해서 어제부터 이착륙이 불가능하고, 해군은 연락도 안 되고, 발견된 배는 좀비만 가득해서, 마치 유령선처럼 떠돈다더군."

"그럼, 이제 어떻게 합니까?"

한 병사가 다시 다가오는 좀비들을 불안한 듯 바라보며 물었다.

"어디든 가야겠지."

대호가 말했다.

"우선 사단본부로 돌아갑시다. 거길 가야 합참의 지시를 받든가, 다른 부대와 연락을 하든가, 그래야 하지 않겠습니까? 뭔가 지시를 받아야지, 이대로는 아무것도 못합니다."

대호는 살아남은 병사들을 시켜 트럭 한 대에 연료와 탄약을 잔뜩 실었다. 그리고 전차를 앞세워 좀비와 밤새 쌓아둔 장애물을 뚫고 달렸다.

"진즉 좀비를 네이팜탄으로 깡그리 태워버렸어야 했습니다."

한 병사가 말했다.

"자네 영화를 많이 봤군. 아무리 영화라도 지금 상황에선 그렇게 못 해."

함께 트럭에 김 준위가 말했다.

"왜 못합니까?"

"민간인들을 대피시키지 못했잖아. 민간인들이 아직 서울에 남아 있는데, 어떻게 서울을 폭격하나? 군인이 국민들 지키라고 있는 거지 죽이라고 있는 게 아니잖아. 아무리 이런 상황이라도 군인이 국민을 죽이는 일을 하면 안 되지."

"하지만 다 좀비가 됐잖습니까?"

"아직 다 좀비가 된 건 아니야."

"하지만 좀비가 되는 건, 이제 시간문젭니다."

"시간문제? 그렇겠지. 그래, 그렇다면 지금 우리 적은 시간이겠군."

고가를 달리던 트럭이 진출입로를 내려가자, 좀비들이 기다렸다는 듯이 다시 새까맣게 모여들었다. 전차가 좀비들을 납작하게 깔아뭉겠지만 그 뒤를 달리는 트럭은 비포장도로를 달리듯 덜컹거렸다. 병사들은 6·25때 초콜릿을 던져주던 미군처럼 트럭 뒤편으로 수류탄을 던지고, 거리의 좀비들을 향해 사방으로 총을 쏘아댔다. 그러다 갑자기 김 준위가 사격을 멈추고는 한동안 뒤편으로 멀어지는 아파트 단지를 멍하니 바라보았다.

"왜 그러십니까?"

태현이 물었다.

"어, 저 아파트단지 뒤가 우리 집이야."

김 준위가 쓴 입맛을 다시며 말했다.

"무사할 겁니다."

태현은 확신도 없는 위로를 건넸다. 그러고는 잠시 머뭇거리다 다시 총을 쏘기 시작했다. 트럭은 노란 크레인이 설치된 아파트 공사현장을 끼고 돌았다. 그 모습을 쫓던 한 아파트 안의 좀비가 마치 열광적인 팬처럼 손을 흔들더니 유리창을 깨고 건물에서 떨어졌다.

몰려드는 좀비들을 뚫고 도착한 사단본부는 커다란 바리케이드로 겹겹이 막혀 있었다. 전차는 좀비를 밀어버리듯 쉽게 바리케이드를 밀어버리고 안으로 돌진했다. 사단본부에게 그들을 맞은 건, 역시 좀비였다. 군복차림의 좀비가 잘 정비된 가로수 옆에서 매복이라도 하고 있었던 것처럼 몰려나왔다. 전차는 그들을 뚫고 곧장 사단본부 건물로 돌진했다.

본부건물은 엉망진창이었다. 잘 정돈되어 있던 본부건물 앞 화단에는 일광 소독하는 매트리스처럼 시체가 널려 있었고, 창문은 여기저기 깨져 있었다. 트럭에서 뛰어내린 병사들이 건물 안으로 뛰어들었다. 건물 안은 총격전이 있었던 듯 여기저기 총탄자국이 남아 있었고, 핏자국이 흥건했다. 1층에 있던 평시 통신실과 지휘소의 문은 활짝 열려 있었다. 대호가 계단을 따라 전시 지하벙커로 내려갔다. 대호는 이미 벙커가 굳게 닫혀 안에서 자신들을 받아주지 않으면 어쩌나 걱정이 됐다. 그리고 닫힌 벙커와 좀비들 사이에 포위되진 않을까 걱정이었다. 그러나 활짝 열린 1층 사무실들과는 달리 굳게 닫혀 있을 것이라 예상했던 벙커 역시 활짝 열려 있었다. 그게 더 불안하게 만들었다.

대호가 손전등을 켜고 조심조심 안으로 들어갔다. 들어서자마
자 다가오는 좀비들이 보였다. 군복을 입은 좀비들이었다. 모두 좀
비로 변한 것 같았다. 대호는 입술을 깨물며 욕이 나오려는 걸 억
지로 참았다. 제일 앞에 선 좀비의 옷깃에 박음질한 계급장이 보
였다. 상관이었다. 잠시 망설이던 대호는 방아쇠를 당겼다. 총성이
벙커 안에서 메아리쳤다. 대호가 아무도 없냐고, 생존자 없냐고
소리쳐 물었지만, 대답은 좀비들의 음울한 메아리뿐이었다.

그때 위층에서 총성이 들렸다. 어딘가 생존자가 있는 게 분명
했다.

"올라가."

벙커에서 나온 대호의 지시에, 어두운 지하로 내려와 잔뜩 겁
먹고 있던 병사들이 서둘러 계단을 올라갔다.

"천천히 올라가!"

대호가 소리쳤을 땐, 이미 늦었다. 갑자기 비명이 들렸다. 뛰어
올라가던 병사들과 몰려든 좀비들이 뒤엉키며 갑자기 백병전이
벌어졌다. 여기저기서 비명이 들리고 다시 총성이 울렸다. 대호는
물러서는 병사들을 밀치고 바닥에 쓰러진 좀비의 머리에 총알 박
았다. 도대체 어디서 이렇게 몰려든 것일까? 고개를 돌려보니 좀
비들이 거침없이 현관으로 들어서고 있었다.

"젠장, 어디 간 거야!"

대호가 버럭 소리치며 욕을 했다.

분명 현관 앞에 있어야 할 전차와 트럭이 보이지 않았다.

"이제 어떡합니까?"

한 병사가 소리쳐 물었다.

"부상자가 있습니다."

또 다른 병사가 악을 쓰며 소리쳤다.

병사 둘이 피를 흘리며 신음하고 있었다.

"위층으로 올라가."

대호는 부상병들을 부축시키고는 계단을 올라가며, 무전으로 다시 전차와 트럭을 찾았다. 갑자기 2층의 좀비들이 다시 앞을 가로막았다. 대호가 좀비들을 쏘려고 할 때, 계단 위에서 총성이 들리며 좀비들이 쓰러졌다.

"왜 올라옵니까?"

사단본부중대의 살아남은 병사였다. 그는 대호를 잔뜩 긴장한 표정으로 바라보며 물었다. 그러더니 부상병을 보자 갑자기 총을 겨누며 소리쳤다.

"뭐야? 뭡니까?"

"부상병이야."

대호가 대답했다.

"좀비에게 물린 겁니까?"

대호는 병사들의 잔뜩 겁먹은 표정에 머뭇거렸다.

"좀비가 될 겁니다."

"무슨 헛소리야! 지금 좀비들은 감염된 거야."

"처음엔 그랬지만, 이젠 물려도 변합니다. 어제 저희가 다 봤습니다."

"난 못 봤어!"

대호가 다시 다가서자 최고참인 듯한 상병이 총구를 들어 겨눴다.

"뭐야? 그 총 안 치워!"

"우리도 이러고 싶진 않지만, 어제 어떻게 버텼는데! 그냥 당할 순 없습니다."

탕탕탕! 총성이 울렸다. 대호는 움찔했다. 마주한 본부중대 병사가 쏜 줄 알았다. 다행히 아니었다. 총성은 아래층에서 들렸다.

"빨리 올라가야 합니다!"

계단 아래의 병사들이 아우성쳤다. 계단으로 좀비들이 올라오고 있었다. 총성이 계단을 타고 올라왔다.

"비켜!"

대호가 버럭 소리쳤다.

본부중대 병사들은 주춤주춤 물러서더니 2층 창문을 통해 현관 지붕 위로 나갔다. 다시 계단을 오르던 대호는 그 모습에 멈칫했다. 위층에서 내려온 병사들이 다시 올라가지 않고 현관 지붕 위로 나간 건, 분명 이유가 있을 터였다. 마침 대호의 시선에 계단 사이로, 내려오는 좀비들이 보였다. 대호는 본부중대 병사들을 쫓아 창 밖으로 고개를 내밀었다. 막 건물 모퉁이를 돌아 나오는 전차와 트럭을 보았다.

"도대체 어디 갔던 거야?"

대호가 무전기에 대고 버럭 소리쳤다.

전차와 트럭이 다시 현관 앞에 멈춰 섰다. 병사들이 창문을 넘어 나오는 동안 대호는 본부중대 병사들과 함께 현관 지붕 위에서 엄호했다. 그러나 부상병을 옮기느라 지체되는 사이 위층과 아래층, 그리고 2층에 있던 좀비들이 모두 몰려들었다. 다시 부상자가 발생하고 여기저기서 비명이 들렸다. 어떤 병사는 좀비 무리에

휩싸여 비명을 질렀다. 한 병사는 총알이 떨어진 총을 휘두르며 미친 듯이 소리질렀다. 그는 계속 몰려드는 좀비에 밀려 창문에서 멀어져 복도로 흘러나갔다.

"제발 서두르십시오!"

운전병이 소리쳤다.

"닥치고, 기다려!"

대호는 부상병을 트럭에 옮기며 소리쳤다.

그때 절규처럼 들리는 비명과 함께 폭음이 들렸다.

"수류탄!"

수류탄은 복도 안에서 터졌다.

태현은 갑자기 날아든 폭풍에 그대로 나자빠졌다. 모든 게 끝난 듯 조용했다. 그러다 다시 정신을 차렸을 땐 겨드랑이에 팔이 끼워지고 질질 끌려 트럭에 실리고 있었다. 먹먹해진 귀가 서서히 들려올 때쯤 트럭이 흔들어 깨우듯 부르릉거리더니 서서히 움직였다. 트럭의 경적, 비명, 총성에 귀가 따갑고 어지러웠다. 차라리 모든 게 조용했으면 싶었다.

"출발, 출발!"

김 준위가 운전석 지붕을 두드리며 소리쳤다.

트럭이 경적을 울리자, 앞의 전차가 갑자기 제자리에서 360도 회전을 하며 주위에 들러붙은 좀비들을 깔아뭉개더니 치달아나갔다.

흔들리는 트럭에서 누워 있는 건 더 곤혹이었다. 태현은 팔을 짚고 일어나 앉아 멍한 얼굴로 주위를 살폈다. 두 명의 부상자가 더 실려 있었고, 좀비들을 향해 총을 쏘는 병사들은 여섯뿐이었다. 항공단 김 준위가 천으로 부상자들의 상처를 동여매고 있었다.

"물린 겁니까?"

탄창을 교환하던 한 병사가 불안한 듯 태현에게 물었다.

태현은 멍한 얼굴로 천천히 고개를 저었다.

"아니. 수류탄……."

"저 둘은 물린 겁니다."

병사의 목소리가 떨리고 있었다.

태현은 상처를 치료하는 김 준위를 바라보았다. 좀비에게 물린 뒤 변하는지, 안 변하는지 그게 중요한 건지, 안 중요한 건지 멍한 머리로는 알 수 없었다. 그게 무슨 상관인가 싶었다. 그때 부상병의 상처를 싸매던 김 준위가 갑자기 부상병의 목을 짓누르더니 소리쳤다.

"도와줘!"

다음 순간 김 준위와 부상병의 위치가 뒤바뀌었다. 한 병사가 달려가 부상병의 얼굴을 개머리판으로 후려쳤다. 태현에게 물린 거냐고 묻던 병사였다. 그는 발로 차 부상병을 트럭 밖으로 밀어냈다. 그리고 다른 부상병까지 먹살을 잡아 일으켰다.

"나, 난 아직 멀쩡해!"

부상병이 겁먹은 표정으로 소리쳤지만, 병사는 고개를 젓고는 부상병을 트럭 밖으로 내동댕이쳤다. 달리는 트럭에서 떨어진 부상병은 아스팔트 위를 볼링 공처럼 굴러 뒤따라오던 좀비들을 쓰러뜨렸다. 갑자기 사격이 멎고 트럭의 병사들이 모두 부상병을 밖으로 집어던진 병사를 쳐다보았다.

"우리 모두 다 죽을 수도 있었습니다!"

병사가 변명하듯 소리쳤다. 그리고 김 준위를 바라보았다. 김 준위에게 동의를 구하는 것 같았다. 김 준위가 고개를 끄덕였다.

"좀비였어."

"뒤에 뭐하는 거야!"

대호가 소리쳤다.

병사들은 다시 무표정한 얼굴로 좀비들을 향해 사격을 시작했다.

전차가 오르막을 오르기 시작했다. 첫날 집결지였던 골프장으로 가기 위해서였다. 그러나 막 언덕을 올라 골프장 입구에 도착했을 때, 다시 눈앞에 펼쳐진 골프장은 더 이상 집결지로서의 골프장이 아니었다. 여기저기 폭탄이 터져 움푹 패인 게 마치 거대한 녹색 스펀지처럼 보였다. 게다가 좀비로 변한 군인들이 전차의 엔진소리를 듣고 모여들었다. 전차는 곧장 방향을 틀어 다시 올라왔던 도로로 내려갔다. 그 뒤를 60트럭이 덜컹거리며 뒤따랐다.

다음으로 향한 곳은 일산의 한 방송국이었다. 방송국은 전시에도 보호해야 하는 기간시설이기 때문에 분명 군이 배치돼 있을 터였다. 그러나 막상 방송국에 가까이 갈수록 대호는 불안해졌다. 거리의 좀비는 점점 불어났고, 무전기는 여전히 조용했다. 모두 침묵대기를 지시받은 것 같았다. 사단본부까지 좀비들에게 빼앗긴 상황에서 과연 방송국이 무사할지 불안하고 초조했다.

불안하기는 뒤에서 총을 쏘던 병사들이 더했다. 좀비로 변한 동료를 본 것만으로도 머릿속이 복잡한데, 눈앞의 좀비는 줄지 않고 더 늘었다. 게다가 방송국을 향한 전차가 교차로에서 방향을 틀 때, 맞은편 8차선 도로를 거슬러 모여드는 좀비들을 보니 숨까지 턱 막혔다. 뒤뚱거리며 다가오는 좀비들이 병사들의 눈에는 밀려드는 거대한 해일처럼 보였다. 당장, 빨리 여길 벗어나고 싶은 마음뿐이었다. 그런데 트럭은 사람들이 많아, 이젠 좀비가 많을 것 같은 번화가를 향해 달리고 있었다. 왠지 소대장이 자신들을 사지로 끌고 가는 것 같았다. 좀비들은 그들을 기다린 듯했다. 심지어 상가 고층의 유리창이 깨지면서 좀비들이 깨진 창문 밖으로 고개를 내밀었다. 좀비들은 전차와 트럭을 향해 미친 듯 손을 흔들었다. 마치 먹잇감을 환영하는 듯했다. 그러더니 제풀에 못 이겨 바닥으로 떨어졌다. 좀비들은 눈앞의 사람에 미쳐 자신들의 위험은 보이지도 않는 듯했다.

트럭이 갑자기 멈춰 섰다. 놀란 태현이 앞을 살펴보니, 편의점 아르바이트생인 듯 직원 조끼를 걸친 남녀가 트럭을 가로막고 있었다. 사람이었다. 그들은 트럭 뒤로 달려왔다.

태현은 민간인을 태우는 게 옳은 일이 아닌 것 같았다. 분명 지금은 작전 중이었다. 그런데 민간인을 태우다니. 그러나 김 준위가 그들의 손을 잡고 태우자 태현도 어쩔 수 없었다. 다시 출발하기 위해서도 어쩔 수 없었다. 그러자 여기저기서 생존자들이 창문을 깨고 살려달라고 소리쳤다. 그러나 이미 전차와 트럭이 멀어진 뒤였다.

트럭에 오른 남녀는 살았다며 부둥켜안고 울기 시작했다. 그 모습에 태현은 쓴웃음을 지으며 돌아섰다. 살지 죽을지는 자신들도 아직 모르는 일이기 때문이었다.

트럭이 전차를 따라 교차로에서 방향을 틀자, 육교 너머로 방송국 건물이 보였다. 그러나 그곳 역시 좀비 투성이었다. 창문 사이로 좀비들이 손을 흔들고, 깨진 창문에선 뛰어내렸다. 전차는 계속 달렸다. 처음부터 그곳이 목적지가 아닌 듯 지나쳤다.

전차가 멈춰 선 건, 시내를 벗어나 한참을 달려 이제는 차도, 좀비도 보이지 않는 한적한 국도에서였다. 어느새 해는 서산에 가려 보이지 않았다. 아직 노을이 물들진 않았지만 곧 밤이 온다는 사실이 모두를 불안하게 만들었다.

"이제 어디로 갑니까?"

전차장이 트럭으로 다가와 물었다. 그러나 대호는 무전기만 만지작거렸다.

"좀비들이 쫓아오기 전에 어디든 피할 곳을 찾아야 합니다."

그건 모두 잘 알고 있었다. 그러나 어디가 숨을 만한 곳인지는 알 수 없었다.

"여기서 가까운 군부대가 어딘지 아는 곳 있나?"

대호가 운전병에게 물었다.

"거기도 좀비가 있으면 어떻게 합니까?"

운전병이 대답하기 전에 전차장이 말했다.

"저희 부대는 첫날부터 부대원이 좀비로 변해 이미 난장판이 됐습니다."

"중대로 돌아가면 안 됩니까?"

태현이 트럭 위에서 고개를 내밀고 말했다.

"거기도 좀비가 있으면? 탄약고도 빼앗긴 판에 어디든 안전한 곳은 없을 거야."

김 준위가 말했다.

"하지만 저희 중대에는 좀비가 없었습니다. 첫날 나올 때까지만 해도 말입니다. 그리고 취사병까지 다 차출돼 나왔으니, 지금 저희 중대는 남은 사람이 아무도 없을 겁니다. 그리고 도로에서 비포장도로로 돌아 들어가니까 부대를 아는 사람 말고는 오는 사람도 없습니다. 짬통 아주머니 빼고는 말입니다."

태현의 말에 대호가 고개를 끄덕였다.

"그래, 우선 중대로 복귀하자."

중대에 도착한 건, 동쪽하늘에 하나둘 별이 뜰 때였다.

모든 게 떠날 때 그대로였다. 불 꺼진 막사는 귀신이 나올 것 같은 폐교처럼 을씨년스러웠다. 단층 막사 앞의 게양대에는 태극기가 아무 일 없었다는 듯 펄럭이고 있었다. 그나마 연병장의 트럭 바퀴 자국만이 첫날 여기서 무슨 일이 있었는지 추측할 수 있게 했다.

중대에 도착한 병사들은 서로를 불안한 눈빛으로 바라보았다. 어두워진 하늘빛으로 보이는 서로의 얼굴이 좀비처럼 을씨년스럽기도 했지만, 누군가 갑자기 좀비로 변할까 봐 두려웠기 때문이었다. 다행히 막사 안으로 들어와 불을 켜자 한결 안심이 됐다.

대호는 종일 굶은 병사들을 위해 잠긴 PX를 열고 초코파이와 음료수를 크리스마스 위문품처럼 풀었다. 허겁지겁 먹는 병사들의 모습은 포로 수용소의 포로처럼 보였다. 게다가 병사들을 중대에 남은 주홍색 체육복으로 갈아 입히자 더 그랬다. 병사들이 목욕탕에서 샤워를 하고 모이자 대호는 취침을 위해 기갑병과 보병의 소속으로 내무반을 나누었다. 그러나 한 병사가 반대했다.

"그랬다가 한 명이라도 좀비로 변하면 그 내무반은 끝입니다."

병사의 말에 모두가 다시 불안한 표정으로 서로를 바라보았다. 그러나 그렇게 한 명씩 내무반을 쓰기에는 내무반이 모자랐다. 종일 좀비에 시달려 지친 대호는 짜증 섞인 목소리로 어제 변하지 않았으니 이젠 괜찮다고, 그러니 같이 쓰라고 했다. 그러나 그런 말을 믿고 싶어 하는 사람은 아무도 없었다. 결국 관사의 방 셋을 편의점에서 구한 민간인 둘과 항공단 김 준위가 쓰게 하고 운전병이 트럭에서 자기로 하자, 병사들에게 내무반이 하나씩 돌아갔다. 한 명, 한 명씩 내무반을 배정하고 들여보내자 하나같이 잠금 단추부터 누르는 소리가 제일 먼저 들렸다.

대호와 태현은 행정실에서 무전대기하며 밤을 새웠다. 예전 같으면, 군에서 만난 동창과의 오붓한 일직근무였지만, 둘은 넋이라도 나간 듯 말없이 무전기만 바라보았다. 그러다 기다리다 지쳐 무전을 보내보기도 하고, 또 기다렸다. 그러나 밤새 무전기에선 어떤 응답도 없었다. 대호와 태현은 그저 밤이라 모두 자는 것이길 빌었다.

다음날 아침점호 때, 대호는 탈영병이 있다는 걸 알았다. 처음엔 좀비가 돼 점호에 나오지 않는 거라 생각했다. 그래서 조심조심 잠긴 내무반 문을 열고 들어갔다. 그러나 내무반은 텅 비어 있었다. 처음엔 안도했다. 그러나 곧 가슴이 철렁했다. 대호는 침상에 걸터앉아 머리를 싸잡았다. 잠시 어떻게 해야 할지, 남은 사람들에게 뭐라고 얘기해야 할지, 뭐라고 해야 동요하지 않을지 고민했다. 그러다 일어나 모포를 향해 총을 한 방 쏘고 나왔다. 그리고 사람들에게는 좀비로 변해 사살했다고 말했다. 대호는 탈영 사실을 숨기기 위해 내무반을 폐쇄했다.

아침은 전날 밤처럼 PX에서 빵과 음료수로 대신했다. 식사 후, 대호는 유일한 병장인 태현을 시켜 중대에 남은 물품들을 확인하게 하고는 항공단 김진수 준위와 전차장 백태원 중사와 함께 앞으로 어떻게 할지를 결정했다. 그리고 점심식사 후, 식당에서 모두에게 알렸다.

"우선 지금 우리 상황을 설명해야겠다. 우선 부식은 얼마 없지만, 쌀은 우리가 1년은 버틸 만큼 있다. 그리고 기름은 5리터, 탄약은 1만 2000발 정도에 수류탄은 서른 개가 남아 있다. 물론 모든 좀비들을 소탕하기에는 턱도 없는 양이지. 그래서 현 상황에서 우리가 할 수 있는 최선이 뭔지 생각해 봤는데, 앞으로 우리가 할 수 있는 일은, 상급부대의 지시가 있을 때까지 기다리는 거다."

"기다린다고요?"

민간인 사내가 물었다.

"예. 그렇습니다."

"그럼, 우리 가족들은요? 우리 가족은 안 구하겠다는 말입니까?"

"현재, 가족분들이 무사하다는 보장도 없고, 거기까지 갈 기름도 없습니다. 그래서 갈 수가 없습니다."

"그렇다고 기다리겠다는 겁니까? 군인이? 걸어가서라도 사람들을 구해야죠. 그러라고 있는 거 아닙니까?"

사내가 힐끗 김 준위를 돌아보았다. 그러나 김 준위는 사내의 시선을 피해 고개를 돌렸다.

대호가 난감한 듯 이마를 긁적이며 말했다.

"그렇긴 합니다만, 지금은 상황이 좀 특수한 상황입니다. 우선 저희도 안전해야 임무를 수행할 수 있어야 하지 않겠습니까? 물론 시민들을 구하는 것도 중요하지만 우리 병사들을 위험에 빠뜨리면서까지 갈 순 없습니다. 갈 수도 없고······."

"하지만 여러분도 가족이 있잖습니까? 그렇잖아요? 어젯밤에 서울에 가족이 있다고 하셨잖아요."

사내가 김 준위를 바라보았다.

"예, 저도 가족이 서울에 있습니다. 하지만 지금은 갈 상황이 아니잖습니까. 어제 종일 전화해도 받지 않았다면서요. 그리고 우리는 두 분의 안전도 지켜드려야 하······."

"우리를 지킨다고? 우리 때문이라면, 우리가 가죠. 연주 씨······."

사내가 여자의 이름을 부르자 여자는 깜짝 놀라더니, 이내 잔뜩 겁먹은 얼굴로 고개를 돌렸다. 아무래도 겁이나 갈 용기가 나지 않는 듯했다. 그런 여자의 표정을 본 사내가 다시 말했다.

"예, 그럼, 저라도 가겠습니다. 우리 아이를 좀비들 틈에 그냥 남겨둘 순 없어요. 우리 집사람과 아이는 좀비가 되지 않았어요. 그저께 밤에 전화가 됐을 때만 해도 빨리 구해달라고 했단 말입니다."

사내가 언성을 높이자 한 병사가 짜증난다는 투로 끼어들었다.

"그건 그저께 아닙니까. 오늘 우리들 중에도 한 명이 좀비로 변했는데, 오늘도 부인과 아이가 사람이라는 걸 어떻게 확실하십니까?"

"내가 전화를 했다고! 안전하게 집에 있겠다고 했어!"

"그럼, 안전한 집에서 며칠 더 기다리라고 하십시오."

"뭐?"

"안전한 집에 있으면, 당장 구할 필요는 없는 거 아닙니까. 그러니까 며칠 뒤에 좀비가 없어지면 그때 가면 되잖습니까."

"그걸 말이라고 해? 좀비가 언제 없어지는데, 언제 없어질 줄 알고, 그딴 소리를 해?"

사내가 버럭 소리치자 병사도 소리쳤다.

"언젠간 없어집니다! 지금 가면 괜히 우리까지 다 죽습니다."

"야! 넌 조용히 해."

대호가 버럭 호통을 치며 나섰다.

"기다리자는 건, 현재 상황이 어떤지 파악이 될 때까지만 기다리자는 겁니다. 그러니 조금만 기다려주십시오."

대호의 말에 다시 병사가 소리쳤다.

"다 끝났습니다. 진짜 말 그대로 천벌을 받은 겁니다."

"조용히 안 해!"

이번엔 백 중사가 버럭 소리쳤다.

귀신이라도 지난 간 듯, 일순간 조용해졌지만, 서로를 바라보는 눈빛은 매섭기만 했다.

"어쨌든 오늘은 기다려보는 걸로 하겠습니다. 그리고 태현이 이하 사병들은 6시에 인원 파악할 테니까. 그때까지 태현이가 부대현황 알려주고, 끝나면 내무반에서 총기정비하면서 대기하도록 해."

태현은 병사들과 함께 위병소에서 철조망을 따라 중대를 한 바퀴 돌면서 초소의 위치와 건물들에 대해 알려주었다. 그리고 한 내무반에 모여 각자의 총기를 정비하기 시작했다.

"저, 병장님, 여긴 정말 좀비가 없었습니까?"

한 병사가 태현에게 물었다.

그의 주홍색 상의에는 누군가의 이름이 매직으로 덧칠해져 있고, 작대기 두 개와 김성민이라는 새 이름이 쓰여 있었다.

"응."

"……."

"너희 중대는 좀비 나왔어?"

"예, 소대원 반이 좀비가 돼, 다 죽었습니다."

김 일병은 기어들어가는 목소리로 말했다.

"좋았겠네. 다 쏴 죽일 수 있어서."

한 이등병이 아무렇지 않은 듯 말했다.

그의 상의에는 작대기 하나와 한창렬이라는 이름이 쓰여 있었다. 태현은 문득 그가 트럭에서 부상병을 내던진 병사라는 것을 기억해냈다.

"나도 그랬어. 새벽에 초소근무 서고 돌아왔더니, 다 좀비가 됐더라고. 그래서 다 쏴 죽였어. 아주 지옥으로 보냈지."

한 이병은 김 일병을 물끄러미 바라보더니, 조금씩 흥분하며 말했다.

"당연히 지옥에 떨어질 새끼들이었거든. 밥 늦게 먹는다고 갈구고, 목소리 작다고 갈구고, 이등병이 앉아 있는다고 갈구고, 슬리퍼 하나 잃어버렸다고 갈구고. ……그래서 총알 받고, 내무반에 들어가자마자 아주 시원하게 갈겨버렸어. 살려달라고 지랄을 하는 좆 같은 규영이, 씹새끼부터, 인두껍이, 꼴통새끼들, 다 죽였지."

"그게 무슨 말이야?"

김 일병이 놀란 눈을 하고 물었다.

"좆같은 새끼들은 다 좀비가 됐다는 거야. 안 됐더라도 좆 같은 새끼들은 다 죽여야 된다는 소리지. 네들도 조심해. 네들도 좀비로 변하면 내가 다 골로 보내줄 테니까."

한 이병이 방아쇠에 손가락을 걸며 말했다.

한 이병은 여태 총을 분리하지도 않았고, 어쩌면 총알이 재워져 있을 수도 있는 탄창까지 꽂혀 있었다.

"한창렬 이병, 자네는 총 정비 안 하나?"

태현이 조심스럽게 물었다.

"여기서 누가 또 좀비로 변할지도 모르는데, 어떻게 무장을 해제합니까, 병장님."

한 이병이 갑자기 병사들을 향해 총구를 휘두르며 말했다.

병사들은 총구가 자신을 향할 때마다 움찔했다. 중대에 복귀한 후, 소대장과 백 중사가 총알을 수거했지만, 지금 저 총에 총알이 없을 거라고는 아무도 확신하지 못했다.

"지금은 괜찮아."

"괜찮은 거 좋아하네."

한 이병은 섬뜩한 미소를 지으며 태현을 바라보았다. 총구가 태현을 향해 있었다.

"쫄았냐? 내가 이등병이라고 모르는 줄 알아. 나도 배울 만큼 배웠고, 나이 먹을 만큼 먹었어. 너 몇 살이야? 좆 같은 군대 일찍 좀 왔다고, 잘난 척하지 마. 밖에서 만났으면 한 주먹도 안 되는 새끼들이, 군대 좀 일찍 왔다고 빼기기는, 씨발 새끼들."

한 이병이 내무반에 모인 병사들을 하나하나 쳐다보았다. 그러나 병사들은 모두 한 이병의 시선을 피했다.

"야, 너 몇 살이냐고!"

한 이병이 다시 태현에게 물었다.

"스물여섯."

태현이 건조한 목소리로 답하자, 이번에는 한 이병이 움찔했다.

"씨발, 졸라 많네."

"그러니까, 총 내려놓고, 정비하는 게 어때, 한창렬 이병."

태현의 말에 한 이병은 잠시 머뭇거리는 듯하더니 눈을 부릅 뜨고는 턱짓을 하며 말했다.

"좆 까. 씨발아."

그러고는 내무반을 나가 달려갔다. 태현이 뒤쫓아 갔을 땐, 이미 쾅하는 문소리만 들렸다. 누군가 어이없다는 듯 투덜거렸다.

"누가 씨발인지 모르겠네. 진짜 똘아이 새끼, 저런 새끼가 좀비가 됐어야 하는데."

단발의 총성이 들린 건, 모두가 총을 정비하고 행정반으로 옮길 때였다. 다른 누구를 생각할 것도 없이 한 이병이었다. 모두들 그가 들어간 내무반으로 달려갔지만, 문은 잠겨 있었다. 태현이 발로 차고, 또 총으로 때려 부수고 들어가자, 말년 병장처럼 침상에 널브러진 한 이병이 입을 벌린 채, 멍한 눈으로 태현을 바라보고 있었다. 표정이 마치 좀비처럼 보였다. 등 뒤에서 욕지거리와 고함소리가 들렸다. 소대장 대호가 태현을 밀치고 들어서더니 태현을 돌아보았다.

"어떻게 된 거야?"

태현은 그저 모른다고 대답했다.

"몰라? 젠장, 또 어떤 새끼가 총알 짱 박아 놨어!"

대호가 병사들을 향해 소리쳤다.

"젠장, 백 중사! ……"

대호가 내무반을 나간 뒤, 누군가 속삭이듯 말했다.

"미친 새끼, 잘 죽었다."

"근데, 총성을 듣고 좀비가 오면 어쩌지?"

"야, 재수 없는 소리하지 마."

"야라니? 너 몇 호봉이야?"

"6호봉이다."

"나도 6호봉이야."

태현은 병사 둘과 함께 한 이병의 시체를 수습했다. 삽 길이만큼 땅을 파고, 그 위에 판 흙을 덮었다. 매직으로 나무에 이름과 계급, 그리고 죽은 날을 써놓고 머리맡에 박았다. 생년월일은 언젠지 알 수 없어 쓸 수 없었다. 그리고 담배 두 대에 불을 붙이고는 한 대를 무덤 위에 올렸다. 문득 정비시간에 한 이병이 한 이야기가 마지막 유언처럼 느껴졌다. 어쩌면 살려달라는 외침이었을 수도 있었다. 태현은 그렇게 생각했다. 따뜻한 말 한마디 건네지 못한 게 괜히 미안하고 답답했다. 사실 내무반에서는 그저 그의 손에 들린 총만 두려워했을 뿐, 그의 이야기는 제대로 듣지도 않았다. 그런데 땅에 묻고 나니, 이제야 알 것 같았다.

태현이 시체를 묻는 동안, 대호는 백 중사, 그리고 김 준위와 함께 모든 내무반을 뒤져 병사들이 숨겨놓은 탄약을 회수했다. 대호의 말처럼 짱 박혀 있던 탄약은 백여 발이 넘었다. 수류탄도 있었다. 평소 같으면 영창감이었지만, 아무도 영창을 가지 않았다. 갈 수도 없었다. 그러나 영창을 가는 게 나을 뻔했다. 어쩌면 빈 창고에 영창을 만들었어야 했다. 한 이병이 당긴 방아쇠는 자신만 죽인 게 아니었다. 한 이병이 자살한 다음날, 한 병사가 목을 맸다.

다음날 아침점호에는 김 준위가 보이지 않았다. 병사들은 김 준위도 자살한 거라 생각했다. 사실 이런 상황에서 자살을 하는 게 오히려 정상으로 여겨졌다. 그때 관사에서 두 발의 총성이 울렸다. 병사들이 관사로 내려갔을 땐, 관사 앞에 소대장이 침통한 표정으로 앉아 있었다. 그리고 백 중사는 먼 산을 바라보며 담배 연기를 내뿜고 있었다. 소대장은 민간인 남자와 김 준위가 좀비로 변했다고 했다.

중대로 복귀한 지, 사흘 만에 두 명이 자살하고 셋이 좀비로 변했다. 병사들은 불안해했다. 대호에게 총이라도 달라고 했다. 그러나 대호는 또 자살하는 병사가 생길까 봐 주저했다. 분명 누군가 아직 총알을 짱 박아놓고 있다고 믿었다. 그러고는 밑도 끝도 없이 병사들에게 참호 작업을 지시하고는 연주라는 민간인 여자에게는 앞으로 모든 식사를 준비하게 했다.

"남은 인원이 여덟입니다. 위병소랑 취사장 쪽에 초소근무 서기도 빠듯합니다. 게다가 일직근무까지 서야 하잖습니까."

불평하는 태현에게 대호는 앞으로 사병의 일직근무를 빼고, 취사장 쪽 초소근무는 철조망이 있어 빼고 위병소에만 위병을 세우게 했다. 그리고 해가 지기 전까지 연병장에 'SOS'를 쓰고, 참호를 파라고 지시했다. 태현은 정작 경계병은 줄이면서, 막사와 철조망 주변에 참호를 파라는, 뭔가 앞뒤가 안 맞는 듯한 명령이 어이없었지만, 백 중사가 곁에 있어 대놓고 따지지도 못했다.

"젠장, 이 상황에서까지 삽질이라니, 내가 이놈의 삽자루 다 부러뜨리고 말 거야."

"삽자루는 다시 만들어 끼우면 되잖아. 그것보단 삽날을 부러뜨려."

새로 판 참호의 각을 잡기 위해 삽을 내리꽂던 전차병 포수인 최태욱 상병이 툴툴거리자, 사단의 본부중대에서 살아남은 강신일 상병이 말했다.

"넌 뭐하냐?"

태현이 고참의 삽질을 멀뚱멀뚱 보고 선 김성민 일병에게 묻자 김 일병이 머뭇거리더니 말했다.

"저 말씀입니까? 아무것도 안 합니다."

"야, 고참들이 삽질하는데, 넌 아무것도 안 해? 너희 부대는 그랬냐?"

최 상병이 어이없다는 듯 말했다.

"아, 아닙니다. 하겠습니다. 근데 정태현 병장님, 정태현 병장님은 어떻게 생각하십니까?"

"뭘 생각해?"

"마냥 기다리는 거 말입니다."

"기다리는 거? 그게 어때서?"

"제가 생각해 봤는데 말입니다. 전, 반댑니다."

대뜸 반대라는 말에 모두가 삽질을 멈추고 김 일병을 돌아보았다.

"기다린다고 나아질 상황이 아니잖습니까. 이미 지휘부도 다 없어졌는데, 기다린다고 누가 오겠습니까? 또 우리가 여기 있는 걸 알지도 못하잖습니까."

"그래서 무전대기하고 있잖아."

"무전기 배터리가 얼마나 간다고 그러십니까. 제가 통신 주특기라 좀 아는데 말입니다. 우리는 지금 충전기도 없잖습니까. 결국 무전기 배터리 떨어지면 우린 완전히 고립입니다."

김 일병의 말에 삽질하던 병사들의 표정이 어두워졌다. 태현은 선임병으로서 뭐라 기운 날 말을 해 줘야 할 것 같았다. 딱히 생각이 나진 않았지만 뭐라도, 하다못해 갈구기라도 해야 할 것 같았다. 그래서 막 입을 떼려고 할 때, 위병소 쪽에서 총성이 울렸다. 태현과 병사들은 드디어 좀비가 왔다고 생각했다. 드디어 놈들이 쫓아왔다고 생각했다. 누가 먼저랄 것도 없이 행정반에서 총과 탄약을 받아 위병소로 달려갔다. 그러나 위병소에는 근무를 서던 경계병 한 명이 머리에 피를 흘린 채 쓰러져 있을 뿐이었다. 방탄모를 쓰고 방아쇠를 당겼는지 방탄모가 멀리 떨어져 나뒹굴고 있었다. 함께 근무를 섰던 전차병 이승호 일병은 주저앉아 멍한 얼굴로 시체를 바라보고 있었다. 태현이 다가가 병사의 얼굴을 확인했다. 왠지 익은 얼굴이었다. 태현은 얼마 전, 시체를 묻으면서 그 병사가 했던 말을 기억했다.

"정태현 병장님, 매일 이렇게 다 죽으면, 마지막에 죽은 사람은 묻히지도 못하겠습니다."

그때 같이 있던 최태욱 상병은 재수 없는 소리하지 말라며, 어떻게 살아남았는데, 자살을 하냐고 했다.

"야, 이승호! 너 뭐한 거야?"

백 중사가 달려와 함께 근무를 선 이 일병에게 호통쳤다.

"저, 전 경계방향만 하느라고 몰랐습니다."

이 일병이 얼어버린 얼굴로 더듬거리며 말했다.

태현은 다시 시체를 묻었다.

"참호 하나 주는 대신 무덤 하나가 늡니다."

김 일병이 무덤을 덮으며 말했다.

"그래서 원래 참호라는 게 자기 무덤을 파듯이 깊이 파는 거야."

태현이 담담하게 말했다.

그러자 이번에는 자기가 시체처리반이냐며 투덜거리던 최 상병이 멍한 얼굴로 말했다.

"아무래도 정말 자살 바이러스가 있나 봅니다."

"야, 너는 재수 없는 소리하지 마!"

태현은 머릿속 생각을 떨쳐내듯 소리쳤다. 사실 태현도 불안했던 일이었다. 그때 다시 총성이 들렸다. 또 위병소 쪽이었다. 이번에도 자살한 걸까? 정말 자살 바이러스일까? 태현은 곧장 위병소로 달려갔다. 다행인지 불행인지 자살은 아니었다. 좀비였다. 인근의 마을에서 온 좀비였다. 태현이 알고 있던 사람들이었다. 얼굴이 썩은 듯 문드러져 있고 지저분했지만 대충은 누군지 알아볼 수 있었다. 분명 아침, 점심, 저녁으로 경운기를 몰고 와, 짬통을 비워가던 아랫동네의 아주머니들이었다. 종종 짬밥을 조금이라도 더 가져가려고 싸우던 그 아주머니들이었다. 지금은 비록 좀비가 됐지만, 그래도 한 때 알고 있던 사람들이 좀비가 돼 나타나고, 이제 그들을 죽여야 한다고 생각하니, 태현의 마음은 편하지 못했다. 다행히 위병소 근무를 서던 강 상병이 소총으로 정확히 머리통을 겨누고, 좀비 하나 당, 한 발씩. 차례로 쓰러뜨렸다.

전기가 끊긴 건, 그날 밤이었다. 암흑 속에서 볼 거라고는 하늘의 달과 별뿐이었다. 태현은 빛 한 줄기 없는 막사를 나와 밤하늘을 바라보았다. 문득, 제대가 며칠 남았는지 생각해보았다. 분명 열흘은 지난 것 같았다. 제대를 하면 가족은 만날 수 있을지, 가족은 무사한지, 친구들은, 확신은 없었지만, 제대하면 어떻게든 집으로 가 확인하고 싶었다. 물론 갈 수나 있을지 의문이었지만, 그래도 갈 수 있으면 가야 한다고 생각했다.

"안 자고 뭐하냐?"

대호였다. 대호가 행정반 창문 밖으로 상체를 내밀었다.

"그냥, 잠이 안 와서."

"그래도 자야지. 안 피곤해? ……괜히 쓸데없는 생각하면 안 된다."

"쓸데없는 생각이 어딨냐. 다 필요한 생각이지. ……근데, 언제까지 기다릴 거야?"

"글쎄, 모르겠다."

대호는 길게 담배 연기를 내뿜으며 말했다.

"배터리가 떨어지면, 완전히 고립되고, 그럼 오도 가도 못 한다던대. 그전에 무슨 수를 찾아야 하는 거 아니야?"

태현의 말에 대호는 긴 한숨을 내쉬었다.

"예전에, 2차대전이 끝난 줄도 모르고, 동남아의 어느 정글에 숨어 지냈던 일본군인 이야기 아냐?"

"……."

"지금 중요한 건, 어떻게든 오래 살아남는 거야. 그럼, 그 다음은 어떻게든 되는 거고."

아침식사로 구운 고기가 나왔다. 황당해하는 대호와 선임하사에게 연주는 조심조심 말했다.

"냉장고가 꺼져서, 상할 수 있는 것부터 먹어야 할 것 같아서요."

고기반찬이 나왔지만, 좋아하는 병사는 아무도 없었다. 그래도 오랜만에 보는, 또 언제 볼지 모르는 고기라 열심히 먹었다.

아침식사를 마친 대호는 태현을 행정반으로 불러 갈색약병을 내밀었다.

"정수약이야. 전기가 끊겨서 지하수도 못 퍼 올려. 인근에 약수터를 찾기 전까진 개울물을 마셔야 할 거야. 그리고 너 근처 마을 내려가는 샛길 알지? 네들, 종종 마을에 내려가서 부식 추진했잖아."

"예에."

태현이 백 중사의 눈치를 보며 어정쩡하게 대답했다.

"좋아, 그럼 네가 마을로 좀 안내해야겠다."

"마을에 말입니까?"

"응, 아무래도 먹을 게 더 필요하지 싶어. 밥만 먹고 살 순 없 잖아. 짬밥 가져가던 아주머니들이 있는 걸 봐선 분명 돼지 키우는 곳이 있을 거야. 가서 돼지도 몰아와야 해. 어차피 그냥 두면 굶어 죽을 텐데. 그리고 우리한테 필요한 뭔가 더 있을지도 모르고."

대호는 병사를 모두 데리고 마을로 내려갔다. 위병소에는 위병 대신 인계철선으로 부비트랩을 만들어, 좀비가 걸리면 수류탄이 터지게끔 만들었다. 백 중사는 중대에 남아 연주와 함께 무전대기를 했다.

마을은 그리 멀지 않았다. 가운데 풀이 난 비포장도로를 따라 10여 분을 내려가자, 섬처럼 생긴 언덕 위에 대나무처럼 곧게 자란 소나무 군락이 보였다. 그 뒤로 마을이 있었다. 마을은 신작로를 따라 늘어선 열촌 형태의 십여 채와 산골짜기에 흩어진 집과 축사들이 전부였다.

신작로로 들어서자 좀비들이 대호와 병사들을 맞았다. 대호는 총을 들어 제일 먼저 다가오는 좀비의 머리통을 박살냈다. 총성이 울리자, 여기저기서 좀비들이 몰려나왔다. 그러나 밀물처럼 달려들던 도시의 좀비들에 비하면 아무것도 아니었다. 표적지에 대고 총을 쏘는 것처럼 쉬웠다. 게다가 외모도 늙고 병든 듯한 노인 좀비들이었다. 대호와 병사들은 채 10분도 안 돼 거리의 좀비를 소탕하고, 집집마다 대문을 박차고 들어가, 마치 숨은 듯한 집 안의 좀비들을 소탕하고는 멀리 보이는 골짜기의 축사를 향해 올라갔다. 축사에는 아사 직전의 돼지 10여 마리와 이미 죽어 널브러진 돼지 수십 마리가 내장을 까내고 죽어 있었다.

"돼지들이 먹을 게 없어서, 죽은 돼지를 먹은 겁니다."

지독한 냄새에 토악질하는 태현과 대원들에게 조찬혁 상병이 말했다.

그는 생존자 중 유일하게 농촌출신인, 이젠 전직이 돼버린 전차 조종수였다. 조 상병이 물을 날라 우리 안의 그릇에 붓자 돼지들이 아우성치며 물을 마셔댔다.

돼지를 옮기는 건 쉬운 일이 아니었다. 발악하는 돼지 다리를 묶고, 수레에 실어 다시 수레를 끌고 가, 철조망 개구멍으로 돼지를 밀어 넣어야 했다. 그리고 취사장 옆 창고에 가뒀다. 그렇게 이틀에 걸쳐 돼지를 옮기고 돼지 사료를 옮기고 나니 온몸에서 돼지냄새가 났다. 냄새는 씻어도, 씻어도 잘 지워지지 않았다. 돼지냄새가 지독하다고 생각했지만, 그래도 기분은 좋았다. 잡아먹을 때 잡아먹더라도 당장은 돼지를 살리는 일이었기 때문이다.

돼지를 모두 옮기고 나자, 대호는 집집마다 들어가 쓸 만한 것들을 모두 챙기도록 지시했다. 먼저 자동차와 경운기의 기름, 창고의 쌀, 가스통, 김치, 비누, 세제, 삽, 도끼, 곡괭이에 숫돌까지. 그중 가장 중요한 건 무전기를 켤 수 있는 건전지였다. 태현과 병사들은 하루종일 수레로 물품들을 옮겨야 했다. 그렇게 짐을 옮기기 시작하고 이삼 일이 지나자, 대호는 사병들끼리 마을로 내려가 짐을 옮기게 했다. 그러자 처음엔 조용하던 병사들이 하나둘 투덜거리기 시작했다. 먼저 전차 탄약수 이승호 일병이 시작했다.

"우리가 무슨 이삿짐센터 직원도 아니고 이게 무슨 고생인지 모르겠습니다."

"그러게, 트럭 가지고 오면 단번에 다 옮길 수 있는데, 이게 무슨 개고생이냐."

60트럭의 운전병인 곽재민 일병이 수레에 짐을 실으며 덩달아 투덜거렸다.

"기름을 아껴야 하잖아."

최 상병이 말했다.

"기름 좀 찾았잖습니까?"

"야, 그것도 아껴야지. 원래 군대라는 게 그런 거야. 사람이 남아도는데, 뭐하러 아깝게 기름을 쓰냐."

곽 일병의 볼멘소리에 최 상병은 당연하다는 듯 말했다.

"그래, 우리나라군대가 삽질을 괜히 시키는 게 아니야. 남아도니까, 먹여주고 입혀주면서 놀리면 뭐해. 그래서 시키는 거야."

최 상병의 말에 강 상병도 맞장구를 치자, 다시 곽 일병이 투덜거렸다.

"삽질은 그렇지만, 지금 이건, 너무 한 거 아닙니까? 왜 남의 살림을 다 가져갑니까. 이건 이사도 아니고, 완전 도둑질입니다."

"도둑질? 야, 너는 위치이동 몰라? 위치이동. 영어로 해 줄까? transposition."

최 상병의 말에 곽 일병이 황당하다는 듯 바라보더니 말했다.

"그건, 군필품이고, 이건 민간인들 거잖습니까."

"야, 이런 비상시국에선 군이 물건들을 징발할 수도 있는 거야."

본부중대 출신인 강 상병이 짜증을 내며 말했다.

"그래도 이렇게까지 가져가는 건 심한 것 같습니다. 그리고 징발할 수 있는 물품도 따로 정해져 있지 않습니까?"

"야, 지금 상황이 상황이니까, 그런 거 아냐. 헛소리하지 말고, 하라면 좀 해."

이번엔 묵묵히 짐을 옮기던 조 상병이 말했다.

그러자 김 일병이 태현을 돌아보며 말했다.

"정태현 병장님, 아무리 그래도, 이런 건 가지고 가봤자, 소용없지 않습니까? 우리가 천년만년 여기 있을 수 있는 건 아니잖습니까. 필요한 만큼만 가져가면 되잖습니까."

"얼마나 필요할지 모르니까 그런 거잖아."

태현은 귀찮다는 듯 말했다.

사실 태현도 이게 뭐하는 짓인지, 잘 하는 짓인지 도무지 알 수 없었다. 대호의 말처럼 살아남기는 해야 하지만 곽 일병이나 김 일병의 말처럼 국민들의 재산을 빼앗는 것 같았다. 꼭 이렇게까지 해야 하나 싶었다. 하지만 생각해 보면 그래도 없는 것보다는 나을 것 같았다.

"정태현 병장님, 여기 말고 다른 마을은 얼마나 멉니까?"

"어? ……왜?"

강 상병의 물음에 태현이 조금 경계하며 물었다. 예전 같으면 분명 탈영하려는 병사나 물을 법한 질문이었다. 물론 지금은 쉽게 탈영할 순 없었다. 헌병보다 무서운 좀비들이 사방에 널렸을 테니까.

"멀면 싫어서 말입니다."

"……?"

"그래야, 소대장이 또 거기까지 가서 이렇게 가져오라고 하진 않을 거 아닙니까."

강 상병의 말에 태현은 조금은 안심하면서도 대충 흘려 말했다.

"도로 따라 가면, 몇 군데 나오긴 하는데, 가까운 곳도 차로 15분은 가야 하니까. 가라곤 안 할 거야."

"부려 먹으려면 또 모릅니다. 그땐 트럭 가져가서 실어오라고 할지 누가 압니까."

태현의 말에 곽 일병이 툴툴거렸다.

마을에서 쓸만한 물품을 옮겨 다시 창고에 정리해 넣자, 이번엔 중대 주위에 웃자란 풀을 베는 제초작업이 기다리고 있었다. 어느새 풀은 훌쩍 웃자라 있었다.

"누구 보기 좋으라고 제초작업인지 모르겠습니다. 자기들은 막사에 쫙 박혀서 뭘 하는지."

"PX에서 콜라나 따먹겠지."

운전병인 곽 일병이 툴툴거리자 강 상병이 대꾸했다.

병사들은 막사의 행정반이 안 보이는 막사 뒤편의 언덕 위에서 잡초를 베고 있었다. 사병들은 언제나 간부들의 시선을 피할 수 있는 곳에서의 작업을 더 선호했다. 그건 간부들도 익히 잘 아는 사병들의 본능이었다.

"정태현 병장님은 제대가 언젭니까?"

김 일병이 물었다.

태현은 잠시 하늘을 바라보았다.

"글쎄, 열흘 남았었는데."

"그럼, 민간인 아닙니까? 열흘 넘었잖습니까."

"복무기간 채웠다고 제대냐."

김 일병의 물음에 행정병 출신인 강 상병이 한심하다는 듯 쳐다보았다.

"아닙니까?"

"당연하지. 바보야. 전역명령이 내려와야 전역을 하는 거야."

"예? 그럼, 우린 제대도 하지 못하고 이대로 계속 있어야 하는 겁니까?"

"왜? 21개월 지나면 어디 갈 곳이라도 있냐?"

"그건 아니고 말입니다. 그래도 진급도 하고, 전역도 하고 해야 하는 게 아닌가 해서 말입니다."

"명령이 없으면, 전역도 진급도 없어. 그냥 이대로 있는 거야. 일병은 일병, 상병은 상병."

"정말? 진급도 안 시켜줘?"

이번엔 최 상병이 황당하다는 듯 물었다.

"당연하지. 지금 국방부 시계는 멈췄어. 우린 계속 상병 말호봉이고, 너희는 계속 일병 2호봉이야."

"와, 진짜, 이 난리에 가족들 걱정되는데, 집에도 못 가고, 진급도 안 시켜주고, 또 제대도 안 시켜주면, 도대체 이 상황에서 국가가 우리한테 해 주는 게 뭡니까."

강 상병의 말에 곽 일병이 어이없다는 듯 투덜거렸다.

"그래서 유명한 케네디 대통령이 말했잖아. 국가가 너 같은 놈한테 뭘 해 주기 바라지 말고, 네가 국가에 뭘 해 줄 건지를 먼저 고민하라고."

"그건 미국 얘기 아닙니까."

강 상병의 말에 곽 일병이 또 투덜거렸다.

"미국은 국민들한테 해 주는 게 있으니까, 뭘 해 줄지 고민하라고 하지만 우리나라는 해 주는 게 없잖습니까. 미국이야, 남의 나라에 난리 나면 군대를 보내서라도 자국민들 빼내주지만, 우리는 알아서 오라고 하는데 어떻게 국가를 위해 고민을 합니까. 내 걱정을 해야지."

"야, 너 같은 놈들 때문에 나라 발전이 없는 거야."

"국민이 잘 살면 그게 발전하는 겁니다."

강 상병의 말에 곽 일병이 지지 않고 말했다.

"그래? 그러냐? 그럼 너희 집은 얼마나 잘 사냐? 뭐, 재산이 몇십억쯤 되냐?"

"예? 뭐, 그 정도는 아니지만, 그래도 그럭저럭 먹고삽니다."

"그럭저럭? 결국 네가 그럭저럭 살아서 나라가 이 모양 이 꼴인 거 아냐. 그러니까 국가를 위해서 네가 더 잘 먹고 잘 살 궁리나 하란 말이야."

"예?"

곽 일병이 황당하다는 듯 강 상병을 쳐다보는 사이 가만히 고개를 숙이고 이마를 긁던 김 일병이 물었다.

"강신일 상병님, 그럼, 만약에 제가 21개월을 다 채웠는데, 좀비가 없어지지 않아서 22개월 복무했다가, 좀비가 없어지고 복무기간도 다 채우고 해서, 제대를 하면 전 일병 제댑니까?"

"야, 내가 무슨 육군참모총장이냐! 왜 그걸 나한테 물어."

"아니, 전, 그냥 강신일 상병님은 행정병이시니까, 혹시나……"

"에이, 좀비들이 다 사라지면, 살아남은 장성들끼리 서열 다 따져보고, 그 중에 최고명령권자가 네들 진급을 시켜주든지, 제대를 시키든지 알아서 하겠지."

강 상병이 짜증을 내며 말했다.

"근데, 어떻게 말입니까? 우리가 여기 살아있는 줄 모르잖습니까."

김 일병이 또 물었다.

"그러니까 무전대기를 하는 거 아냐, 병신아. 무전병이란 새끼가……, 이런 상황에서 공문으로 보내겠냐. 어휴, 이 답답아."

강 상병은 한심하다는 듯 말했다.

"하지만 무전기 죽었는데, 어떻게 명령을 받습니까."

"뭐?"

김 일병의 말에 모두의 눈이 일제히 김 일병에게 쏠렸다. 모두의 시선에 김 일병이 깜짝 놀라며 모두의 시선을 피했다.

"야, 무슨 소리야, 무전기가 죽다니?"

최 상병이 물었다.

"아, 저, 그게, 소대장님이 소문내지 말라고……"

김 일병이 중얼거렸다.

"야, 똑바로 말해, 너. 소대장이 죽으라면 죽을래."

최 상병이 험상궂은 얼굴로 다가서자 눈치를 살피던 김 일병이 기어들어가는 목소리로 말했다.

"저, 사실, 그게, 얼마 전에 무전기 배터리 다 엥꼬 났습니다. 그래서 마을에 내려가서 구한 건전지로 연결을 해서 쓰고 있었는데, 그것도 엊그제 다 엥꼬 났습니다."

모두들 한동안 말이 없었다. 그저 김 일병만 바라보며 눈만 끔뻑일 뿐이었다.

"최태욱 상병님, 그럼 이제 우리 어떻게 되는 겁니까?"

모두가 멍한 표정으로 김 일병을 바라볼 때, 이 일병이 걱정스런 표정으로 물었다.

"어떻게 되긴, 좆 된 거지. 됐냐?"

최 상병이 낫을 바닥에 던져 꽂으며 말했다.

저녁 식사 때, 다시 마주한 대호와 백 중사는 평소처럼 모두를 대했지만, 병사들의 얼굴은 좀비처럼 무표정했다. 병사들은 소대장과 전차장에게 김 일병의 말이 사실인지 물어볼지, 아니면 언제쯤 먼저 사실을 말해 줄지 궁금해하고, 의심하며 조용히 저녁 식사를 마쳤다.

"나도 한 대 주라."

식사를 마친 태현이 식당 옆에서, 담배를 꺼내 물자 대호가 다가왔다. 대호 등 뒤로 식판을 닦는 다른 병사들의 모습이 보였다. 왠지 병사들이 대호와 자신을 어깨너머로 힐끗거리며 쳐다보는 것 같아 마음이 불편했다. 사병들 사이에서 간부와 친한 건, 좋은 일이 아니었다. 특히 지금처럼 사병들이 간부들을 의심하는 상황에서는 더했다.

"야, 보고해 봐."

"뭘?"

"오늘 무슨 일 있었는지 보고하라고."

"별일 없었어. 제초작업하고, 밥 먹고."

"그런데 애들 표정이 왜 저래?"

"표정?"

"내가 눈치도 없어 보이냐."

대호가 힐끗 식판을 닦는 사병들을 돌아보았다.

"좋게 말로 할 때, 해라."

대호의 말에 태현은 잠시 머뭇거리다가 말했다.

"무전기 배터리 떨어졌다며."

"씨발. 누구한테 들었어? ……김성민, 그 새끼가 말했지?"

"누가 말한 게 중요한 게 아니잖아. ……애들 분위기 안 좋아."

"분위기가 안 좋아? 왜?"

"쓸데없는 작업만 시킨다고, 우리가 너희 간부들 노예냐고 하는 애들도 있고. 마을엔 좀비들이 별로 없으니까, 다른 곳으로 갈 수도 있다고 생각하는 애들도 있는 것 같아."

"탈영하겠다는 거야?"

태현은 대답하지 않았다.

"설마, 너도 그럴 생각이냐?"

"최소한 쓸데없는 제초작업은 시키지 말자. 지금 상황에서 제초작업이 말이 되냐?"

"쓸데없는 게 아니라, 다 쓸 데가 있어서 시키는 거야. 원래 풀이 없어야 적이 숨어서 접근하지도 못하고, 또 몸이 피곤해야 지금처럼 너희들이 쓸데없는 생각을 안 한다고."

"쓸데없는 생각? 대호야, 삽질하고, 낫질하면 머리에 있는 뇌가 없어지냐? 우리 삽질하면서도 다 생각하고, 이야기해. 일 시켜서 딴생각 못하게 하지 말고, 애들을 이해를 시켜봐."

"야, 누군 이해시키기 싫어서 안 시키겠냐. 근데 문제는 나도 지금 상황이 이해가 안 가. 갑자기 전 세계 사람들이 동시에 좀비가 됐는데, 넌 이해가 되냐? 나도 황당한데 무슨 수로 애들을 이해시켜. 그렇다고 다 도망치자고 할 수도 없잖아. 어떻게든 무슨 수가 날 때까지 잡아둬야지. 이게 지금은 최선이야."

"하지만 제초작업은 아니다."

"에휴, 그래, 젠장, 그럼 내일은 다른 힘든 거 찾아서 시킬게. 됐냐?"

대호는 피던 담배를 던져버리고는 일어섰다. 태현은 바닥에 던져진 길게 남은 꽁초를 보며, 괜히 자신 때문에 내일 더 힘든 작업이 있겠구나 하는 미안함보다 장초가 아깝다는 생각이 들었다.

다음 날 아침식사 후, 대호는 사병들을 단독군장차림으로 집합시켰다.

대호는 군장 세 개와 굵은 매직으로 쓴 A4 십여 장을 들고 나타났다. A4에는 간단한 인사말과 안부를 묻는 말, 그리고 생존자들이 찾아올 수 있게끔 부대의 위치가 그려진 약도가 있었고, 군장에는 전투식량이 담겨 있었다.

"오늘부터, 인근 지역 수색정찰 및 좀비 소탕과 구조작업을 병행한다."

"그게 무슨 말…… 씀이십니까?"

대호의 말에 태현이 놀라 물었다.

"말귀 못 알아들어? 가까운 마을로 가서 좀비를 소탕하고 혹시 있을지 모르는 생존자들 찾아 이곳으로 데려오는 거다. 그리고 만약 이 인근으로 찾아오는 생존자들이 안전하게 이곳으로 올 수 있도록 이 A4를 전봇대에 붙여서 조치하는 거다."

병사들은 놀란 눈으로 대호를 바라보았다. 그들의 기억 속에는 마을의 좀비보다 아직 서울과 사단본부에서 본 좀비에 대한 기억이 더 컸다.

"근데 소대장님, 정말 가도 되는 겁니까?"

백 중사가 탄약을 분배하자 강 상병이 물었다.

"가도 되냐니?"

"가는 곳이 안전한 건가 해서 말입니다."

"좀비보다 너희가 더 강해. 최소한 총이 있잖아."

대호가 병사들과 함께 이동하자 막사 앞에서 연주가 출발하는 병사들을 배웅했다. 마치 애인을 전쟁터로 떠나보내기라도 하는 듯했다. 그리고 이번에도 백 중사는 무전대기를 핑계로 중대에 남았다.

국도로 나온 대호는 남쪽으로 향했다. 국도 옆에는 부대 안에는 없던 꽃나무들이 한창 꽃을 피우고 있었다. 좋고 신선한 향기가 났다. 그 밑으로 사람 대신 노루와 멧돼지가 새끼를 끌고 지나갔다. 좌우로 대형을 벌린 병사들은 군장을 교대로 지며 걸었다. 짙게 우거진 숲과 모내기를 못 한 들판을 지나 두 시간을 걷자, 콘크리트 다리가 나왔다. 다리 너머로 붉고, 하얀 간판들이 달린 건물들이 보였다. 대부분 낮은 1층 건물과 샌드위치 패널로 지은 2층 공장들이었다. 한 1층 건물 옥상에는 바싹 말라버린 빨래가 만국기처럼 흔들리고 있었다.

다리는 마을을 관통한 도로와 이어져 있었다. 대호는 병사들에게 다리 앞에서 전투식량으로 요기를 하고 잠시 쉬도록 했다.

마을로 들어가면 나올 때까지 몇 시간이 걸릴지 모르지만, 좀비들은 쉬지 않음으로 분명 자신들도 쉬지 못하고 계속 좀비들을 상대해야 할 게 뻔했기 때문이었다.

식사를 마친 병사들과 함께 다리를 건너 마을을 향하자 이미 대호와 병사들을 인식한 좀비들이 뭔가 절실하고 갈망하는 눈빛으로 다가왔다. 그러나 몸짓은 귀신들린 허수아비 같았다. 좀비는 동남아에서 온 듯 보이는 좀비부터 제법 어린 좀비들까지 다양했다. 대호는 괜히 멀리서 다가오는 좀비를 쏴 총알을 낭비하지 않도록 주의시키고는 다리 위에서 다가오는 좀비들을 기다렸다. 어차피 상대가 총도 없이 다가오니, 다리 위에서 싸우는 게 오히려 안전했다. 병사들은 다리 위에서 낚시를 하는 한량들처럼 돌아가며 다가오는 좀비들을 사살했다.

얼마 뒤, 좀비들의 시체가 작은 언덕을 이뤘다. 그 언덕에 가려 뒤의 좀비가 보이지 않을 지경이었다. 대호는 병사들을 이끌고 마을로 들어갔다. 처음엔 엄호를 위해 높은 곳에 관측병이라도 배치하고 싶었지만, 마땅히 그럴 곳도, 그럴 필요도 없었다. 대호와 병사들은 도로 중앙으로 나왔다. 엄폐물을 찾아 길 가장자리나 건물에 붙는 건, 오히려 위험한 짓이었다. 괜히 건물 뒤나 모퉁이에서 나오는 좀비들에게 습격을 당할 수 있기 때문이었다. 대호와 병사들은 1940년대 미국 갱단처럼 거리를 누비며 아스팔트 도로를 따라 마을을 돈 후, 골목과 도로변 상가, 주택으로 진입했다. 생존자 수색과 혹시나 집 안에 남은 좀비를 소탕하기 위해서였다. 두 개조로 나눠 번갈아가며 진입하고, 엄호했다. 그렇게 한나절을 좀비사냥으로 보냈다. 한 집 건너 하나씩은 좀비가 있었다.

대부분 왜소한 체격의 늙고 병약해 보이는 좀비였지만, 그래도 좀비는 좀비였다. 생존자는 없었다. 아무래도 모두 좀비로 변하고, 살아남은 건, 자신들뿐인 것 같았다. 대호는 그렇게 생각했다. 비록 부대의 약도를 그린 A4를 전봇대 여기저기에 붙이긴 했지만, 그건 그저 병사들에게 희망을 주고 싶어서였다. 그리고 자신들이 무언가를 한다는 것을 보여주기 위해서였다.

해가 서산으로 기울 무렵, 대호가 부대복귀를 지시하자, 운전병인 곽 일병이 물었다.

"소대장님, 또 걸어갑니까?"

"그럼, 구보로 갈래?"

"그게 아니고 말입니다. 저기 트럭이 있던데 말입니다. 그거 타고 가면 안 되겠습니까?"

곽 일병이 구석에 주차된 4톤 트럭을 가리키며 말했다.

"어차피 주인도 없고, 키도 찾아보면 있을 건데 말입니다. 기름도 차 있고 말입니다."

대호와 병사들은 오랜만에 음악을 들으며 복귀했다. 비록 뽕짝이었지만, 상관없었다. 밤에는 돼지를 잡았다. 연기가 보이지 않게끔 밤에 장작불을 지피고 구웠다. 마을에서 구한 술도 나왔고 정작 불 옆에 세워둔 트럭에서는 음악이 흘러나왔다. 병사들은 오랜만에 뜯는 고기와 술을 남기지 않으려고 전투적으로 먹고, 마셔댔다. 그 모습에 주눅이 들었는지 유일한 여자인 연주는 잔뜩 웅크리고 고기를 뜯었다.

등록금 때문에 휴학을 하고 아르바이트를 했다는 연주는 술은 안 마셨다. 술을 좋아하지 않는다고 했다. 굳이 억지로 권할 필요는 없었다. 자신들이 마실 술도 부족했기 때문이었다. 그러다 분위기가 한층 무르익자, 조 상병이 박수를 치며 홍일점인 연주에게 노래를 청했다.

"분위기 살리고, 살리고……."

벌떡 일어난 연주는 노래 대신 먼저 자러 간다며 취사장으로 올라갔다. 관사에서 민간인 사내와 김 준위가 좀비가 된 뒤로 연주는 취사장에 딸린 취사병용 내무반에서 잠을 잤다.

"뭐야, 분위기나 망치고."

불 때문인지, 술 때문인지 얼굴이 온통 시뻘겋게 물든 백 중사가 얼굴을 찌푸리며 말했다.

그러고는 일어나 비틀거리며 연주를 쫓아가려 했다. 분위기를 망친 것에 대해 시비를 걸 분위기였다.

"아이고, 중사님, 중사님, 어디 가십니까. 분위기 살리고, 살리고, 살리고, 살리고……."

같은 기갑부대 출신인 최 상병과 이 일병이 백 중사를 붙잡고 다시 박수를 치며 노래를 청했다. 취한 백 중사는 다시 기분 좋게 소주병을 들고 비틀거리며 노래를 부르다가 털썩 주저앉았다. 완전히 고주망태가 돼 있었다.

자정이 넘자, 하나둘 술기운을 이기지 못하고 쓰러졌다. 주량이 소주 4병이라고 자랑하던 곽 일병이 제일 먼저 쓰러졌다. 백 중사는 구령대 위에 벌러덩 누워 잠이 들었고, 조 상병은 밑도 끝도 없이 연주 씨 보고 싶다며 소리치다 쓰러졌다. 그런 조 상병을 보며 대호는 도대체 어디서 저 따위로 술을 배웠는지 모르겠다며 혀를 내둘렀다. 회식의 끝은 고참이 후임병 없다고 구시렁거리며 최 상병이 조 상병을 둘러업고 막사로 올라가는 것이었다. 태현은 그 모습을 피식 웃으며 바라보았다. 그러다 문득 꺼져가는 장작불 너머로 막사에서 다시 위병소 쪽으로 내려가는 연주가 보였다. 처음엔 유령인 줄 알았다. 그러나 자세히 보니 분명 연주였다. 조금 전, 입고 있던 옷 그대로였다. 연주는 힐끗힐끗 장작불 주변을 살피며 위병소 쪽으로 내려가고 있었다. 조금 이상했지만, 태현은 대수롭지 않게 생각했다. 술에 얼큰하게 취한 상태에서 굳이 남의 일에 상관하고 싶지 않았다. 어차피 여자가 혼자 도망칠 리는 없었고, 또 도망친들 군인도 아닌데 무슨 상관인가 싶었다.

강 상병이 김 일병과 이 일병을 데리고 식당에서 옮겨온 테이블을 정리하고 의자를 치웠다. 좀비가 창궐해 세상이 바뀐 듯해도 바뀌지 않은 건, 후임병이 뒷정리를 하는 것이었다. 그게 계급사회, 군대였다. 그 사이 대호와 태현은 병맥주를 하나씩 들고, 불가에 남아 장작불로 담뱃불을 붙이고 밤하늘을 바라보았다. 초롱초롱한 별이 쏟아질 듯 밤하늘에 걸려있었다.

"별, 참 많다. ……이제 저 별이 많을까, 남은 사람이 많을까?"

태현이 혼잣말처럼 말했다.

"이젠 좀비가 더 많겠지."

대호는 별 대신 꺼져가는 장작불을 바라보며 말했다.

태현은 쓴웃음을 짓고 말았다.

"그래도 어딘가엔 있겠지. 아무튼 좀비 소탕 나간 건, 잘한 것 같아. 벌써 애들 분위기도 좋아. 여기에 누군가 전단지를 보고 찾아오면 금상첨화인데. 그래야 정말 애들한테도 뭔가 분위기 전환이 될 것 같아. 특히 예쁜 전지현이나 김태희급 여자로, 연주 씨는 내 스타일이 아니거든."

태현이 애써 환하게 웃으며 말했다.

"너무 기대가 크구나?"

대호도 피식 웃고는 물었다.

"이왕 하는 거 크게 해야지. 넌 큰 기대 안 해?"

"모르겠다. 솔직히 난 계속 기다리기만 해서 그런지, 그래서 지쳤는지, 점점 포기하게 되네."

"그래? 그럼 너도 삽질을 해. 그럼 포기 같은, 쓸데없는 생각은 안 하게 될 거야."

태현의 말에 대호는 피식 웃었다.

"만약, 정말 우리만 남게 된 거면, 넌 어떻게 할 거냐?"

대호가 물었다.

"글쎄, ……죽을 자리나 파 놓을까."

"삽질 싫다며."

이번엔 태현이 피식 웃고는 물었다.

"넌?"

"난, 나는 모르겠다. 그냥 우리만 남은 게 아니길 바랄 수밖에 없지, 싶다."

"기대 안 하는 것처럼 말하더니."

"기대를 안 한다고 바라지도 못하냐?"

"기대나 바라는 거나 똑같은 거잖아."

"달라."

"달라?"

"달라."

"와, 계급이 깡패라고 소대장이라 따질 수도 없고. 참나, ……그런데 왜 기대도 없이 위험하게 마을에 내려가서 수색하고 전단지를 붙이는 거냐?"

"다 너희 좋으라고 하는 거지."

"우리가 총 쏘고, 좀비 죽이는 걸 좋아한다는 거냐?"

"오늘도 재미있어 했잖아."

"미친놈."

"소대장에게 말하는 거 하고는."

대호의 말에 태현이 눈을 흘겼다.

"나는 포기해도, 너희는 포기하면 안 되니까."

"너는 바라기만 하면서, 우리는 기대까지 하라고?"

"……."

"대단한 소대장님 나셨다."

태현은 병을 안주 삼아 맥주를 비웠다.

날이 무더워지자, 이제는 제초작업도 시들해졌다. 대신 이번엔 배수로 작업이 시작됐다. 다가올 장마를 대비하기 위해서였다. 태현은 돼지를 돌보는 조 상병을 빼고, 나머지 병사들과 함께 가파른 절개지가 있는 취사장 뒤편에서 배수로 작업을 시작했다.

"정태현 병장님, 저 여자 미친 거 같지 않습니까?"

김 일병이 말했다.

배수로에 삽을 내리꽂으며 각을 잡던 태현은 황당한 표정으로 김 일병을 쳐다보았다. 김 일병은 심각한 표정으로 취사장을 바라보고 있었다. 얼떨결에 태현도 김 일병의 시선을 따라 열린 취사장 창문을 통해 도마질하는 연주를 바라보았다. 도마를 내리치는 칼이 제법 힘이 있어 보였다.

"왜?"

"저 여자가 요즘 밤이면 관사에 내려갑니다."

태현은 얼마 전, 장작불 너머로 본 연주를 떠올리며 고개를 끄덕였다. 그저 잘못 본 게 아니었구나 싶었다.

"그래서?"

"거기 좀비 시체 있잖습니까. 관사에서 그 민간인이랑 김 준위님이 좀비로 변했잖습니까."

"……"

"미치지 않고서야, 거길 왜 갑니까?"

"저도 봤습니다. 한, 두어 달 전부턴가. 귀신인 줄 알고 깜짝 놀랐습니다."

곽 일병이 말했다.

"얼마 전엔 일직 서던 전차장님이 여자 없어졌다고, 찾는다고 저까지 깨워서 난리도 아니었습니다."

이번엔 이 일병이 말했다.

"머리에 꽃도 꽂았디?"

최 상병이 물었다.

"그렇진 않았습니다."

"야, 그럼 정상이야."

강 상병이 키득거리며 말했다.

"근데 밖에 꽃이 폈냐고 물었습니다."

이 일병의 표정엔 확신이 차 있었다. 마치 꽃을 찾으니, 미친 거라는 투였다. 그러자 모두가 도마질하는 연주를 바라보았다.

"나한텐 어디 갔었냐고, 마을이 얼마나 머냐고 묻더라."

"나한텐 운전을 가르쳐달라고 하더라고. 우리 쓸 기름도 부족한데 개념 없이."

김 일병과 곽 일병이 툴툴거리며 말했다.

"너보다 개념이 없을까."

최 상병이 핀잔하듯 말했다.

태현은 그저 어깨를 으쓱거리며 넘겨버렸다. 세상에 온통 좀비인 이런 상황에서 여자가 미치지 않는 게 비정상이라 생각했고, 있던 사람이 사라졌으니 찾는 것도 당연하다고 생각했다. 그러나 얼마 뒤, 다시 인근 마을로 내려가 좀비를 소탕하고 생필품을 챙겨 돌아왔을 때, 관사 옆에서 칼에 난자 당해 죽어 있는 백 중사를 보고서야 모든 게 당연한 건 아니라는 걸 알게 됐다. 범인은 함께 중대에 남았던 연주였다. 처음부터 의심할 수 있는 사람은 연주뿐이었고, 연주도 부인하지 않았다. 사실 부인할 수도 없었다. 피가 묻은 옷, 여전히 씻지 않은 얼굴과 손 때문이었다. 연주는 관사에 숨어 있었다. 대호가 연주를 찾았을 때, 연주는 분노와 원망에 찬 눈으로 대호를 바라보았다.

"내게 데려가 달라고 했잖아요!"

연주가 비명처럼 소리쳤다.

아침, 연주는 바람을 쐬고 싶다며 좀비 소탕을 나가는 병사들을 따라 부대 밖으로 나가고 싶어 했다. 그러나 대호는 밖은 위험하다며 안전한 부대에 남으라고 했다. 그러나 연주에게 위험한 곳은 정작 부대 밖이 아니라 부대 안이었다.

소리치던 연주는 대호와 병사들이 부대 밖으로 나가 둘만 남게 되면, 그때부터 백 중사가 개로 변했다고 했다. 그동안 수차례 희롱을 당했다고 했다. 그래서 대호가 마을로 내려간다고 했을 때, 같이 따라나가고 싶었고, 만약 밖이 안전하다면 도망치려 했다고 했다. 하지만 그걸 백 중사가 눈치채 버렸고, 그 뒤로 백 중사는 연주를 더 자주, 더 집요하게 괴롭혔다고 했다. 괴롭힌 방법은 굳이 묻지 않았다. 두 팔로 자신의 몸을 끌어안는 연주의 행동으로 금방 알 수 있었다.

　태현과 병사들은 연주가 불쌍했을 뿐, 그다지 백 중사의 죽음을 안타까워하지 않았다. 사실 백 중사는 병사들 사이에 인기가 없었다. 심지어 백 중사가 아침 점호를 할 때면, 병사들은 오만상을 찌푸렸다. 터무니없는 구보 때문이었다. 특히 연주가 막사 앞을 지나가기라도 하면, 백 중사는 인원파악 번호조차도 좀비가 들을까 봐 소곤소곤 외치는 병사들과는 달리 우렁찬 목소리로 연병장을 평소의 두 배인 열 바퀴나 뛰게 했다. 괜히 민간인 여자 앞에서 군인들의 군기가 뭔지 보여주려는 것 같았다. 아니, 어쩌면 자신이 얼마나 대단한 사람인지, 자신이 비록 일곱 명이지만, 그들을 마음대로 굴릴 수 있다는 걸 보여주고 싶어 하는 것 같았다. 그런 생각이 들자 병사들은 당연히 요령을 피우기 시작했다. 조금이라도 덜 뛰려고 연병장 안으로 조금씩, 조금씩 도는 원의 크기를 줄였다. 백 중사는 그런 걸 모르는지 아니면 알고도 놔두는 건지 아무 말도 하지 않았다. 그래서 병사들은 점점 더 백 중사를 싫어했다. 요령을 피워도 지적하지 않는 건 분명 여자에게만 잘 보이려고 했을 뿐, 사실 구보 자체에는 관심이 없던 것이라 여졌다.

반면 대호는 침통한 표정이었다. 아무래도 같은 간부의 죽음에 앞으로가 걱정인 듯했다. 게다가 대호는 좀비로 변한 것도 아니고, 자살도 아닌 이번 사건에 어찌할지 몰라, 그저 방탄모를 벗고 머리만 흐트러트렸다. 보기에는 그저 짜증이 난 것 같았다. 그 모습에 연주는 더 화가 치민 듯했다.

"야아아아!"

그런 대호를 노려보던 연주가 갑자기 비명을 지르며 자신의 몸을 쥐어뜯었다. 대호와 병사들은 연주의 팔다리를 잡아 묶었다. 그리고 만약을 대비해 조 상병과 이 일병이 남아 연주를 지켜보게 하고는 관사를 나왔다.

갑작스런 사고에 병사들은 연병장 가에 앉아 건빵으로 식사를 때웠다. 늘 식사를 준비하던 연주가 묶여있었기 때문이었다.

"근데 희롱한 것 갖고 죽이는 건 너무한 거 아닙니까?"

곽 일병이 말했다.

"희롱이 어떤 거였는지 말을 안 했으니 모르지. 벌써 당한 걸수도 있고."

강 상병이 말했다.

"당하다니? 강간을 말입니까?"

김 일병이 놀라 물었다.

"어휴, 그래도 인간인데, 정말 이런 상황에서까지 참…… 기가 막힌다."

최 상병이 한숨을 내쉬고는 말했다.

"그게 무슨 소리야?"

태현이 물었다.

"원래 좀 유명했습니다. 월급 타면, 계집질에 월급 다 날리고, 사병들한테까지 돈 빌린 걸로 말입니다. 심지어 제대한 병장들이 찾아와서 돈 갚으라고 한 적도 있었습니다."

"정말?"

"제가 죽은 사람일을 가지고 왜 거짓말합니까. 그때 전역한 병장들이 와서 얘기하는 게, 보급관님 앞에서 대질하는데 백 중사가 자기는 여자들 빚 갚아 준거라고 했었답니다."

"빚을 갚아줬다는 건 좋은 거 아닙니까?"

곽 일병이 물었다.

"야, 이 무식아. 성매매한 걸, 그 여자들 빚 갚아 주는 거라고 했다고."

"대단한 자선사업가 나셨다."

강 상병이 어이없다는 듯 비아냥거렸다.

잠시 모두들 기가 막힌 듯 말이 없었다.

그러다 김 일병이 물었다.

"그런데 이상하지 않습니까?"

"뭐가?"

"관사 말입니다. 관사에 원래 좀비 시체 둘이 있어야 하지 않습니까?"

김 일병의 말에 모두가 서로의 얼굴을 번갈아 쳐다보았다.

"누가 치웠겠지."

강 상병이 말했다.

"누가 말입니까?"

김 일병이 물었다.

"조 상병이나 이 일병이나, 아니면 죽은 녀석들 중에 누가 치웠겠지. 왜? 좀비 시체 못 치워서 억울하나?"

"예? 그건 아닙니다."

김 일병이 손까지 저으며 어림없다는 듯 말했다.

관사의 시체 이야기는 그렇게 끝났지만, 태현이 생각하기에도 이상했다. 시체란 시체는 모두 자신과 시체처리반이냐며 투덜거리던 최 상병, 그리고 김 일병이 물었다. 그리고 좀비로 변한 시체는 모두 그대로 폐쇄했었다. 첫날 좀비로 변한 병사의 내무반도 그랬고, 이번 관사도 그랬다. 그런데 누군가 좀비 시체를 치웠다는 건 조금 이상했다. 하지만 섣불리 말하진 않았다. 어차피 소대장이 좀비로 변했다고 했으면 그걸로 끝이었다. 그러다 그 의심의 굴뚝에 연기를 다시 피운 건 연주였다.

대호는 연주를 풀어주긴 했지만, 행여 자살이라도 할까 걱정했다. 그래서 칼을 못 만지도록 병사들에게 돌아가며 식사준비를 시키고, 모두에게 연주를 잘 지켜보라고 했다. 그렇다고 특별히 대화로 문제를 풀려고 한 건 아니었다. 이런 문제는 어떻게 처리해야 할지 배운 적도, 겪어본 적도 없었고 이미 연주가 모두에게 적대적이었기 때문이었다. 연주는 자신이 희롱 당한 것을 이제는 대호와 병사들 탓으로 돌렸다. 모두 한통속이라고 했다. 그래서 연주는 혼자 관사에 숨어 있다시피 하면서도 불쑥불쑥 나타나 병사들에게 소리쳤다. 다음은 누가 덮칠 거냐고, 누가 죽고 싶으냐고, 너희는 발정 난 개라고, 여자 하나 보호해 주지 못하는 게 무슨 군인이냐고, 좀비를 피해 숨은 겁쟁이들이라고 했다. 그때 연주의 모습은 정말 미친 여자 같았다. 그러다 장마가 시작될 무렵, 비를 맞으며 취사장으로 달려온 연주는 천둥 번개에 번쩍이는 창문 너머에서 소대장이 거짓말쟁이라고 소리쳤다. 좀비로 변했다던 김 준위와 민간인 남자가 사실은 가족을 구하러 갔다고 했다. 진즉 그 사람들을 따라 갔어야 했다고 했다. 겁쟁이 소대장이 도망친 사람들을 따라 병사들도 도망칠까 봐 자신을 겁주고 거짓말을 하게 했다고 했다. 그러자 다른 말은 다 참고 듣던 대호가 그 말에는 버럭 화를 내며 연주에게 미친년이라고 고함을 쳤다. 그 모습에 병사들은 연주의 말이 진실이 아닐까 의심하기 시작했다. 게다가 태풍이 오고, 막사 주변의 무너진 토사를 치우던 최 상병과 이 일병이 다른 내무반과 달리 방충망이 떨어진, 어느 텅 빈 내무반의 안을 살피다가 그 내무반이 첫날 좀비로 변했다던 어느 병사의 내무반인 것을 깨닫고는, 모두에게 말하면서 의심의 굴뚝에 연기가 안개처럼 퍼져버렸다.

"물어는 봐야 합니다."

무너진 배수로 보수작업을 위해 모두 모인 병사들 앞에서 조 상병이 말했다.

"물어서 뭐하게? 달라지는 건 없잖아."

태현이 말했다.

"그래도 거짓말을 했잖습니까."

이 일병이 말했다.

"그게 거짓말이든 사실이든 결국 지금 변하는 건 없잖아?"

태현의 말에 잠시 아무도 말이 없었다.

"만약, 그게 거짓말이고, 처음부터 우리 중에 좀비로 변하는 사람이 없었다는 걸 알았으면, 자살한 사람이 한 명은 줄었을 수도 있잖습니까."

조 상병이 말했다.

"우리가 처음에 서로한테 좀비 바이러스 같은 게 있을 줄 알고 따로 잔 거 아닙니까. 무서워서. 그래서 서로 안 부딪히고 혼자 있었던 거 아닙니까. 서로 의심하고, 서로 불신하게 만들고, 혹시나 나도 좀비로 변할까 봐 공포에 떨게 한 게, 그 거짓말 아닙니까? 그래서 다 따로 자고, 그래서 자살하는 것도 막지 못했잖습니까. 그리고 만약 그 사람들이 떠나지 않았으면, 연주 씨한테 그런 일 없었을 수도 있었을 것 아닙니까. 최소한 그 민간인만 같이 있었어도, 백 중사가 그러지는 못했을 겁니다."

"그건 만약이고. 그리고 자살은 몰라도 그 민간인은 가족 찾아간 거라잖아."

태현은 자신의 마음 같지 않은 말을 했다.

"만약이긴 하지만 여기 있는 게 안전하다고 생각하지 않은 것도 있을 수 있잖습니까."

조 상병의 말에 태현은 한숨을 내쉬었다.

"좋아, 그래서? 물어서, 거짓말했다고 하면 어쩔 건데?"

태현의 물음에 조 상병은 대답하지 않았다. 하지만 눈빛이 대답하고 있었다.

"설마, 그것 때문에 죽이기라도 하겠다는 거야?"

"죽이는 건 좀 심하지 않습니까?"

김 일병이 말했다.

"넌 빠져 이 새끼야."

최 상병이 김 일병을 흘겨보며 말했다.

"지금 상황 몰라. 우리가 믿고 따를 거냐. 우리도 우리 갈 길을 갈 거냐. 이걸 따지는 거야."

"우리 갈 길이라니?"

태현이 물었다.

"어차피 이제 근처에 좀비는 없잖습니까. 그런데 굳이 여기 있을 필요는 없지 않냐는 겁니다."

"탈영이라고 하겠다는 거냐?"

"21개월은 채웠습니다."

"전역명령이 안 떨어졌잖아."

태현이 강 상병을 돌아보며 말했다.

"그렇긴 하지만 이제 기대할 것도 없잖습니까. 반년이나 지났는데, 연락이 없으면……. 그리고 어차피 무전기도 배터리 없잖습니까. 소대장이 우리한테 말은 안 하지만 마을에서 구한 건전지로 연결해봤자 이삼 일 대기하면 끝입니다. 차라리 우리가 가까운 군부대를 찾아가 보는 게 나을 수도 있습니다."

"다른 부대를 찾아가겠다고?"

태현은 강 상병의 말이 못 미더웠다. 역시 강 상병은 시선을 피하고 대답하지 않았다.

"너희들 생각도 그래?"

태현이 일병들을 돌아보며 물었다.

김 일병과 곽 일병은 그저 태현과 상병들 눈치를 살피는 듯했다. 반면 이 일병은 아무래도 같은 기갑병인 최 상병과 조 상병편인 듯했다.

"정태현 병장님이 한번 물어만 주십시오."

조 상병이 말했다.

취침점호는 늘 간단한 인원 파악이었다. 태현은 점호를 끝내고 행정반으로 갔다. 대호가 촛불을 켜고 창가에 앉아 있었다.

"안 자고 뭐냐?"

대호는 촛불 앞으로 다가와 선 태현을 힐끗 돌아보며 말했다.

"물어볼 게 있어서."

"뭔데?"

"연주 씨 말이 사실인가 해서."

"······."

"애들 불만이 많아."

"허, 불만? 야, 내가 지금 애들 눈치까지 봐야 하나?"

대호는 가소롭다는 듯했다.

"눈치를 보라는 게 아니라, 연주 씨 말이 사실인지······"

"정태현, 너희는 그냥 까라면 까. 그게 군대야."

대호의 목소리에 짜증이 배어났다.

"그럼, 친구로서 묻자."

"군대에서 친구는······."

대호는 고개를 돌려 창 밖을 내다보았다.

"우리한테 거짓말 한 거냐?"

태현은 단도직입적으로 물었다.

"거짓말이 다 나쁜 건 아니다. 좋은 뜻에서 하는 거짓말도 있어."

"그래서, 좋은 뜻으로 애들한테 거짓말을 한 거야?"

무심한 척 밤하늘을 바라보던 대호가 말했다.

"너도 생각이란 걸 해 봐. 그때 그 인간들이 탈영한 걸 알았으면, 지금 여기 누가 남았겠냐? 줄줄이 사탕처럼 다 탈영했을걸."

"……"

"그때 내가 그런 거짓말을 해서 그나마 지금까지 우리가 살아 있는 거야."

"남아 있는 거겠지."

태현의 말에 대호의 뒷모습이 움찔했다.

"이제 앞으로는 어떻게 할 거야? 이제 다 알아버렸는데."

"……계속 기다릴 거야."

"뭘 기다리는 건데? 무전기도 없잖아."

"뭔가 정찰기 같은 거라도 날아오겠지."

"애들이 동의할까?"

태현의 말에 대호가 돌아보며 말했다.

"정태현, 내가 편하게 대하니까 잊은 모양인데, 여기 군대다. 그리고 난 네 친구이기 이전에 상관이고."

"난 상관이기 이전에 친구인 줄 알았는데."

태현의 말에 대호가 고개를 돌리고 한숨을 내쉬었다.

"그리고 다른 애들은 네 직속부하 아니잖아. 정식으로 전입한 것도 아니니까."

"그래서? 그래서 항명이라도 하겠대?"

태현은 대답 대신 쓴 입맛만 다셨다.

"그런 거냐?"

대호가 기가 막힌다는 듯 다시 물었다.

"그런 거 아니야."

"그럼? 탈영이라도 하겠대?"

"그런 얘기까진 없었어."

잠시 태현의 표정을 살피던 대호가 말했다.

"하고 싶으면 하라고 그래. 그리고 이것도 똑바로 전해, 걸리면 총살이다."

"네가 그런 식으로만 하면, 애들이 진짜 떠나려고 하지."

"이런 식이 어떤 식인데?"

"너무 네 방식대로만 몰아붙이잖아."

"젠장, 한동안 잠잠하더니 또 배가 불렀군. 내일은 아주 딴생각 못 하게 해 줄게."

"어쩌려고?"

"내일 일어나면 바로 1인당 참호 하나씩 파라고 전달해. 다 파기 전엔 취침 없어."

"지금 그런 작업이 왜 필요하냐?"

태현은 대호의 지시가 너무 어처구니없었다.

"너희들이 또 쓸데없는 생각을 하니까. 간부들 뒤에서 욕하고, 항명이네 탈영하네. 그러면서 후임병들 갈구고, 또 자살하네, 어쩌네 하니까. 그런 생각 못 하게 하려면 빡세게 굴려야지."

"삽질한다고 생각 못 하는 거 아니라고 했잖아."

"그래? 그럼 내일 또 좀비사냥이나 갈까?"

태현이 어이없는 표정으로 대호를 바라보았다. 좀비 소탕을 그저 기분대로 하는 것처럼 말했다. 속이 완전히 비비 꼬여버린 것 같았다.

"왜 좀비들 상대하긴 겁나?"

"대호야."

"겁나냐고 묻잖아."

그저 대호의 시선을 외면하던 태현은 문득 이것도 그런 게 아닌가 하는 의심이 들었다.

"설마, 그런 거였냐? 좀비 소탕하는 것도 그런 거였어? 애들한테 희망을 주려는 게 아니라, 그냥 딴생각 못 하게? 고작 여기 잡아두고 네 말 잘 듣게 하려고? 하긴, 넌 기대도 없다고 했었지? 그래서 연주 씨 그렇게 당하게 만든 거냐? 참 대단하다. 군인 여덟이 여자 한 명도 제대로 못 지켜주면서 좀비를 소탕하고 생존자를 구하겠다고 했으니. 이게 군대냐, 우리가 군인이야? 이딴 군대 지켜서 뭐하냐."

"이 새끼가!"

대호가 벌떡 일어나 태현의 멱살을 움켜쥐었다. 태현은 대호의 팔과 손목을 잡고 버텼다.

"그런 거였냐고! 어서 대답이나 해."

태현을 노려보던 대호의 눈빛이 서서히 사그라졌다.

"그건 백 중사 생각이었지, 내 생각은 아니었어."

"……."

"밖에 좀비가 가득한 걸 보면 도망칠 생각 못 할 거라고. 또 애들 불만 줄이려면, 외부에 적을 이용해야 한다고. ……어쩌면 처음부터 연주 씨 그러려고 우리를 내보낸 걸지도 모르지."

어깨를 축 늘어뜨린 대호의 말에 태현은 왠지 대호도 백 중사에게 깜빡 속고 있었는지 모른다는 생각이 들었다. 아니면 너무 믿었거나.

"아무튼 내일 다른 마을로 좀비 사냥 갈 거니까. 아침 인원 파악하고 네가 전달해. 식후, 단독군장으로 모이라고."

아침식사를 마친 병사들이 다시 단독군장차림으로 모이자, 대호는 구령대 위에서 한동안 말없이 모인 사병들을 훑어보았다. 이제 앞으로 이들 중 누군가를 중대에 남겨야 했다. 믿음직하기로는 태현이 있었지만, 그랬기에 더 전쟁터에는 꼭 데리고 가야 하는 병사였다. 결국 믿을 순 있지만 전투에는 필요 없는 병사를 남겨야 했다. 그건 일병들이었다. 하지만 여러모로 경험이 부족했다. 무전병 출신인 김 일병을 남길 수도 있지만, 무전기 배터리가 떨어진 걸 소문낸 입 싼 녀석이었다. 결국 다른 일병을 남긴다면 둘을 남겨야 할 것 같았다. 하지만 아무리 멍청한 좀비를 사냥한다고 해도 인원이 줄면 위험이 높아지는 건 분명했다. 늘 있던 병사가 빠지는 건 어떻게든 표가 났다. 든 자리는 몰라도 난 자리는 안다는 속담처럼.

"조찬혁, 넌 중대에 남아서 돼지우리 청소하고, 삽이랑 낫 정비해 놔. 갔다 와서 확인한다."

상병 2호봉에 유일한 농촌 출신인 조 상병을 남기는 건 어찌 보면 당연했다.

"예, 알겠습니다."

조 상병이 기분 좋게 대답했다. 배수로에서 병사들 앞에서 얘기할 때와는 다른 모습이었다.

4톤 화물트럭으로 30분을 달려 찾아간 이번 마을은 제법 컸다. 4층짜리 상가 건물과 주유소, 농협도 보였다. 버스터미널이 있는 큰 읍내는 아니었지만, 제법 큰 마을임에는 분명했다. 대호는 은근히 걱정이 됐다. 그만큼 좀비들도 많을 수 있었다. 하지만 자신을 완전히 떠난 사병들의 마음을 다잡으려면, 어쩌면 이런 마을, 강력한 외부의 적이 필요했다. 이런 곳에서 바짝 긴장시키고 빠진 나사를 조이듯 단단히 조여야 했다. 그러나 나사를 조이면 조일수록 나사머리가 뭉개질 수 있다는 걸 대호는 생각하지 못했다.

"명심해라, 우리는 군인이다. 오늘은 여기서 좀비를 소탕하고 혹시 모르는 생존자 수색도 잊지 마라. 그리고 명령에 절대복종한다. 알겠나?"

"예, 알겠습니다."

멀리 움직이는 좀비 무리에 바짝 긴장한 병사들이 큰소리로 대답했다.

트럭이 마을 북쪽 입구에 들어서고 병사들이 뛰어내리자 늘 그랬듯 트럭 엔진소리를 들은 좀비들이 몰려나왔다. 대호와 병사들은 먼저 수류탄을 던져 좀비들을 더 불러들이고 좀비를 학살하듯 사살했다. 제법 큰 마을답게 사냥할 좀비의 수도 많았다.

"전원 트럭에 탑승!"

어느 정도 좀비가 줄고 시체가 언덕을 이루자 대호가 소리쳤다.

골목을 돌아 우회할 수도 있었지만, 좁은 골목으로 돌아가는 것보다 트럭으로 국도를 타고 마을 반대편 남쪽 출구로 이동하는 게 더 안전할 것 같았다.

"와, 이번엔 무지 많습니다."

강 상병이 트럭에 올라 놀란 가슴을 쓸어내리고는 웃으며 말했다.

그런 강 상병을 보며 대호도 조금은 안심한 듯 만족한 미소를 지었다.

국도를 돌아 반대편 남쪽으로 도착한 트럭은 마을 중앙에 있는 교차로 앞에 멈춰 섰다. 아무것도 모르고 반대편 북쪽을 향해 몰려들던 좀비들은 마을 안으로 깊이 들어가 있었다. 대호는 다시 병사들을 횡대로 전개시키고 좀비들을 소탕했다. 북쪽을 향하던 좀비들이 뒤뚱거리며 돌아서서 느릿느릿 다가왔다. 좀비들이 돌아서는 것보다 총알이 빨랐다. 병사들과 좀비들의 간격이 벌어졌다. 병사들은 그 간격을 줄이기 위해 조금씩 앞으로 나아갔다.

갑자기 트럭의 경적이 울리더니 곽 일병이 후진해 후미에서 다가오는 좀비를 밀어버렸다.

"잘 좀 처리하십시오. 뒤에 남았잖습니까."

곽 일병이 소리쳤다.

"태현아, 후미 경계해."

대호가 소리쳤다.

그때까지만 해도 아무도 자신들이 좀비에게 밀릴 거라고 생각하지 않았다. 그러다 어느 순간부터 좌우 골목과 건물 사이에서, 혹은 뒤에서 좀비들이 다가왔다.

신작로를 따라 담을 쌓고 늘어선 시골집들과 달리 4차선 도로에 접한 상가들은 상가와 도로의 경계를 구별짓는 담도 없고, 건물과 건물 사이에도 담이 없었다. 좀비들이 건물을 돌아 건물과 골목 사이로 나타났다. 벽 틈 사이로 쏟아져나오는 끔찍한 바퀴벌레 같았다. 수류탄이 던져지고 굉음이 울렸다. 어느새 병사들은 점사로 사격하고 있었다. 후미에서 따르던 트럭은 갑자기 뒤에서 나타난 좀비들을 후진으로 밀어버리고 다시 앞으로 나오기를 반복했다. 그럴 때마다, 트럭과 병사들의 간격이 벌어질 때마다 병사들은 자신들의 뒤가 불안했다. 후미와 간격이 너무 벌어진 것 같았다. 게다가 퇴각할 때 올라타야 할 트럭이 멀어진다는 건, 그만큼 자신들의 위치가 위험하다는 뜻이었다. 왠지 포위된 느낌이었다. 아무래도 구석구석에서 나오는 좀비를 상대하는 것보다 반대편으로 이동하는 게 안전할 것 같았다.

"좀비가 너무 많습니다."

앞으로 나가지 못하고 전신주 뒤에서 총을 쏘던 최 상병이 소리쳤다.

"그딴 소리할 시간에 하나라도 더 죽여! 무조건 교차로까지 간다! 오늘 다 죽이지 못하면 내일 다시 와 죽여야 한다는 걸 명심해!"

대호가 4층 건물 지나있는 교차로를 가리키며, 마치 거칠게 채찍질하는 기수처럼 소리쳤다.

대호와 병사들은 다시 조금씩 앞으로 나아갔다. 그리고 막 4층 건물을 지날 때였다. 총성을 듣고 창가에 모여 있던 좀비들이 거리를 지나가는 병사들을 보고 미친 듯 창문을 두드렸다. 총성에 귀가 멍해진 병사들에게 그 소리는 들리지 않았다. 그러다 마침 내 좀비들이 창문을 깨뜨렸다. 와장창, 유리창이 깨져 떨어졌다. 막 건물 앞을 지나던 이 일병 위로 유리가 쏟아졌다. 이어 4층에서 좀비가 떨어져 이 일병을 덮쳤다.

"이승호!"

트럭 위에서 후미와 좌우를 경계하던 태현이 달려가 좀비에 깔린 이 일병을 끄집어냈다. 이 일병의 입에서 피가 솟구쳤다. 깨진 유리가 이 일병의 어깻죽지에 꽂혀 있었다.

"야! 괜찮아?"

정신을 잃어가는 이 일병의 눈동자가 뒤로 넘어갔다. 태현은 깜짝 놀라 물러났다. 의식을 잃는 건지 좀비로 변하는 건지 알 수 없었다.

대호가 달려왔다.

"어떻게 된 거야?"

"위에 있던 좀비가 덮쳤습니다."

다가오던 대호가 움찔하며 멈춰 섰다. 그리고 멀찍이 떨어져 이 일병을 살폈다. 대호 역시 좀비가 되어가는 건지, 죽어가는 건지 알 수 없었다. 나머지 병사들은 사방에서 다가오는 좀비들을 막으며 힐끗힐끗 돌아볼 뿐이었다.

"어쩌지?"

태현이 물었다.

"트럭에 태워!"

태현이 두 발을 잡고 끌었지만, 완전히 뻗은 이 일병은 혼자 옮기기에 너무 무거웠다.

"누구 한 명 더 와!"

태현이 소리쳤다.

"좀비가 너무 많습니다!"

강 상병이 소리쳤다.

대호에게 그건 아무도 오지 않겠다는 핑계처럼 들렸다.

"개새끼들."

대호는 손짓으로 트럭을 불렀다. 그러나 트럭의 곽 일병은 그저 바라만 볼 꼼짝도 하지 않았다.

"고작 그게 네들 전우애냐?"

중대로 복귀한 대호는 태현에게 싸늘한 목소리로 물었다.

이 일병의 시체는 가져오지도 못했다. 아무도 이 일병의 시체를 트럭에 싣고 싶어 하지 않았다.

"애들은 다 겁먹었어. 좀비일 수도 있었잖아."

"너랑 나는? ……누구나 다 겁나. 겁나도 해야 할 일이 있는 거야."

"어차피 시체잖아. 아니면, 좀비고."

"뭐? 야, 정태현, 넌 지금 그게 핑계가 된다고 생각해?"

대호는 병사들의 전우애를 얘기하며 비난했지만, 태현은 그건 중요하다고 생각하지 않았다. 그보다 이제 남은 병사들이 어떻게 할지가 더 걱정이었다. 평소와 다르게 돌아오는 트럭에서 병사들은 말이 없었다. 무슨 생각을 하는지 알 순 없었지만, 분명 그건 문제가 있다는 뜻이었다.

병사들은 한동안 조용했다. 한동안 죽은 사람을 보지 않았던 탓인지, 새삼 충격이 큰 듯했다. 게다가 대호는 병사들을 각자 내무반에서 쉬게만 할 뿐, 특별히 작업도 지시하지 않았다. 왠지 병사들에게 삐친 것 같았다. 어쩌면 혼자 내무반에 있게 하는 벌을 주는 듯했다. 그러다 다시 겨우내 땔감으로 싸리나무와 벌목작업을 지시하자, 한자리에 모인 병사들은 한동안 꺼내지 못했던 자신들의 생각을 털어놓았다.

"승호가 죽은 건, 소대장 때문입니다."

최 상병이 말했다.

최 상병은 전차병 최고참으로, 전차 탄약병이었던 이 일병이 죽자, 무척 침통한 표정이었다. 백 중사가 죽었을 때와는 사뭇 달랐다.

"왜 거길 간 겁니까? 소대장까지 고작 일곱인데. 우리가 무슨 소대병력도 아니고, 그렇게 큰 읍은 처음부터 무리였습니다. 정찰부터 하고 상황 판단을 했어야 했는데, 소대장이 무리하게 우리를 끌고 간 겁니다."

"맞습니다. 괜히 우릴 그런 데 끌고 가서 겁주려다가 이렇게 된 거 아닙니까?"

강 상병이 두둔하며 말했다.

"겁주다니, 뭘 말입니까?"

김 일병이 물었다.

"나가면 온통 좀비다. 그러니 찍소리 말고 여기 있어라, 이거지. 네 생각은 어떠냐?"

최 상병이 조 상병에게 물었다.

"전, 잘 모르겠습니다. 그때 안 나가서."

조 상병이 한발 빼며 말했다.

최 상병이 조 상병을 노려보며 말했다.

"야, 조찬혁, 너 지금 영내에 남았다고 열외의식 느끼는 거야? 넌 승호가 죽은 게 아무렇지도 않아?"

"아무렇지 않은 게 아니고 말입니다. 저는 일부러 승호를 죽인 게 아니면, 소대장만 탓할 순 없지 않나, 하는 겁니다."

"우리를 그리 데려간 것부터가 죽을 위험에 빠뜨린 거야. 처음에 우리 안전도 중요하다면서 안 나갔던 거 기억 안 나? 그래서 그 민간인이랑 싸웠잖아. 그리고 그 아저씨랑 김 준위가 자기들끼리 떠났고."

"그래, 맞다. 처음에 한 말이랑, 지금 행동은 분명 다르네. 안 그렇습니까?"

강 상병이 태현을 돌아보았다.

태현은 외부의 적 운운하던 대호의 말이 생각났다. 그러다 보니 부정할 수만은 없었다.

"그렇긴 한데, 그것보다 우리가 죽은 이 일병을 구하지 못한 게 더 큰 문제 아닐까?"

태현이 조심스레 입을 뗐다. 그러나 최 상병은 고개를 저었다.

"좀비를 어떻게 구합니까? 설령 좀비가 아니라 사람이었다고 해도, 어차피 병원도 없고, 위생병도 없어서 살릴 수도 없었을 겁니다. 부상이 심해서 좀비한테 물렸든 말든 좀비로 변하기 전에 죽은 거 아닙니까."

"하지만 좀비든, 시체든 우리가 이 일병을 거기에 남겨두고 온건 잘못 아니냐는 거지."

"소대장이 그럽니까?"

"……."

"우리가 무슨 해병입니까? 만약 그걸 문제 삼으면, 그건 우리를 비난하려고 일부러 억지 쓰는 겁니다. 자기도 겁먹어서 꼼짝 못 하다가 결국 총을 겨누고 갔잖습니까. 그리고 손짓으로 트럭 부른 게 답니다. 그래놓고 무슨 우리를 비난합니까? 그렇게 자신이 있으면, 자기가 들쳐 업고라도 와야 하는 거 아닙니까?"

"맞습니다. 자기도 못 하는 걸, 왜 우리한테 시킵니까."

곽 일병이 말했다.

"유일한 지휘관이니까, 살아야겠다 싶었겠지. 그리고 군대에서 상관이 시키면 해야지."

"죽으라고 하면 죽습니까? 우리를 사지로 몰아넣는데, 그걸 왜 따릅니까?"

최 상병이 물었다.

"거길 사지라고 할 순 없지."

태현이 조금은 자신 없는 투로 말했다.

"다를 게 없습니다. 좀비한테 다가가라고 하는 게 사지로 내모는 거지, 뭐가 사집니까."

최 상병의 말에 강 상병이 덧붙였다.

"왜 중동전쟁에서 이스라엘이 아랍을 이겼는 줄 아십니까? 아랍 장교들은 참호에 숨어서 병사들에게 돌격 앞으로 했지만, 이스라엘 장교들은 나를 따르라 하고는 돌격했답니다. 그래서 이긴 거랍니다. 소대장이 먼저 솔선수범하지 않는데 누가 그 명령을 따릅니까."

강 상병까지 소대장을 비난하자 김 일병과 곽 일병도 한 마디

씩 거들었다. 지원도 없는데 그런 곳을 간 게 잘못이라느니, 무모했다느니.

"무모해? 그래서 넌 그때 소대장이 부르는데도 안 온 거냐?"

태현의 말에 곽 일병은 억울하다는 듯 말했다.

"안 간 게 아니라 못 본 겁니다. 정태현 병장님이 후미에 계시다가 갑자기 가시는 바람에 뒤에 좀비가 붙나 안 붙나 룸미러로 확인하고 있었습니다."

곽 일병의 말에 태현은 할 말이 없었다. 핑계인지 사실인지 알수 없었지만, 그럴 수도 있겠다 싶었다. 결국 태현은 바닥에 깐 판초우의에 벌러덩 드러누워 버렸다.

"어휴, ……나도 모르겠다. 이제 나도, 누가 잘 하고 누가 못 하는 건지."

"이대론 안 됩니다."

최 상병이 혼잣말처럼 중얼거렸다.

"뭐가?"

태현이 물었다.

"……."

"소대장을 어떻게 하기라도 하겠다는 거야?"

태현이 최 상병을 쏘아보며 물었다.

"그렇진 않습니다."

최 상병이 퉁명스럽게 말했다.

한동안 조용했다. 대호는 수확의 계절 가을을 맞아 산에서 밤과 감을 따는 일 외에는 새로운 작업 지시도 하지 않았다. 그래서인지 병사들은 불만이 없는 듯했다. 병사들이 병장인 태현에게 털어놓던 소대장에 대한 불평도 없었다. 게다가 돼지가 새끼를 낳으면서 조 상병과 함께 새끼돼지를 돌보기 시작한 연주 역시 많이 안정된 것 같았다. 모든 불만이 돼지의 출산과 바쁜 계절 탓에 조용히 봉합된 듯했다. 그러나 완치되지 않은 상처는 언젠가 다시 도지게 마련이었다.

군대에서 가을은 수확의 계절이 아니라 그저 월동준비 기간이었다. 가을이면 월동준비로 겨울잠을 준비하는 곰처럼 분주했다. 그러나 지금 할 수 있는 월동준비는 고작 폴대와 비닐로 창문을 막고, 문에는 방풍용 스펀지를 붙이는 게 전부였다. 난방용 기름을 구할 수도 없었고, 묻을 무도 없었다. 남은 인원으로 할 수 있는 월동준비가 많지 않았지만, 할 수 있는 일도 별로 없다는 게 대호에게는 나름 다행이었다.

대호는 처음에 내려갔던 마을로 다시 내려가 창문을 막을 비닐과 비닐을 고정시킬 폴대를 구하기로 했다. 마을은 봄에 왔을때, 그대로였다. 좀비는 그림자도 보이지 않았고, 사람도 보이지 않았다. 거리에는 첫날 소탕한 좀비 시체가 재처럼 검게 바스러져 있을 뿐이었다.

대호는 곽 일병과 함께 신작로에 남아 주위를 경계하고, 다른 병사들에게는 2인 1조로 폴대와 비닐을 찾게 했다. 태현은 김 일병과 함께 골목을 기웃거리다가 골짜기 아래의 한옥으로 갔다. 웃풍이 심해 분명 비닐로 창문을 덧댔을 터였다.

마당은 지난 여름 웃자란 쑥으로 말 그대로 쑥대밭이었다. 태현은 김 일병과 함께 한옥 주위를 살폈다. 툇마루로 뛰어오른 태현은 문풍지를 바른 문을 당기고 안을 살폈다. 비어 있었다. 태현은 부엌으로 들어갔다. 커다란 솥이 걸린 아궁이를 지나 뒷문으로 집 뒤편으로 나갔다. 그리고 산을 향해 난 창문들을 살폈다. 폴대에 고정된 비닐이 찢어져 너덜거렸다.

"엄호해."

김 일병에게 경계를 맡기고 태현은 장도리로 조심조심 못을 빼냈다. 실수로 폴대를 부러뜨리면 말짱 도루묵이었다. 잔뜩 긴장해 못을 빼냈다. 그때 녹슨 대문이 삐걱거리더니 누군가 마당을 가로질러 부엌으로 들어섰다. 놀란 태현은 내려놓은 소총을 들고 굴뚝 옆에 기대어 한옥 뒤편으로 이어진 부엌의 뒷문을 향해 총구를 겨눴다. 밖에서 총성이 들리지는 않았으니 좀비가 아닐 수도 있었지만, 혹시 산에서 내려온 좀비일 수도 있으니 조심해야 했다. 태현은 잔뜩 긴장해 발소리에 귀를 기울였다. 발소리가 부엌으로 들어섰다.

"봐, 아궁이가 있잖아. 여기에 불을 피우는 거야, 밤에. 어차피 밤이 되면 연기는 안 보이니까. 새벽까지 불 피우고 자도 좀비들이 못 봐."

최 상병의 목소리였다. 태현은 긴장이 풀리며 한숨을 내쉬었다. 하마터면 같은 편끼리 총격전을 벌일 뻔했다.

"그런데 아무리 그래도 겨울인데, 봄에 가는 게 낫지 않을까?"

이번엔 강 상병의 목소리였다. 막 인기척을 내려던 태현은 우뚝 멈춰 섰다.

"얼어 죽는다니까. 불도 못 피워서 얼어 죽어. 보일러도 못 켜고, 난로도 없잖아."

최 상병의 말에 강 상병은 한동안 말이 없었다.

"아직 마음 못 정했냐?"

최 상병이 물었다.

강 상병의 대답은 들리지 않았다.

"잘 생각해. 승호처럼 개죽음 당할 거냐, 아니면 살 거냐. 소대장이 우리 목숨 챙겨주는 거 아니다. 그리고 우린 21개월 다 채웠잖아. 게다가 6개월이 넘게 기다렸는데 외부에선 연락 없고 비행기도 안 지나갔어. 사람도 한 명도 안 찾아왔고. 어쩌면 우리만 남은 걸지도 몰라. 만약 누가 있더라도 우리가 여기서 기다리기만 하면 아무 소용없어. 차라리 우리가 나가서 사람들을 찾아보는 게 나아."

여전히 강 상병의 대답은 들리지 않았다. 태현이 강 상병의 대답을 듣기 위해 부엌의 뒷문으로 한 발짝 다가갈 때, 다시 최 상병의 목소리가 들렸다.

"복귀 전에 결정해."

발소리가 들리고, 이어 대문을 나가는 소리가 들렸다. 태현은 최 상병과 강 상병이 대화를 나누던 부엌으로 들어섰다. 그리고 아궁이에 주저앉듯 걸터앉았다.

"알았냐?"

태현이 김 일병에게 물었다.

김 일병은 쭈뼛거릴 뿐 대답이 없었다.

"너도냐?"

"뭐가 말입니까?"

"너도 쟤들이랑 가는 거냐고."

"저 말입니까? 전 아닙니다."

"……몰랐어?"

김 일병이 우물쭈물 대더니 대답했다.

"최 상병이 저한테도 묻기는 했는데, 전 모르겠다고 했습니다."

"뭘 몰라?"

"예? 아, 그러니까, 잘 모르겠다고. 전 아직 21개월 안 지났잖습니까. 그리고 아무래도 겨울은 위험한 것 같기도 하고……."

"……언제 간대?"

"그건 모르겠습니다."

"정말 몰라?"

"예, 간다고 안 했으니까. 언제 가는지는 말 안 해 줬습니다."

"……."

"어쩌실 겁니까?"

태현은 한숨을 내쉬었다.

분명 둘은 중대를 떠날 생각을 하고 있었다. 태현은 그것을 탈영이라고 해야 할지 그냥, 떠난다고 해야 할지 뭐라고 불러야 할지 생각했다. 그리고 대호에게 아니, 소대장에게 말을 해야 할지 말아야 할지 또 고민했다. 분명 소대장은 그들을 탈영병이라고 부를 게 뻔했다. 그리고 또 총살시키겠다고 할 것 같았다. 총살시키지 않더라도 최소한 어딘가 가두려고 할 것 같았다. 하지만 대호라면 그렇게 말하진 않을 것 같았다. 태현은 지금 말해야 할 상대가 대호인지 소대장인지 분간이 가지 않았다. 결국 다시 한숨이 나왔다.

"나도 모르겠다."

태현은 한참 뒤에야 일어섰다.

한옥을 나설 때, 태현은 멀리 신작로 앞에 선 대호를 보았지만 다가가지 않았다. 우선 최 상병과 강 상병이 왜 떠나려고 하는지, 어디로 떠나려고 하는지 더 들어야 한다고 생각했다. 그리고 만약 그들의 이유가 설득력이 있다면, 그땐 어떻게 할지 또 생각해야 할 것 같았다. 그러다 점심식사를 위해 다시 마을 입구로 모였을 때, 태현은 그날이 오늘이라는 것을 알았다. 최 상병과 강 상병이 보이지 않았다. 대호는 또 병사를 잃었다는 두려움 때문인지 해가 질 때까지 마을을 수색했다. 대호는 최 상병과 강 상병이 좀비에게 당한 게 아닌지 걱정했다. 직접 집집마다 돌며 안을 살폈다. 반면 태현은 마을 주위를 돌며 그들이 산 어디쯤을 넘고 있는지 살폈다. 태현은 그들을 찾고 있는 자신이 그들을 붙잡기 위해서인지, 따라가기 위해서인지 알 수 없었다.

대호는 해가 지고, 다시 부대로 복귀했을 때서야 최 상병과 강 상병이 탈영했다는 걸 알았다. 탈영한 건 그 둘만이 아니었다. 연병장에 세워둔 4톤 화물트럭까지 없어졌다. 영내에 남았던 조 상병과 연주도 없었다. 게다가 탄약고에서는 수류탄과 탄약, 취사장에서는 쌀. 그리고 그동안 뒷산에서 땄던 감과 밤도 모두 정확히 반이 사라졌다. 돼지우리의 돼지 일부도 사라졌다.

대호는 평소처럼 아무렇지 않은 듯 취침점호를 마쳤다.

"괜찮아?"

취침점호가 끝나고, 행정반으로 대호를 찾아온 태현이 혼잣말처럼 물었다. 대호는 창가에 앉아 대답 없이 밤하늘만 바라보았다.

"다 같이 간 걸까?"

대호는 부대원들이 탈영을 한 것에 대해 분노보다는 충격을 받은 듯했다. 그리고 이제 아무 말도 안 하는 걸 보면 자포자기한 듯했다. 태현은 그런 대호의 모습이 걱정됐지만, 짐짓 아닌 척하며 다시 혼잣말처럼 중얼거렸다.

"최태욱이랑 강신일은 호봉 같다고 친하게 지냈고, 강신일은 최태욱이랑 같은 전차병이었고, 연주 씨는 강신일이랑 돼지 키우면서 친하게 지내는 것 같았으니까. 어쩌면 다 같이 갔을 수도 있겠네."

"알고 있었냐?"

대호가 물었다.

힐끗 대호의 눈치를 살핀 태현이 조심스레 말했다.

"오늘 낮에 알았어."

"이 씹새끼!"

대호가 자리를 박차고 곧장 태현의 멱살을 잡아 비틀었다.

"그걸 그냥 놔 둬?"

"나도 고민하다가 이렇게 된 거야."

"고민할 게 뭐 있어!"

"오늘 낮에 알았다니까. 둘이 얘기하는 걸 우연히 들었어. 그래서 막아야 하나 말아야 하나 고민했다고."

"막았어야지!"

"……"

"보고라도 했어야지!"

"하려고 했지. 근데, 해도 언제 떠나는지, 또 누구랑 같이 떠나는지 알아야 보고를 하지. 오늘 떠날 줄은 몰랐고."

"알았으면? 그거 다 알았으면 보고했을 거냐?"

"……."

틀어잡은 대호의 손이 스르르 풀렸다.

"빠진 새끼들, 사병새끼들은 다 필요 없어."

대호가 씩씩거리며 돌아섰다. 그리고 창문 가의 의자를 거칠게 세우더니 다시 앉아 밤하늘을 바라보았다.

"이제 앞으로 어떻게 할 거야?"

"가서 잠이나 쳐 자."

다음날 아침점호에서 대호는 김 일병과 곽 일병에게도 물었다.

"너희도 알았지?"

"뭘 말씀입니까?"

김 일병이 물었다.

"최태욱, 강신일, 조찬혁 탈영하는 거."

"전 몰랐습니다."

김 일병이 먼저 대답했다.

"저도 잘 몰랐습니다."

"잘 몰라?"

곽 일병의 대답에 대호가 눈살을 찌푸리며 물었다.

"최태욱 상병이 갈 생각 있냐고 묻기에, 전 안 간다고 했습니다. 그래서 그런지 언제 간다고는 말 안 해 주고 갔습니다."

곽 일병이 쭈뼛거리며 대답했다.

"왜 안 간다고 했는데?"

"트럭이 있어서 말입니다."

"트럭? 그런데 트럭 열쇠는 왜 줬어?"

대호는 그제야 생각난 듯 버럭 소리쳤다.

"트럭 열쇠는 조찬혁 상병이 돼지우리 대청소한다고, 필요하다고 해서 줬습니다. 제 말은 말입니다. 60트럭 말입니다. 운전병이 트럭 버리고 가면 영창 가서 말입니다."

"넌 정말 몰랐어?"

대호가 김 일병에게 다시 물었다.

"정말 몰랐습니다."

대호는 한동안 멍하니 하늘을 올려다보더니 말했다.

"구보 30바퀴, 실시."

"예?"

놀란 눈으로 바라보는 김 일병에게 대호가 다시 버럭 소리쳤다.

"구보 30바퀴, 실시!"

"왜 우리한테 이러냐."

연병장 10바퀴에 슬슬 다리가 풀리기 시작한 곽 일병이 투덜거렸다. 소대장은 아직도 구령대 위에 있었다.

"도망간 인간들을 잡아 족쳐야지. 괜히 우리한테."

"그러게 말이다. 이러니 다 도망가지. 남아봤자 좋은 게 없는데. 안 그렇습니까, 정태현 병장님."

"네들 다리 풀려서 도망칠 기운 빼려는 거니까, 잔말 말고 뛰어."

태현은 구보를 하면서도 구령대 위에서 왔다갔다하는 대호를 힐끗힐끗 쳐다보았다. 뒷짐을 진 채 오락가락하는 대호는 하늘도 봤다가 땅도 봤다가 하며 연신 한숨을 내쉬었다. 그러다 갑자기 막사로 올라갔다. 마치 연병장에 뛰고 있는 병사들은 다 잊은 듯 했다.

"야, 네들끼리 남은 바퀴 돌아."

태현은 김 일병과 곽 일병을 연병장에 남겨둔 채 대호를 뒤따라갔다. 대호는 행정반에 있었다. 문은 닫혀 있었다.

"충성, 병장 정태현, 행정반에 용무 있어 왔습니다."

태현은 보고를 하고 행정반으로 들어갔다.

"뭐야?"

"앞으로 어떻게 할 건지 궁금해서."

태현이 조심스레 물었다.

"내가 너한테 보고까지 해야 하나?"

"내 말은, 하다못해, 오늘 뭘 시킬 거냐는 거야."

"다 내무반에서 대기하라고 해. 만약 막사에서 나가는 새끼들은 다 탈영으로 간주한다고 전해."

"그게 네 결정이야?"

"당연히 내 결정이지, 설마, 네 결정이겠냐?"

대호는 냉소하며 말했다.

"하지만 그런 방법으론 오히려 반발만 더 커져."

"그래? 그럼 어쩌라고?"

"좀 풀어줘야지."

"풀어줘? 개냐, 풀어주게."

대호가 계속 비비 꼬인 말만 하자 태현도 조금 언짢아졌다. 그래도 친구라 말이 통할 것 같았는데, 결국 간부는 간부인 것 같았다.

"내 말은 그게 아니라."

"알아, 아닌 거. 그래, 알았으니까 됐지? 그럼 이제 가 봐."

막 행정반을 나서려던 태현이 다시 보고 하기 위해 돌아서며 말했다.

"그래도, 한 번만 사병들 입장에서 생각해 주라."

태현의 말에 대호가 삐뚤어진 거울처럼 말했다.

"너희도 간부들 입장에서 생각해 봐."

넷이 남은 부대는 썰렁했지만 그래서 더 바쁜 하루하루였다. 인원도 줄고 해가 짧아지면서 요령을 부릴 새가 없었다. 오전에는 내일이면 또 그 자리에 떨어질 낙엽을 쓸고, 돼지우리를 치우고, 오후에는 월동준비도 해야 했다. 그리고 저녁을 마치면 간단히 개인정비를 하고 지쳐 잠자리에 들었다.

낙엽이 다 떨어질 무렵 첫눈이 왔다. 대호는 연병장의 눈부터 치우게 했다. 커다란 'SOS'가 눈에 덮여 보이지 않는다는 이유였다. 셋은 연병장 가장자리에 나란히 섰다. 태현이 먼저 가운데서 양쪽으로 빗질을 하며 눈을 쓸고 나아가자 김 일병과 곽 일병이 그 뒤를 따라 밖으로 눈을 쓸어냈다.

"군대에 총을 쏘러 온 건지, 빗자루 질을 하려고 온 건지……"

추워서 나는 입김인지, 더워서 나는 입김인지 입김을 모락모락 내뿜으며 김 일병이 투덜거렸다.

"어차피 봄이 되면 녹을 눈, 왜 치우라는 거냐."

"낮에 녹았다, 밤에 다시 얼면 완전 빙판 되잖아. 병신아."

곽 일병이 말했다.

"젠장, 이럴 줄 알았으면, 나도 최태욱 상병 따라 가는 건데."

김 일병이 거칠게 빗질을 하며 다시 투덜거렸다.

"뭐? 야, 너 몰랐다며?"

곽 일병이 빗질을 멈추고 물었다.

"모르기는 뭘 몰라. 다 알았지. 정태현 병장님이랑 내가 같이 최태욱 상병이랑 강신일 상병이 얘기하는 것까지 다 들었는데."

"근데 왜 소대장한테는 몰랐다고 했어?"

"미쳤냐, 알았다고 하면 소대장이 나 가만뒀을 것 같아."

김 일병의 말에 곽 일병은 고개를 끄덕였다.

"허긴, 총살감이지. ……그렇군, 난 또 네가 왕따인 줄 알았지."

"왕따? 내가 왕따로 보이냐?"

"어."

곽 일병의 간단한 대답에 김 일병이 발끈하며 말했다.

"야, 나 왕따 아니야. 내가 볼 땐 너야말로 고문관 같아."

"고문관? 그래, 나 고문관이었다. 근데 넌 왜 안 갔냐, 무전병이? 무전기도 안 되는데."

"내가 그 인간들 따라 가봤자, 막내에, 쫄병인데, 뭐 좋을 게 있다고 따라 가냐. 그나마 같은 일병 2호봉인 너랑 있는 게 낫지."

김 일병의 말에 곽 일병이 고개를 끄덕였다.

"허긴 그렇다. 고참이나 후임보다 역시 동기지."

"야, 빨리 안 쓸어!"

저만치 앞서간 태현이 소리쳤다.

"정태현 병장님, 정태현 병장님은 안 춥습니까?"

김 일병이 태현의 핀잔을 피하려고 괜히 말을 돌려 물었다.

"이것들이 빠져서, 그럼 더 빨리 쓸어."

태현이 소리쳤다.

눈을 치우느라 하루가 다 지났다. 그래도 연병장의 눈은 여전히 반이 남아 있었다. 게다가 해질 무렵부터 다시 눈이 내렸다. 아무래도 봄이 올 때까지 겨울 내내 눈만 치워야 할 것 같았다.

저녁식사를 마치고, 대호가 병사들을 불러모았다. 김 일병, 곽 일병은 걱정스런 눈으로 소대장을 바라보았다. 또 무슨 작업을 시킬까 걱정이었다. 반면 태현은 작업보다 근래 계속 풀이 죽어 있는 대호가 걱정이었다. 대호는 아무렇지 않은 듯 무표정한 얼굴로 태현과 김 일병, 곽 일병과 하나하나 눈을 마주쳤다. 마치 너희 생각을 다 알고 있다는 듯했다.

"네들도 떠나고 싶지?"

대호가 김 일병과 곽 일병에게 눈을 맞추고는 대뜸 물었다.

"솔직히 말해도 돼."

태현은 뜨끔했다.

"정말이십니까?"

김 일병이 반색하며 물었다.

태현은 조마조마했다. 태현은 잘 알고 있었다. 평소 군대에서 솔직히 말해도 된다는 건 솔직하게 말하면 안 된다는 역설적 의미라는 걸.

"그럼, 정말이지."

대호가 씩 웃었다. 꼭 함정에 걸린 사냥감을 바라보는 사냥꾼 같았다.

그러나 김 일병은 아무것도 안 보이는 듯 말했다.

"솔직히 그건 맞는 것 같습니다. 여기 있다가 얼어 죽을지도 모르는데, 민가에 가서 아궁이에 불도 때고 하면서, 따뜻하게 겨울을 나야 하는 게 아닌가 싶습니다."

"맞습니다. 난로가 있는 것도 아니고, 보일러를 땔 수도 없고 말입니다."

곽 일병까지 김 일병을 거들었다.

"결국 너희도 떠나고 싶다는 거네. 네 생각은?"

대호가 태현에게 물었다.

태현은 누구 편을 들어야 할지 몰라 고민했다. 소대장이자 친구의 편을 들어줘야 하는 건지, 같은 사병인 김 일병과 곽 일병의 편을 들어줘야 하는 건지.

"가면 좋겠지만, 안 가도 어쩔 수 없다고 생각합니다. 다 소대장님이 결정하시는 거니까 말입니다."

태현의 대답에 이번엔 김 일병과 곽 일병의 동시에 뜨악한 표정으로 태현을 돌아보았다. 말년병장치고는 너무 형식적인 대답이었다. 말년병장이 소대장에게 아부나 하다니. 정말 말년병장이 맞나 싶은 표정이었다. 태현 본인도 자신의 대답이 참 박쥐 같다고 생각했다.

"가면 좋고. 안 가도 어쩔 수 없다."

대호는 태현의 대답을 곱씹더니 아무렇지 않은 듯 말했다.

"좋은 대로 해야지. 민주군대니까. 그래, 네들은 내려가, 마을에서 살아, 어차피 태현이, 아니 정태현 병장은 21개월도 다 지났고 그러니까, 너는 내가 제대 시켜줄게. 그리고 너희 둘은 얼마 남았지?"

"8개월 남았습니다."

곽 일병이 대답했다.

"그래? 그럼, 여름 되면 그때 제대 시켜줄게. 그때 알아서 가고 싶은 곳 있으면 가서 살아. 이제 땅주인도, 집주인도 없으니 어디를 가서 살든 네들 마음대로 살 수 있을 거다. 그때까진 공익근무처럼 출퇴근을 해. 그럼 됐지?"

"갑자기 왜 그러는 거야?"

모두 취침에 들자 태현이 행정반으로 찾아와 물었다.

대호는 창문 앞에 놓인 간이침대에 모포를 깔고 누워 창 밖을 보고 있었다.

"네들 꼴 보기 싫어서."

"정말 그것뿐이야?"

"그것뿐이냐니? 이게 네들이 원하는 거 아니었어? 입장 바꿔 생각하라며. 왜 내가 선수 치니까 당황스럽냐? 내가 버려질 것인가, 내가 버릴 것인가. 그 차이야."

다음날, 김 일병과 곽 일병은 수레로 종일 짐을 옮겼다. 모포와 쌀, 김치. 그리고 만약을 대비해 각각 소총과 탄창 2개씩을 가지고, 낡은 한옥으로 갔다. 태현이 최 상병과 강 상병의 이야기를 엿들었던 그 집이었다. 김 일병과 곽 일병이 집 안을 청소하는 사이, 태현은 부엌 아궁이에 불을 지피고 뜨거운 물을 끓였다. 그리고 비닐과 폴대를 구해 다시 창문을 덧댔다. 청소가 끝나자 태현은 따뜻한 아랫목에 벌러덩 누워 천장을 바라보았다. 낡은 벽지에 때가 잔뜩 끼어 있었다. 새 집에 들어온 기분은 아니었지만, 훈훈했다.

"와, 진짜 따뜻합니다. 정태현 병장님."

뜨거운 물로 목욕을 한 김 일병과 곽 일병이 온몸에 김을 모락모락 피우며, 속옷바람으로 들어섰다.

"정태현 병장님, 안 씻으십니까?"

"씻어야지."

태현이 속옷과 수건을 챙겨 나가자 김 일병이 말했다.

"난 이번 겨울에 정말 재수 없으면 내무반에서 얼어 죽겠구나 했는데, 이게 웬일이냐."

"얼어 죽어? 야, 네가 언감생심 얼어 죽을 짬밥이 된다고 생각하냐?"

곽 일병이 대꾸했다.

"얼어 죽는 데 짬밥도 있냐."

김 일병이 어이없다는 듯 말했다.

"야, 얼어 죽으려면 짬밥이 상병 말호봉은 돼야지 돼."

"뭐? 너희 부대는 그랬냐?"

"당연하지."

황당해하던 김 일병이 잠시 생각하더니 말했다.

"우리도 제대로 진급했으면 이제 상병 말호봉 되지 않았냐?"

"진급을 안 시켜주니까 문제지."

"소대장이 시켜주지 않을까?"

"진급시켜주면 뭐하냐, 문제는 달 상병 계급장이 없잖아."

태현이 툇마루에 앉아 담배를 피는 사이 둘의 대화는 그랬다.

태현이 씻고 돌아왔을 때, 먼저 잠자리를 깔고 솜이불 속에 숨어 있던 김 일병이 조금은 걱정스러운 듯 자리에 눕는 태현에게 말했다.

"근데 이렇게 자도 되나 모르겠습니다."

"뭐가?"

"우리 중에 누가 좀비로 변할 수도 있잖습니까."

"이게, 재수 없게."

태현보다 먼저 곽 일병이 김 일병을 쏘아보며 말했다.

"네가 제일 위험해."

"내가 왜?"

"너는 좀비로 안 변해도, 언젠가 내가 쏠 거야."

"야, 총 갖고 농담하는 거 아니다. 앞으로 그런 농담하지 마라."

태현이 정색하며 말했다.

"아, 예, 알겠습니다."

"근데, 정말 다른 사람들하고 누워보는 건 좀비 이후로 처음입니다."

김 일병이 말했다.

분명 태현에게 한 말이지만 태현은 대답하지 않았다. 한동안 침묵이 흘렀다. 묘한 긴장이었다. 서로 무관심한 것 같지만, 누군가 좀비로 변하는 건 아닌지 서로를 경계하는 듯했다.

"정태현 병장님은 집이 어디십니까?"

김 일병이 물었다.

"서울."

"그럼, 서울에 갔을 때 많이 걱정되셨겠습니다."

"글쎄, ……모르겠다. 이제 기억도 가물가물하고, 그땐 정말 그냥 군인이니까 가지도 못하고 그랬는데, 이제는……, 아무래도 좀비가 됐겠지 싶고……."

"애인은 없으셨습니까?"

이번엔 곽 일병이 물었다.

"제대 열흘 남긴 병장이 애인 있는 거 봤냐? 있던 애인도 떠나지."

"제대 열흘 남겨놓고 말입니까? 정말 그랬습니까?"

"한 달."

"둘 다 좀비가 됐을 겁니다."

김 일병이 위로랍시고 말했다.

"그러고 보면, 조찬혁 상병은 이런 상황에서도 참 애인도 챙기고 대단합니다."

곽 일병이 말했다.

"애인?"

태현이 의아해 물었다.

"모르셨습니까? 조찬혁 상병이 처음부터 연주 씨 좋아했습니다. 그래서 백 중사가 연주 씨를 막 그랬다고 했을 때, 괜히 더 열받아 하고. 그 뒤로 둘이 같이 잘 있고 그랬는데, 제 생각엔 아마 조찬혁 상병이 간 건, 연주 씨도 간다고 해서 간 걸 겁니다."

태현은 그제야 이 일병이 죽던 날, 조 상병을 부대에 남겼을 때 조 상병이 좋아한 이유, 그리고 회식 때 소리치며 연주를 찾던 이유를 알 것 같았다.

"근데 연주 씨를 조찬혁 상병만 좋아한 게 아니라 강신일 상병도 좋아했어."

김 일병이 말했다.

태현은 어이가 없었다. 이런 상황에서 연애를 하고, 게다가 삼각관계라니, 왠지 어울리지 않는 것 같았다.

"어? 야, 그럼 말이다. 어쩌면 최태욱 상병이랑 강신일 상병하고, 조찬혁 상병이랑 연주 씨가 같이 간 게 아닐 수도 있겠다!"

"아, 그럴 수도 있겠다! 둘만 있으려고. 강신일 상병까지 있으면 괜히 삼각관계가 될 수도 있으니까."

김 일병의 말에 곽 일병이 맞장구를 쳤다.

"야, 그럼 우리 안 따라가길 잘 한 거 아니냐? 난 넷이 다 같이 갔을 거라고만 생각해서, 거기도 괜찮겠다 생각했는데, 그게 아니고 최태욱 상병이랑 강신일 상병이랑 나면, 와, 그건 아니지. 게다가 쫄따구라고 괜히 눈치만 봐야 될 테고."

"그렇네. 진짜, 조찬혁 상병이랑 연주 씨는 그냥 자기들끼리 갔을 수도 있겠다. 어쩌면 같이 가기로 했어도 조찬혁 상병이 둘을 버리고 연주 씨랑만 갔을 수도 있고."

"근데 그럼 왜 태욱이랑 신일이가 안 돌아오냐?"

태현이 물었다.

"같이 가기로 했는데, 찬혁이가 둘을 버렸으면, 그 둘은 갈 곳 없어서라도 돌아왔어야지."

"그런 것 같기도 합니다."

태현의 말에 갑자기 김 일병이 수긍해버리며 말했다.

"야, 뭐야. 네가 먼저 아닐 것 같다며."

곽 일병이 어이없다는 듯 말했다.

"내가 점쟁이도 아닌데, 어떻게 아냐."

김 일병이 볼멘소리로 말했다.

"근데 걔들 어디로 간 줄은 아냐?"

태현이 물었다.

잠시 뜸을 들이던 곽 일병이 조심스럽게 대답했다.

"아마 우리가 좀비 소탕한 마을이지 싶습니다. 거기가 안전하다고 했으니까 말입니다."

잠시 침묵이 흘렀다.

"그런데 말입니다. 정태현 병장님은 혈액형이 뭡니까?"

곽 일병이 물었다.

"피는 왜?"

태현이 되물었다.

"저랑 김 일병은 B형인데 말입니다. 혹시 우리가 좀비로 안 변한 게 B형이라 그런 건가 해서 말입니다."

"난 O형."

"그럼, B형이랑 O형만 살아남았나."

"소대장은 A형인데."

"그럼 AB형만 변한 겁니까? 하긴, 원래 AB형들이 사이코가 많다잖습니까."

"야, 그럼 서울이랑 일산에 있던 그 많던 좀비들이 다 AB형이라고?"

김 일병이 어이없어하며 곽 일병을 쳐다보았다.

"좀 아닌가."

"좀이 아니라 많이 아니지."

김 일병이 말했다.

"야, 이제 쓸데없는 얘기 말고 잠이나 자. 내일도 눈 치워야 하
니까."

"또 눈 옵니까?"

김 일병이 지긋지긋한 듯 물었다.

"나 씻고 올 때 보니까 오더라."

"와, 정말 어떻게 눈이란 녀석은 기껏 다 치우면 그때야 또 기
다렸다는 듯이 옵니까."

김 일병이 투덜거리자 곽 일병이 키득거리며 말했다.

"원래 군대 있으면 그래. 사회 있을 땐 화이트 크리스마스를
20년 기다려도 한 번 될까 말까지? 근데 군대 있으면 매년 화이
트 크리스마스다. 그리고 크리스마스에 눈 치워."

곽 일병의 말에 김 일병이 키득거리며 웃었다. 태현도 생각해
보니 작년에도 크리스마스에 눈이 내렸던 것 같았다. 그리고 이번
크리스마스에도 그럴 것 같았다. 괜히 웃음이 났다.

"아무튼 오랜만에 이렇게 따뜻한 방에서 이야기하고 누우니까,
참 좋습니다."

곽 일병이 말했다.

다음날 아침, 태현은 서둘러 중대로 올라갔다. 대호가 썰렁한
연병장에서 기다리고 있었다. 대호는 아침 점호 시간에 늦었다며
구보 20바퀴를 돌렸다. 김 일병과 곽 일병이 보기에 소대장이 괜
히 심술을 부리는 것 같았다. 병 주고 약 주는 게 아니라 약 주고

병 주는 것 같았다. 그러나 태현은 친구가 의기소침해진 것 같다고 느꼈다. 좀비가 창궐한 상황에서 그저 구보나 시키는 자신에 대해 무력감을 느끼는 듯했다. 그건 태현도 마찬가지였다. 이런 상황에서 구보나 해야 하는 자신이 새삼 한심했다. 그러나 자신에게 지시를 내리고, 따를 소대장이 있다는 게 태현에게는 위로가 됐다. 반면 대호는 앞으로 어떻게 해야 할지 지시해 주고, 따를 지휘관이 없었다. 문득 태현의 눈에 친구가 의기소침한 것이 아니라 외로워 보였다.

아침식사 후, 돼지우리를 청소하고, 점심을 먹고 또 눈을 치웠다. 그리고 저녁을 먹고 다시 민가로 내려왔다. 소총을 어깨에 멘 김 일병과 곽 일병은 '팔도사나이'를 흥얼거리며 걸었다.

"보람찬 하루 일을 끝마치고서 두 다리 쭉 펴면 고향의 안방. 얼싸, 좋다 김 일병 신나는 어깨춤……"

노래가사에 맞춰 김 일병이 어깨춤을 덩실덩실 추었다.

"근데, 팔도사나이는 방위들 노래 같습니다."

곽 일병이 말했다.

"방위들 노래?"

"두 다리 쭉 펴면 고향의 안방이라잖습니까. 안방, 우리 현역들은 내무반인데. 고참들이 갈구는 내무반. 김 일병이 두 다리 쭉 펴면 전 소대원 집합."

태현은 피식 웃고 말았다. 김 일병과 곽 일병도 덩달아 웃으며 마을로 내려갔다.

그렇게 며칠을 보냈다. 여전히 대호는 혼자 고집스럽게 중대에 머물렀다. 마치 침몰해 가는 배를 지키는 선장 같았다. 태현은 그런 대호가 조금 걱정됐지만, 김 일병과 곽 일병도 걱정이었다. 둘만 두는 게 미덥지 못했다. 괜히 고참인 자신이 있어야 할 것 같았다. 어쩌면 그게 대호의 마음일지도 몰랐다. 조금씩 대호가 왜 모두를 붙들어 매려고 했는지 알 것 같았다. 단지 소대장으로 졸병을 거느리고 대우받으려는 게 아니라 정말 가족 같았다. 하지만 아버지와 아들이 바뀔 수 없는 것처럼 소대장과 사병 사이에는 넘지 못할 선이 있었다.

그러던 어느 날이었다. 칼바람이 불고 비만 오면 흙탕길로 변하던 길도 단단하게 굳어버린 날이었다. 늘 먼저 연병장의 구령대에서 모두를 기다리던 소대장이 보이지 않았다. 태현은 덜컥 겁이 났다. 김 일병과 곽 일병도 마찬가지였다. 자신들이 버려진 것 같았고, 끈이 끊어진 연 같았다. 태현은 소대장의 이름을 부르며 온 중대를 뒤졌다. 그러다 마지막으로 찾은 관사에서 소대장을 찾았다. 모포를 돌돌 말고 곱사등이처럼 잔뜩 움츠린 채 의식이 없었다. 몸은 불덩이였다. 마치 모포 속에서 자신을 태우는 것 같았다. 태현은 급히 대호를 둘러업고 민가로 내려왔다.

대호가 정신을 차린 건 새벽녘이었다. 대호는 힘겹게 눈을 뜨다가 낯선 곳에서 잠이 깬 자신을 발견하고 깜짝 놀라 일어났다. 태현과 김 일병, 곽 일병이 이불을 덮고 잠들어 있었다. 방에선 퀴퀴한 냄새가 났지만, 훈훈했다. 대호는 이불 속 자신의 몸을 살폈다. 군복이 아닌 왠지 낯선 옷차림이었다. 그리고 주위에는 용도를 알 수 없는 약들이 잔뜩 깔려 있었다.

"어? 이제 좀 괜찮으십니까?"

잠이 깬 곽 일병이 눈을 비비며 물었다.

"응? 응."

대호가 멋쩍게 대답했다.

"소대장님 때문에 저희 다 죽을 뻔했습니다."

곽 일병은 대답을 들었는지 못 들었는지, 그저 잔뜩 찡그린 얼굴로 늘어지게 하품을 하며 말했다. 찡그려진 얼굴은 졸려서인지, 죽다 살아 끔찍해서 인지 알 수 없었다.

"나 때문에 죽을 뻔하다니?"

"아프셔서 말입니다. 정태현 병장님이 소대장님 해열제 구해야 한다고 해서, 그 큰 동네에 다시 갔다가 진짜, 와, 정말, 수백 마리가 몰려들고, 그래서 수류탄도 막 던지고, 성민이는 발목 삐고, 막 그랬습니다."

곽 일병은 다시 늘어지게 하품을 했다.

"그러게 왜 혼자 난방도 안 되는 관사에 계셔 가지고. 여기 얼마나 좋습니까."

곽 일병이 손바닥으로 따뜻한 방바닥을 여기저기 툭툭 짚어보더니 바닥을 짚고 일어섰다.

"조금만 계십시오. 밥상 차려 오겠습니다. ……아, 정말 밥하러 나가기 싫다."

식사는 삶은 돼지고기와 죽이었다. 식사를 마친 태현은 김 일병, 곽 일병과 함께 집을 나섰다. 대호는 붉은 노을이 창호지 위로 붉게 번져갈 때까지 누워있었다. 이제 일어날 수도 있을 것 같았지만, 앉으면 현기증이 났다. 왠지 마음이 일어나고 싶지 않은 듯했다. 한 번 나간 태현과 병사들은 밖에서 무슨 일을 하는지 방에 들어오지 않았다. 혼자 남겨진 대호는 따뜻한 아랫목의 온 도와 밖의 추위만큼 자신과 사병들간에 거리가 있는 것 같았다. 한때 그건 당연한 것처럼 여겨졌지만, 다른 간부들 없이 혼자 남은 대호는 그 거리감이 눈에 보이는 듯했다. 그러나 그 거리는 방과 밖을 구별하는 창호지의 두께만큼 얇았다.

한동안 민가에 머물며 몸을 추스르던 대호가 다시 중대로 돌아가기 위해 군복을 꺼내 입고 나선 건, 크리스마스 이브였다. 대호가 집을 나설 때, 막 중대 PX에서 상자에 과자를 담아오던 태현이 대호의 앞을 막았다.

"어디가?"

"중대."

"가지 마."

"뭐?"

"겨울이잖아. 정 가려면 봄에 가. 그땐 안 붙잡을게."

대호는 태현을 무시하고 지나쳤다. 태현이 대호의 팔짱을 끼고 돌려세웠다.

"야! 소대장 잡아!"

태현이 소리치자 부엌에 있던 김 일병과 곽 일병이 달려왔다.

"놔! 안 놔! 나 소대장이야, 명령이라고!"

"가만히 있어, 좀! 너 또 아프면 우리 또 읍내에 가야 해! 그러니까 그냥 여기 있어."

태현이 소리쳤다.

"맞습니다. 가긴 어딜 가십니까. 가시면 정말 안 됩니다."

"예, 맞습니다. 여기 계시는 게 저희를 도와주시는 겁니다."

김 일병과 곽 일병이 팔다리를 잡고 번쩍 들어 대호를 다시 방으로 옮겼다. 다시 방으로 옮겨진 대호는 자신이 갇혔다고 생각했다. 하지만 그렇게 갇히는 게 나은 것 같기도 했다. 오랜만에 사람과 부대끼는 그 감각이 좋았기 때문이었다. 따스한 포옹도 아닌 우악스런 병사들의 팔뚝임에도 그 느낌이 좋았기 때문이었다.

"근데, 정태현 병장님, 소대장님께 반말해도 됩니까?"

부엌 아궁이 앞에서 저녁을 준비하며 불을 쬐던 김 일병이 물었다.

"뭐?"

"처음 여기 모셔올 때도 막 소대장님 이름 부르고, 아까 보니까 두 분이 서로 반말하시는 것 같아서 말입니다."

잠시 아궁이 안의 불을 살피던 태현이 대답했다.

"고등학교 동창이야."

"동창이라고 말입니까? 근데 왜 그동안 말씀 안 하셨습니까?"

"간부랑 동창이라고 하면 귀찮잖아."

김 일병이 알만하다는 듯 고개를 끄덕였다.

"뭐가 귀찮습니까? 빽인데 좋은 거 아닙니까? 솔직히 사단장 빽보다 가까운 소대장이나 중대장 빽이 좋은 거 아닙니까?"

곽 일병이 전혀 모르겠다는 듯 물었다.

"으그, 바보야. 그러니까, 회사에서도 사장 아들이라고 하면 잘 보이고 싶지만, 부장님 아들이라고 하면 다 싫어하고, 뭐 그런 거랑 비슷한 거야."

김 일병이 대답했다.

저녁을 마친 뒤, 태현이 김 일병과 곽 일병의 환호를 받으며 PX

에서 가져온 과자를 꺼내 풀었다. 비록 크리스마스 트리 하나 없었지만, 과자와 과자의 화려한 포장만으로도 크리스마스 기분이 났다.

"크리스마스는 가족과 함께인데."

화이트 크리스마스를 맞아 문지방 앞에서 내리는 눈을 보며, 달콤한 초콜릿을 먹던 곽 일병이 혼잣말처럼 말했다.

"너 여자친구 없지?"

김 일병이 약올리듯 물었다.

"어? 왜?"

"애인이 없으니까 크리스마스를 가족과 보내지. 바보야. 애인 있는 애들은 가족과 안 보네. 애인과 보내지."

괜히 분해하며 대꾸하지 못하던 곽 일병이, 마치 마지막 자존심이라도 지키려는 듯 과자 대신 건빵을 먹고 있던 대호를 돌아보고는 물었다.

"소대장님은 애인 있으셨습니까?"

대호 대신 태현이 살짝 고개를 흔들었다.

"그럼 소대장님도 가족과 함께 보내셨겠습니다."

김 일병의 말에 대호는 대답이 없었지만, 건빵을 씹던 턱이 갑자기 멈췄다.

"그래서 우리랑 있잖아."

태현이 말했다.

"그게 무슨 말씀입니까?"

"원래 소대장이라는 직책이 소대원들을 자식들처럼 생각하는 거잖아. 그러니 서울의 가족 걱정할 게 아니지. 여기 자식 같은 소대원들 챙기느라 소대장은 집에 갈 생각도 못 하는 거야. 자식들이 커서 자기 자식 낳으면 그 자식들 때문에 부모님 제대로 못 챙기는 것처럼."

곽 일병은 천천히 고개를 끄덕였지만 김 일병은 눈치 없이 말했다.

"두 분은 동창이시라면서 무슨 부모자식입니까."

김 일병의 말에 곽 일병이 뜨악한 표정을 짓더니 말했다.

"넌 참 활명수 같은 놈이다."

"활명수 같다니?"

"속 편하다고. 눈치도 없고, 말귀도 못 알아듣고, 그리고 넌 가족들 걱정도 안 되냐? 크리스마슨데 안 보고 싶어? 그저 여자냐?"

"이 새끼가. 야, 나도 걱정 돼. 근데 해서 뭐하냐. 갈 수도 없는데."

김 일병이 툴툴거리며 말했다. 언뜻 군인이라 못 간다는 투였다. 대호는 힐끗 김 일병을 돌아보았다.

"왜 못 가?"

곽 일병이 물었다.

"우리 집 섬이야. 강화도에서 다시 배를 타고 들어가야 해. 근데 예전에 김 준위님이 배들이 다 유령선 됐다고 했잖아. 그래서 그때 알았지. 집에 가긴 틀렸다는 걸."

"그래서 탈영 안 하고 남아 있었구나?"

곽 일병이 알만하다는 듯 말하자, 김 일병은 뜨끔한 듯 소대장의 눈치를 살피고는 곽 일병을 쏘아보았다. 김 일병이야 그러든 말든 곽 일병이 다시 물었다.

"근데 섬이면 오히려 살아 계실 확률이 더 높지 않냐?"

"⋯⋯?"

"만약에 너희 부모님이 좀비가 안 되셨으면, 오히려 섬의 좀비를 다 때려잡을 수 있지 않을까. 그리고 그냥 거기서 평소처럼 농사짓고, 고기 잡으면서 사시면, 야, 우리보다 잘 먹고 잘 사시겠다."

"그건 우리 부모님이 좀비가 안 됐을 때 얘기잖아."

김 일병이 어림없다는 듯 말했다.

"야, 너는 어떻게 자식이라는 놈이, 왜 부모님이 좀비가 됐을 거라고만 생각 하냐?"

"안 됐을 가능성이 희박하지. 그리고 우리 부모님이 처음엔 좀비가 안 되셨어도, 어떻게 그 섬의 좀비를 다 때려잡냐? 우리 섬에 사람이 몇인데."

"몇인데?"

태현이 물었다.

"이천이 좀 넘습니다."

"이천? 에게, 야, 그럼 진즉 말하지."

곽 일병이 어이없다는 듯 말했다.

"이천이면 우리가 가서 쓸어버렸어도 됐겠다. 우리가 가서 그섬에 좀비 싸그리 소탕하고 너희 부모님도 구하고. 그리고 거기혹시 풍력발전소나 태양광발전시설도 있냐?"

"어."

"야, 그럼 전깃불도 켤 수 있고, 논밭도 있고. 에라이, 야, 나 같으면 진즉 부모님 찾아 그 섬에 갔겠다. 그럼 지금 크리스마스 장식도 켤 수도 있고……."

"하지만 섬으로 좀비들이 상륙하면?"

가만히 듣고 있던 대호가 말했다.

"예? 좀비들이 어떻게 섬에 상륙합니까?"

곽 일병이 물었다.

"물 속을 걸어서라든가, 유령선 같은 배를 타고 오던가. 그리고 섬이 크면 우리 넷이 지키기도 힘들어. 김 준위님 얘기 기억 안 나? 유령선처럼 떠돈다고. 그 배 하나만 섬에 상륙해 봐. 그럼 그 섬은 끝이야."

"어차피 여기도 뭐, 좀비들이 산을 넘어 몰려오면 끝이잖습니까."

"여긴 도망칠 곳도 있고, 도망칠 방법도 있잖아. 하지만 섬은 도망칠 곳이 없어. 고작 숨어 살 수밖에 없지."

대호의 말에 곽 일병이 잠시 머리를 긁적이더니 볼멘소리도 말했다.

"전 여기나 거기나 별로 다른 것 같지 않습니다. 배만 있으면……, 트럭 타고 도망치나 배 타고 도망치나."

대호는 툇마루에 앉아 내리는 눈을 바라보고 있었다. 눈이 내려서인지 밤하늘도 하얗다. 문소리가 들리고 마루의 나무가 끼익, 밟혀 신음하는 소리를 냈다. 태현이었다.

"이제 일병들도 말대꾸를 한다."

"자기 생각 얘기하는 거야."

"그게 말대꾸야."

"네가 명령한 것도 아니었잖아."

"지금 너도 말대꾸야."

대호가 피식 웃고는 물었다.

"근데 넌 어떻게 생각 하냐?"

"뭘?"

"섬에 가는 거."

"배만 구할 수 있으면……."

"하지만 섬에 갇히는 꼴이 될 수도 있어."

"곽재민이 말대로, 섬이나 여기나 다를 건 없는 것 같아. 또, 전기를 쓸 수 있다면 더 좋을 수도 있고."

"여기 있으면, 언젠가는 땅 끝까지 갈 수도 있지만, 섬에 들어가면 그 섬이 고작이야."

"어차피 가지도 않으면서 땅이 아무리 넓어 봤자, 그게 무슨 소용이냐."

대호는 다시 쌓이는 눈을 바라보았다. 전깃줄 위로 하얀 눈이 전깃줄보다 더 높게 쌓였다.

"탄약도 얼마 없잖아."

태현이 말했다.

대호가 힐긋 태현을 넘겨다보았다.

"저번에 읍내에 약 구하려고 갔을 때, 봤어. 딱 2000발 남았더라."

"빌어먹을 새끼들이 반을 가져가서 그래."

"어쩌면, 딱 거기 가라는 뜻일지도 모르지."

대호가 결정을 내린 건, 밥알을 뭉쳐 억지스레 만든 떡살로 떡국을 만든 새해 첫날이었다. 밥상에는 아삭아삭하게 묵은 김치와 삶은 돼지고기가 놓여 있었다.

"봄에 떠나자. 여기서 1년 되는 날."

대호는 풀어진 떡살을 뜨며 담담하게 말했다.

"어디로 말입니까?"

김 일병이 물었다.

"너희 집. 석모도."

"좀비들이 상륙하면 위험하다고……."

"생각해 보니, 상륙하나 걸어오나 또 같지 싶다. 또 어차피 우린 그저 숨어 있는 것뿐이고."

대호의 말에 곽 일병이 조심스레 물었다.

"저, 정말, 진심이십니까?"

"왜? 못 미더워?"

"그게 아니고 말입니다. 막상 갔는데 거기가 더 위험하면 어쩌나 해서 말입니다."

"군바리가 위험한 게 겁나냐?"

대호가 물었다.

"겁나는 게 아니라 말입니다. 우리도 안전해야 하잖나, 예전에 소대장님도 그렇게 말씀하셔서 말입니다."

"우리만 너무 안전했던 걸지도 모르지."

태현이 담담하게 말했다.

"근데 왜 1년입니까?"

김 일병이 고개를 갸웃거리며 물었다.

"1년이 중요한 건 아니야. 봄이 중요한 거지. 어차피 걸어가도 눈길보다 꽃길이 낫고, 트럭으로 강화도까지 간다고 해도 눈길은 미끄러울 테고. 누가 우리 편히 가라고 치워주는 것도 아닌데, 눈이 다 녹기 전에 가는 건 무리지."

식사를 마친, 대호와 태현은 툇마루에 앉아 동쪽 산 너머로 뜨는 달을 보고 있었다.

"그러게 진작에 부모님 집이 섬이라고 했으면, 좀 좋냐."

방에서는 곽 일병이 김 일병을 구박하는 소리가 들렸다.

"물어보지 않았잖아."

김 일병이 볼멘소리로 말했다.

"야, 넌 묻는 말에만 대답 하냐?"

"그럼 묻지도 않는 말에 대답을 하냐."

"이게, 진짜, 집이 섬이면 섬이라고 말을 했어야지!"

김 일병이 다시 볼멘소리로 뭐라 중얼거렸지만, 들리지 않았다. 대신 곽 일병의 구박하는 소리만 더 크게 들렸다.

"갑자기 왜 가자는 거야?"

태현이 물었다.

"정말 발전소가 있다면 거기서 무전기를 다시 켤 수도 있을 테니까."

대호는 무심한 듯 말했다.

"그게 다야?"

"더 잡아둘 핑계도, 명목도 없잖아. 이 상황에서 애들 더 윽박지를 수도 없고. 계속 잡아두려면 뭔가 희망을 줘야 하는데, 지금 우리한테 남은 희망이라는 것도 그저 식량이 남았다는 것뿐이고. 사실 식량이라는 게 그저 살아갈 수 있다는 거지. 희망은 아닌데 말이야. 그저 살 수 있는 시간이 늘어났다고 해서, 희망도 없이 그저 가만히 기다릴 수만은 없는 것 같다."

"설마 봄까지 잡아두려고 거짓말하는 건 아니지?"

"그래 보이냐?"

대호가 쓴웃음을 지으며 되물었다. 그 웃음이 그건 아니라고 대답하고 있었다.

"근데, 다른 애들은?"

태현이 조심스럽게 물었다.

"……?"

"최태욱이랑, 강신일, 조찬혁이 말이야. 연주 씨도."

"내가 살 길 찾아서 떠난 애들까지 신경 써야 하냐?"

"그래도, 우리 애들이었잖아."

"지들끼리 살겠다고 간 놈들이야. 어디 가든 잘 먹고 잘 살겠지."

대호는 이제 관심 없다는 듯 말했다.

"멀리 가진 못했을걸. 좀비들이 아직 있으니까, 아마 우리가 좀비 소탕한 마을이나 그 근처에 있지 않을까."

"어디에 있는지 아는 거야?"

"아니, 그냥 나라면 그럴 것 같아서."

"안전하다는 확신도 없는데, 또 같이 가자고 할 순 없잖아."

대호는 아무것도 기대하지 않는 듯했다. 그저 김 일병과 곽 일병에게 등 떠밀려 결정한 듯했다.

추위가 풀리자, 대호는 다시 좀비를 소탕했던 마을을 찾아갔다. 떠난 이들을 찾기 위해서였다. 하지만 그들을 찾지 못했다. 어쩌면 그들이 나오지 않는 것인지도 몰랐다. 그리고 봄이 되었을 때, 대호는 떠날 수밖에 없었다. 약속한 날짜가 다가올수록 김 일병과 곽 일병이 점점 초조해했기 때문이었다. 둘은 떠난 사람들 때문에, 또 그 핑계로 계속 마을에 머물러야 하는 게 아닌지 불안해하며, 괜히 떠난 이들을 원망하고 투덜거렸다.

결국 대호는 떠날 준비를 시켰다. 우선 새끼를 낳은 어미돼지와 새끼들을 싣게 했다. 섬에서도 계속 키우기 위해서였다. 그리고 식량과 연료를 싣고는 남은 돼지는 풀어주었다. 잔치는 없었음으로 굳이 죽일 필요는 없었다.

"이제 너희도 자유다. 야생으로 돌아가 잘 먹고 잘 살아라."

태현이 돼지우리를 열고 말했다.

그러나 돼지는 나올 생각을 하지 않았다. 오히려 겁을 먹고 구석으로 몰려갔다. 도살장으로 끌려가는 줄 아는 듯했다.

"안 잡아먹어. 이것들아. 그냥 자유야. 이제 알아서 살아보라고. ……어서 나오라고."

태현이 우리로 들어가 돼지를 몰아내서야 돼지들은 쫓겨 우리를 빠져나왔다. 그러나 멀리 가지 않았다. 태현이 다시 돼지를 몰아갈 때 김 일병이 소리쳐 불렀다.

"어서 오십시오, 정태현 병장님. 출발합니다."

태현은 돼지를 놔두고 트럭으로 달려갔다. 60트럭의 디젤엔진이 목구멍의 가래를 토해내듯 기침을 하며 덜컹거렸다. 그렇게 대호와 일행이 부대를 떠난 건, 꽃샘추위도 끝난 4월 1일이었다.

＊ ＊ ＊

"저기 좀 보십시오."

김 일병이 멀리 아파트 단지를 가리켰다.

태현은 한동안 멀어지는 아파트 단지를 멍하니 바라보았다. 오랜만에 본 아파트 단지라 신기하기도 했지만, 태현의 눈에는 왠지 북한의 홍보용 유령도시 같았다. 다른 세상의 것 같았고, 우리 게 아닌 것 같았다. 트럭이 굽은 도로로 접어들자 아파트는 이내 산에 가려 사라졌다. 태현은 한숨을 내쉬었다. 이제 막 봄을 드러내기 시작한 산이 정말 자신의 것, 자신들의 세상 같았다. 그때 갑자기 트럭이 휘청거리더니 꿍음을 내며 멈춰 섰다. 태현은 그대로 트럭 바닥에 주저앉았다. 이어 대호의 성난 목소리가 들렸다.

"야, 인마! 그냥 밀어버려야지!"

"아, 저, 갑자기 나타나서 저, 전 사람인 줄 알고, 그만……"

곽 일병이 잔뜩 주눅이 든 목소리로 대꾸했다.

태현은 트럭 밖으로 고개를 내밀었다. 좀비였다. 빌어먹을 좀비 둘이 도로를 걷고 있었다. 그 좀비를 피하느라 트럭이 중앙분리대를 들이박고 멈춰 섰다. 욕이 나왔다. 대호의 말이 맞았다. 그대로 밀어버렸어야 했다. 태현은 총을 들어 오랜만에 좀비를 향해 총구를 겨눴다. 올해 첫 좀비였다. 마수걸이 좀비였다. 하지만 섬에서 좀비를 소탕하려면 탄약을 아껴야 할 것 같았다. 태현은 침착하게 총구를 겨누고 좀비가 달려들 때를 기다렸다. 달려들기 전에는 쏘지 않을 작정이었다. 트럭이 흔들리더니 후진을 하기 시작했다. 운이 좋았다. 트럭이 고장 난 것 같지는 않았다. 그러나 그 탓에 좀비가 가늠쇠에서 벗어났다. 태현은 잠시 기다렸다. 트럭이 다시 앞으로 움직이자 태현은 다시 총구를 겨눴다. 덜컹거리는 트럭에서 조준은 쉽지 않았다. 트럭이 달려가면서 점점 좀비가 멀어졌다. 점점 작아졌다.

"정태현 병장님, 좀 이상하지 않습니까?"

김 일병이 말했다.

"뭐가?"

"좀비들이 그냥 서 있잖습니까. 달려들지 않고 둘이 손도 잡고 말입니다."

김 일병의 말에 가늠쇠를 통해 좀비를 노려보던 태현이 고개를 들고 좀비를 바라보았다. 정말 좀비들은 그냥 서 있었다. 예전에 봤던, 트럭을 향해 달려들던 좀비들과 달랐다. 게다가 둘은 손까지 잡고 있었다. 마치 엄마와 아이가 손을 잡은 것처럼.

"스톱! 스톱!"

태현이 운전석을 향해 소리쳤다.

"무슨 일이야?"

트럭이 멈춰 서자 대호가 물었다.

태현은 대답 대신 트럭에서 뛰어내렸다. 그리고 좀비들을 향해 달려갔다. 그들 앞에 총구를 겨누고 멈춰 섰다. 여자 좀비와 아이 좀비였다. 한참을 노려보았다. 갑자기 마주 선 여자 좀비가 왈칵 눈물을 쏟아냈다.

"사람이야?"

대답이 없었다. 대신 아이를 잡은 반대편 손으로 입과 귀를 가리키고는 손을 흔들었다.

트럭이 다시 출발했다. 태현은 이제 여자와 아이를 바라보았다. 김 일병이 아이에게 물을 건넸다. 아이는 눈만 돌려 마네킹처럼 수통을 바라보다가 여자가 받아 입에 대주자 무표정한 얼굴로 물을 삼켰다. 마치 좀비인형이 물을 삼키는 것 같았다.

"우리는 석모도로 갑니다."

김 일병은 여자가 볼 수 있도록 여자 앞에 얼굴을 내밀고 말했다.

벙어리 여자는 고개를 끄덕이더니, 김 일병의 손바닥에 글씨를 썼다.

거기는 안전한가요?

"저희도 가 봐야 압니다. 만약 거기도 좀비밖에 없으면, 살 곳을 찾아서 다른 곳으로 갈 겁니다. 걱정하지 마십시오."

한참을 잘 달리던 트럭이 시내로 들어서면서 도로에 버려진 장애물들을 피해 지그재그로 달리기 시작했다. 이어 다리가 나왔다. 일산대교였다. 다리를 건넌 트럭은 48번 국도를 타고 강화대교를 향해 달렸다. 거리는 온통 쓰레기와 고장난 차들로 가득했다. 국도 너머로 멀리 움직이는 좀비가 보였다. 하지만 태현은 더 이상 좀비를 겨누지 않았다. 여자와 아이를 발견한 후 저들이 사람인지 좀비인지 이제는 확신할 수 없었기 때문이었다. 한참을 더 달리자, 강화대교가 나타났다. 트럭이 다시 덜컹거리며 다리를 달리기 시작했다. 다리 위에는 뒤엉킨 차들과 좀비들의 시체가 아직도 썩지 않고 널브러져 있었다. 태현은 이마에 총열을 대고 기대와 근심으로 한숨을 내쉬었다. 다리는 도로와 달리 막히면 큰일이었다. 우회할 수가 없었다. 제발, 제발, 트럭이나 버스가 막지 않았길 빌었다. 강화대교를 달리던 트럭이 갑자기 다리 한가운데서 멈춰 섰다. 태현은 아찔했다. 막힌 게 분명했다. 그러다 트럭 밖으로 고개를 내민 태현은 망연자실했다. 막힌 건 아니었다. 그저 끊어져 있었다. 태현은 절망감에 눈앞이 어지러웠다. 그때 멀리서 바람결에 아련한 목소리가 들렸다. 아련한 목소리치고는 악을 쓰고 있었다.

"사람입니까? ……거기 사람이냐고!"

끊어진 다리 너머, 두 명의 병사가 이쪽을 향해 소리치고 있었다.

"사람이 찾아온 건, 처음이군요. 우리 말고 생존자를 본 것도 반 년 만에 처음이고요."

중위 계급장의 젊은 장교가 종이컵에 따뜻한 커피를 건넸다. 대호와 일행이 안내된 곳은 강화대교 건너 시외버스 터미널이었다. 대호는 주위를 둘러보았다. 군데군데 페인트가 벗겨지고 먼지와 혈흔이 보였다. 밖에서는 병사들이 아우성치며 돼지를 모는 소리가 들렸다. 또 몇몇은 먼지 낀 창문 너머로 기웃거리며 동물원 원숭이를 보듯 대호와 일행을 보고 있었다. 대호는 창 밖을 기웃거리는 모습에 불안해했다. 지저분한 창문이 건너편 사람들을 괜히 좀비처럼 보이게 했다. 그건 태현과 여자 모두 마찬가지였다.

"그동안 어디서 버틴 겁니까?"

다시 마주한 장교가 물었다.

대호는 대답 대신 물었다.

"여긴 좀비가 없었습니까?"

중위는 고개를 저었다.

"없었을 리 있습니까. 다 죽었습니다."

잠시 말을 멈추던 중위는 잠시 고개를 떨어뜨리고 생각하는 듯하더니 다시 말했다.

"아마 다 죽었을 겁니다. 외부로 연결된 다리를 끊고 섬 내부에서 소탕작전을 펼쳤죠."

대호가 고개를 끄덕였다.

"여긴 사람이 얼마나 살아남았습니까?"

"군인은 조금 전까지 서른일곱이었는데, 이제 마흔하나가 됐네요."

"군인은? 그럼 민간인도 있습니까?"

태현이 물었다.

"민간인은 서른둘. 그리고 이제 서른넷이 됐군. 많은 건 아니지만 또래아이들도 있고, 연세 드신 분들도 있고, 연령대가 다양해."

장교가 여자아이의 시선을 끌려고 손을 흔들어 보이며 말했다. 그러나 여자아이는 간이의자에 앉혀놓은 인형처럼 그저 앞만 보고 앉아 있었다.

"그럼, 혹시 석모도도 안전합니까?"

김 일병이 물었다.

"석모도? 동쪽에 있는? 거기는 가까워서 감시는 하고 있지만, 가보진 못했는데. 그쪽 경계초소에서 듣기로는 좀비가 해안에 가끔 나타난다더군."

장교의 말에 김 일병이 심각한 얼굴로 고개를 끄덕였다.

"이 녀석 부모님이 석모도에 사신다고 해서 말입니다."

곽 일병의 말에 장교는 이런 일에 익숙하지 않은 듯 멋쩍은 표정을 지었다.

"여긴 부족한 게 없습니까?"

태현이 물었다.

"부족한 거? 글쎄, 현재까진 없는 것 같군. 아, 일손이 부족하지. 곧 농사도 지을 계획이거든."

대호가 고개를 떨구며 힐긋 태현를 쳐다보았다. 대호와 일행의 표정을 살피던 중위가 문득 자신의 잘못을 깨달은 듯 말했다.

"이런, 죄송합니다. 너무 오랜만에 사람이 왔다고 해서, 그만 실수를 했군요. 너무 오랜만이라서요. 우선 씻고 쉬세요. 남쪽에 온천이 있습니다."

김이 모락모락 피어나는 커다란 욕탕에 들어서자 곽 일병은 감격해 마지않았다.

"이제 문명으로 돌아온 것 같습니다."

온수로 가득한 욕조에 몸을 담그자 온몸의 모공을 찌르는 듯했다. 뜨거운 물에 목욕을 하긴 했지만, 이렇게 욕조에 몸을 담그는 건 1년 만이었다.

목욕을 마친 대호와 일행은 한동안 격리됐다. 행여 모르는, 좀비가 될지도 모른다는 불안감 때문이었다. 하지만 이제 많은 사람들에 낯설어진 대호와 일행은 오히려 그게 편했다. 한편 며칠이 지나도 말이 없는 대호를 보며 태현은 불안했다. 건강검진과 중대장과의 면담 뒤에도, 그리고 다시 사람들과 섞인 후에도 다시 생기를 찾은 김 일병과 곽 일병, 여자아이, 그리고 벙어리 여자와는 달리 대호는 완전히 방전된 건전지처럼 말이 없었다. 격리에서 풀려 다리에서 근무를 설 때도, 행여 바다를 떠돌던 좀비를 실은 배가 들어올까 봐 순찰을 돌던 해안근무에서도, 모두 모여 들판에 모를 심을 때도 대호는 거의 말이 없었다. 마치 한순간에 늙어버린 노병 같았다. 입을 떼는 것조차 버거운 듯했다. 그러다 가을바람에 들판이 황금색으로 변해갈 무렵, 대호는 불쑥 부대장과의 면담을 요청했다.

면담을 마치고 돌아온 대호는 태현에게 갔다. 태현은 연병장에서 좀비 흉내를 내며 노는 아이들을 바라보고 있었다. 함께 섬으로 온 여자아이도 그 중에 있었다. 여자아이는 아이들 중에 좀비 흉내를 제일 잘 냈다. 그래서 아이들 사이에서 제일 인기가 좋았다. 하지만 태현은 그 모습을 씁쓸하게 바라보았다.

여자아이는 강화도에 온 지 반년이 지나서야 입을 열었다.

"엄마가 절대 말하면 안 된다고 그랬어요. 무서운 좀비들이 물고, 꼬집고, 잡아간다고. 그래서 말 안 해요."

아이는 제법 새침하게 말했다.

"그런데 엄마가 막 내 이름을 불렀어요. 말하지 말래 놓고 엄마가 막 내 이름을 소리쳐 불렀어요. 막 내 이름을 부르면서 달려갔어요. 달리는 것도 안 되는데. 그래도 난 대답하지 않았어요. 말하면 안 되니까. 그리고 엄마는 좀비들이 잡아갔는데, 좀비들이 엄마를 잡아가서 채선이 아줌마가 나를 데려갔어요."

대호가 생존자들에 대해 묻자, 채선은 글로 답했다.

열 명이 넘는다고 들었어요.

그 뒤로 대호는 또 한동안 말이 없었다.

"나 다시 돌아가기로 했다."

대호의 말에 태현은 소스라치게 놀랐다.

그러나 대호는 담담했다.

"어디로?"

"중대. 그 녀석들도 찾아 데려와야지. 거기 있으면 모를 거 아 냐."

대호는 운동장의 아이들을 바라보았다. 그런 대호를 쳐다보던 태현도 고개를 돌려 다시 아이들을 바라보았다. 아이들은 깡충거리며 뛰놀고 있었다. 그런 아이들을 보는 게 태현은 왠지 기분 좋았다. 그래서 두고두고 기억하려고 눈에 담았다.

대호는 군장을 짊어지고 다시 끊긴 다리 앞에 섰다. 건너편으로 이어진 밧줄이 바람에 휘돌았다. 강화도에서 외부와 이어지는 통로는 이 밧줄이었다. 대호는 바람에 밧줄을 잡아 세웠다. 그리고 밧줄을 타고 다시 다리를 건넜다. 처음 강화도에 왔을 때도 대호는 이 밧줄을 건넜다. 대호가 막 건너편으로 돌아왔을 때, 뒤따라 태현이 밧줄을 타고 다리를 건너왔다. 놀라 돌아보는 대호에게 태현이 말했다.

"너만 좋은 일 시키면 친구가 아니지."

대호는 피식 웃었다.

"친구?"

"당연하지. 이제 나 민간인이다."

"그럼, 내가 널 보호해야 하는 거냐?"

이번엔 태현이 피식 웃었다.

대호와 태현은 다리를 건너 곧장 큰 도로를 따라 걸었다. 한 시간 남짓, 걷자 멀리 아파트 단지가 보였다. 그 앞으로 뒤뚱뒤뚱 걷는 좀비가 보였다.

"어쩌지?"

태현이 물었다.

"아파트 단지라 좀비도 꽤 많을 것 같은데."

"채선 씨의 말대로라면 그만큼 생존자도 있을 수 있다는 얘기지."

"갈 거야?"

"어차피 언젠간 와야 하잖아. 그리고 정말 채선 씨 말대로 좀비 걸음으로 속일 수 있는지 확인도 해 봐야지."

대호와 태현은 판초우의를 꺼내 입었다. 우의에는 노란색 페인트로 '사람, 구조대'라고 쓰여 있었다. 대호와 태현은 글씨가 잘 보이게끔 펼치고는 다시 아파트 단지를 향해 걸어갔다. 채선에게 배운 대로 느릿느릿 뒤뚱거리며 걸었다. 그렇게 아파트 단지 앞 사거리로 들어서자 좀비들이 대호와 태현 주위로 모여들었다. 거친 숨소리와 더러운 숨결이 참기 힘들었다.

"어떡하지?"

태현이 긴장한 목소리로 속삭여 물었다.

아무래도 자신들의 좀비 걸음이 어색한 듯했다. 그러나 대호는 대답하지 않고 계속 앞으로 걸어나갔다. 대답하는 것조차 위험할 것 같았기 때문이었다. 태현은 판초우의 속의 소총 손잡이를 꽉 움켜쥐었다. 그렇게 더 나아가자 맞은편에서도 좀비들이 나타났다. 이대로 계속 가다가는 완전히 좀비들에게 포위를 당하고, 결국 끝장날 판이었다.

"계속 갈 거야?"

태현이 다시 속삭였다.

"내가 뒤를 맡을 테니까, 넌 앞을 맡아."

대호가 속삭였다. 목소리가 떨렸다. 대호도 더 이상은 무리인 듯했다.

"오케이."

"내가 소리치면, 그 다음에 분별해서 쏴."

"소리친다고? 뭐라고 소리칠 건데?"

태현이 잔뜩 긴장해 이를 악물고 물었다.

갑자기 대호가 돌아섰다. 그리고 소총을 겨누며 소리쳤다.

"사람이면 엎드려!"

대호의 외침에 태현도 소총을 꺼내 개머리판을 어깨에 받치며 가늠쇠 너머로 뚫어지게 정면을 응시했다. 순간 다가오던 좀비들이 놀란 듯 멈춰 섰다. 그 모습에 태현도 놀랐다. 좀비가 그렇게 반응할 줄은 미처 몰랐다.

"사람이면 엎드려!"

대호가 다시 소리쳤다.

태현도 대호를 따라 소리쳤다. 사람이면 엎드리라고. 그러자 지친 날개를 늘어뜨린 새처럼, 도미노처럼 좀비들이 아니, 사람들이 하나둘 바닥에 엎드리기 시작했다. 그 모습이 태현의 가슴에 파문을 일으켰다.

다시 대호가 소리쳤다.

"사람이면 엎드려! 사람만 엎드려!"

이어 총성이 울렸다. 총구에서 불이 뿜어져 나오고, 총성이 허공을 가득 채웠다.

태현이 돌아섰다.

"대호야!"

대호는 허공을 향해 총을 쏘고 있었다. 그리고 목이 터져라 소리쳤다. 좀비 아닌 사람, 사람만 엎드리라고. 하지만 태현이 돌아봤을 땐, 이미 모두가 엎드려 있었다. 마치 황제를 맞이하는 신하들처럼 모두가 대호를 향해 절을 하듯 엎드려 있었다. 그러나 대호의 눈에는 바닥에 엎드린 좀비일 뿐이었다. 끝없이 좀비들이 엎드려 있었다. 마치 사람인 척, 좀비가 아닌 척. 대호의 눈에는 그렇게 보였다. 그렇게 믿고 싶었다.

대호는 맨 앞에 엎드린 사내에게 달려들어 멱살을 잡아 흔들며 소리쳤다.

"거짓말! 너! 넌 좀비지?"

멱살이 잡힌 사내는 놀란 눈으로 쳐다보며 어눌하게 속삭였다.

"저, 저 사, 사, 사람, 마자…… 요."

대호의 얼굴이 슬픔과 분노로 일그러졌다. 다시 다른 사내의 멱살을 잡고 사납게 흔들며 소리쳤다.

"너! 넌 좀비지? 좀비라고 말해!"

"아, 아니에요. 저, 저도 사라암, 마, 마자, 요."

멱살이 잡힌 사내는 두 손을 바들바들 떨며 황망하게 말했다.

"다, 당신 사람이었어?"

엎드린 사람들이 하나둘 고개를 돌려 서로를 돌아보았다. 그리고 자기들끼리 속삭이기 시작했다.

"당신도 사람이었어?"

"나, 난 사람이야."

"나도 사람인데."

"당신 정말 사람이야?"

"예, 저 정말 사람이에요."

"난 당신 정말 좀비인 줄 알았는데."

"저는 아저씨가 진짜 좀비인 줄 알았는데요."

"혹시 좀비가 됐다 사람이 된 거야?"

"아니요. 전 처음부터 쭉 사람이었어요."

"그런데 왜 말 안 했어?"

"그러는 아저씨는 왜 말씀 안 하셨어요?"

"어떻게 말을 해. 좀비들 천진데."

"저도 그래서 말 못 했죠."

"당신들도 사람이오? 나도 사람인데. 그럼, 지금 엎드린 사람들
은 다 사람인 건가?"

"그런 것 같은데요."

"근데, 다 엎드린 것 같은데."

한 사내가 상체를 일으켜 주위를 살피며 말했다.

"그러게요."

"그럼, 좀비는 다 어디간 거죠?"

"어디 숨어있나? 숨어서 보고 있는 거 아니야?"

"설마요. 총성 들었으면 모여들 텐데요."

"혹시 다 떠났나?"

"어디로요?"

"나야 모르지."

"아, 그렇겠네요. 여기 잡아먹을 사람이 없으니까. 잡아먹을 사람을 찾아 떠났나 봐요."

"하긴, 먹을 게 없으면, 지들도 여기 못 있겠지."

"혹시, 좀비들이 잡아먹을 사람을 못 찾아서 굶어죽은 건 아닐까요? 놈들도 마냥 살 순 없잖아요."

"하긴 것도 그러네. 우리가 잘 숨어서 못 먹고 굶주려, 좀비도 굶어죽었을 수도 있겠네."

"그럼, 우린 이제 산 건가? 자윤가?"

"살았나 봐요."

"살았어. 살았어."

"우린 이제 살았나 봐요. 군인도 왔고요."

"살았다. 살았어!"

"살았어! 이제 됐어."

사람들의 목소리가 모여 서서히 웅성거리기 시작했다. 옆으로 다가가 서로의 손을 잡고 웃으며 살았다고, 이젠 살았다고 속삭였다. 하지만 여전히 몸은 엎드린 채였다.

"만세다! 만세야!"

한 노인이 하늘을 향해 누운 채 해방이라고, 대한민국 만세라고 외치며, 흐느꼈다. 노인을 따라 거리의 사람들이 흐느끼기 시작했다. 살았다면서, 이젠 살았다면서 술래잡기의 술래처럼 바닥에 얼굴을 묻고 흐느꼈다.

"대, 대호야, 여기 이 사람들, 진짜 다 사람들인가 봐."

태현이 대호의 등뒤로 바싹 다가가 웅성거리는 사람들을 여전히 경계하며 말했다.

하지만 여전히 눈에 보이는 그들의 모습은 좀비였다. 대호와 태현의 눈에는 그랬다.

"아니야. 그럴 리 없어. 거짓말일 거야. 분명 이 속에 좀비가 있어."

대호는 어림없다는 듯 고개를 저었다.

대호의 말에 맨 앞에 엎드린 사내가 상체를 일으키고 손바닥으로 자신의 가슴을 두드리며 말했다.

"저, 저는 아니에요. 저는 진짜 사람이에요. 진짜, 진짜 사람이에요."

그러자 여기저기서 손을 뻗고 가슴을 두드리며 자기는 사람이라고, 자신은 진짜 사람이라고 아우성쳤다. 양의 탈을 쓴 늑대처럼 좀비의 거죽을 쓰고 사람이라고, 인간 만세라고, 대한민국 만세라고 외쳤다. 그러나 대호에게는 다 거짓말 같았다.

눈을 감고 나직이 속삭였다.

다 거짓말이라고, 사람일 리 없다고, 어떻게 저러고는 사람이라고 할 수 있느냐고, 절대 저 모습들이 사람이어선 안 된다고, 왜 사람이 좀비의 탈을 쓰고 살아야 하느냐고. 왜? 왜?

그렇게 속삭이던 대호의 어깨가 녹아 내린 아이스크림처럼 힘없이 축 늘어졌다. 그러다 문득 하늘을 향해 소리쳤다.

"왜?"

하늘을 향한 대호의 외침이 총성처럼 허공에 퍼졌다. 대호는 여전히 이들 속에 좀비가 있길 바랐다.

〈끝〉

좀비 그리고 생존자들의 섬

1판 1쇄 펴냄 2013년 4월 15일
1판 3쇄 펴냄 2021년 4월 7일

지은이 | 백상준
발행인 | 박근섭
편집인 | 김준혁
펴낸곳 | 황금가지

출판등록 | 2009. 10. 8 (제2009-000273호)
주소 | 135-887 서울 강남구 신사동 506 강남출판문화센터 5층
전화 | **영업부** 515-2000 **편집부** 3446-8774 **팩시밀리** 515-2007
홈페이지 | www.goldenbough.co.kr

도서 파본 등의 이유로 반송이 필요할 경우에는 구매처에서 교환하시고
출판사 교환이 필요할 경우에는 아래 주소로 반송 사유를 적어 도서와 함께 보내주세요.
135-887 서울 강남구 신사동 506 강남출판문화센터 6층 민음인 마케팅부

㈜민음인은 민음사 출판 그룹의 자회사입니다.
황금가지는 ㈜민음인의 픽션 전문 출간 브랜드입니다.

추리 · 호러 · 스릴러

밀리언셀러 클럽